第二声铃响

THE INNOCENT

[美国] 哈兰·科本 著

余书华 译

译林出版社

庭院一片寂静，没有风，没有汽车驶过，也没有行人，只有四个人静静地站在门口，也许还应该加上一个鬼魂。

引　子

你从没想过要杀他。

你叫马特·亨特，20 岁，在新泽西州北部、离曼哈顿不远的一个中上阶层的郊区长大。你住的小镇非常地富裕，只是你住的那边稍差一点。你的父母辛勤工作，无私地爱着你。你是家里的第二个孩子，上面有个让你无比崇拜的哥哥，下面还有一个让你宽容以待的妹妹。

就像镇上的每个孩子一样，你从小就憧憬着自己的未来，长大上什么样的大学，过什么样的生活。你学习刻苦，即便成绩不是顶尖，却也还算中上水平，平均分都能得 A-。虽然没能进入年级前百分之十，却也离得不远。此外，你积极参加课外活动，担任过学校的出纳员。你还是足球队和篮球队的主力队员——能力足以参加三级联赛，却又没有优秀到可以拿奖学金的地步。你聪明伶俐，魅力无边。就受欢迎程度而言，不说人见人爱，却也是众口称赞。在你参加 SAT[①] 考试之后，你的成绩优异得让你的

① 美国的一项标准化学术能力评估测试，所有申请上大学的学生都要接受这个测试。——译注，后同。

指导顾问也大吃一惊。

你申请了常春藤联盟学校，但它们对你而言还是有点遥不可及。哈佛和耶鲁直接拒绝了你的申请，宾夕法尼亚大学和哥伦比亚大学让你进入了候补名单。你最终去了鲍登学院，那是一所位于缅因州布伦斯维克的小型精英学院。你喜欢那所学校，那里的班级规模很小。你在那里结识了很多的朋友。你没有固定的女朋友，可能你根本也不想交女朋友。大二的时候，你加入了校橄榄球队，担当防守后卫。刚进大学的时候，你就进了学校的篮球预备队，现在高年级的控球后卫已经毕业，你即将迎来你的高光时刻。

然而，就在你结束大三第一学期的假期，准备返校开始第二学期的学习时，你杀了人。

你和家人度过了一个忙碌又愉快的假期，但是篮球队却突然通知你回去训练。你和母亲、父亲一一吻别，然后同你最好的朋友兼室友达夫一起开车返回学校。达夫来自纽约州的韦斯切斯特县，他下肢结实，身材矮壮，在校橄榄球队打右内边锋，也是篮球队的替补球员。达夫是学校里的酒神，喝酒比赛从来就没有输过。

那天是你开的车。

达夫想中途顺道去一下马萨诸塞州阿默斯特市的麻省大学，他有个高中死党是那里狂野兄弟会的成员，他们正要举行一场盛大的派对。

你兴致寥寥，却也不想扫兴。你更喜欢参加小型派对，派对上的人你几乎都认识。鲍登学院大约有 1 600 名学生，而麻省大学却有将近 4 万名学生。当时正值一月初，天气非常地寒冷，地上还有积雪，在你走进兄弟会派对时，甚至能够看到自己呼出的白气。

你和达夫把外套扔在了一堆衣服上，多年以来，你反复回忆起这个动作。要是你穿着外套没脱，要是你把外套留在了车里，要是你把外套放在了别的地方……

但是没有也许。

派对非常热闹，大家都玩得很疯，但是对你来说，却总有些逢场作戏的感觉。达夫的朋友邀请你们去他的房间过夜，你同意了。你喝了很多的酒，毕竟这是大学派对，但是没有达夫喝得那么多。派对接近尾声，大家开始慢慢地散去，你们俩也一起去取自己的外套。达夫一手拿着啤酒，一手捡起外套，一把甩在了肩膀上。

就在甩衣服的瞬间，啤酒洒了出来。

酒洒得不多，只是溅出来一些，但是一些就足够了。

你还清楚地记得，啤酒洒在了一件红色的风衣上。外面寒冷刺骨，大概有零下十几度的样子，有人却只穿了一件风衣。你永远都不会忘记，那件风衣是防水的。洒在衣服上面的啤酒就那么一丁点儿，很容易就可以冲洗干净，根本不会损坏衣服，也不会留下污渍。

但是有人却大喊了一声："嘿！"

是那件红色风衣的主人，他身材高大，却并不魁梧。达夫耸了耸肩，并没有道歉。那个家伙，那个红色风衣先生，却冲着达夫发起火来。事情坏就坏在这里，你知道达夫是个脾气暴躁的好斗分子，每个学校都有达夫这样的人，而且你从来没想过，达夫这样的家伙打架会输。

当然，问题就出在这里，每个学校都有这样的达夫，时不时地，你们学校的达夫就会碰上他们学校的达夫。

你努力劝解，希望事情就此作罢，一笑了之，但是你面对的是两个面红耳赤、拳头紧握、满肚子啤酒的醉汉。有人发起了挑战，你也不记得是谁提出来的。大家都朝外面走去，冰冷刺骨的夜晚，你知道麻烦大了。

穿红色风衣的大个子有朋友和他在一起。

而且有八九个之多，你和达夫却孤零零的，你四处张望，想找达夫的高中朋友，叫马克还是迈克什么的，却不见半个人影。

战斗一触即发。

达夫低下头，像头公牛一样，朝“红色风衣”冲了过去。“红色风衣”往旁边一闪，一把把达夫的头锁在了腋下，一拳砸在了他的鼻子上。他紧紧地锁住达夫的头，又朝达夫砸去，一拳，两拳，三拳……

达夫脑袋低垂，拼命地挣扎着，却无济于事。打到第七拳还是第八拳的时候，达夫停止了挣扎。“红色风衣”的朋友们开始欢呼起来，庆祝胜利，达夫的手臂软了下来，垂在身体的两侧。

你想制止这场打斗，却又无从下手。“红色风衣”有条不紊地挥舞着胳膊，一拳接着一拳，他的伙伴们则在一旁为他呐喊助威。每揍一拳，他们就发出一阵“啊、喔”的声音。

你惊骇不已。

你的朋友正在挨揍，而你却袖手旁观，只担心着自己，这让你感到羞愧。你很想做点什么，但是你很害怕，无比地害怕。你动弹不得，双腿就像橡皮一样软绵绵的，胳膊也酸软无力。为此，你愈发憎恨自己。

“红色风衣”没有停手，又朝达夫的脸上揍了一拳，接着松开了锁头的胳膊。达夫就像装了衣服的脏衣袋似的瘫软在地，“红色风衣”又往达夫的肋骨上狠狠地踢了几脚。

你害怕极了，自己的朋友挨揍，而你却畏手畏脚地不敢出手相救，真是丢人至极。你永远不会忘记那种懦弱的感觉。你的沉默，还有那种可怕的耻辱感，让你觉得这比挨打还让人难受。

又是一脚，达夫发出痛苦的呻吟，翻躺在地，满脸是血。你后来才知道，达夫只是受了些轻伤，两眼淤青，满脸瘀伤，仅此而已，但此时他看起来却是糟糕透顶。你知道，换成是他的话，他绝不会袖手旁观，看着你挨揍。

你再也无法忍受下去。

你从人群中跳了出去。

所有的人都转过头来看着你，一时间大家一动未动，悄无声息。“红色风衣”呼哧呼哧地喘着粗气，你能够清楚地看到他呼出的热气。你浑身发抖，却努力保持镇静。你鼓足勇气说道：“嘿，够了。”你张开双臂，努力挤出一丝亲切的微笑，对“红色风衣”说道：“他输了，一切到此为止，你赢了。”

突然，有人从背后扑向你，胳膊伸到你的身前，像熊一样紧紧地抱着你。

你被困住了。

这时，“红色风衣”慢慢地向你逼近，你的心就像一只关在窄笼里的小鸟一样，狂跳不已。你把头猛地向后一撞，撞到了身后那人的鼻子上。“红色风衣”离你越来越近，你往旁边一闪，人群中又冒出一个家伙来，那人满头金发，面色红润，估计是“红色风衣”的同伙。

他的名字叫史蒂芬·麦克格拉斯。

他伸手想要抓你，你及时躲开了。越来越多的人向你袭来，你惊恐万分。史蒂芬·麦克格拉斯两手抓住你的肩膀，你拼命地挣扎，慌乱地转过身去。

就在这时，你伸出双手，居然鬼使神差地掐住了他的脖子。

是你扑向他的，还是他拉的你？抑或是你推的他？你无从知晓。又或者是你们中的谁在人行道上滑了一下？还是该怪冰太滑？你无数次回想起此时此刻，却无从寻到答案。

不管是什么原因，你们俩一起摔倒在地。

你的双手还卡着他的脖子，紧紧地掐着他的喉咙，没有松手。

只听砰的一声，你摔倒在地，史蒂芬·麦克格拉斯的后脑勺撞到了人行道的路牙上，发出一声恐怖的碎裂声，潮湿而又空洞，闻所未闻。

你知道，这一声碎裂声预示着生命的终结。

这难忘的可怕声响，犹如恶魔般如影随形，至死方休。

顿时，一切都安静下来，你低头垂目，史蒂芬·麦克格拉斯两眼圆睁，一眨不眨。在他身体突然松软下来的时刻，你就已经知道，在那可怕的碎裂声响起的时刻，你就已经知道，结局已定。

人们轰然散去，你呆若木鸡，久久地未曾移动半分。

接下来，事情迅速地展开。校警率先到达了现场，然后是警察。你跟他们描述了事情的经过，你的父母也从纽约聘请了一位金牌律师，她让你以正当防卫的理由为自己辩护，你依言照做了。

但是那个可怕的碎裂声一直在你的耳边萦绕。

原告律师对你说的正当防卫嗤之以鼻："陪审团的女士们、先生们，"他说道，"被告滑倒时，双手碰巧掐在了史蒂芬·麦克格拉斯的喉咙上？你们会相信这种正当防卫吗？"

审判进行得很不顺利。

现在对你来说一切都不重要了，你曾经无比在意自己的学习成绩和娱乐时光，现在想想真是可悲！朋友，女伴，社会地位，狂欢派对，出人头地，这所有的一切，都像蒸气一样烟消云散，取而代之的是头骨撞击石头时发出的那声可怕的碎裂声。

法庭上，你的父母流下了伤心欲绝的眼泪，但是受害者的父母索尼娅和克拉克·麦克格拉斯的脸庞犹如鬼魂一般阴魂不散，挥之不去。在整个庭审过程中，索尼娅·麦克格拉斯一直都用憎恨的眼光盯着你，让你不敢与之对视。

对此你无能为力。

你努力想要听清陪审团对你的判决，但是总有其他的声音干扰着你。

这些声音不绝于耳，永不停歇，即使在法官从高处严肃地看着你，进行宣判的时候也没有停息。媒体一直在关注事情的进展，所以舒适安逸的俱乐部式的白人监狱根本与你无缘。至少现在不可能，至少在今年这个选举年期间不可能。

听完宣判后，你的妈妈晕了过去，你的父亲努力硬撑着，你的妹妹跑出了法庭，而你的哥哥伯尼则站在那里，呆若木鸡。

你戴着手铐被带走了，对于即将面对的未来，你从小接受的精英教育根本无济于事。你看过电视，听说过监狱强奸的各种故事。虽然这些都没有发生，你没有遭到任何的性侵犯，但是却在入狱后的第一周就遭受了狱友的重殴。而且你犯了个致命的错误，指认了打你的人，结果就是，你又被连续暴打了两次，为此你在监狱的医务室里整整躺了三个星期。多年以后，你仍然会时不时地发现自己的尿中带血，这都是肾脏受损留下的纪念。

你从此生活在恐惧之中。在你出狱回到普通人群中时，你才明白，要想生存下去，唯一的出路就是成为“雅利安民族”[①]的一员。这些人行为怪异，对于美国的未来，他们没有什么宏大的想法或宏伟的愿景，只有满腔的仇恨。

在你入狱六个月后，你父亲因心脏病去世，你很清楚这都是因为你，你想放声痛哭，却欲哭无泪。

你在监狱里待了四年，四年——刚好是念完大学的时间。出狱时，你即将年满 25 岁，他们都说你变了，但你却不以为然。

在你迈出监狱的大门时，你脚步踌躇，就好像脚下的土地随时都会断

---

① “雅利安民族”是美国一个长期存在的奉行白人至上的新纳粹组织，可以追溯到 20 世纪 70 年代。

裂，地球随时都会塌陷一样，让你永堕其中，粉身碎骨。

在某些方面，也许你将永远这样战战兢兢地走下去。

你的哥哥伯尼在大门口等你，他刚刚结婚，妻子玛莎已经怀孕了，这是他们的第一个孩子。他走上前，紧紧地拥抱着你，你完全能够感受到四年的时光流逝。你哥哥跟你开了个玩笑，你哈哈大笑起来，笑得那么酣畅淋漓，这么久以来，这是你第一次开怀大笑。

你的确干过错事，但是你的生命并没有因为阿默斯特那个冰冷的夜晚而戛然止步，你的哥哥会帮你融入正常人的生活。在后来的某一天，你甚至还认识了一位名叫奥利维亚的漂亮女士，这位女士会让你过上无比幸福的生活。

你们很快就会结婚。

在你迈出监狱大门九年后的某一天，你发现你美丽的妻子怀孕了，所以你们决定一人买一部带照相功能的手机，以便你们能够随时保持联系。就在你工作的时候，你的手机响了。

你叫马特·亨特，手机响了两声后，你接起了电话……

九年后

- 1 -

内华达州 里诺市

4月18日

一阵刺耳的门铃声让吉米·戴尔从酣甜无梦的沉睡中惊醒。

她嘟哝着在床上动了动，看了一眼床边的数字时钟，已经中午11:47分了。

尽管已经是正午时分，旅行拖车里依然漆黑一片，吉米就喜欢在这样漆黑的屋里睡觉。她上的是夜班，睡眠又很浅。在她还是拉斯维加斯头牌的时候，她花了数年的时间，试验了各种各样的卷帘、百叶窗、窗帘、护窗，还有眼罩，终于隔绝了内华达州烙铁般炙热的阳光，安然入睡。里诺市的阳光虽然没有那么毒辣，却依然不放过一丝一毫的缝隙。

吉米从她那张特大号的床上坐了起来，屋里的电视依然开着，只是被调成了静音。那是一台杂牌二手电视，是她趁着当地一家汽车旅馆终于升级换代时淘回来的，电视的图像效果极差，犹如缥缈世界里飘浮的幽灵一般。她目前独居，但情况时有变化。曾经有段时间，每一位访客，每一位潜在的床伴，都带着希望来到这张床上，让吉米每每乐观地以为自己的另一半"可能就是他了"，可惜事后证明，这种乐观只是一种痴心妄想罢了。

现在她再也不会有这种奢望了。

她缓缓地坐起身来，她最近才做过隆胸手术，胸部一动就疼。这是她在这个部位做的第三次手术，她已经不是少不更事的小姑娘了，她本来也不想再隆胸的，但是查利自认为很懂男人，坚持要她这么做。她的小费越来越少，人气也在慢慢地下降，所以就顺水推舟地同意了。但是由于手术过于频繁，这个部位的皮肤已经非常地松弛，躺下的时候，那两团该死的东西就像死鱼眼睛一样朝两边掉。

门铃再次响起。

吉米低头看着自己黝黑的双腿，她已经 35 岁了，还没有生过孩子，但是腿上曲张的静脉就像不断进食的虫子一样越长越大，毕竟经年累月地站立了太长时间，查利想让她把腿上的这些丑东西也用手术去掉。她的体形保持得不错，依然凹凸有致，屁股也很挺翘，不过，毕竟 35 岁了，不是 18 岁，腿上也出现了一些赘肉，再加上那些曲张的静脉，丑陋得就像一幅立体地形图一样。

她拿出一根香烟叼在嘴里，点烟的火柴是从“勤奋的海狸”夜总会拿回来的，那是她现在工作的地方。她曾是维加斯的头牌舞娘，艺名叫作“黑魔女”，她一点也不怀念以前那些风光的日子，事实上，她毫不怀念过去的任何时光。

吉米·戴尔披上睡袍，打开卧室的门。前屋没有任何的遮阳设备，刺眼的强光迎面袭来，她用手挡住双眼，眨了眨眼睛。吉米的访客不多，她也从不在家里接客，所以猜测可能是某个耶和华见证人[①]。吉米跟这个自由国度的多数人不一样，她并不介意这些耶证时不时上门布道，相反，她总会邀请那些虔诚的信徒到家里坐坐，仔细聆听他们的布道，羡慕他们领悟

---

① 耶和华见证人，简称耶证，是一个不认可三位一体的另类新兴宗教派别。

了神的真谛，也渴望自己能够领悟神的训喻。她会像期待生命中的其他男人一样，希望这个男人会有所不同，希望这个男人能让自己心悦诚服，虔心皈依。

她没问是谁，径直打开了房门。

“你是吉米·戴尔吗？”

站在门口的女孩很年轻，十八九岁的样子。吉米愣了一下，不是耶和华见证人，他们不会笑得这么无脑。有那么一刻，吉米甚至猜测她是不是查利新进的姑娘，但是又有点不像，这姑娘长得不丑，但是不是查利的菜，查利喜欢那种外表艳丽，打扮得花枝招展的女孩。

“你是谁？”吉米问道。

“我是谁不重要。”

“什么？”

女孩垂着眼，咬着下唇，这个动作莫名地让吉米有点似曾相识的感觉，内心一阵意动。

“你认识我妈妈吧。”女孩说道。

吉米摆弄着手里的香烟，说道：“我认识很多人的妈妈。”

“我妈妈，”女孩说道，“叫坎迪斯·波特。”

听见这话，吉米浑身一抖，现在很热，有三十多度，她却突然紧了紧身上的睡袍。

“我能进来吗？”

吉米说可以了吗？她自己都不清楚，只是朝旁边挪了挪，女孩顺势走了进去。

“这究竟是怎么回事？”吉米说道。

“坎迪斯·波特是我母亲，在我出生的那天，她就把我送人了。”

吉米尽量保持着镇静，迅速地关上旅行拖车的门。“想喝点什么吗？”

“不用了，谢谢。”

两个女人面面相觑，吉米双手抱在胸前。

“不知道你找我有何贵干？”她说道。

女孩就像事先排练过似的开口说道：“两年前，我才知道自己是被收养的，我很爱我的养父养母，所以不想让你有什么误会。我有两个姐妹，还有一对很好的父母，他们都对我很好，这事和他们无关，我只是……知道这种事情以后，你总会好奇，想知道点什么。”

吉米点了点头，也不知道自己为什么这么做。

“所以我就开始调查自己的亲生父母，调查起来并不容易，但是现在有些机构专门帮助那些被领养的孩子寻找他们的亲生父母。”

吉米把香烟从嘴里拿了出来，双手颤抖不已。“可是你知道吗？坎迪——我是说，你妈妈——坎迪斯……”

“……已经去世了，是的，我知道，是被人谋杀的，我上个星期才知道的。”

吉米两腿发软，顺势坐了下来，往事又一幕一幕地涌上心头，令她心碎不已。

坎迪斯·波特，在俱乐部里大家都叫她“坎迪·凯恩”。

“你想知道些什么？”吉米问道。

“我跟负责这起案子的警察谈过了，他的名字叫马克斯·达罗，你还记得他吗？”

噢，老马呀，她当然记得了，在凶案发生之前她就认识他了。刚开始调查的时候，这位马克斯·达罗警探只是走了走过场，说不是什么恶性案件，只是死了一个脱衣舞女而已，又没亲没故的，只是城里又一株枯萎死去的野草而已，坎迪这种人对达罗来说毫无意义。后来吉米花了些代价，他才认真地调查了一番，世道就是这样。

“嗯，”吉米答道，“我还记得他。”

“他现在退休了，我是说马克斯·达罗，他说警察知道凶手是谁，只是不知道他现在在哪里。”

吉米的双眼眼泪盈眶。“那是很久以前的事情了。”

“你和我妈妈是朋友吗？”

吉米费力地点了点头。她当然记得这一切了，坎迪对她来说不仅仅是朋友，人这一辈子很难找到真正可以信赖的朋友。自从吉米的妈妈在她12岁时去世以后，坎迪就成了她可以信赖的人，也许是唯一一个值得信赖的人，两人形影不离，吉米和这个白人小妞有时候管她们自己叫匹克和塞耶斯，这两个名字来自一部老电影《布莱恩之歌》，至少在上班的时候她们是这样叫的。然而，就像电影演的那样，她的白人朋友死了。

“我妈妈是妓女吗？”女孩问道。

吉米摇了摇头，撒了个谎，说得像是真的一样。“她从来都不是。”

“但她在夜总会上班。”

吉米默不作声。

“我不是想批评她。”

“那你问这个干吗？”

“我就是想多了解了解自己的妈妈。”

“现在知道这些也没有什么意义了。”

“对我却很有意义。”

吉米依然记得听到坎迪死讯时的情景，当时她正在塔霍湖附近的舞台上跟着一首慢歌为一群正在吃午餐的人跳舞。那群人人生失意，内心空虚，穿着脏兮兮的靴子，目不转睛地盯着浑身赤裸的舞女，却只能徒增空虚而已。吉米已经三天没有见到坎迪了，但是为了挣钱，她只好继续上路演出。就在那里，就在舞台上，她听见了那些谣言，她知道出事了，只能祈祷死的不是坎迪。

然而事与愿违，怕什么来什么。

“你妈妈这一生过得非常艰难。”吉米说道。

女孩坐在那里，全神贯注地听着。

“你知道吗？坎迪以为我们总有一天会有出头之日。起初，她以为夜总会里的那些男人会是我们的出路，我们总会碰见一个好男人，带我们离开这个鬼地方，但是那都是狗屁。有些女孩也试过这条路，但是根本行不通，男人想要的从来都不是我们这些脱衣舞女。你妈妈很快就认清了现实，她是喜欢做梦，但是目标明确。”

说到这儿，吉米停了下来，看向别处。

“然后呢？”女孩催促道。

“然后那个混蛋就像碾虫子一样把她给杀害了。”

女孩在椅子上动了动。“我听达罗警官说那人叫克莱德·兰格？”

吉米点了点头。

“他还提到了一个叫艾玛·勒梅的女人，她不是克莱德的女朋友吗？”

“大概是吧，具体的我也不知道。”

当时，听到这个噩耗时，吉米并没有哭，人难过到极致时，想哭都哭不出来。但是，她不顾一切地把她知道的一切告诉了达罗那个混蛋。

其实，人这一辈子想要坚守的东西不多，但是吉米不会背叛坎迪，即便那个时候已经太迟，帮不上什么忙了。随着坎迪的去世，吉米人生中最美好的部分也随之逝去。

所以她去找了警察，特别是那个马克斯·达罗。无论是谁干的——事实上，她知道就是克莱德和艾玛干的——也许会招来杀身之祸，但她决不退缩。

最终，克莱德和艾玛没有找她的麻烦，反而选择了逃亡。

那都是十年前的事情了。

“你知道我的事情吗？”女孩问道。

吉米慢慢地点了点头。“你妈妈曾经和我提起过，不过只说起过一次，这件事伤她至深。你必须明白，事情发生的时候，坎迪还很年轻，也就十五六岁的样子。你一出生，他们就把你带走了，她甚至连你是男孩还是女孩都不知道。”

两人一阵沉默，吉米希望女孩能够快点离开。

“你知道他后来怎么样了吗？我是说克莱德·兰格。”

“也许死了吧。”吉米说道，尽管连她自己都不相信。克莱德就和打不死的小强一样，是不会轻易死掉的，不知道什么时候又会钻出来，继续为非作歹。

“我想把他找出来。”女孩说道。

吉米抬起头看着她。

“我想把杀害我妈妈的凶手找出来，将他绳之以法。我虽不富有，积蓄还是有的。”

一时间两人都陷入了沉默，屋里的气氛压抑又沉重。吉米斟酌着该怎么开口。

“我给你说件事情吧？”她开口说道。

“当然可以了。”

“你妈妈曾经试图抗争过。”

“抗争什么？”

吉米继续说道：“你知道吗？大部分的女孩最终都选择认命，但是你妈妈却从不认命，从不屈服，她依然怀揣梦想，只是美梦从未成真。”

“我不太明白。”

“你现在快乐吗，孩子？”

“很快乐。”

“还在上学吗？”

“马上就要上大学了。”

“大学。”吉米恍惚地说道，接着又道：“你。”

“我怎么了？”

“你明白吗？你就是你妈妈最后成真的美梦。”

女孩沉默不语。

“你妈妈坎迪绝不希望你卷入其中，你明白吗？”

“也许吧。”

“等我一下。”吉米打开抽屉，照片依然还在那里，就放在抽屉的最上面。照片当然还在那里了，因为出事以后，她再也没有把照片拿出来过。照片里，她和坎迪，匹克和塞耶斯，正面带微笑，看着这个世界。吉米看着照片里面的自己，突然发现这个被大家称作“黑魔女”的年轻女孩是如此的陌生，也许随着克莱德·兰格的痛殴而消失的还有她自己。

“把这个拿着。”她说道。

女孩犹如捧着瓷器一般小心翼翼地拿着照片。

“她长得真漂亮。”女孩喃喃地说道。

“是啊，非常漂亮。”

“她看上去很开心。”

“她一点也不开心，但是她今天肯定很开心。”

女孩扬起下巴，说道：“我不知道能不能做到远离这一切。”

吉米心想，真不愧是母女啊。

两人拥抱了一下，就此告别，并说好要一直保持联系。女孩离开后，吉米穿好衣服，开车来到花店，买了一打郁金香，郁金香一直都是坎迪的最爱。她开了四个小时的车，来到坎迪的墓地，跪在朋友的墓前。墓的四周空无一人，吉米拭去墓碑上面的灰尘，这块墓地连同墓碑都是她出钱买的，绝不能让坎迪连个栖身之地都没有。

“今天你女儿来找我了。”吉米大声地说道。

一阵微风拂过，吉米闭眼聆听，仿佛能够听见坎迪的低语声，那个久违的声音，仿佛是在请求她保护好自己的女儿。

就在这里，就在内华达州炙热的阳光下，吉米默默地发誓，她会的。

- 2 -

新泽西州 欧文顿市

6 月 20 日

“能照相的手机。”马特·亨特摇着头咕哝道。

他抬起头看着天空，想要寻求点指示，入目的除了那个巨大的啤酒瓶，什么也没有。

那个瓶子马特早已司空见惯了，每次从他那个破破烂烂、油漆斑驳的双拼住宅里面出来的时候都会看到这个酒瓶。这个著名的啤酒瓶高达 56 米，独绝天际。蓝带啤酒公司以前在这里有个酿酒厂，但是早在 1985 年他们就关掉了酒厂。多年以前，这个瓶子还是一座辉煌壮丽的水塔，上面覆盖着镀铜的钢板，还有光彩夺目的珐琅，瓶口还有一个金灿灿的黄金瓶塞。一到晚上，灯光打在啤酒瓶上，新泽西人从几英里开外就能看到它。

但是昔日的辉煌不再，随着时间的推移，瓶身的颜色慢慢褪去，看上去像是棕褐色，实际上却是锈迹斑斑的铁红色。瓶上的标签早已不见踪影，随着标签的消失，曾经生机勃勃、热闹非凡的周边地区也逐渐衰落，失去活力。酿酒厂已经关闭二十年了，但是酿酒厂的破旧程度远比废弃二十年看上去的还要严重。

马特在家门口的楼梯上停了下来，但是奥利维亚，他一生的挚爱，却并没有停下脚步，手里的车钥匙晃得叮当作响。

“我觉得我们不该买新手机。”他说道。

奥利维亚依然没有停下脚步。“买嘛，会很好玩的。”

“手机就是手机，”马特说道，“照相机就是照相机。”

“嗯，说得好高深哪！”

“一个小玩意儿，两种功能……实在有些不伦不类。”

“这不就是你的强项吗。”奥利维亚说道。

“呵呵，你难道没有看到潜在的危险吗？”

“呃，没有。”

“相机和手机合二为一，”马特顿了一下，绞尽脑汁地想着该怎么说，“我也不知道该怎么说，就是有点像那种跨物种的怪物一样，就像那些垃圾电影里演的那样，做实验的时候失去控制，意外制造出某种跨物种的怪物，然后摧毁了一切。”

奥利维亚只是目不转睛地盯着他看。“你这人真是太古怪了。”

“我只是不知道我们该不该买照相手机而已。”

奥利维亚按了一下遥控器，车门打开了，她伸手去拉车门把手，马特却还是有些犹豫不决。

奥利维亚看着他。

“干吗？”他问道。

“如果我俩都有照相手机的话，”奥利维亚说道，“我就可以在你上班的时候给你发裸照了。”

马特立刻打开车门，问道：“去威瑞森还是斯普林特买？”

奥利维亚对他笑了笑，马特一阵春心荡漾。“你知道的，我爱你。”

“我也爱你。”

两人坐进车里，奥利维亚转身看着马特。马特看着她满眼的担心，差点绷不住。“一切都会好起来的。”奥利维亚说道，“你知道的，对吧？”

他故作开心地点了点头，奥利维亚却并不买账，但是努力终归会有回报的。

“奥利维亚？”他叫道。

“干吗？”

“再跟我说说裸照的事儿吧。”

她狠狠地拍了一下他的手臂。

他们走进斯普林特的门店，在听到要签两年合约的时候，那种不安再次袭上马特的心头。营业员的笑容看上去有点邪恶，就像电影里面的恶魔一样，正在诱惑无比天真的家伙出卖自己的灵魂。营业员拿出一张美国地图，告诉他们，那些用亮红色标注的区域不在漫游范围内，马特又开始退缩起来。

奥利维亚倒是兴致勃勃的，他的妻子一向对热情的人没有抵抗力，像她这种无论大事小事都能乐在其中的人实属少见，这倒充分证明了异性相吸的道理，他俩就是这样。

营业员还在乐此不疲地说个不停，马特没有多加理会，奥利维亚却是听得全神贯注，还出于礼貌问了几个问题。但是营业员清楚地知道，这条鱼已经十拿九稳了。

“那我去把相关文件准备一下。”恶魔营业员说完就溜走了。

奥利维亚兴奋地抓着马特的胳膊：“很好玩，对吧？”

马特做了个鬼脸。

“你什么意思？”

“你说的是‘裸体’这个词对吧？”

奥利维亚大笑起来，把头靠在他的肩膀上。

当然，奥利维亚之所以如此兴奋，满脸红光，不单单是因为要换手机，更是因为购买照相手机是他们人生的一个重要路标，标志着他们即将到来的美好未来。

一个新生命即将到来。

两天前，奥利维亚在家里做了验孕测试，当白色的验孕棒上终于出现两条红杠时，马特激动得有些说不出话来。一年多以来，他们一直都在努力备孕。事实上，从结婚那天开始他们就已经开始备孕了，但是努力多次均以失败而告终，这让他们倍感压力。结果，原本激情满满的鱼水之欢，变成了精心安排的例行公事：测量体温、标记日历、长时禁欲、密集缠绵。

现在一切都过去了，虽然他也提醒过奥利维亚，让她不要高兴得太早，不要操之过急，但是不可否认，奥利维亚非常地激动，她的好心情犹如一股引力，一场风暴，一股浪潮，来势汹涌，让马特无力阻挡。

这就是他们会来这里的原因。

奥利维亚特别强调，照相手机可以让他们这个三口之家更好地记录和分享他们的家庭生活，这是他们的父辈无法想象的。有了手机，就可以记录孩子人生中的每一个重要时刻，或是人生中的每一个平凡时刻——孩子迈出的第一步、说出的第一句话，以及日常的游戏、约会等诸如此类的场景。

至少，他们的计划是这样的。

一个小时后，他们开车回到了家里，回到了那个与另一家合住的双拼房子里，奥利维亚快速地吻了他一下，然后走上楼去。

“嘿，”马特挑着眉，举着新手机，在她身后喊道，“想不想试一下录像功能？”

“只能录 15 秒钟。”

“15 秒啊，”他想了想，耸了耸肩，说道，“那就把前戏弄久一点好了。”

奥利维亚心照不宣地嘟囔了一声。

他们居住的城区破旧不堪，就在欧文顿大啤酒瓶的下面，但是住起来还算舒适。刚出监狱时，马特觉得能够住在这样的地方已经很不错了，情况的确如此，他也负担不起更好的地方。九年前，他不顾家人的反对，开始在外面租房子住。欧文顿已经没落了，这里的居民超过八成为黑人多。有些人可能理所当然认为，马特是因为坐过牢，感到内疚，所以才会住在这里。只有马特自己知道，事情从来都不是这么简单，但除了说他还没有能力回到郊区之外也没有更好的解释。不然的话，环境变化太快，会没法适应的。

不管怎么说，这个社区所有的一切，这里的壳牌加油站、年代久远的五金店、街角的熟食店、坑坑洼洼的人行小道、躺在人行道上的流浪醉汉、通往纽瓦克机场的近路、藏身在帕斯特废弃酒厂附近的小酒馆，全都变成了如今的家。

在奥利维亚从弗吉尼亚搬来同住的时候，他还以为她会坚持住到一个更好的社区去。毕竟，她已经习惯住在那样的社区里，就算不能搬到更好的地方去住，至少也要换个不同的地方。奥利维亚是在弗吉尼亚州诺斯威斯的一个乡村小镇上长大的。奥利维亚还在蹒跚学步的时候，她妈妈就跟人跑了，她爸爸独自一人把她抚养长大。

她是她爸爸的老来女，奥利维亚出生时，她爸爸已经 51 岁了。所以爸爸约书亚·穆雷工作十分努力，想为自己和女儿创造一个美好的家庭。约书亚是诺斯威斯镇上的一位全科医生，治疗各式各样的疾病，既治过 6 岁的玛丽·凯特·约翰逊的阑尾炎，也治过老男人里特曼的痛风症。

据奥利维亚说，她爸爸是个善良、温柔的好父亲，对她关怀备至、宠爱有加。父女俩相依为命，住在一栋离主街不远的砖房里。爸爸的诊所就开在屋子的旁边，就在小镇主道的右侧。奥利维亚一放学就飞奔回家，帮忙照顾那些病人，有时候会给害怕的孩子加加油、打打气，有时候会和凯西一起聊聊天。凯西在诊所里工作了多年，既是前台又是护士，碰上她爸爸忙不开的时候，还得兼职一下“保姆”的工作，帮忙做做饭，辅导辅导奥利维亚的作业。奥利维亚非常崇拜自己的父亲，从小就梦想成为一名医生，和她爸爸一起工作，虽然现在她觉得这个梦想有些天真过头、不切实际。

但是，在奥利维亚大四的时候，她的人生发生了骤变，与她相依为命的父亲因肺癌离世，她的人生瞬间变得暗淡无光。上医学院的夙愿，继承父亲的衣钵，这些梦想全都随他逝去。她和大学的恋人，一个名叫道格的医学预科生，解除了婚约，然后搬回了诺斯威斯的老房子。但是没有父亲的陪伴，生活实在有些凄凉，她最终卖掉了房子，搬到了夏洛茨维尔的一间公寓楼里。她在一家电脑软件公司找了一份工作，需要经常出差。她和马特曾经惊鸿一遇，却又擦肩而过，正是源于这份工作，两人才得以再续前缘。

新泽西州的欧文顿市实在有些破旧不堪，无论是诺斯威斯，还是弗吉尼亚的夏洛茨维尔，这里都无法与之相比，但是出人意料的是，奥利维亚居然愿意和他待在这里，这样他们就可以省下一大笔的钱，去买他们已经签下的这所梦寐以求的大房子。

在买了手机后的第三天，奥利维亚下班回到家里，直接朝楼上走去。马特倒了一杯酸橙味的矿泉水，准备了几块圆条状的椒盐饼干，5 分钟后，也跟着她上了楼，结果在卧室里没有找着人。他又去小书房看了一下，果然在那里看到了她，她正背对着自己在用电脑。

“奥利维亚？”

她回过头，冲他笑了一下。马特从来都不相信什么“回眸一笑百媚生”这种陈腔滥调，但是奥利维亚却真的让他惊为天人，她的微笑极富感染力，犹如催化剂一般，点亮了整个世界，让他的生活变得五彩斑斓，让这个世界变得妩媚多娇。

“你在想什么呢？”奥利维亚问道。

“你真性感。”

“就算我有孕在身也很性感？”

“尤其是怀孕之后。”

奥利维亚按了一下按钮，电脑屏幕瞬间黑掉。她站起身来，轻轻地吻了吻他的脸颊，说道：“我得收拾行李去了。”

奥利维亚要去波士顿出差。

“几点钟的飞机？”马特问道。

“我想自己开车过去。”

“为什么？”

“我有一个朋友，坐了飞机之后就流产了，我不想冒这个险。对了，明天早上出发之前，我还要去哈顿医生那里一趟，再去检查一下，确保一切正常。”

“要不要我陪你一起去？”

她摇了摇头。“你还要上班呢，下次做超声波检查的时候再一起去吧。”

“那好吧。”

奥利维亚又亲了他一口，双唇在他的唇上厮磨缠绵。“嘿，”她轻轻地呢喃道，“你快乐吗？”

他本打算来个荤段子，开个玩笑，但他什么也没说，只是紧紧地锁住妻子的双眸，说道：“非常快乐。”

奥利维亚退开身体，两眼含笑地看着他。“我该收拾行李去了。”

马特看着她的背影，目送着她走开，他在门口又待了一会儿，心情无比地轻松，幸福之感油然而生，但是内心深处却总有一丝惶恐与不安。幸福总是那么脆弱，不堪一击，这一点在他失手杀了一个男孩，并为之在固若金汤的监狱里度过四年的艰难时光之后，他就已经深深地体会过了。

美好的东西总是那么地脆弱，那么地缥缈，仿若轻轻一吹，就会烟消云散。

抑或是电话的一声铃响，就可以让它荡然无存。

电话振动声响起的时候，马特正在工作。

马特瞥了一眼来电显示，是奥利维亚。他仍然坐在那种老式的办公桌前，就是那种两个人面对面坐着的办公桌，虽然对面的座位已经空置了三年了。马特出狱时，他的哥哥伯尼就购买了这张桌子。在马特过失杀人之前——家人委婉地称之为“失足”——伯尼已经设计好了他们美好的未来——成立亨特兄弟公司。就算现在马特蹲过大牢，他仍然希望一切如故，希望马特能够忘记监狱里的那些岁月，那次“失足”只是人生路上的一次小颠簸，仅此而已。现在，亨特兄弟又可以重整旗鼓了。

伯尼说得信心满满，马特也一度信以为真。

兄弟俩共用那张桌子长达六年之久，就在这个房间里，他们一起开展着法律业务，伯尼负责对外接洽，处理那些收益丰厚的企业业务，而马特，因为留有案底，不能担任正式的律师，只能处理一些内部事务。伯尼的律师合伙人认为兄弟二人这样面对面地办公非常地奇怪，但是兄弟俩都觉得独立的办公空间完全没必要，因为两人从小就一直住在同一间卧室里，伯尼睡上铺，马特睡下铺，熄灯后，两人经常来个兄弟卧谈。两人都希望能够昨日重现，特别是马特，他不喜欢一个人待着，只要伯尼在房里，他就感觉特别地踏实。

兄弟俩就这样对坐了六年。

马特把手放在红木桌上，他早就该把这张桌子给处理掉了。伯尼那边的桌子已经空了三年，但是马特还是会时不时看向对面，希望能够看到哥哥还坐在那里。

照相手机又震动起来。

前一刻，伯尼还集万千宠爱于一身：一个完美的妻子，两个活泼可爱的儿子，一座郊区的大豪宅，还是一家大型律师事务所的合伙人，身体健康，人人爱戴；但是下一刻，他却一命呜呼，家人完全搞不明白究竟发生了什么。医生说他得了脑动脉瘤，脑瘤已经长了多年，突然有一天，砰的一声破裂了，结束了他的生命。

马特把手机设置成了“震动响铃模式”，震动结束后，响起了老电视剧《蝙蝠侠》里的那首主题曲，主题曲的歌词写得非常巧妙，基本上都是先唱一会儿“不——不——不——”，接着就是一声大喊：“蝙蝠侠！”

马特把新买的照相手机从腰带上取了下来。

他的手指在接听键上犹豫了一会儿，虽然奥利维亚在电脑公司上班，但她基本上对所有的电子产品都一窍不通，真的是太奇怪了。她很少使用手机，而且她知道马特现在在办公室，要找他也是打他的座机。

马特还是按下了接听键，屏幕上出现了一条信息，提示正在接收一张照片，这一点也非常地奇怪，除了刚买手机那会儿的兴奋劲儿，奥利维亚连怎么使用相机功能都还没有学会。

这时，他的对讲机突然响了起来。

“马特？”罗兰达清了清嗓子喊道，马特本来想叫罗兰达秘书或助理的，但她不喜欢这样叫她。马特回道：“是我。”

“玛莎在二号线上找你。”

马特一边看着屏幕，一边拿起办公室的电话，和他的嫂子——伯尼的遗孀讲电话。

“嗨。”马特招呼道。

“嗨，”玛莎说道，“奥利维亚还在波士顿吗？”

“就是，事实上，我猜她现在正在用新买的手机给我发照片。”

“哦。”玛莎停顿了片刻，又道：“你今天还要出去吗？”

为了便于照顾玛莎及孩子们，马特和奥利维亚特意在离他们不远的地方买了一所房子，房子就在利文斯顿镇，伯尼和马特就是在那里长大的。

马特曾经也怀疑过回去那里买房子是否明智，不管过去了多少年，人们都不会忘记曾经的事，总会在他的背后指指点点，说三道四。虽然马特不在乎那些闲言碎语，但是他非常担心奥利维亚和即将出生的孩子，害怕自己的罪孽会连累他们。

奥利维亚明白其中的风险，但是她想在那里生活。

更重要的是，有点神经质的玛莎出了点状况，除了这个词，他也不知道该用什么委婉的词来形容她。伯尼突然去世后的第一年，玛莎曾经有过短暂的精神崩溃，为此，用委婉的说法就是，玛莎“休息”了两个星期，在此期间，马特搬到了哥哥家里去住，帮忙照顾两个侄子。虽然大家都说玛莎现在好多了，但是马特仍然想住得离他们近一些。

今天是去现场看房子的日子。“我可能要出去一会儿，怎么啦？有什么事吗？”

“你能顺便过来一下吗？”

“去你家？”

“是的。”

“没问题。”

“如果不方便的话……”

“怎么会，当然方便了。”

玛莎长得很漂亮，椭圆的脸蛋有时看起来有点忧郁，紧张时眼睛不时地往上瞟，像是要确认一下天空是否阴云密布似的。当然，这些都是外在的东西，就好比身材矮小或是斑斑伤痕一样，并不能真实地反映出她的个性。

“一切都还好吧？”马特问道。

“是的，我很好，没什么紧要的，就是……你能帮忙照看孩子几个小时吗？我要去学校办点事，凯拉今晚也要出去。”

“要我带他们出去吃晚饭吗？”

“那就太好了，但是不能去吃麦当劳，好吗？”

“中餐怎么样？”

“棒极了。”她说道。

“没问题，有我在。”

“谢谢。”

照片还在继续传送中，一点一点地呈现在照相手机上。

“待会儿见。”他说道。

玛莎说了声再见，就挂断了电话。

马特的注意力又转回到手机上，他眯着眼睛看着屏幕，手机的屏幕不大，可能只有一英寸大，不超过两英寸，外面阳光灿烂，窗帘也大开着，强烈的光线让他更加难以看清屏幕上面的照片。马特只好用手遮住小小的显示屏，同时勾着身子挡住刺眼的阳光，这才稍稍看清楚了一点。

屏幕上是个男人的照片，但是细节还是很难看清楚。那人看上去35岁左右，跟马特的年龄差不多，一头乌黑的头发，黑得几乎泛蓝，男人身上穿着一件系扣的红色衬衫，举着一只手，好像是在打招呼似的，背景是一个四面白墙的房间，窗外是灰蒙蒙的天空。那人脸上带着一副自以为是、“我比你强”的得意笑容，马特目不转睛地看着那人，两人的目光在空中交会，马特发誓，他在那人的眼里看到了某种嘲弄的意味。

马特根本不认识这个男人。

更令他费解的是，他的妻子为什么会拍这个男人的照片给他？屏幕又黑了下去，马特一动不动地坐在那里，耳朵里嗡嗡作响，远处的传真机声、旁人的低语声、外面的汽车声，依然清晰可闻，却又像是被过滤过似的显得不太真实。

“马特？”

是罗兰达·加菲尔德的声音，就是前面提到的那个助理。马特刚刚雇用她时，律师事务所的人并不是特别赞同。对于卡特·斯特吉斯律师事务所里面那些自命不凡的人来说，罗兰达略显“街头风”了。但是马特还是坚持要雇佣她，因为她既是马特的第一批客户之一，也是他为数不多、来之不易的几个胜利成果之一。

在服刑期间，马特通过自学获得了学士学位，出狱后不久又拿到了法学学位。伯尼是卡特·斯特吉斯旗下的超级纽瓦克律师事务所的顶梁柱，他觉得自己应该能够说服律师事务所的人，破例让他有前科的弟弟在事务所上班。

但是他想错了。

伯尼并不是一个轻易放弃的人，最后还是说服了他的合伙人，让马特以“律师助理”的身份在事务所里工作，“律师助理”听上去非常体面，实际上就是“跑腿”的代名词。

起初，卡特·斯特吉斯的人并不买账，当然，这种反应也没什么让人惊讶的，毕竟让一个有前科的人在一个顶尖的律师事务所工作，这根本就不合情理。但是伯尼还是凭借他的聪明才智唤起了他们少得可怜的同情心：雇佣马特有利于提升公司的品牌形象，可以向外界证明公司有着博大的胸怀，愿意给人从头再来的机会，至少理论上是如此。马特非常聪明，肯定会成为公司的一笔宝贵财富。更重要的一点是，马特可以接手律师事务所大部分的公益案件，这样，其他律师就可以腾出手来，一门心思地从有钱人那里捞钱了。

还有另外两个更具说服力的理由，其一，马特的工资会很便宜，其他人还能说什么呢？其二，哥哥伯尼能力出众，是事务所里数一数二的王牌律师，如果他们不同意的话，他就立刻走人。

合伙人们掂量了一下：既做了好事，又为自己挣得了好名声，何乐而不为呢？慈善事业不就是这样做的吗？

马特的眼睛仍然盯着黑掉的手机屏幕，脉搏怦怦地快速跳动着，心里暗想：那个深黑色头发的家伙究竟是谁？

罗兰达两手插在腰间，对着马特喊道："回魂了。"

"怎么啦？"马特突然回过神来。

"你还好吧？"

"我吗？我很好。"

罗兰达奇怪地看了他一眼。

手机又震动了一下，罗兰达两手抱胸，站在那里。马特看了她一眼，好似在说，你可以离开了，罗兰达却完全没有领会到他的暗示，她这个人从来就不会察言观色。手机又震动了一下，接着，《蝙蝠侠》的主题曲再次响起。

"不接电话吗？"罗兰达问道。

马特低头看了一眼电话，来电显示依然是他妻子的电话号码。

"喂，蝙蝠侠。"

"我正要接呢。"马特说道。

他把拇指放到绿色的发送键上，在按下之前，又停顿了一会儿。手机屏幕再次亮了起来，一段视频出现在屏幕上。

虽然手机技术在不断地进步，但是手机的显示器还是比不上柯达胶片的质量，清晰度至少低上两个档次，所以有那么片刻，马特很难看清楚视频里面究竟播放的是什么。马特知道，视频的时间不会太长，就十几秒钟的时间，顶多15秒钟。

看得出来，视频里面是一间屋子，镜头掠过柜子上的电视机，墙上挂着一幅画，但是看不清楚是什么画。从总体上来看，他判断这应该是一间酒店的房间，镜头停在了浴室的门上。

接着，一个女人出现在镜头里。

她留着一头浅金色的头发，戴着一副深色的太阳眼镜，穿着一件紧身的蓝色连衣裙。看到这里，马特皱起了眉头。

这究竟是什么鬼东西？

女人在那里站了片刻，马特感觉她根本不知道有镜头在拍她。镜头随着她的身影移动着，一道光从镜头里一闪而过，阳光从窗户外照了进来，一切都变得清晰起来。

那个女人朝床边走了过去，马特的呼吸随之一滞。

马特认出了她走路的姿势。

他也认出了她坐在床上的坐姿，那随之而来的怯怯的微笑，还有她抬起下巴的姿态，以及交叉双腿的方式。

马特坐在那里纹丝不动。

这时，罗兰达的声音从房间那头传了过来，听上去更加轻柔了一些："马特？"

马特没有理她。现在，镜头放了下来，应该是放在了一张桌子上，仍然对准着床。一个男人朝那个金发女郎走去，马特只能看到他的背影。他穿着一件红色的衬衫，留着一头乌黑的头发，他的身体挡住了那个女人，也挡住了床。

马特的眼前一片模糊，他眨了眨眼，让视线重新聚焦，相机的液晶屏幕开始慢慢暗了下来，图像开始一闪一闪的，然后消失了。马特静静地坐在那里，罗兰达一脸好奇地看着他，哥哥桌上的照片依然摆放在原处。手机屏幕只有四五厘米宽，对吧？但是，他非常确定，他万分确定，那个待在陌生酒店房间里面的女人，那个坐在床上穿着紧身连衣裙的女人，那个头上戴着浅金色假发的女人，她的头发其实应该是深褐色的，她的名字叫奥利维亚，是他的妻子。

- 3 -
新泽西州 纽瓦克市
6 月 22 日

埃塞克斯县凶案组的警探罗兰·缪斯坐在老板的办公室里。

“等一下，”她说道，“你是说那个修女隆过胸？”

埃塞克斯县检察官埃德·斯坦伯格坐在办公桌后面，摸着自己的大肚子。从后面看，根本看不出来他有多胖，因为他的屁股上没肉。他朝椅背一靠，双手交叉，枕在脑后，腋下的衬衫微微有些发黄。“对，看起来是那样的。”

“她不是自然死亡的吗？”罗兰说道。

“我们开始也是这么想的。”

“现在呢？不那么想了吗？”

“我现在什么都不想。”斯坦伯格说道。

“老板，没开玩笑吧？”

“得了吧你。”斯坦伯格叹了口气，戴上自己的老花镜。“玛丽·罗斯修女是十年级的社会科学老师，被人发现时死在修道院的宿舍里，没有发现任何挣扎的痕迹，也没有伤口，年龄 62 岁，很明显，是由心脏病或中风之类导致的自然死亡，没什么可疑之处。”

“但是？”罗兰接过话头说道。

“但是，现在有了新的进展。”

“我觉得‘隆胸’这个词更合适一些。”

“得了吧你，真是要我的老命。”

罗兰摊了摊手，说道：“我还是不明白为什么要我来这里。”

“因为你是全县最伟大的凶杀案侦探，怎么样？”

罗兰扮了个鬼脸。

“哎，也没指望这个就把你说服了。这位修女在圣玛格丽特中学教书。”斯坦伯格取下老花镜，朝她看去。

“所以呢？”

“你也是那个学校毕业的，对吧？”

“我还是那句话：所以呢？”

“学校的院长在市里有点影响力，指名要你调查此事。”

“凯瑟琳院长？”

斯坦伯格看了一下文件，说道：“就是她。”

“你在开玩笑，对吧？”

“没跟你开玩笑，她特意打电话过来，指名道姓要的你。”

罗兰摇了摇头。

“你应该认识她吧？”

“凯瑟琳院长？当然认识了，我以前经常被她叫到办公室去训话。”

“等一等，你以前是个问题学生？”斯坦伯格用手捂着胸口，“真是太令人惊讶了。”

“我还是不明白她为什么点名要我去。”

“也许她觉得你办案比较谨慎吧。”

“我讨厌那个地方。”

“为什么？”

“你没有上过天主教学校，对吧？”

斯坦伯格拿起桌上的名牌，一个字一个字地指着那些字母，一字一顿地念给她听：“斯—坦—伯—格，看到斯坦了吗？看到伯格了吗？是不是经常在教堂里看到这些名字？”

罗兰点了点头。“算了，你这就像给聋子讲音乐，说了也是白说。那我该向哪位检察官汇报工作？”

“我。”

这有点出乎罗兰的意料。“直接向你汇报？”

“没错，而且只用向我一个人汇报，不能让第三者知道，明白吗？”

罗兰点了点头。“明白。”

“那你准备好了吗？”

“准备什么？”

“凯瑟琳院长。”

“和她有什么关系？”

斯坦伯格站起身来，慢悠悠地绕过办公桌。“她就在隔壁，想和你单独谈谈。”

罗兰·缪斯还在圣玛格丽特女子学校读书的时候，感觉凯瑟琳院长犹如擎天巨人一般高大，面容犹如百岁老妪一般苍老，但是随着岁月的流逝，她似乎变得矮小了一些，也年轻了一些，只是变化不是特别地明显。罗兰还在圣玛格丽特读书的时候，凯瑟琳院长一直穿着宽松的修女服。现在的她穿着虽依然虔诚，但是要随意许多，罗兰猜测，这也许是神职人员对“香蕉共和国”[①]的简约风格做出的一种回应吧。

斯坦伯格对着两人说道：“我就不打扰你们了。”

凯瑟琳院长站在那里，双手合十，像是在祈祷一样。房门关上后，两人谁也没有开口。罗兰知道谈话的技巧，所以默不出声。

罗兰在利文斯顿高中读二年级的时候，就被列入了“问题学生”的行列，因此被送到了圣玛格丽特学校。那个时候，罗兰的个子很小，只有一米五左右，之后的几年里，她的个子也没有长高多少。其他的警探都是清一色的男性，所以大家都叫她“小不点儿”。

对于这些家伙，你一旦纵容下去，准没有你什么好果子吃。

但是，罗兰也并非一直都是所谓的问题青年。上小学的时候，她还是一个身材娇小的野丫头、孩子王，足球踢得倍儿好，宁死也不穿粉色的衣服。她的父亲干过各种各样的粗活，但是主要还是开卡车搞运输。他是一个温柔、安静的男人，但是错就错在爱上了一个无法驾驭的大美女。

缪斯家住在新泽西州利文斯顿的考文垂区，以他们家的经济实力和社会地位，是断然买不起这片郊区的大房子的，但是罗兰的妈妈，那个风情万种又爱慕虚荣的缪斯夫人，却偏偏认为自己就应该住在那里，这样，就再也没有人会瞧不起卡门·缪斯了。

她不停地给罗兰的爸爸施加压力，让他更加拼命地工作，申请更多的贷款，想尽办法供她挥霍，直到有一天，罗兰刚过 14 岁生日的两天后，就在他们家带有两个车位的独立车库里，她爸爸对着自己的脑袋开了一枪，结束了自己的生命。

---

① 香蕉共和国（Banana Republic）起源于 1978 年的美国加州，于 1983 年开始从事服装的设计与发展。早期的品牌定位单纯是旅行风格服饰，从 1992 年开始，从特定的专业服饰蜕变成美国都市简约风格的代表品牌。

事后大家才发现，她爸爸可能得了躁郁症，罗兰现在知道躁郁症是怎么回事了，就是大脑里的化学物质失衡。他爸爸是因为躁郁症而自杀的，把责任推到别人的身上是极不公平的，但是罗兰却偏偏这么做了，她把所有的责任都推到了她妈妈的身上。她一直在想，要是温柔、安静的爸爸娶的不是贝永市[①]的卡门·瓦罗斯这个爱慕虚荣的女人，而是别人，他的生活又会是一番什么景象？

悲剧发生之后，不出大家所料，小罗兰开始叛逆起来，喝酒、抽烟、整天和不三不四的人厮混在一起，还乱搞男女关系。罗兰知道，这世道就是这么不公平，男人可以睡不同的女人，还一样受到大家的尊敬，但是女人要是睡了不同的男人就是十足的荡妇。尽管罗兰一直拿女权主义来安慰自己，认为这样做合情合理，但是罗兰不得不承认，她之所以滥交，还是因为她的自尊心作祟，自我认同感越低，就越容易耽于享乐。与女人不同的是，男人们似乎并不会有这样的遭遇，就算有，他们也掩盖得很好。

凯瑟琳院长忍不住率先打破了僵局。“很高兴见到你，罗兰。”

“我也是。”罗兰犹豫了一下说道，这一点都不像她。天哪，接下来会怎么样？她会不会又像以前那样，开始咬手指甲？“检察官斯坦伯格说你想跟我谈谈？”

“我们坐下来说吧？”

罗兰耸了耸肩，表示随她高兴就好。于是，两人坐了下来，罗兰两手抱胸，没骨头似的瘫坐在椅子上，还跷起了二郎腿。突然，她想起嘴里还嚼着口香糖，看见凯瑟琳院长不赞同地皱起了眉头，罗兰不以为然，本来还是慢悠悠地嚼着，现在反而加快了速度，嚼得更快了。

“能告诉我发生了什么事吗？”

---

① 新泽西州东北部海港城市。

“这次的情况有点微妙，”凯瑟琳院长开始说道，“所以需要你……”她抬起头来，仿佛是在请求上天的帮助似的。

“微妙？”罗兰接过话头说道。

“是的，微妙。”

“好吧。”罗兰拖着尾音慢吞吞地说道，“和那个隆胸的修女有关，对吧？”

凯瑟琳院长有些尴尬地闭上眼睛，然后又再次睁开。“是的，但是我觉得你没有抓住重点。”

“什么重点？”

“我们一位非常优秀的老师去世了。”

“就是那位玛丽·罗斯修女？”罗兰嘴里说着这样的话，心里却在嘀咕：我们的乳沟女神。

“是的。”

“你觉得她是自然死亡的吗？”罗兰问道。

“没错。”

“所以呢？”

“真的有些难以启齿。”

“我愿意尽绵薄之力。”

“读书时你也是个好孩子，罗兰。”

“不是吧，我那时可是个讨厌鬼。”

凯瑟琳院长忍俊不禁地说道：“嗯，那倒也是。”

罗兰也笑了笑。

“问题学生也分很多种，”凯瑟琳院长说道，“没错，你是很叛逆，但是你有一颗善良的心，从来都不会对别人使坏，对我来说，这一点至关重要，你每次犯错，都是为了保护弱小。”

罗兰接下来的动作让她自己都大吃一惊，只见她倾身向前，握住凯瑟琳院长的一只手。凯瑟琳院长似乎也被她这个动作吓了一跳，幽蓝的眼睛直直地看着罗兰。

“答应我，接下来我要跟你说的话你一定要保守秘密。”凯瑟琳院长说道，“这一点至关重要，尤其是在当前这种环境下，哪怕是一点点的丑闻——”

“我不会隐瞒任何的丑闻。”

“我也不会让你这么做的，”她用一种神圣受到侵犯的口吻说道，“我们必须查出事情的真相，我曾经也认真地考虑过。”她挥了挥手，继续说道：“让这件事就这么过去了，悄无声息地把玛丽·罗斯修女埋葬了，一切就到此为止。”

罗兰仍然握着修女的手，这位老妇人的手黑乎乎的，就像是用巴杉木制作的一样。“我会尽力而为的。”

“你必须明白，玛丽·罗斯修女是我们学校最好的老师之一。”

“她教社会科学？”

“是的。”

罗兰在脑子里搜索了一下。“我不记得她了。”

“她是在你毕业以后才来的。”

“她来圣玛格丽特学校多久了？”

“七年了，我跟你说，这位女士是个真正的圣人，我知道这个词已经用滥了，但是实在没有更好的词来形容她。玛丽·罗斯修女从不求名利，只是无私地奉献，一心做她认为正确的事情。”

凯瑟琳院长抽回自己的手，罗兰也重新靠回椅背上，又把腿跷了起来，“请继续。”

“我们，我是说我和另外两个修女，早上发现玛丽·罗斯修女的时候，她的身上还穿着睡衣。她和我们很多人一样，是个非常谦虚的女人。”

罗兰点了点头，示意她继续说。

“当然了，我们当时都很恐慌，发现她停止呼吸后，我们就试着进行了人工呼吸和心脏按压复苏。之前，刚好有警察来学校教孩子们一些急救方法，所以我们就试着用这些急救方法来救她，我是那个做胸部按压的人，结果……”她的声音渐渐低了下去。

“结果就在你进行胸部按压的时候发现玛丽·罗斯修女隆过胸？”

凯瑟琳院长点了点头。

“你跟别的修女提起过此事吗？”

“没有，当然没有了。”

罗兰耸了耸肩。“我还是不太明白问题的所在。”她说道。

“是吗？”

“说不定在成为修女之前，玛丽·罗斯修女有其他不同的人生，谁知道呢？”

“这就是问题的所在，”凯瑟琳院长说道，“她恰恰没有。”

“我不太明白你的意思。”

“玛丽·罗斯修女来自俄勒冈州一个非常保守的教区，她是个孤儿，15 岁时就进入了修道院。”

罗兰暗自琢磨着这个信息。“所以你也不知道……？”她在自己的胸前随意地用手来回比画着。

“完全不知道。”

“那这件事情你又怎么解释呢？”

“我猜测——”凯瑟琳院长咬了咬自己的嘴唇，“我猜测玛丽·罗斯修女隐瞒了自己的真实身份。”

“什么真实身份？”

“我也不知道。”凯瑟琳院长抬起头，满怀期待地看着罗兰。

“所以，”罗兰说道，“这就是你把我叫来的原因？”

“嗯，是的。”

“你想让我查清楚她的真实身份。”

“是的。”

“而且要秘密进行。”

“希望如此，我不想把事情闹大，罗兰，但是我们需要知道事情的真相。”

“即使真相丑陋不堪？”

“如果真相真的丑陋不堪，那就更要查出真相。”凯瑟琳院长站起身来，“面对世界的丑陋，我们就该这么做，把它们揪出来，暴露在神光之下。”

“是啊，”罗兰说道，“暴露在神光之下。”

“你已经不信教了，对吧，罗兰？”

“我从来都不信教。”

“哦，我还不知道呢。”

罗兰也跟着站起身来，凯瑟琳院长仍然比她高上一大截。哎，罗兰暗自地心伤，去他的擎天巨人。

“你愿意帮我吗？”

“你知道，我会的。”

- 4 -

几秒钟过去了，马特·亨特猜测也就是几秒钟的时间。他直直地盯着电话，惶恐地等待着，却什么也没有发生。他的内心冰冷一片，寒意宣泄而出，不断蔓延，他却宁愿再次回到之前的严寒封冻。

一定是手机的问题，他把手机拿在手里，翻来覆去地仔细研究着，好像之前从未见过手机似的。他不断地提醒着自己，手机屏幕实在太小了，画面也不够流畅，颜色也有点失真，光线太亮也是个问题。

马特点了点头，继续再想想。

奥利维亚的头发是褐色的，不是浅金色。

很好，继续，继续……

他了解奥利维亚，也深爱着奥利维亚，却深知自己不是她的良配。他坐过牢，前途一片暗淡，在感情上也比较脆弱，瞻前顾后，很难再去爱人，也不轻易相信别人。而另一方面，奥利维亚却拥有令人羡慕的一切：她聪明、美丽，又是弗吉尼亚大学毕业的高材生，甚至还有她父亲留下的一小笔遗产。

可是，想这些都没用。

即便如此，奥利维亚还是选择了他，一个毫无前途的前科犯。她是第一个知晓他痛苦过往的女人，其他女人和他交往的时间都不够长久，因此他不愿意与她们分享自己的过往。

听了他的过往之后，她是什么反应呢？

奥利维亚自然不可能一路含笑，她那颠倒众生的微笑也曾暗淡过。马特本打算就此打住，顺势离开，因为他无法忍受让她的笑容哪怕出现片刻的暗淡。奥利维亚只是迟疑了片刻，脸上瞬间又恢复了灿烂的笑容。马特咬着嘴唇，如释重负地松了口气。奥利维亚从桌子对面伸过手来，紧紧地握住他的手，从此以后，再也没有松开。

但是现在，马特静静地坐在这里，脑海里依然清晰地记得刚刚走出监狱大门时的情景。他记得自己忐忑的步伐，也记得那种随时可能坠入刺骨冰水中的危机感。这种战战兢兢的感觉纠缠至今，从未离去。

那又怎么解释刚才看到的那一幕呢？

马特深谙人性，准确地说，他洞悉人性中的阴暗面。命运之神对自己和家人的捉弄，他已经见识得够多了。这些经历足以让他明白世事无常。

这个世界既不残酷，也不美好，根本没有真正的秩序可言。善有善报，恶有恶报终是无稽之谈。

混乱，一切都是混乱的。

在混乱无序的世界里，马特所拥有的只有奥利维亚一人。

但是，当他坐在办公室里，两眼紧紧地盯着手机时，脑海里挥之不去的仍然是刚才看到的那一幕。现在，就在此时此刻，奥利维亚究竟在酒店的房间里干些什么？

他闭上眼睛，努力让自己混乱的思绪平复下来。

也许，那个女人根本不是奥利维亚。

那个屏幕实在太小了；视频画面也不够稳定。马特继续寻找着借口，再次陷入激烈的思想斗争之中，希望自己的所念所想才是事情的真相。

但是没有一个理由站得住脚。

他的心渐渐沉了下去。

无数的画面排山倒海地向他涌来，马特努力地抗争着，不看，不想，但收效甚微。男人那深黑色的头发，那该死的讥笑，还有他们做爱时，奥利维亚躺在床上，咬着下唇，半闭双眼，脖子上青筋绽放的画面，不停地在他的眼前晃动。他想象着两人做爱时发出的那些声音，从一开始的细碎呻吟，演变成高潮极乐时的欢愉喊叫……

不要想了。

他抬起头来，突然发现罗兰达还在目不转睛地盯着他看。

“有什么事吗？”他问道。

“有。”

“什么事？”

“在这里站得太久了，忘记了。”

罗兰达耸了耸肩，转身离开了办公室，连门都忘记关上了。

马特站起身来，走到窗前，低头看着伯尼儿子的照片，照片里，两个孩子穿着一身足球服。三年前，伯尼和玛莎曾用这张照片制作他们的圣诞卡片。照片的相框是仿铜数字相框，随便在来爱德或类似的药店里都可以买到。照片里的保罗和伊森，一个5岁，一个3岁，笑得天真无邪，开心不已，现在再也没法在他们的脸上看到这样开心的笑容了。他们俩都是懂事的好孩子，适应力也很强，但是无论怎样，父亲的去世还是给两人的笑容蒙上了些许悲伤的气息。端详他们现在的笑容，就会发现笑容里多了丝小心，多了丝恐惧，害怕会再次失去身边的宝贵东西。

那现在该怎么办?

答案显而易见，他决定打电话给奥利维亚，问一问究竟是怎么回事。

听上去非常地明智，事实上却无比地荒谬。这样做会有什么结果？会不会听见妻子急促的呼吸声，或是男人放荡的讥笑声？还是听到奥利维亚一如既往的欢快声？那接下来呢？他是不是会说："嗨，亲爱的，汽车旅馆究竟是怎么回事？"在马特的心里，那间屋子不再只是一间旅馆，而是一间见不得人的汽车旅馆，多了汽车两个字，含义都不一样了。"那顶浅金色的假发你该做何解释？还有那个一脸讥笑的黑发男人又是怎么回事？"

不论怎么看都有点不对劲。

马特任由自己不着边际地胡乱想象着，这一切肯定有一个合理的解释，只是他还没有想明白而已，并不代表不存在。马特还记得在电视上看过的那些魔术节目，看着魔术师表演的时候，你可能不了解背后的玄机，但是一旦谜底揭晓，你就会忍不住纳闷，自己怎么会那么笨，看的时候怎么就没有想到。现在的情形也许就和这种情况一样。

思前想后还是别无选择，马特决定打电话问问。

他早已把奥利维亚的手机号码设置成了一号快捷键。他按下按键，电话铃声随之响起。他向窗外望去，看着窗外的纽瓦克市。他对这座城市真是又爱又恨，一方面，因为它的生机勃勃，潜力无限而心生欢喜；另一方面，却又因为它的衰败不堪，满目疮痍而摇头叹息。不知何故，马特突然想起了达夫，想起达夫去监狱探监时的情形。刚一见面，达夫就开始号啕大哭，像个孩子似的，满脸涨得通红。马特只能无奈地看着他，什么话也说不出来。

电话响了很久，无人接听，直接转入了语音信箱，妻子充满活力的声音随之响起，那声音是如此地熟悉，如此地……独属于他，让他的心狂跳不已。他耐心地等着奥利维亚把话讲完，接着响起哔的一声。

"嗨，是我。"他说道，声音听起来干巴巴的，他努力让自己放松下来，“有空的时候可以给我打个电话吗？”他顿了一下，以往他都会习惯性地加一句“我爱你”，这次却什么也没说，直接按下了结束键。

马特一直看着窗外，在监狱里，折磨他的不是别人的暴行或排斥，恰恰相反，真正折磨他的是这些暴行成为家常便饭，让他习以为常。蹲了一阵监狱后，马特开始喜欢上那群心态扭曲的“雅利安民族”的兄弟们，实际上，他非常喜欢和他们待在一起，这种有悖常理的现象就是典型的斯德哥尔摩综合征。生存才是第一要素，为了活命，心态也会发生扭曲，一切不正常都可以变成正常。正是这一点才让马特顿了一下。

他想起了奥利维亚甜美的笑容，正是这些笑容让他走出了黑暗。现在他开始怀疑这些笑容是真实的还是只是另一个残酷的幻影，嘲笑着他的痴心与妄想。

接着，马特做了一件奇怪的事情。

他举起照相手机，伸长手臂，拍了张自拍照。他的脸上没有一丝的笑容，只是直直地看着镜头。接着，小小的屏幕上出现了他的大头照，他看着自己的照片，脸上一片茫然。

他按下奥利维亚的电话号码，把照片发了过去。

- 5 -

两个小时过去了，奥利维亚还是没有回电话。

在这两个小时期间，马特一直和艾克·基尔待在一起。艾克是公司的大股东，留着一头灰白的长发，头发向后梳得整齐溜光。艾克是个典型的富家子弟，擅长交际，其他方面却是一无是处，不过光是这一点就足够让他混得风生水起了。他有一辆道奇蝰蛇跑车，还有两辆哈雷戴维森机车。办公室的人给他起了个绰号叫“中危”，就是中年危机的简称。

“中危”看事通透，也有自知之明，知道自己有几斤几两，所以经常使唤马特做事。他知道，马特做事认真负责，只会埋头苦干，不喜张扬，因此，“中危”不仅保住了很多大客户，还创造了不错的业绩。他估计，马特知道自己被利用了，却又无能为力，只好听之任之。

企业欺诈或许对国家发展没有什么好处，但是对于卡特·斯特吉斯这样的“白鞋”“白领”精英律师事务所来说，却最是赚钱的案子。现在，两人正在讨论的迈克·斯特曼的案子就是这样的案子。迈克·斯特曼是一家名为庞塔克的大型制药公司的首席执行官，他被指控做假账操纵公司的股价。

“总而言之，”“中危”用他好听的男中音说道，话里带着那种“假如你是陪审团”的语气，“我们就辩护说……？”他看向马特，等着他奉献自己的答案。

“是别人的错。”马特说道。

“别人？”

“没错。”

“嗯？”

“想说谁就是谁，”马特说道，“比如财务总监，此人是斯特曼的妹夫，也是他以前最好的哥们，运营总监、会计师事务所、银行、董事会、普通员工等，我们可以说有人蓄意欺骗，也可以说有人犯的无心之过，这才导致了现在的恶果。”

“这不是自相矛盾吗？”“中危”两手交握，垂眼问道，“又是恶意欺骗，又是无心之过？”话音刚落，他猛然抬起头来，灿烂一笑，了然地点了点头，恶意欺骗和无心之过，这想法，他喜欢。

“我们就是要混淆视听，”马特说道，“牵涉的人越多，定罪越难。陪审团明知道有问题，却又不知道该归罪于谁。我们只需要把事实和数据摆在那里，一一道明，不放过任何的细枝末节，把每个问题都往大的说，即便事实并非如此也没有关系，我们就是要质疑每件事，怀疑每个人。”

“那他儿子的成人聚会又怎么解释？”

斯特曼花了 200 万美元包机飞往百慕大，为儿子举办了一场盛大的成人派对，还专门邀请了著名歌星碧昂斯和杰·鲁在派对上为嘉宾表演，派对的录像带——实际上就是一张环绕立体声的 DVD，到时候也会作为呈堂证供，播放给陪审团看。

“那不过是一项合法的业务支出而已。”马特说道。

“又来？”

“看看都是谁参加了那场成人派对，全都是一些大药厂的老板，公司的大客户，负责药物审批的药监局的政府官员，还有医生、研究员等。自美国成立以来，陪客户吃饭喝酒就成了一种合法的企业文化，我们的委托人所做的一切都是为了维护公司的利益。”

“就算那场派对真的是为了庆祝他儿子成人举办的？”

马特耸了耸肩。“实际上，这对他更加有利，斯特曼实在是太狡猾了。”

“中危”做了个鬼脸。

“想想看，要是斯特曼说‘我要举办一场盛大的派对，宴请公司的重要客户’，这对拉拢生意伙伴没有任何的好处。所以，斯特曼这个狡猾的老狐狸就采用了更加迂回的方法，邀请生意伙伴参加儿子的成人典礼，这是私人派对，不是枯燥乏味的商务聚会，这样出乎意料的温情举动，只会让大家觉得此人非常贴心，是个恋家的好男人。和其他智慧超群的公司老板一样，斯特曼的行事作风别出心裁，创意十足。”

“中危”挑了挑眉，若有所思地慢慢点了点头。“哦，这个策略我喜欢。”

马特也有同感。他又查看了一下手机，看看是否有电，手机电量充足，但是依然没有任何的留言或未接电话。

“中危”站起身来，说道：“那我们明天再继续讨论？”

“可以。”马特说道。

“中危”抬步离开了办公室，罗兰达把头探进门里，顺着大厅朝“中危”离开的方向看了看，然后假装把一根手指伸进喉咙里，发出一声干呕的声音。马特看了看时间，是时候动身了。

马特急匆匆地来到公司的停车场，眼睛漫不经心地往四周扫了一眼，也不知道自己在看些什么。停车场的管理员汤米向他挥了挥手，马特依然恍恍惚惚的，不知道自己是否该向他挥手致意。他的停车位比较靠后，就在冷凝水排水管的下面，这个世界就是这样，连停车位都有等级之分。

有人正在清洗一辆绿色的捷豹汽车，那是公司一位创始合伙人的汽车，马特一拐弯，就看到“中危”的哈雷机车停在那里，上面用一块透明的防水布罩着。地上还翻倒着一辆购物车，四个轮子中有三个轮子已经不翼而飞，也不知道有人拿着三个轮子去干吗。

马特漫不经心地看了一眼街上的汽车，发现街上跑的大部分都是出租汽车，这时，他突然注意到一辆灰色的福特金牛，他之所以注意到这辆车，是因为它的车牌是 MLH-472，和自己名字的首字母缩写 MKH 非常相似，这种比较相像的东西，总是容易引起人的注意。

可是，就在马特坐进车里的时候，他又不由自主地胡思乱想起来，各种念头搅得他心烦意乱。

他心想，算了，不要胡思乱想了，就算最坏的情况，奥利维亚真的和那人上了床，两人在幽会之初录了视频并且发到他的照相手机上，那么问题来了。

奥利维亚为什么要给他发视频呢？

这么做有什么意义呢？她是想让他去抓奸呢，还是在向他求救？

这实在是说不通。

随后，他又意识到另一种可能：视频不是奥利维亚发给他的。

没错，视频是用奥利维亚的手机发给他的，假设那个戴着金色假发的女人真的是奥利维亚，但她似乎没意识到有人在拍她，他记得自己刚看到视频的时候，就有这种感觉。她是视频的主角，是被拍摄的对象，而不是拍摄者。

那么，又是谁发给他的呢？是那位黑发先生发的吗？如果是，那又是谁拍的第一张照片呢，是那个黑头发的家伙？难道是他自拍的？

答案却是否定的。

黑发男人的手掌正对着镜头，像是在挥手打招呼，马特记得那人的手指上还戴着一枚戒指，戒指背面对着镜头，他估计应该是枚戒指，但是有点不确定，但他实在不想再去看那张照片了。是结婚戒指吗？应该不是，戒指是戴在右手上的。

那究竟是谁给这个男人拍的照片呢？

奥利维亚拍的？

那她为什么要把照片发给他呢？难道是不小心发出来的？就好像有人不小心碰到了快捷键，打错电话一样。

似乎也不太可能。

难道房间里还有一个人？

马特左思右想，还是想不明白。照片和视频都是用他妻子的手机发送过来的，这一点毋庸置疑。但是如果她有外遇的话，为什么要让他知道呢？

答案显而易见，就算有外遇，他妻子也不会让他知道，他的思绪进入了死胡同。

那么，是谁想让他知道呢？

马特又想起那个黑发男人那自以为是的得意笑容，顿时觉得胃里一阵翻江倒海。马特从小就是一个多愁善感的孩子，即使只是输了一场球，哪怕是场即兴比赛，他都会难过得哭鼻子；他的个性也非常地敏感，一点小事都会让他惦记好几个星期。现在想起来，连他自己都觉得不可思议，但是，那天夜晚史蒂芬·麦克格拉斯的意外死亡，却直接颠覆了他的整个人生。四年的牢狱生涯教会了他一件事，那就是压抑感情，麻痹自己。从那以后，马特就戴上了面具，不悲不喜，无欲无求。他害怕自己的情绪被他人利用。此刻，马特就在努力地麻痹着自己，以期忘掉心里的惶恐与沮丧。

但是，做起来真的很难。

现在，那些可怕的画面再次纷至沓来，夹杂着令人心痛的美好回忆，而最让人心伤的莫过于那些甜蜜的回忆。他想起了两人共度的美好周末时光，他和奥利维亚在马萨诸塞州的雷诺克斯度假，两人住在一家含早的维多利亚时代的旅馆里。他还清楚地记得，两人在房间的壁炉前铺上毯子，放好枕头，还开了一瓶红酒，奥利维亚手拿酒杯，满目含情，柔和的火光映照着她碧绿的眼瞳，驱散了他心中的一切阴霾，那些过往的世界，痛苦的时光，还有踌躇不前、忐忑不安的步伐，统统离他远去。一想到她和另一个男人一样地卿卿我我，他就心碎不已。

突然，另一件可怕的事情向他猛然袭来，让他难以自持，差点让车子失去了控制。

奥利维亚怀孕了。

这时，红灯亮了起来，马特一晃神，差点闯了红灯，就在最后时刻，他骤然回神，一脚踩在了刹车上。此刻，一个行人已经开始抬脚过马路，吓得他猛地往后一跳，愤怒地朝他直挥拳头，马特一阵后怕，两手紧紧地握着方向盘。

奥利维亚花了很长一段时间才成功怀孕。

他们俩都三十好几了，奥利维亚觉得时间非常紧迫，所以迫切地想要一个孩子。但是很长一段时间，两人的备孕计划屡屡受挫，马特甚至开始怀疑，问题是不是出在他的身上，这种怀疑并非毫无根据，因为在他入狱期间，曾屡遭暴打，入狱第三周，他被四个人摁住四肢，压倒在地，另一个人则猛踢他的下体，马特痛得差点昏死过去。

现在，奥利维亚却突然怀孕了。

脑子里杂乱纷呈，他不想胡思乱想，可就是静不下来。愤怒开始肆意蔓延，这样也好，总比伤心强，总比心爱之人被夺走时那种撕心裂肺要好。

他必须找到她，必须立刻找到她。

奥利维亚现在在波士顿，从这儿开车过去大概要 5 小时。

现在还看什么房子，看鬼去吧，直接开车过去，当面找她问个清楚。

但是，奥利维亚现在住在什么地方？

马特回忆了一下，她有告诉过他住在哪里吗？他不记得了。这就是手机带来的另一个弊端，有了手机，大家可以随时保持联系，根本不用操心这类事情，她住在万豪酒店还是希尔顿酒店又有什么区别呢？她是去出差的，一定会到处走动，出去开个会，或是吃个饭，很少待在酒店的房间里。

当然了，最直接的方式就是打电话问她。

现在怎么办？

他根本不知道她住在哪里，就算他知道，提前打个电话说一下是不是更好一些？就他目前知道的情况，手机上看到的那个房间可能根本不是她住的房间，很有可能是那个黑发男人住的房间。就算知道是哪家酒店，就算他真的跑去那里，砰砰砰地把门敲开，然后呢？要是奥利维亚穿着睡衣打开房门，身后站着裹着浴巾的黑发男人，接下来又该怎么办？难道直接把他打得屁滚尿流，然后指着他大喊："啊哈！终于逮到你啦！"

他又用手机给奥利维亚打了一个电话，但是电话仍然无人接听，这次他没有再留言。

为什么奥利维亚不告诉他入住的酒店？现在原因已经很清楚了，不是吗，马特老小子？

红色的身影再次浮现在他的眼前。够了！

他打电话到她的办公室，但是电话直接转入了她的语音信箱："嗨，我是奥利维亚·亨特，现在不在办公室，周五才会回来，如果您有什么重要的事情，请跟我的助理杰米·苏联系，她的分机号码是 6-4-4……"

马特拨打了分机号码，电话响了三声后，杰米接起了电话。

“这里是奥利维亚·亨特办公室。”

“嘿，杰米，我是马特。”

“嗨，马特。”

他打开电话的免提，双手依然握在方向盘上，用免提打电话总是让人感觉怪怪的，感觉就像个疯子一样，在和自己假想的朋友聊天。通话时，还是手里拿着电话比较自然。“我想问你一个问题。”

“问吧。”

“你知道奥利维亚住在哪家酒店吗？”

对方没有回答。

“杰米？”

“我在。”她说道，“如果你愿意等的话，我可以帮你查一下。你为什么不直接打她的手机呢？她留下这个电话号码是以防客户有紧急情况联系用的。”

马特不知道该怎么回答才不会暴露自己的绝望。如果告诉她，他已经试过了，但是无人接听，只收到了她的预留语音信息，杰米一定会非常奇怪，他为什么不等她给他打回来呢。他绞尽脑汁，终于想到了一个合理的借口。

“对，我知道，”他说道，“但是我想送花给她，给她来个惊喜。”

“哦，我明白了。”杰米的声音毫无波澜，“是什么特殊的日子吗？”

“不是，”接着，他又蹩脚地补充了一句，“但是，我们天天都在度蜜月。”他自己都有点鄙视那句可怜巴巴的借口。果然，杰米依然无动于衷。

接着，又是好一阵沉默。

“你还在听吗？”马特问道。

“在听。”

“你能告诉我她住在哪里吗？”

“我正在查。”电话里传来手指敲击键盘的声音，“马特？”

“嗯。”

“我有个电话进来，查到后再给你回电话可以吗？”

“可以。”他嘴里虽然这么说，心里却一点也不喜欢。他留下自己的手机号码，然后挂断了电话。

到底发生了什么事情？

马特的手机又开始震动起来，他看了一下号码，是办公室打来的，罗兰达甚至连“你好”都懒得说了。

“有麻烦了，”她说道，“你在哪里？”

“刚到 78 街。”

“赶紧掉头，去华盛顿街，伊娃要被赶出去了。”

马特低声咒骂了一句。“谁干的？”

“吉尔牧师带着两个牛高马大的儿子去了那边，正在威胁伊娃。”

吉尔是名女牧师，通过在线学习获得了宗教学位，并且以牧师之名设立了“慈善机构”，只要年轻人支付足够的食品券①，她就可以一直收留他们，这种欺骗穷人的行为简直令人发指。

马特把汽车朝右边转去。“我马上过去。”他说道。

10 分钟后，马特在华盛顿街停了下来，这个社区就在布兰奇布鲁克公园附近，马特小时候经常在这里打网球。他曾经打了一段时间的比赛，每隔一个周末，父母就不辞辛劳地带他去华盛顿港参加比赛，他甚至还在男子青少年 14 岁及以下组别中名列前茅。但是，很久之前，他们家就不再来布兰奇布鲁克了，马特一直搞不明白纽瓦克究竟发生了什么。纽瓦克曾经

---

① 食品券是美国补充营养协助计划发放给穷人的一种消费券，可以让穷人在指定商店免费换得食物。

是一个繁荣又美好的社区，但是随着五六十年代的郊区大迁移，富人们最终都搬离了这里。当然，这种现象很正常，各个地方都会发生，但是纽瓦克却真正地被人遗弃了。那些离开的人，甚至是那些只搬到几英里以外居住的人，再也没有回头看过纽瓦克。一部分原因是60年代末的那场大暴动，还有部分原因是种族主义，但是还有一些更深层次、更糟糕的原因，马特却不得而知。

马特下了车，这个社区居住的多半是黑人，所以他的客户大部分也是黑人。马特一直在琢磨一件事情，在他服刑期间，经常听到“黑鬼”这个词，其频率比任何其他词语都高。起初，为了融入监狱的环境，他自己也经常说这个词。随着时间的推移，他也慢慢觉得这个词不是那么令人反感了，但是这才是最令人反感的事情。

他最终还是慢慢地放弃了自己一直坚信的信念，放弃了郊区自由派所编织的那一套关于肤色无关紧要的谎言。在监狱里，肤色至上；在监狱外，肤色同样重要，只是以一种完全不同的方式发挥着作用而已。

他的目光一一掠过眼前的风景，然后被一片有趣的涂鸦吸引了注意力。在一面断壁残垣的墙上，有人用漆喷涂了四个大字：**婊子撒谎！**

通常情况下，马特很少停下来看这种东西，但是今天他却停下了脚步。这些斜体书写的大字鲜红一片，就算不识字，也能感受到书写者的愤怒。马特禁不住猜想，究竟是受了什么刺激，才会以这种破坏公物的方式来发泄心中的愤怒，不知道书写者的愤怒是否烟消云散了，又或者这只是第一步，后面还有更大的毁灭。

他朝伊娃所住的房子走去，吉尔牧师的车子，一辆配置精良的奔驰560正停在那里。她的一个儿子两手抱胸，满脸怒容地守在那里。马特的目光开始朝四周扫去，邻居们都在屋外活动着，一个2岁模样的小孩坐在一辆废旧的割草机上，他妈妈把这个割草机当成了婴儿车。她一个人喃喃自语着，看上去神情有些恍惚。人们目不转睛地看着马特，白人在这里虽然并不少见，但是仍然引人注目。

看到马特朝他们靠近，吉尔牧师的儿子们愤怒地瞪着他。街上一片寂静，就像西部牛仔影片里演的那样，大家都等着一决雌雄的时刻。

马特问道："你们还好吧？"

兄弟俩看上去像是双胞胎，其中一个继续瞪着马特，另一个则开始把伊娃的东西装进后备厢里。马特眼睛都不眨一下，继续微笑着往前走。

"你现在马上停下来。"

胳膊壮如树干、双手抱在胸前的儿子问道："你是谁？"

吉尔牧师走了出来，也面带怒容地看着马特。

"你们不能把她赶出去。"马特说道。

吉尔牧师趾高气昂地说道："这是我的房子。"

"不，房子是政府的，你说过这是为城市青年提供的慈善收容所。"

"伊娃不遵守这里的规定。"

"什么规定？"

"我们是宗教团体，有严格的道德规范，伊娃违反了这些规定。"

"怎么违反的？"

吉尔牧师笑了笑。"我想这和你无关吧，请问尊姓大名？"

两个儿子互相看了一眼，正在搬东西的那位放下伊娃的东西，两人一起转身看着马特。

马特指着吉尔牧师的奔驰车说道："车子很酷哟。"

兄弟俩皱起眉头，朝马特大步走去，一个昂首挺胸，左一下右一下地扭得脖子噼啪作响，另一个则握手成拳，拳头开开合合。马特感到一阵热血沸腾，说来也怪，史蒂芬·麦克格拉斯的死，也就是那次"失足"，并没有让他畏惧暴力，他反而在想，要是那晚他再凶一点，而不是那么软弱的话，结局是否会有所不同，但是，现在已经不重要了。对于肢体冲突，他得到的惨痛教训是：你永远不知道下一刻会发生什么。当然，先出手的通常会赢，身材高大的人往往获胜的概率也更大。但是战斗一旦打响，一旦勇敢的斗士控制了场上的局面，什么事情都有可能发生。

那位脖子噼啪作响的家伙再次问道："你是谁？"

马特不想冒险，叹了口气，拿出自己的手机，说道："我是'第九新闻频道'的鲍勃·斯迈利。"

两人闻言，齐齐止住了前进的步伐。

马特把手机镜头对准他们，假装打开镜头。"如果你不介意的话，我想把你们的行动拍摄下来，'第九新闻频道'的新闻车 3 分钟后也会过来这里，拍摄更加清晰的画面。"

兄弟俩回头看了看母亲，吉尔牧师的脸上马上露出一副看似圣洁安详、实则虚伪做作的微笑。

"我们正在帮伊娃搬家，"她说道，"搬到更好的地方去住。"

"哦哦。"

"但是如果她愿意住在这里的话……"

"她应该比较愿意住在这里。"马特说道。

"米洛，把她的东西搬回公寓去。"

那个脖子扭得噼啪作响的家伙横眉竖眼地瞪了马特一眼，马特立刻举起手机，对他说道："保持那个姿势，米洛。"米洛和他的兄弟开始把东西从货车里搬出来。吉尔牧师则匆忙跑回她的奔驰车里，坐在后座等着他们。伊娃从窗户往下看了一眼马特，无声地说了一句"谢谢你"。马特轻轻地点了点头，转身离去。

就在马特转身的一瞬间，他的眼睛不经意间又看到了那辆灰色的福特金牛汽车。

福特汽车打着火，就停在他身后大约二十几米远的地方，马特不由得一愣。当然了，灰色的福特金牛汽车随处可见，这种车型估计是这个国家最流行的车型，一天看到两辆福特金牛也没有什么稀奇的，也许在这个街区还能看到更多辆也不一定，就算另一辆也是灰色的，也没有什么惊讶的。

但是如果另一辆汽车的车牌也是以 MLH 开头，又和他名字的首字母 MKH 如此接近的话，就有点不同寻常了。

他的眼睛一动不动地盯着那个车牌。

MLH–472。

跟他在办公室外面看到的那辆车一模一样。

马特尽量让自己的呼吸平缓下来，他知道，这也许只是一个巧合而已。退一步来说，他觉得这种可能性很大：一个人在同一天内看到同一辆车两次，这很正常，毕竟他的办公室离这里不到 1 公里的路程，不是吗？而且这个社区人口众多，没什么大不了的。

如果是在平常，不，如果是在其他任何一天，马特都会这么认为。

但是，今天不一样。他犹豫了一下，就那么一下，就快速地朝那辆汽车走去。

“嘿，”米洛喊道，“你要去哪儿？”

“继续卸吧，大个子。”

马特刚走了几步，就看见那辆福特金牛的前轮一偏，离开了停车的位置，马特随即加快了步伐。

就在这时，金牛汽车突然往前一冲，穿过了马路，接着白色尾灯亮起来，汽车猛地向后一退，马特这才知道司机打算掉头离开。只见司机猛地踩下刹车，方向盘转得又猛又快，这时，马特离车子后窗只有几步之遥。

马特大喊一声：“等一等！”好像这样做就可以让车子停下来似的，然后猛地往前一冲，跳到了汽车的前面。

这一步委实不算高明。

汽车轮胎带起一阵沙砾，发出刺耳的摩擦声，直直地向他冲了过来。

车子丝毫不见减速，马特被迫往旁边跳去，汽车继续加速，马特顿时飞离地面，保险杠狠狠地撞在了他的脚踝上，一阵剧痛袭来，汽车的冲力把马特撞飞在半空中，然后脸颊朝下，摔倒在地，他痛得缩成了一团，最后仰面躺在了地上。

马特仰躺在地好一阵子，对着太阳不停地眨着眼睛，人们慢慢地聚集过来。“你没事吧？”有人问道，马特点了点头，坐起身来，检查了一下脚踝，发现擦伤非常严重，但是没有骨折，有人扶着他站了起来。

从马特看到那辆车，再到车子撞向他，整个过程大概只有 5 到 10 秒钟的时间，马特凝视着天空，陷入了沉思。

现在，至少有一点可以确定，那就是有人在跟踪他。

他摸了摸口袋，照相手机还在兜里。他一瘸一拐地朝伊娃的公寓走去，吉尔牧师和她的儿子们已经离开，确定伊娃没事后，马特坐进自己的车里，深吸了一口气，考虑着接下来该怎么办，答案很明显，他知道下一步该怎么做了。

他拨通了辛格尔的私人电话，她刚接起电话，他就问道：“你在办公室吗？”

“在。”辛格尔说道。

“那我 5 分钟后到。”

- 6 -

县凶杀案警探罗兰·缪斯一打开公寓的大门，就闻到一股刺鼻的烟味，罗兰站在那里，任由烟雾缭绕，深吸了一口气。

她的花园公寓位于新泽西州尤尼恩市的莫里斯大街上，她从来没有看到过花园在哪里，这个地方就是一个巨坑，四周都是砖墙，毫无特色，一点绿色植物都没有。这里是新泽西的受难所，就像一个中转站，又像是一座通往成功和地位的台阶，人们在这座台阶上，浮浮沉沉。年轻夫妻们把这里作为过渡，买得起房子后就会搬离这里。一些人生失意的退休老人，在孩子们离巢高飞后，也会选择回到这里。

当然了，沦落此处的还有那些拼命工作，却又无福享乐，即将成为老处女的单身女性们。

罗兰今年34岁，虽然约会不断，却没有一个修成正果，用她此时正躺在沙发上吞云吐雾的母亲的话来讲，就是“一直滞销”。女警察这个行当就是这样，起初男人们会对你很感兴趣，但是一旦谈婚论嫁，男人们就会吓得落荒而逃。她现在正和一个名叫皮特的男人约会，她妈妈直接叫他

“废物”，罗兰也不知道该怎么去反驳她。

进屋后，没有看到她的两只猫咪奥斯卡和菲利克斯，不过这很正常。她的母亲，妩媚动人的卡门·瓦洛斯·缪斯·布鲁斯特女士，正躺在沙发上看智力抢答节目“危险边缘”，她几乎每天都看这个节目，可惜从来没有答对过一道题。

“嗨。”罗兰说道。

“家里脏得就跟猪圈一样。”她妈妈说道。

“那你就打扫干净呗，不然，还有更好的选择，自己搬出去住。”

卡门刚刚和第四任丈夫离了婚，正无处可去。卡门长得姿容艳丽，比她这个长相普通，和自杀去世的爸爸长得一模一样的女儿漂亮多了。虽然卡门现在美人迟暮，容颜渐衰，但是性感依旧，找的男人也比罗兰的男人优秀得多，男人都喜欢卡门这样的女人。

卡门转过头接着看电视，又猛地吸了一口香烟。

罗兰说道：“我跟你说过千百遍了，不要在屋里抽烟。”

“你不是也在抽吗。”

“不，妈妈，我已经戒烟了。”

卡门那双棕色的大眼睛又朝她望去，习惯性地抛了一个媚眼。“你戒了？”

“是的。”

“啊，你得了吧，有两个月没有？这也算戒烟。”

“戒了五个月了。”

“那也一样，你以前不也是在家里抽烟的吗？”

“那又怎样？”

“所以没什么大不了的，屋子里还不是有烟味，再说了，这里又不是什么禁止吸烟的高级酒店，对吧？”

就跟往常一样，她妈妈又用那种熟悉的审视眼光，从头到脚地打量着她，也总能像往常一样找到她想批评的地方。罗兰无可奈何地等待着，知道接下来又是那套“热心助人”的美丽秘诀：头发要有型，衣服要凸显身材，不要总是打扮得像个男孩似的，内衣要穿“维秘”聚拢式的新款，化点妆也不会死人，矮个子女孩出门就应该穿高跟鞋……

卡门刚刚张嘴，电话铃响了。

“等一下。”罗兰说道。

她拿起电话听筒。

“嘿，小不点，是我。”

打电话的人是埃尔登·提克，一个只喜欢听说唱音乐的62岁白人老爷爷，也是埃塞克斯县的法医。

“怎么了，埃尔登？”

“你接手了那个‘大胸修女’的案子吗？”

“你们就是这么叫的吗？”

“除非你还有更有趣的叫法，我喜欢‘双峰圣母’或‘圣峰’这两个名字，但是其他人都不喜欢。”

罗兰用食指和拇指轻轻地揉了揉眼睛。“你有什么消息吗？”

“有。”

“比如说？”

“比如说她不是意外死亡的。”

“她是被谋杀的？”

“没错，被人用枕头捂死的。”

“天哪，他们怎么会没有发现呢？”

“谁没有发现？”

“她当初不是被列为自然死亡的吗？”

“是的。”

“所以我才说‘他们怎么会没有发现呢？’。”

“我在问他们是谁。”

“就是当初那些验尸的人啊。”

“重点是，没有人验尸。”

“为什么不验尸？”

“你是在逗我吧？”

“没有，我是说，尸检人员不是应该马上就到现场去吗？”

“你是不是电视看多了，每天都有不计其数的人死掉，对吧？老婆发现老公死在了地板上，你觉得我们会去做尸检，看看是不是被人谋杀的？很多时候警察根本就不会介入。我老爸大约，呃，十年前去世的时候，就是我老妈给殡仪馆打的电话，一位医生开了死亡证明后，殡仪馆就直接把人拉走了，这才是正常的程序，知道吗？现在死了一个修女，对不明真相的吃瓜群众来说，她就是自然死亡的。要不是修道院院长特意提起的话，我根本不会对她进行尸检。”

“你确定是用枕头捂死的？”

“确定，事实上，用的就是她房间里的枕头，她喉咙里有很多枕头上的纤维。”

“那她的指甲缝里呢？”

“干干净净的。”

“这种现象正常吗？”

“看情况。”

罗兰摇了摇头，努力想要捋出个头绪来。“身份确定了吗？”

“什么身份？”

“受害者的身份？”

“不就是一个‘隆胸修女’吗，还需要确认什么身份？”

罗兰看了看手表。“你还要在办公室待多久？”

“两个小时。”埃尔登·提克说道。

“那我马上过去。”

- 7 -

接下来说的是你如何邂逅灵魂伴侣的过程。

大一放春假的时候，你大部分同学都选择去代托纳海滩玩。你高中同学里克的妈妈是从事旅游行业的，帮你们拿到了去拉斯维加斯的超低报价，所以你们一行七人就去了那里，在火烈鸟酒店住了五晚。

在离开的前一天晚上，你们去了赌城凯撒宫的夜总会玩，听说那里是大学生度假的好去处。不出所料，夜总会里霓虹闪烁，嘈杂喧嚣，人潮涌动，却不是你喜欢的去处。你还是和朋友一起留在了那里，在震耳欲聋的音乐声中，拉长了耳朵听他们东拉西扯，这时，你的目光飘向了酒吧的另一头。

这就是你第一次遇见奥利维亚的时候。

此时，虽然音乐声依然喧嚣刺耳，不见丝毫柔和，但是奇异的事情发生了，你静静地看着她，内心涟漪轻荡，怦然心动，你能看出来，奥利维亚也有相同的感觉。

平时你非常害羞，从不喜欢与人搭讪，但是今晚你不想错过她。你朝她走去，并介绍了你自己。你心想，每个人都会有今晚这样的特殊时刻——在派对上看到一个漂亮的姑娘，正好她也在看你，你主动上前攀谈，发现自己对她一见钟情，你期待的不是一夜纵情，而是执手一生。

你变身话痨，和她说个不停，一说就说了好几个小时。她看着你的眼神，仿若世间唯你一人。你们换了个安静一点的地方，你轻轻地吻了她，她也给予了回应，你们开始拥吻起来，耳鬓厮磨了一整晚，却没有更进一步的打算。你抱着奥利维亚，与她继续喁喁私语，你喜欢她甜美的笑容，喜欢她美丽的容颜，喜欢她的一切。

你们彼此依偎，衣着整齐地睡了一夜，你觉得这样的幸福以后再难拥有。她的发间弥漫着丁香花和浆果的味道。那发香让你永生难忘。

你愿意付出一切，只为再续此情，但是你知道此情难续，彼此的心悦只存于朝夕。你有你的生活，而奥利维亚在老家也有“认真交往”的男友，实际上就是未婚夫。此情无关其他，唯你二人，这小小的二人世界，稍纵即逝。你把短暂的一生浓缩成了一晚，在短暂的数小时中，你们完成了相识、相知与分手的整个过程。

最终，你将回归你的生活，而她也将回归她的生活。

你们并没有交换电话号码，谁都不愿意自欺欺人，但是她送你去了机场，然后与你深情吻别。你放开她，她眼眶湿润，你又回到了学校。

生活当然还得继续，但是你永远也忘不了奥利维亚，忘不了彼此相拥的那个夜晚，吻她的感觉历久弥新，她发间的味道依然萦绕鼻端，你把她永藏心底。你依然恋她如故，虽然不是每天想念，却也时不时地想起。孤独寂寞之时，你会翻出记忆，细细回味，不知这究竟是抚慰还是心伤。

你在想奥利维亚是否同你一样难以忘怀。

十一年过去了，你再也没有与她相遇。

当然，曾经的你已经不复存在。史蒂芬·麦克格拉斯之死改变了你的人生轨迹。你进过监狱，但是你现在自由了，而且还在卡特·斯特吉斯这样的大律师事务所工作，你觉得你的人生应该可以走上正轨了。

有一天，你心血来潮，在电脑上用谷歌查询她的名字。

你知道这样做很愚蠢，很幼稚，你也知道她可能已经嫁给了她的未婚夫，也许现在已经是三个或四个孩子的妈了，甚至可能冠上了夫姓，但是那又怎样，查一下又没有什么损失。你不会更进一步的，你只是好奇而已。

搜索结果有好几个叫奥利维亚·穆雷的。

你又深入地细查了一下，找到一个最有可能是她的人。这个奥利维亚·穆雷是“贝塔数据公司”的销售总监，那是一家专门为中小企业设计计算机系统的咨询公司。“贝塔数据公司”的网站上有员工的个人简介，奥利维亚的个人简介很短，但是里面确实提到她是弗吉尼亚大学的毕业生。多年以前，在你们邂逅彼此的时候，你的奥利维亚·穆雷就是在那里上的大学。

在此之后，你努力想要忘掉这一切。

你不是一个相信命运或者天命的人，但是六个月后，你却不得不相信命运。卡特·斯特吉斯的合伙人决定给公司的计算机系统升级换代，“中危”知道你在服刑期间曾经学习过计算机编程，所以提议让你加入委员会，开发一套新的办公网络，你建议挑选几家公司，同时参与竞标。

奥利维亚工作的“贝塔数据公司”就是其中的一家。

“贝塔数据公司”派了两名员工来卡特·斯特吉斯的办公室洽谈业务。你心里又慌又乱，就那样出现在她的面前实在让你无法面对，只好假装有急事，没有参加洽谈工作。你让委员会的其他三人主持面谈工作，而你却躲在办公室里，咬着指甲，两腿发颤，感觉自己简直就像个白痴。

中午的时候，有人来敲你办公室的门。

你转过身去，奥利维亚就站在那里。

你立刻就认出她来，浑身犹如电击一般，那温暖的幸福感觉又在胸中激荡，你激动得几乎说不出话来，你看向她的左手，看向她戴戒指的无名指。

那里光秃秃的，什么也没有。

奥利维亚满脸笑容地告诉你，她在这里做一个工作汇报，你努力地点了点头。她说，她们公司参与了事务所建设计算机系统的竞标工作，她在参会名单上看到了你的名字，想要确认一下这个马特是不是她多年以前遇到的那个马特·亨特。

心神恍惚间，你终于想起问她要不要一起喝杯咖啡。奥利维亚犹豫了片刻，最终还是答应了你的邀请。你站起身来，从她的身边走过，她的发间依然散发着丁香花和浆果的幽香，你真担心自己会激动得热泪盈眶。

你们俩都无心那些客套的寒暄，当然，这正合你意。你发现这么多年以来，她也一直在思念着你，那个未婚夫早已不复存在，她至今依然单身。

虽然你表面摇头惋惜，内心却一阵狂喜，你觉得这实在是太不可思议了，你们俩谁都不相信一见钟情，你们彼此却是真的一眼万年。

在接下来的几周里，你终于明白了什么是真爱，是奥利维亚教会了你。你最终还是向她坦白了你的过往，令人欣喜的是，她坦然地接受了你的过去。后来，你们俩结了婚，她也怀上了孩子，你感觉无比地幸福，为了庆祝这个好消息，你们俩购买了情侣手机。

突然有一天，你收到了一条信息，看到你在多年前的春假所邂逅的那个女人，你此生唯一的挚爱，正和另一个男人待在酒店的房间里。

为什么会有人跟踪他呢？

马特两手稳稳地握着方向盘，脑子里飞速地转动着，思考着各种可能性，他把所有的可能性都捋了一遍，却依然是一头雾水。

非常时期，非常手段，而他想到的那人就是辛格尔。

和验房师约好的看房估计是要迟到了，但他并不是特别在意。他所憧憬的美好未来：郊区的大房子、尖桩篱笆、永远美丽的奥利维亚、几个可爱的孩子，还有一条拉布拉多犬，突然之间看起来是那么遥不可及。他觉得，这一切就是自欺欺人。一个杀过人的重刑犯妄想重返昔日生活的郊区，组建一个完美的家庭，这听上去突然就像一部粗制滥造的情景喜剧一样。

马特打电话给嫂子玛莎，告诉她要晚一点才能过去，但是听到的却是答录机的声音，他给她留了言，把车开进了停车场里。

MVD（“最有价值侦探社”）是一家大型私家侦探公司，坐落在离马特办公室不远的一栋玻璃大楼里，与卡特·斯特吉斯律师事务所有业务往来。总的来说，马特不太喜欢私家侦探。在小说里，私家侦探是一群超酷的型男。但是在现实生活中，私家侦探不过就是一群退休的警察，这还是最好的情况，而最坏的情况就是一群当不成警察的危险分子，这些危险分子有个称号叫作“自封警察”。马特见过太多这样的人，当不成警察，最后转身当了狱警，这些人完全是一群乌合之众，一事无成，有勇无谋，工作也干得时好时坏，很多时候甚至差得离谱。

但是也有例外，这个例外就是辛格尔·沙克尔女士。马特此时就坐在沙克尔的办公室里，沙克尔面容姣好，是个颇具争议的大美女。马特觉得这应该不是她的真名，只不过是为了工作需要而使用的化名而已。辛格尔身材高挑，金发碧眼，身材火爆，完全就是一个沉鱼落雁的尤物，甚至连奥利维亚见到她时都惊讶地赞叹了一句“哇哦”。有人谣传说辛格尔曾是纽约无线电城音乐厅的“火箭女郎”[①]，传言称团里的女孩对她颇有微词，说

---

① “火箭女郎”是当今世界最著名的舞蹈团之一，成立于1925年，1933年首次登上纽约无线电城音乐厅演出，其团员身材高挑，拥有笔直的大长腿。自1933年至今，每年“无线电城圣诞奇观”歌舞秀于圣诞节期间都在这里演出，是纽约人过圣诞的一项不可错过的节目。

她破坏了团里的“对称美”，马特绝对相信这是事实。

辛格尔把脚跷在桌子上，脚上的牛仔靴让她高上加高，身材更显高挑，下身的黑色牛仔裤纤秾合度，更显腿长。上半身的黑色高领毛衣，穿在其他女人的身上只会稍显紧身，穿在辛格尔的身上却性感至极，引人犯罪。

“那是新泽西州的车牌，”马特已经说第三遍了，“MLH-472。”

辛格尔把下巴搁在手掌的虎口处，纹丝不动，眼睛紧紧地盯着马特。

“干吗？”马特问道。

“我该把费用记在谁的头上？”

“记在我头上，”他回道，“直接把账单给我。”

“那就是你委托调查的咯。”

“没错。”

“那好。”辛格尔把脚放回地板上，身体向后靠去，微笑着说道：“这么说是你的私事咯？”

“哇哦，”马特说道，“你真是太厉害了。我就说了句记在我头上，是我委托的，你就知道是私事了。”

“毕竟我干这行这么多年了，亨特，不要被姐给吓着了。”

马特勉强挤了个笑容。

辛格尔目不转睛地看着马特。“想听听《辛格尔侦探手册》的十大法则吗？”

“不用了，不感兴趣。”

“规则六：如果一个男人出于个人原因让你调查车牌号码，那么只有两种可能，第一，”辛格尔举起一根手指，“他认为妻子出轨了，想知道她和谁在一起。”

“第二呢？”

“没有第二，我骗你的，只有一条。”

“事情不是这样的。”

辛格尔摇了摇头。

“又怎么了？”

“有前科的人通常更会撒谎。”

他没有理会她。

“好吧，就算我相信你吧，那你告诉我，为什么要我调查这个？”

“我再说一遍，这是私事，记我账上，为我调查，个人私事，明白吗？”

辛格尔站起身来，这女人实在是太太太高了！她两手放在胯上，居高临下地看着他。马特虽然没有像奥利维亚那样，嘴里惊艳地冒出一句“哇哦”，但是心里想的大概也是一样。

“就把姐当成你的牧师吧，”她说道，“你知道忏悔对灵魂大有好处。”

“是啊，”马特说道，“牧师，我也是这么想的。”他坐直身体，“你能帮我这个忙吗？”

“没问题。”辛格尔又盯着马特看了一会儿，但是马特没有退缩。辛格尔坐了下来，又把脚跷在了桌子上。“一个女人两手叉腰地站在面前时，男人通常不是都招架不住吗？”

“我就是块石头。”

“嗯，是啊，说的也是。”

“哈哈。”

辛格尔又好奇地看了马特一眼。“你很爱奥利维亚，对吧？”

“我不想和你谈这个，辛格尔。”

“你不必回答，我见过你们两个在一起的样子。”

“那你还问。”

她叹了口气。“再给我说一遍车牌号码。”

马特又说了一遍，这次辛格尔把号码记在了纸上。

“应该要不了一个小时就可以搞定，我会给你打手机的。”

“谢了。”马特转身朝门口走去。

“马特？”

他转身看着辛格尔。

“我在这方面还是有一些经验的。”

“我知道。”

“一旦开始调查，”辛格尔拿起那张写着车牌号码的纸条，“就好比劝架一样，一旦你掺和进去，接下来会发生些什么就不是你可以预料的了。”

“哎呀，辛格尔，你这话说得可真深奥呀。”

她摊开双手，说道：“自从姐进入青春期后，深奥这个词就离我远去了。”

“就算帮我个忙，好吗？”

“我会的。”

“谢谢你。”

“不过，”她竖起食指说道，“要是你想更进一步的话，答应我让我来帮你。”

“不会更进一步的。”他说道，她脸上的神情告诉他，他只需要知道她信任他。

马特刚刚进入老家利文斯顿镇，手机就响了起来，是奥利维亚的助理杰米·苏打来的，她终于回电话了。“不好意思，马特，我没有找到酒店的联系方式。”

“怎么可能呢？”他不假思索地厉声说道。

电话里沉默了很长一段时间。

马特赶紧打圆场说道：“我是说，她通常不是都会留下一个联系方式吗？以防发生紧急情况。”

“她带了手机的。”

马特不知道该如何接话了。

“而且大多数时候，”杰米继续说道，“都是我为她订的酒店。”

“这次不是你订的？”

“不是。”杰米又急忙补充道：“不过这也正常，奥利维亚有时候也会自己订酒店。”

马特不知道该做何反应。“你今天和她通过电话吗？”

“她今天早上打过电话。”

“她有说要去哪里吗？”

电话里又是一阵沉默，马特知道他的行为看起来已经完全超出了普通丈夫该有的好奇心，但是他觉得这个险值得冒。

“她只说要参加几个会议，没有细说。”

“好吧，要是她再打电话回来——”

“我会告诉她你在找她。”

接着杰米就挂断了电话。

马特突然回忆起另一件事情，有一次他和奥利维亚大吵了一架，两人吵得不可开交，就是那种你明知道自己错了，但是碍于脸面，还是不停地继续吵。奥利维亚最后哭着跑了出去，整整两天都没有打电话回来。整整两天的时间，他给她打电话，可她就是不接。他也出去找过她，但是到处都不见她的踪影，那感觉就像心里破了个大洞似的。他现在也是这种感觉，一想到再也见不到奥利维亚，他就痛苦得几乎无法呼吸。

他赶到房子那边的时候，验房师刚刚验房完毕。就在九年前，马特因为杀人，刚刚蹲完四年的监狱。而现在，他却马上就要拥有一套自己的房子，和他心爱的女人住在一起，抚养孩子长大，这一切听起来实在太不可思议了。

马特摇了摇头。

这栋房子是1965年建造的，在这片郊区有一大片这样的建筑。就和利文斯顿镇的大部分房子一样，这里以前也是一片农场。所有的房子看起来都大同小异，就算这一点有些令奥利维亚失望，那她也一定隐藏得很好。奥利维亚犹如宗教信徒一般，眼神狂热地看着房子，喃喃地说道："太完美了。"本来他对搬回老家居住还心存疑虑，但是她的满腔热情直接打消了这些疑虑。

马特站在房前，看着即将成为前院的地方，努力想象着自己住进来后的情景，那感觉非常地怪异。他清楚地知道，他早已不再属于这里，直到再次遇见奥利维亚。现在他又回来了。

一辆警车在马特的身后停了下来，从车里出来了两个人。第一个人穿着制服，年纪不大，身强体壮，用警察特有的眼神瞥了马特一眼，第二个人穿着一身便服。

"嗨，马特，"身穿棕色西装的男人喊道，"好久不见了。"

的确已经很久了，从利文斯顿高中毕业以后，两人就再也没有见过面，但马特还是一眼就认出了兰斯·班纳。

"嗨，兰斯。"

两人同时关上车门，就好像以前演练过似的。身着制服的男子两手抱胸，沉默不语，兰斯则朝马特走去。

"你知道吗，"兰斯说，"我就住在这条街上。"

"真的吗？"

"真的。"

马特没有接话。

"我现在是一名警察了。"

“那就恭喜你咯。”

“谢谢。”

他认识兰斯·班纳有多久了？应该是从小学二年级就认识他了吧。他们的关系说好也不好，说坏也不坏。两人连续三年都在同一支少年棒球联盟球队打球，八年级的时候，两人还一起上过体育课，高中三年级的时候，还在同一间自习室学习过。利文斯顿高中的规模很大，每个年级都有 600 多名学生，两人各有各的圈子。

“你过得怎么样？”兰斯问道。

“很好。”

这时，验房师从里面走了出来，手里拿着一个写字板。兰斯对他招呼道：“哈罗德，房子怎么样？”

哈罗德从写字板上抬起头来，点了点头。“相当牢固，兰斯。”

“你确定？”

兰斯的语气让哈罗德往后退了一步，兰斯回头看了看马特。

“我们社区的环境很好。”

“所以我们才选了这里。”

“你真的觉得这样好吗，马特？”

“你什么意思，兰斯？”

“我是说搬回这里住。”

“我已经蹲过监狱了。”

“你以为这样就完了吗？”

马特什么也没说。

“被你杀死的那个男孩，再也活不过来了，不是吗？”

“兰斯！”

“我现在是班纳警探。”他说道。

“班纳警探，我现在要进去了。”

“我读过与你案子相关的所有资料，甚至还给几个警察朋友打过电话，对整件事情的来龙去脉了解得一清二楚。”

马特直直地看着兰斯，这个男人的眼里已经有了一些灰色的斑点，体重也增加了，手指不停地挠来挠去，马特不喜欢他笑的样子。兰斯·班纳家族的人以前是这里的农民，他的祖父，还是曾祖父，把这块地以非常便宜的价格卖掉了，所以他们家老是认为脚下的这片土地是属于他们的，至今仍然以利文斯顿的主人自居。兰斯的父亲是个酒鬼，两个呆头呆脑的兄弟也是酒鬼，兰斯也总是给马特一种盛气凌人的感觉。

“那你应该很清楚那只是一场意外而已。”马特答道。

兰斯·班纳慢慢地点了点头。“也许吧。”

“那你为什么总是跟我过不去呢，兰斯？”

“因为你坐过牢。”

“所以你觉得我就应该一辈子待在监狱里？”

“这很难说。”他摩挲着自己的下巴说道，“但是从我获得的资料来看，我觉得你就是有点时运不济。”

“所以呢？”

“所以你才会有那样的下场，我是指蹲监狱。”

“我不明白你什么意思。”

“社会想向公众宣传那些改过自新的屁话，我没有什么意见，但是我，”他指了指自己，“心里有数，而你，”他把手指转向马特，“也心里有数。”

马特没有作声。

“在进监狱之前，你可能还算是个好人，但是，现在你敢对我说你还是原来的那个你吗？”

马特知道这个问题怎么答怎么错，干脆转身朝门口走去。

兰斯继续嚷嚷道："也许验房师会发现点什么问题，好让你改变在这买房的主意。"

马特走进屋子，和验房师一起去验房，还真发现了一些问题，一个是管道问题，一个是断路器过载的问题，但都是些小问题，验房结束后，马特就匆匆忙忙地往玛莎家赶。

马特缓缓驶入一条绿树成荫的街道，他的侄子和嫂子就住在那里，不知道哥哥死后还能不能叫她嫂子？叫"前嫂子"听起来又似乎怪怪的。两个侄儿保罗和伊森，正在前院铺满树叶的草坪上打着滚，保姆凯拉陪在两人的身边。凯拉·沃尔什是威廉·帕特森大学的大一新生，最近才转学到这里来参加暑期班学习，是玛莎教堂里的人极力推荐过来的。凯拉在玛莎的车库上面租了一个房间，虽然马特一开始对找个住家保姆持怀疑态度（居然还是一个大学生），但是目前看来一切都进展顺利。事实证明，凯拉是个非常不错的孩子，蓬勃有朝气，给这个家带来了些许活力。凯拉来自中西部一个名字以字母"I"开头的州，但他老是记不住究竟是哪个州。

马特从车里下来，凯拉一只手遮着眼睛，另一只手朝他挥了挥，满脸荡漾着年轻人特有的青春笑容。"嗨，马特。"

"嘿，凯拉。"

孩子们一听到他的声音，就像狗狗听到主人翻找食物的声音一样，立刻朝他转过头去，然后起身朝他飞奔过去，嘴里不停地嚷嚷着："马特叔叔！马特叔叔！"

马特突然感到内心一阵轻松，孩子们向他冲过来时，他的嘴角扬起一抹微笑。伊森一把抱住马特的右腿，保罗则直接扑向他的肚子。

"麦克纳布回防传球，"马特模仿着体育主播格雷格·冈贝尔的语气说道，"当心！斯特拉恩突破了防线，一条腿已经……"

保罗停下脚步，闹着说："我想当斯特拉恩！"

伊森也不甘示弱："不行，我要当斯特拉恩！"

"嘿，你们俩都可以当斯特拉恩。"马特说道。

两个小孩斜眼瞥了叔叔一眼，就好像他是后面那个笨手笨脚的孩子一样，"不能一次有两个迈克尔·斯特拉恩。"保罗说道。

"是啊！"弟弟附和道。

接着，两人重新弯下腰，朝他冲了过去。马特犹如影帝上身，做出一副被四分卫擒抱的样子，脚下一个虚晃，拼命地找着假想的接球手，假装把橄榄球传了过去，然后放慢动作，重重地摔倒在地。

"哈——哈——哈——！"两个小家伙站直身体，又是击掌，又是撞胸。马特呻吟着坐了起来，旁边的凯拉也咯咯咯地笑个不停。

玛莎出现在门口时，保罗和伊森还在手舞足蹈地庆祝着胜利。玛莎穿了条裙子，化了点淡妆，头发也精心打理过，手里拿着车钥匙，叮当作响，马特觉得，她看上去气色实在不错。

伯尼去世的时候，马特和玛莎都伤心欲绝，还萌发过交往的念头，希望能够结为夫妻，这样马特就能代替哥哥照顾他们母子。

结果，那简直就是一场灾难。

马特和玛莎各自酝酿了很长一段时间，足足有六个月之久，终于在某天夜里，两人不约而同、心照不宣地把自己喝得醉醺醺的。最后还是玛莎迈出了第一步，主动亲吻了马特，玛莎狠狠地吻着马特，随即却崩溃地抽泣起来，这一切就此结束。

在马特"失足"之前，他们一家好像有神灵庇佑一般，家庭和美，一切顺利，或许正是因为太顺利，所以才会天真地以为得天庇佑。马特当时20岁，爷爷、奶奶、外公、外婆都还健在，而且身体健康，一家住在佛罗里达的迈阿密，一家住在亚利桑那州的斯科茨代尔。在厄运光顾其他家庭的时候，亨特家族却奇迹般地完好无损。但是这一切随着马特的失足毁于一旦，让一家人猝不及防。

人生悲剧大抵如此：厄运悄然而至，接二连三，趁虚而入。在马特服刑期间，三位老人相继去世，接踵而至的打击夺去了父亲的生命，耗尽了母亲的元气。他妈妈最后远走他乡，去了佛罗里达，妹妹则一路西行，去了西雅图，而伯尼却得了动脉瘤，丢了性命。

就这样，马特身边的亲人一个接着一个，悄然离他远去。

马特站起身来，向玛莎挥了挥手，她也挥手致意。凯拉问道："我走了没有关系吧？"

玛莎点了点头。"谢谢你，凯拉。"

"不用客气。"凯拉背上背包，对着马特说道："再见，马特。"

"再见，小姑娘。"

这时，马特的手机响了起来，来电显示是辛格尔·沙克尔打过来的。他向玛莎示意要接一下电话，玛莎给他打了一个手势，让他先接。马特走到路边接起了电话。

"你好。"

"查到车牌的信息了。"辛格尔说道。

"说吧。"

"车子是租来的，在纽瓦克机场的安飞士车行租的。"

"这么说线索又断了？"

"对一般私家侦探来说，的确如此，但是姐是谁，侦探界的半神。"

"半神？"

"我还是要谦虚一下嘛。"

"这可不像你啊，辛格尔。"

"那可不，该干的事姐可都干了。我给机场的线人打了电话，让他帮忙查了一下，发现这辆车是一个叫查尔斯·塔利的人租的，你认识他吗？"

“不认识。”

“还以为你能想起点什么呢。”

“一点印象都没有。”

“要我帮你查一下这个叫塔利的家伙吗？”

“要。”

“到时候给你打电话。”

辛格尔挂断了电话，马特跟着放下手机，这时，不久前才看到的那辆警车进入了马特的视野，经过玛莎家时，警车放慢了速度，刚刚和兰斯一起的那个穿制服的警察直直地看着马特，马特也直直地瞪了回去，感觉脸上一片火热。

保罗和伊森站在一旁看着警车，马特转身看着玛莎，她也看到了警车。马特扯了扯嘴角，摆了摆手，想一笑了之，但是玛莎还是皱起了眉头。

正在这时，他的手机再次响了起来。

马特仍然看着玛莎，连来电显示都没有看，就直接接起了电话。

“你好。”他说道。

“嗨，亲爱的，今天过得怎么样？”

是奥利维亚。

- 8 -

罗兰知道，很多人都被电视节目误导了，以为警察通常是在停尸房里的尸体旁与法医见面的，但是现实并非如此，罗兰对此万分感激，并不是因为她胆子小，而是希望自己不会对死亡习以为常。她从不在案发现场乱开玩笑，也从不回避死亡，或是自我麻痹，漠视死亡。在罗兰看来，停尸房对谋杀而言，太过冷淡、太不庄重、太过平凡了一点。

罗兰正要打开埃尔登办公室的房门，重案组的同事特雷弗·瓦恩警探就从里面走了出来，瓦恩身材肥胖，做事古板，对待罗兰很是包容，就像是对待一只经常在高级地毯上撒尿的宠物一样。

“嘿，小不点。”他冲她喊道。

“又遇上凶杀案了？”

“是啊。”特雷弗提了提腰带，他胖得有点清奇，好像皮带永远穿不稳似的。“又是一起枪击案，近距离两枪爆头。”

“抢劫还是流氓斗殴？”

“好像是抢劫，不太可能是斗殴，死者是名退休白人。”

“在哪里发现尸体的？”

“就在十四大道的希伯来人墓地附近，估计是名游客。”

“去那里游玩？”罗兰扮了个鬼脸，“墓地附近有什么好看的？”

特雷弗扯了个假笑，把一只肉乎乎的胖手放在她的肩膀上。“等我搞清楚了再告诉你啊。”他虽然嘴上没在后面加上“小姑娘”几个字，估计心里还是那么想的。“待会儿见，小不点。”

“好的，回见。”

瓦恩抬脚离开，罗兰打开了房门。

埃尔登就坐在办公桌前，身上穿着一套干净的手术服，工作时，埃尔登向来穿的都是手术服，他的办公室毫无个性可言，更别说色彩了。埃尔登刚参加工作时，还想过装饰一下办公室，但人们来他办公室是来听取死亡报告的，对任何刺激感官的东西都不感兴趣，所以埃尔登就把办公室装修成了这种中性风格。

“来，”埃尔登说道，“接着。”

埃尔登朝她扔了个东西过去，罗兰下意识地伸手去接。那是一个塑料袋，薄薄的，黄黄的，里面装着某种凝胶物质，埃尔登的手里也有一个同样的袋子。

“这是……？”

埃尔登点了点头。“用过很久，已经污损的乳房假体。”

“我能说句‘好恶心’吗？”

“随便说。”

罗兰把袋子举到灯光下照了照，皱起眉头说道：“我还以为假体都是透明的呢。”

“刚开始的时候是那样的，至少生理盐水的假体是那样的。”

“这些装的不是生理盐水？”

“不是，是硅胶，已经在乳房里泡了十多年了。”

罗兰忍住了没做鬼脸，假体里面有某种凝胶。埃尔登挑了挑眉，开始揉捏那个假体。

“打住。”

埃尔登耸了耸肩。“总之，这就是从你那位圣洁无瑕的修女身上取出来的。”

“你给我看这个是因为……？”

“因为它们可以为我们提供线索。”

“我洗耳恭听。”

“首先，它们是硅胶的。”

“你已经说过了。”

“你还记得大概是五年前还是十年前的隆胸致癌大恐慌吗？”

“你是说假体渗漏？”

“说对了，所以这些公司才被迫改用生理盐水的假体。”

“现在不是又有人在用硅胶假体了吗？”

“没错，但重点是：这些假体年代久远，至少都有十年以上了。”

罗兰点了点头。“好吧，不错，至少有些头绪了。”

“还不止这些。”埃尔登拿出一个放大镜，把其中一个假体翻了个面。“看到这里了吗？”

罗兰接过放大镜。“是个标签。”

“看到底下的数字了吗？”

“看到了。”

“这是产品编号，几乎所有的手术植入体都有编号，无论是膝盖、臀部、乳房，还是心脏起搏器等，所有的装置都必须有产品编号。”

罗兰点了点头。“所以生产商那里都会留底。”

"没错。"

"所以只要我们给生产商打电话，把产品编号告诉他们……"

"我们就可以知道用这个假体的修女的真实姓名了。"

罗兰抬起头来。"谢谢。"

"但是有一个问题。"

罗兰又坐了回去。

"生产这种假体的公司名叫外科公司（SurgiCo），但是这家公司八年前就已经倒闭了。"

"那他们的产品记录呢？"

埃尔登耸了耸肩。"我们正在调查，你看，时间已经很晚了，估计今天晚上不会有什么消息了，希望明天早上会有所发现。"

"好吧。还有别的事情吗？"

"你前面问我，为什么她的手指甲里没有纤维。"

"是啊。"

"我们还在做全面的毒理报告，她很有可能被人下了药，但我个人觉得应该不是。"

"你有别的看法？"

"的确。"

"是什么？"

埃尔登身子往后一靠，跷起二郎腿，侧首看着墙壁。"她两边的肱二头肌都有轻微的瘀伤。"

罗兰微微眯起双眼，说道："我不太明白。"

"如果一个男人非常强壮，又很有经验的话，就应该知道如何偷袭一个熟睡的女人，"他语调轻柔地说道，就像跟孩子说话似的，"他会直接把那个女人翻过来，让她仰面躺在床上，也有可能她本来就是那个睡姿，然后直接骑在她的胸部上，用膝盖固定住两只胳膊，如果是个老手的话，就只会留下轻微的瘀伤，然后再用枕头把她闷死。”

房间的温度顿时冷了下来，罗兰的声音也不由得低了下去，几不可闻。“你觉得事情的真相是这样的？”

“真相必须要等全部的毒理结果出来才知道，”埃尔登说着，把视线从墙上转了过来，直直地看着罗兰，“但是，我的推测应该没有问题。”

罗兰沉默不语。

“还有一点可以佐证我的观点，对我们也会有所帮助。”埃尔登把一张照片放在桌上，是那个修女的大头照，只见她紧闭着双眼，就像是在等着做面部美容一样。她 60 岁出头，脸上的皱纹因为尸变全都消失了。“你知道皮肤上也会留下指纹对吧？”

“我只知道这种指纹很难提取。”

“如果不是马上接触到尸体，几乎不可能提取到这种指纹。很多重要研究都指出，要尽可能地在犯罪现场提取指纹，至少在尸体运走之前，实验室的工作人员应该立即用碘熏法保存尸体上面的指纹。”

法医尸检不是罗兰的强项，她含糊地嗯了两声。

“所以，对我们这位‘灰飞的修女’来说，一切都太迟了。”他抬起头来看着她，“明白了吗？是‘灰飞的修女’，不是‘会飞的修女’[①]。”

“搞得就像我正和喜剧演员在一起似的，继续。”

“好吧，所以我就尝试了一种正处于试验阶段的新方法，幸运的是，尸体还没有被冷藏起来，否则，皮肤上的凝结物就会把一切痕迹都毁掉。总之，我想试一下聚乙烯对苯二甲酸盐半刚性片材，用这种方法是基于静电

---

①《会飞的修女》是一部美国情景喜剧，讲述的是一群修女的故事，其中有个修女在风吹起她的小吊带时还能飞起来。

能够吸附灰尘颗粒——"

"哇哦。"罗兰举起一只手，做了个标准的停止手势，"我们就直接跳过这些《犯罪现场调查》的细节吧，直接说从尸体上提取到指纹了吗？"

"不好说，我在两边的太阳穴上都发现了模糊的指纹，一个看起来像是大拇指，另一个可能是无名指。"

"在太阳穴上？"

埃尔登点了点头，摘下眼镜，擦了擦，戴回鼻子上，又往上推了推。"我猜测，罪犯应该是用一只手抓住她的脸，就像篮球运动员那样，手掌跟压在她的鼻子上。"

"天哪！"

"是啊，而且我推测，凶手骑在她身上的时候，还使劲把她的头往下压。"

"那些指纹呢，能从上面查到凶手的身份信息吗？"

"有点悬，我们最多只能提取到部分指纹，这在法庭上根本站不住脚。但是如果愿意的话，我们倒是有一种新的软件可以用来补足缺失的部分。如果能找到嫌疑人，我就可以得到足够的证据帮你确认或排除他了。"

"这也是个办法。"

埃尔登站起身来。"我现在就去查，可能需要一天，也许两天的时间，如果有更多的线索，我马上通知你。"

"好吧，"罗兰说道，"还有别的消息吗？"

话音刚落，埃尔登的脸刷的一下拉了下去。

"埃尔登？"

"是啊，"他说，"还真有点别的消息。"

"我不太喜欢你说话的语气。"

"相信我，我也不喜欢这么说，但是我觉得，不管凶手是谁，可不光是把她捂死这么简单。"

“你这是什么意思？”

“知道电枪吗？”

“大概知道。”

“我推测他们把电枪塞进了……”他咽了咽口水，“她的身体里。”

“你说‘她的身体里’是指……”

“就是你想的那样，”他打断她说道，“喂，我也是天主教学校毕业的，好吧？”

“有灼伤的痕迹吗？”

“非常浅，但是如果你知道自己在干吗，尤其是在敏感部位的话，就绝对不会漏掉这些线索。那是一把单齿电枪，这个信息对你也许有用，大多数电枪，比如警察配的电枪，都有两个尖齿。我还在做进一步测试，但是据我推测，她死前应该吃了不少的苦头。”

罗兰闭上了双眼。

“嘿，小不点。”

“干吗？”

“帮我个忙，”埃尔登说道，“一定要抓住这个混蛋，好吗？”

- 9 -

奥利维亚说道：“嗨，亲爱的，今天过得好吗？”

马特只是握着手机，不吭声。

“马特？”

“我听着呢。”他答道。

警车已经开走了，马特回头看了看，玛莎正双手叉腰站在前门的台阶上，保罗正追逐着伊森嬉闹，两人不时地发出刺耳的大笑声。

“哦，”奥利维亚说道，语气稀松平常，“你现在在哪儿呢？”

“在玛莎家。”

“没什么事吧？”

“我正要带孩子们出去吃晚饭。”

“不要再去麦当劳了，那些薯条太不健康了。”

“是啊。”

马特的眼前再次浮现出那些踟蹰不前的脚步，还有不断坍塌的地面，他手里拿着电话，暗自心想：你不可能直接跳起来大喊：“哈哈，抓住你啦！”

“出什么事了吗？”奥利维亚问道。

“没什么。”他回道，凯拉坐进自己的车里，对着马特灿烂一笑，挥手告别。马特也抬了抬下巴，向她告别。“我之前给你打过电话。”马特尽量不露声色地说道。

“真的吗？”

“真的。”

“什么时候？”

“大概中午的样子。”

“真的吗？”

“假的，我骗你的。不是，我真的打过。”

“嗯，那真是太奇怪了。”

“为什么？”

“我没有听到手机响啊。”

“也许电话没有带在身边吧。”他试探地说道，想给她找个台阶下。

“也许吧。”她缓缓地说道。

“我还给你留了言。”

“稍等片刻。”她顿了一下，“等一等，手机上有三个未接来电。”

“应该就是我打的。”

“真的很抱歉，亲爱的，我知道这听起来很可笑，但是我还是没有搞明白该怎么听取留言。我以前的手机只要输入密码6—7—6，再摁一下星号键就可以了，但是在新手机上却不管用。”

“当然不管用了，”马特说道，“新密码是你手机号码的后四位，然后再按井号键。”

“哦，我知道了，我一般只看未接来电的通话记录。”

马特闭上双眼，实在没有想到这通电话会如此无聊，如此稀松平常。

“你上哪儿去了？”他问道。

“什么？”

“我打电话的时候，你在哪儿呢？”

“哦，我在参加一个研讨会。”

“在哪儿？”

“在哪儿，你这是什么意思？我当然在波士顿啦。”

“什么研讨会？”

“关于防止员工在上班时间上网干私事的网络工具，你都不知道员工在互联网上浪费了多少工作时间。”

“哦。”

“亲爱的，我得走了，要和几个人一起吃晚饭。”

“有我认识的人吗？”

“没有，你一个也不认识。”奥利维亚故意夸张地叹了口气，“不，应该是，你根本不想认识他们中的任何人。”

“很无聊？”

“非常无聊。”

“你住在哪家酒店？”

“我没有告诉过你吗？”

“没有。”

“丽兹酒店，但是我随时都在进进出出的，你最好给我打手机。”

“奥利维亚？”

“啊，”她说道，“等一下。”

电话里一阵长时间的沉默，玛莎穿过草坪，朝他走了过来，她指了指她的车子，问马特她是否可以离开了，马特挥了挥手，表示可以离开了。伊森和保罗绕着圈子跑来跑去也跑累了，两人朝他走了过来。伊森抱住马特的右腿，保罗则抱着他的左腿，马特冲着两个小家伙做了个鬼脸，指了指电话，以为两个孩子会明白他现在没空，结果两个小家伙根本没有看明白。

奥利维亚的声音终于再次响起：“我手机上收到一张照片，我应该按哪个键来着？”

“右边的那个键。”

“哦，等一下，有了。”奥利维亚接着说道：“啊，是你啊，天哪，我嫁了个大帅哥啊！”

马特忍俊不禁，笑了起来，这让他心里更加地难受，他深爱着奥利维亚，就算他再怎么努力，都避无可避。“我要是否认的话就是自讨没趣了。”他说道。

“不过，却不是你最帅气的笑容，咦，怎么整得这么严肃呢，下次记得把衬衫脱了。”

“你也是。”马特回道。

奥利维亚笑了笑，听起来却不像往常那样轻松。

“要是——”马特又补了一句，接下来他更想说的是：这都是事先计划好的吗？“能够戴上一顶金色假发就更好了？”

电话里一阵沉默。

马特率先打破了沉默。“奥利维亚？”

“我在。”

“之前，我给你打的那个电话。”

“什么？”

“其实是你先打给我的。”

似乎是感觉到了紧张的气氛，小家伙们松开了他的双腿，保罗歪着脑袋看着伊森。

“但是我没给你打过电话。”奥利维亚说道。

“不，你打过。我是说，我接到了一个你的电话。”

“什么时候？”

“就在我打给你之前。”

“我不太明白。”

“你用手机给我传了一张照片，一个黑发男人的照片，后面还传了一段视频。”

“视频？”

“你当时正在一个房间里面，至少看起来很像你，头上还戴了一顶金色的假发。”

电话里又是一阵沉默，之后奥利维亚又说道：“我不知道你在说些什么。”

他相信奥利维亚吗？他很想相信，恨不得就此打住。

“今天早些时候，”他说道，“就在我给你留言之前，我收到了一条信息，是用你的手机发来的，里面有一条视频——”

“不是，我明白你的意思，只是……”

“只是什么？”

“啊，等一等，”奥利维亚说道，“我知道怎么回事了。”

保罗和伊森又开始转圈圈，让人眼花缭乱。两人玩得太疯，居然跑到了街边上去。马特用手捂住话筒，把他们叫了回来。

“知道什么？”他问道。

“我觉得……呃，我也不知道为什么没有接到你的第一个电话，电话就在我身边，我刚刚看了一下未接电话，你知道吗，杰米也给我打了个电话，但是我也没有听到那个电话。”

“所以呢？”

“所以我在想，是不是研讨会上的那些人搞的鬼，这些人很喜欢开玩笑，也许是他们中有人搞的恶作剧。”

“恶作剧。”

“没错，应该是在开研讨会的时候，那个研讨会实在是太无聊了，我直接睡着了。当我醒来的时候，发现背包被人动过，只是不是特别明显。但是现在仔细想想，背包确实被人动过，只是我当时也没有多想。”

“所以现在你觉得……？”

“一定是他们拿走了我的手机，动了手脚之后又把手机放了回去。我也不知道，实在是太夸张了。”

马特不知道该做何反应，但是奥利维亚的语气有点令人生疑。“你什么时候回家？”

“星期五。”

他换了只手拿着电话。“我来找你。”

“你不用上班吗？”

“没什么要紧的事情。”

“可是，”她压低声音说道，“明天不是你，呃，周四去美术馆约会的日子吗？”

马特差点把这事给忘记了。

“你不可能不去。”

三年来，周四的约会他从未错过任何一次。有很长一段时间，每隔一周的星期四，马特都会去美术馆约会，他从未告诉过任何人这个秘密，说了大家也没法理解。这是他和那人之间的纽带，无法割舍，也难以言说，对他来说，这些约会意义非凡。

但他还是继续说道：“可以延期。”

“马特，你知道这样不行。”

“我可以现在就飞过去——”

“没这个必要，我后天就回去了。”

“我不想等了。”

“而且我在这里忙得要死，我得走了，我们后面再谈，好吗？”

“奥利维亚？”

“星期五见，”她说道，“我爱你。“

接着她就挂断了电话。

- 10 -

“马特叔叔？”

保罗和伊森终于稳妥地安置在后座上，马特足足花了 15 分钟的时间才把安全座椅固定好，究竟是哪个鬼设计的这些东西？美国航空航天局吗？

“怎么啦，哥儿们？”

“你知道现在麦当劳会送什么礼物吗？”

“我已经告诉过你了，我们不去麦当劳。”

“哦，我知道，我只是随便问问。”

“嗯—嗯。”

“你知道现在麦当劳会送什么礼物吗？”

“不知道。”马特回道。

“你知道新上映的电影《怪物史莱克》吗？”

“知道。”

“他们现在送怪物史莱克的玩具。”保罗说道。

“他说的是麦当劳。”伊森插嘴说道。

“真的吗？”

“而且是免费的。”

“不是免费送的。”马特说。

“是免费送的，开心乐园的套餐里面就有。”

“这些套餐定价标高了的。”

“什么标高？”

“我们不去麦当劳。”

“哦，知道啦。”

“我们就是随便说说而已。”

“就是想告诉你，他们有免费的玩具。”

“而且是新上映的《怪物史莱克》的玩具。”

“马特叔叔，你还记得我们看的第一部《怪物史莱克》吗？”

“我记得啊。”他说道。

“我喜欢里面的驴子。”伊森说道。

“我也喜欢驴子。”马特附和道。

“这周送的就是驴子玩具。”

“我们不去麦当劳。”

“我就说说而已。”

“吃中餐也不错。”保罗赶紧说道。

“虽然他们不送玩具。”

“是啊，我喜欢吃排骨。”

“还有点心。”

“妈妈喜欢吃那里的四季豆。”

“啊，你不喜欢吃四季豆，是吧，马特叔叔？”

“多吃四季豆对你们的身体有好处。”马特说道。

伊森转向弟弟，说道：“意思就是不喜欢咯。”

马特微笑着看着他们，尽量不去想那些烦心的事情，保罗和伊森倒是让他无暇顾及其他。

他们来到国泰中餐厅，这是一家古色古香的中餐馆，炒面和芙蓉肉片是他们经典的招牌菜，同样经典的还有那四处开裂的塑料卡座，以及柜台前面那位脾气暴躁的老太太，老太太目不转睛地看着你用餐，就好像担心你会顺手牵羊，把餐具带走似的。

这里的食物有点油腻，不过可能中餐本来就是这样。孩子们胃口大开，这要是在麦当劳，那可就挑食了，最多只能吃半个汉堡和一打薯条。但是在这里，他们会把盘子吃得精光，中餐馆要是能送电影周边玩具那就更好了。

伊森一如既往地生机勃勃，保罗则相对内向一些。两个孩子来自同样的父母，在几乎完全相同的环境下长大，但是性格却有着天壤之别。伊森调皮捣蛋，静不下来，邋遢又活泼好动，不喜欢约束。而保罗却腼腆内向，循规蹈矩，天生敏感，犯点小错就心情沮丧。保罗不仅温柔体贴，还爱好运动，更喜欢依偎在大人的身旁。

天性难移啊。

在回家的路上，马特又带他们去冰雪皇后吃了冰淇淋，伊森吃得满身满嘴都是香草冰淇淋。到家的时候已经 8 点钟了，马特把车子开进车道时，惊讶地发现玛莎还没有回来。他有房子的钥匙，所以就直接把孩子们带进屋里，给他们洗了个澡。

马特给孩子们看了一集动画片《反斗家族》，哪怕从成人的角度来看，这部动画片也很是有趣。看完电视后，马特七哄八哄的，恨不得把法律辩护中学到的谈判技巧都用上，才好不容易把两个孩子哄去睡觉。伊森很怕黑，所以马特给他开了海绵宝宝的夜灯。

马特看了看手表，已经八点半了，他倒是不介意多待一会儿，只是有些担心。

马特朝厨房走去，冰箱门上挂满了保罗和伊森的手工作品，全用磁铁粘着，上面还有一些照片，全都装在亚克力相框里，只是照片装得乱七八糟的，有好些照片都露在了相框外面，马特小心翼翼地把照片装进相框里。

在靠近冰箱顶部的位置，放着两张伯尼的照片，位置太高，孩子们根本够不着（又或许没有看见）。马特停下脚步，凝视着哥哥的照片，看了好一会儿，才转过身去，拿起厨房里的电话，拨通了玛莎的手机。

看见手机的来电显示，玛莎接起电话说道："马特？我正要给你打电话呢。"

"嗨。"

"你们到家啦？"

"嗯，孩子们已经洗好澡，上床睡着了。"

"哇哦，你真行。"

"谢谢你教得好。"

"不，我得谢谢你。"

一时间两人都没有说话。

马特开口问道："需要我再待一会儿吗？"

"如果方便的话。"

"没问题，反正奥利维亚还在波士顿呢。"

"谢谢你。"她说道，话里有一丝说不清道不明的意味。

马特换了一只耳朵听电话。"嗯，你大概什么时候能——"

"马特？"

"嗯。"

“我之前对你撒谎了。”

马特默不作声。

“我根本没去学校开会。”

他静静地等她说完。

“我是去约会了。”

马特不知道该说些什么，只好不置可否地回了一句“哦”。

“我应该早点告诉你的，”玛莎压低了声音说道，“而且这也不是第一次约会。”

马特不由得看向冰箱上面的照片，看着哥哥的眼睛。

“哦。”

“我正在和一个人交往，已经快两个月了。当然，孩子们对此一无所知。”

“你不需要跟我解释。”

“不是的，马特，我必须跟你解释一下。”

马特没有接话。

“马特？”

“我在听。”

“你可以留在家里过夜吗？”

马特闭上双眼，说道：“可以，当然可以啦。”

“我会在孩子们起床之前到家的。”

“好。”

电话里传来一阵抽泣声，玛莎哭了。

“没事的，玛莎。”

“真的吗？”

“真的，”他回道，“明天早上见。”

“我爱你，马特。”

“我也爱你。”

马特挂断了电话，玛莎能够走出伤痛，这是好事，极好的事情，但他的目光还是不由自主地瞥向哥哥的照片。尽管这样想很不公平，也不厚道，马特还是忍不住心想，他的哥哥确实离他远去了。

- 11 -

每个人似乎都做过这样的噩梦，梦见自己突然要参加一门课程的期末考试，而这门课你整个学期都没有上过，什么都不会。马特虽然没有做同样的噩梦，却也非常相似。他梦见自己又回到了监狱里。他不知道自己又犯了什么事，才会再次进监狱，既没有梦见犯罪的场景，也没有梦见审判的场景，只是模模糊糊地感觉到，自己好像又把什么事情给搞砸了，而且这一次进去后就再也出不来了。

马特突然惊醒过来，浑身是汗，满眼含泪，身体颤抖不已。

奥利维亚已经习惯了，每次遇见这种情况，都会用双臂搂着他，轻声地安慰他没事了，告诉他没人能够伤害到他。他可爱的妻子也会做噩梦，但她似乎从来都不需要马特的安慰。

马特睡在房间的沙发上，楼上的客房里有一张可以折叠的大床，只是他一个人睡的时候，总是觉得大了点。此刻，马特躺在黑暗中，睁着双眼看着上方，感到无比的孤独，这种孤独自从奥利维亚走进他的办公室以来，他就再也没有感受过。事实上，马特现在有些害怕睡觉，一直睁大着眼睛不敢入睡。凌晨四点的时候，他听到玛莎车子开进车道的声音。

听到钥匙开门的声音，马特赶紧闭上眼睛，假装还在沙发上睡觉。玛莎轻手轻脚地走过来，轻轻地吻了吻他的额头，身上散发着阵阵洗发水和沐浴露的香气。不管她去过哪里，肯定是洗过澡了。马特心想，不知道她是不是一个人洗的澡，接着又嗤笑自己为什么要在乎这些。

玛莎朝厨房走去，马特还在装睡，只是慢慢地睁开一只眼睛，看见玛莎正在给孩子们准备午餐，她熟练地涂抹着果酱，脸上却满是泪水。马特一动未动，看着她安静地做完午餐后，又踏着轻柔的脚步朝楼上走去。

早上 7 点的时候，辛格尔给他打来电话。

“我打过你家里的电话，”她说道，“但是你不在家。”

“我在我嫂子家。”

“哦。”

“只是帮忙照看我的两个侄儿。”

“我有问你干什么了吗？”

他搓了搓脸。“有什么事吗？”

“你要去办公室吗？”

“要去，晚点再过去。什么事？”

“我找到跟踪你的人了，查尔斯·塔利。”

马特直接坐起身来。“他在哪里？”

“见面再谈，可以吗？”

“为什么？”

“我还要再查点东西。”

“调查什么？”

“调查查尔斯·塔利，中午的时候在你办公室碰面，怎么样？”

虽然中午他还要参加周四在美术馆的固定约会，马特还是说道：“嗯，好吧。”

“马特？”

“什么事？”

“你说过这是你的私事对吧？不管那个塔利和你有什么纠葛？”

“没错。”

“那你的麻烦大了。”

马特是纽瓦克美术馆的会员，走到大门口时，他还是亮了一下自己的会员卡，尽管他根本不需要这样做，因为门卫早就已经认识他了，他冲着门卫点了点头，走进了美术馆。上午的这个时候，很少会有人来逛美术馆。马特朝西楼的画廊走去，途中路过了美术馆的最新展品，是沃塞恩·沃克·科斯洛夫创作的一幅彩色油画，他继续向前，拾阶朝二楼走去。

二楼上只有她独自一人。

马特看见她站在走廊的另一头，那是她惯常所站的地方，就在爱德华·霍普的画作前面。她的头微微左倾，看着面前的画作。她是个很有魅力的女人，年近六旬，身材高挑，高高的颧骨，一头光泽莹润的金发，贵气逼人。她看起来一如既往地睿智，衣服剪裁得体，光彩照人。

她的名字叫索尼娅·麦克格拉斯，是史蒂芬·麦克格拉斯，也就是马特意外杀死的那个男孩的母亲。

索尼娅总是站在霍普的画作前等他，这幅画名为《谢里登剧院》。它成功捕捉到了电影院中纯粹的荒凉和绝望的氛围，描绘出一幅满目疮痍的景象，令人叹为观止。画面看似简单，剧台空无一人，却用一种其他画作无可比拟的方式揭露了更加深刻的含义。

索尼娅·麦克格拉斯听见了马特的脚步声，却并没有转身去看他。马特从斯坦的身边走了过去，斯坦是每周四早上负责这层楼安保工作的保安。马特对他微微笑了一下，点了点头，不知道斯坦对他和这位迷人的老妇人之间的每次约会究竟做何看法。

马特站在索尼娅的身旁，抬眼看着霍普的画作。这幅画作犹如一面诡异的镜子，映照出两个独立的个体。他是霍普的引座员，而她则是唯一的主顾，两人沉默良久，马特看了看索尼娅·麦克格拉斯的侧影，他曾在《纽约时报》周日时尚版的报纸上看到过她的照片。索尼娅·麦克格拉斯是位社交名流，照片里的她笑容灿烂炫目，马特从未在现实生活中看到过她这样的笑容，马特甚至怀疑这种微笑只会在镜头中出现。

"你看起来不太好。"索尼娅说道。

索尼娅并没有回头看他，在他看来，她只是朝他这边瞟了一眼，但是马特还是点了点头，索尼娅转过身，看着马特。

他们的这种关系是在马特出狱几年后建立的，尽管"关系"这个词用在这里并不太恰当。当时，马特的电话响了，他接起电话，却没有声音，那人既不挂电话，也不说话，马特以为会听到轻微的呼吸声，但是大部分时间电话里都是一片沉默。

不知怎么的，马特就是知道电话那头是谁。

在她第五次打来电话的时候，马特做了几次深呼吸后，终于鼓起勇气开口说道："对不起。"

长久的沉默后，索尼娅终于开口说道："告诉我，究竟是怎么回事。"

"我已经在法庭上说过了。"

"那就再说一次，从头到尾。"

他从头到尾再说了一遍，花了好长的时间才讲完。索尼娅从头到尾安静地听着，沉默不语，在他讲完后，她径直挂断了电话。

第二天，她又打来了电话，直截了当地说道："我想跟你说说我儿子的事情。"

她细说开来。

就算不想，马特还是知道了更多关于史蒂芬·麦克格拉斯的事情。对他来说，史蒂芬不再仅仅是那个卷入斗殴的孩子，也不再是导致马特·亨特的生活脱离正轨的孩子，而是备受两个妹妹崇拜的哥哥，他喜欢弹吉他，有点嬉皮士的味道，这一点遗传自他的母亲，说到这里，索尼娅的脸上露出了一丝笑意。朋友们都说，他是个知心哥哥，有什么问题，大家都会去找他诉说。他不爱出风头，总是安静地待在一旁。如果你讲笑话，他一定会捧场大笑。他这辈子唯一闯过的一次祸，就是和几个好友在高中学校后面喝酒时被警察抓了个现行，但他从未打过架，就连小时候也是如此，他甚至对暴力极度恐惧。

就在那通电话里，索尼娅问他："你知道吗，史蒂芬根本不认识那些打架的人？"

"我知道。"

接着她放声痛哭起来。"那他为什么要掺和进去？"

"我不知道。"

他们第一次见面是在三年前，就在纽瓦克美术馆。两人一起坐下，一人点了一杯咖啡，但是其间两人几乎没有什么交流。几个月后，两人开始留下来共进午餐。再后来，每隔一周的周四早上，在霍普的画前见面就成了雷打不动的事情，两人一次都没有错过。

起初，两人见面的事情他们谁都没有告诉。索尼娅的丈夫和女儿们永远都不会理解他们的行为，当然，他们自己也没有搞明白，马特也说不清楚为什么这些见面会如此重要。大多数人会认为他这么做纯粹是出于内疚，或者是为她而做，又或者是为了赎罪，但是事实并非如此。

他们通常会一起待上两个小时，奇怪的是，在这两个小时期间，马特感到无比的放松，能够感受到痛苦和伤害，不再像行尸走肉般地活着。他不知道索尼娅是什么感受，应该和他差不多吧。两人会谈论那晚发生的事情，谈论他们各自的生活，谈论出狱后那些踌躇不前的脚步，谈论那种随时都会山崩地裂的恐惧。索尼娅从未对他说过“我原谅你了”，也从未说过那不是他的错，那只是个意外，你也得到了应有的惩罚之类的话。

索尼娅沿着走廊朝楼梯走去，马特又看了两眼油画，然后跟了上去。两人回到一楼，来到美术馆的大厅，各自端起一杯咖啡，坐到了常坐的那张桌子旁。

“嗯，”她开口说道，“说说看，发生了什么事？”

她这么说不是出于礼貌，也不是为了打破沉默，更不是“你最近过得怎么样？”“我很好，你呢？”诸如此类的日常寒暄，而是出于两人不可言说的关系。马特把最近发生的一切，这些从未言说的秘密毫无保留地告诉了这个女人。他从未对她撒过谎，也从未对她含糊其辞或有所隐瞒。

说完以后，索尼娅问道：“你觉得奥利维亚出轨了吗？”

“证据就摆在眼前。”

“但是？”

“但是，我知道，证据有时候也不代表真相。”

索尼娅点了点头。“你应该再给她打个电话。”她说道。

“我打了。”

“那就试试酒店的电话。”

“我也打了。”

“她不在酒店？”

“她根本没有登记入住。”

“波士顿有两家丽兹酒店。”

“两家我都试过了。”

“哦。”索尼娅靠回椅背上，一手托着下巴，“这么说，奥利维亚并没有说实话。”

“没错。”

索尼娅想了想，她从未见过奥利维亚，但她比任何人都了解两人之间的关系，她把目光看向了别处。

“怎么啦？”他问道。

“我只是在想她为什么要撒谎。”

“然后呢？”

“我还是没有想明白。”索尼娅耸了耸肩，喝了一口咖啡，“我一直觉得你和奥利维亚的关系有点奇怪。”

“为什么这么说？”

“十年前的一夜情居然修成了正果。”

“那不是一夜情，我们根本没有上床。”

“这也许就是问题所在。”

“我不明白你的意思。”

“如果你俩上过床的话，说不定魔咒就解除了。人们都说做爱是人世间最亲密的事情，但事实上可能恰恰相反。”

他静候下文。

“哎，还真是个奇怪的巧合。”她说。

“为什么这样说？”

“克拉克也有外遇了。”

马特没问她是不是真的，也没有问她是怎么知道的，他只是淡淡地说了一句：“我很遗憾。”

“不是你想的那样。”

他什么也没说。

“这件事与我们儿子的死无关。”

马特勉强点了点头。

“我们老是喜欢把所有的问题都归咎于史蒂芬的死，老是抱怨人生就是这么地不公平，儿子的死俨然成了我们怨天尤人的最大借口，但是根本不是这样的，克拉克出轨的原因很简单。”

“是因为什么？”

“他只是好色而已。”

索尼娅笑了笑，马特也勉强笑了笑。

“啊，我说没说过她很年轻？和克拉克上床的那个女孩。”

“没有。”

“她才 32 岁，我们有个女儿也是这个年纪。”

“我很遗憾。”马特又说了一遍。

“不用遗憾。这就是我刚刚跟你说的，关于亲密和性爱的另外一面。”

“为什么会这样？”

“说实话，女人到了我这个年龄，对性爱这个东西已经没什么兴趣了。我知道，《时尚》之类的杂志和我说的恰恰相反，说什么男人十九猛如狼，女人三十猛如虎。但是现实是，男人无论老少，都很饥渴。对我来说，性爱不再是亲密的代名词。但是另一方面，克拉克却需要性爱，那个年轻女孩之于他不过如此：性欲、发泄和生理需要。”

“你一点都不在意吗？”

“这不是我的事。”

马特无言以对。

“你想想，事情其实很简单：克拉克需要某种东西，而我又没有兴趣为他提供这些东西，所以他就只有另谋他处了。”看到马特脸上的表情，索尼娅叹了口气，把手放在大腿上，“打个比方吧，比如，克拉克喜欢玩扑克，而我又不想玩……”

“得了吧，索尼娅，这根本是两码事儿。”

“哦，是吗？”

“性爱和扑克？”

“那好吧，我们举个生理享受方面的例子吧，比如说专业按摩，克拉克每周都去俱乐部按摩，那个按摩师叫加里——”

“这也不是一回事。”

“你还是没有明白吗，这就是一回事。跟这个女孩上床与亲密无关，只是身体上的接触而已，就和背部按摩或者握手一样，所以我有什么在意的？”

索尼娅抬头望着他，等着他的回应。

“反正我没法接受。”马特说道。

索尼娅的嘴角扬起一抹笑容，她很喜欢跟人玩心理游戏，也喜欢挑战。他不知道她说的是不是真心话，还是只是在试探他而已。“那你打算怎么办？”她问他。

“奥利维亚明天就回家了。”

“你觉得你能熬到那个时候？”

“试试看吧。”

索尼娅目不转睛地看着马特。

“又怎么啦？”他问道。

“我们无处可逃，对不对？我以为……”她停了下来。

“你以为什么？”

两人四目相对。“我知道听起来有点老套，但是这一切就像一场噩梦一样，史蒂芬的事情，还有那些审判，我一直希望，一觉醒来，发现这一切都是一个可怕的玩笑，希望一切如故，安然无恙。”

马特又何尝不是这样想的，他也希望自己只是做了一场噩梦，希望就像真人秀《真实镜头》[1]里演的那样，高潮之后，史蒂芬又会毫发无伤、面带微笑地出现在大家的面前。

“但是现实世界总是事与愿违，不是吗，马特？”

他点了点头。

“你不会认为那些坏事只是噩梦一场，总有一天你会醒来，”她继续说道，“恰恰相反，你会认为那些幸福与美好才是虚幻一场。你照相手机上接到的那个电话就是这样，把你从美梦中唤醒。”

马特说不出话来。

“我知道，我永远也无法走出丧子之痛，”索尼娅说道，“这根本不可能，但是我以为……我希望你能够做到。”

马特等着她继续说下去，她却什么也没说，突然站起身来，就好像已经说得够多了。两人一起向出口走去，索尼娅吻了吻他的脸颊，两人彼此拥抱了一下，这次的拥抱比任何一次拥抱来得都长。像往常一样，马特感受到她身上弥漫着的悲伤气息，史蒂芬的死依然横亘心间，无时无刻，无处不在，永生相伴。

“如果有什么需要我帮忙的，”她低声说道，“随时给我打电话。”

“我会的。”

他静静地看着她离开，思考着索尼娅说过的那些话，思考着好梦与噩梦之间的细微界线，当她终于消失在拐角处时，他也转身离去。

---

①《真实镜头》是美国广播公司一个隐藏镜头的真人秀节目。

- 12 -

马特走到罗兰达的办公桌前时，罗兰达对他说道："辛格尔正在办公室里等你。"

"谢谢。"

"'中危'要我在你一到办公室的时候就给他打电话。"罗兰达抬头看着他，"现在可以打了吗？"

"给我 5 分钟的时间。"

罗兰达转回电脑前，开始打字。马特走进办公室的时候，辛格尔·沙克尔正站在窗前看着外面。"风景不错。"她说道。

"真的吗？"

"当然不是了，只是闲聊而已。"

"那你还真会闲聊。"他说道。

"我还以为你只是个律师助理呢。"

"我是啊。"

"那为什么你的办公室这么大？"

“这是我哥哥的办公室。”

“所以呢？”

“所以，伯尼是这里的台柱子。”

“那又怎么样？”辛格尔转身看着他，“别怪我冷血啊，伯尼不是已经死了吗？”

“我一直觉得你只是对自己刻薄而已，你还真是会闲聊啊。”

“不是，我是说，伯尼已经死了有三年了吧？真不敢相信他们居然会让一个有前科的律师助理用这么好的办公室。”

马特笑了笑。“我知道你的意思。”

“那是什么原因？”

“也许是他们很怀念我哥哥吧。”

“那些律师们？”辛格尔做了个鬼脸。“算了吧。”

“说实话，”他说道，“我觉得是因为他们喜欢我，想让我留下来。”

“因为你人好？”

“因为我坐过牢，我的存在既新奇，又有趣。”

辛格尔点了点头。“就像狂欢派对上出现一对女同性恋一样。”

“差不多，但是还要奇特些，真的很搞笑，有时候，我简直就是他们眼里的稀有动物。只要他们一喝醉，就会偷偷地问我，像他们这样的人进了那个‘大房子’——”，他用手指做了个引号的手势，“究竟是什么感觉。”

“你就像一个当地名人。”

“没错，只不过成名的方式奇怪了一点。”

“所以他们才没有把你从办公室里踢出去？”

马特耸了耸肩。

“他们也有可能是怕你，”辛格尔说道，“毕竟你曾经徒手杀过人。”

他叹了口气，坐了下来，辛格尔也跟着坐了下来。

“抱歉。”她说道。

他挥了挥手，表示无所谓。“找我什么事？”

辛格尔跷起她的大长腿，马特知道，这只是摆个架势而已，只是不知道这是否已经成了她的习惯动作。“说吧，”她说道，“为什么要调查那个车牌？”

马特摊了摊手。“难道我还要再跟你讨论一下‘私事’这个词的含义吗？”

“除非你不想知道我查到的东西。”

“所以现在开始用恐吓手段了？”

但是，他看得出来辛格尔是认真的。

“我觉得他在跟踪我。”马特终于妥协道。

“你为什么这么想？”

“你说呢？我去了好几个地方，他的车都在那里。”

“你是碰巧发现的吗？”

“他的车牌号码和我名字的首字母很接近。”

“什么？”

马特向她解释了车牌的事情，解释了那三个字母和他名字首字母相似的事情，以及当他靠近那辆车，车子立即掉头跑掉的事情，辛格尔安静地听着。

马特讲完后，辛格尔又问道：“查尔斯·塔利为什么要跟踪你，马特？”

“我不知道。”

“一点头绪都没有？”

他没有作声，他太了解男人抗议太多会有什么结果，沉默才是最好的回应。

“塔利他有前科。”

马特很想说“我也是”，但他忍住了没说，他知道有前科意味着什么，特别是这个前科还引起了辛格尔的注意。说实话，马特也有前科，辛格尔却不以为然，只能说明这是个例外。兰斯·班纳不也同样对他存有偏见吗？马特也不喜欢这么想，但是却很难与现实抗争。

“故意伤人罪，”辛格尔说道，“用的是指节铜环，虽然没有把那个可怜的家伙打死，却打得他脑袋开花，生不如死，比直接杀了他还残忍。”

马特暗自琢磨着，想把事情联系起来。“他蹲了多久的大牢？”

“八年。”

“时间够长啊。”

“而且还不是初犯，塔利坐牢的时候也经常惹是生非。”

马特努力想把所有的线索串起来，却实在搞不明白这家伙为什么要跟踪他。

“想看看他长什么样吗？”辛格尔问道。

“你有他的照片？”

“是啊，有他的档案照。”

辛格尔穿了一件蓝色的夹克和牛仔裤，她把手伸进夹克的内袋，掏出一张照片来，看到那张照片，马特只觉得天旋地转。

怎么会是……

马特知道辛格尔正盯着自己看，观察他的反应，但他实在控制不了自己。他看到那两张档案照，一张正面照，一张侧面照，几乎喘不过气来，他紧紧地抓着桌子，感觉就像是自由落体一样，天旋地转。

“这么说你认识他咯。”辛格尔说道。

他当然认识他了，同样的讥笑，同样的黑发。

查尔斯·塔利就是照相手机里面的那个男人。

- 13 -

罗兰·缪斯犹如穿越时空，回到了小时候。

再次回到高中母校圣玛格丽特学校，罗兰也免不了那些俗套的想法：走廊好像变窄了，天花板好像变低了，储物柜好像变小了，老师们似乎也变矮了。但是，其他那些最重要的东西，却依然如故。一走进学校，罗兰就犹如掉进了时空隧道，高中时代的那些感觉又在腹内隐隐骚动。那时的她惶惶不得终日，既想获得大家的肯定，又叛逆地不愿顺从别人，两种渴望在心底厮杀、翻腾。

她敲了敲凯瑟琳院长的办公室大门。

“请进。”

办公室里坐着一个小姑娘，身上穿着罗兰很多年前穿过的那种校服——白色的上衣和苏格兰格纹裙。天哪！她真是恨死那身校服了。女孩低垂着脑袋，显然刚被凯瑟琳院长训斥过，细细的发丝犹如珠帘一样垂在她的面前。

看见罗兰进来，凯瑟琳院长对小姑娘说道：“你现在可以走了，卡拉。”

卡拉耷着肩膀，垂着脑袋，灰溜溜地走了出去。经过罗兰身旁时，罗兰对她点了点头，好像在跟女孩说："深表同情，姐妹儿。"卡拉没有抬头看她，随手关上了房门。

凯瑟琳院长看着眼前的这一幕，脸上一副困惑又沮丧的表情，仿佛读懂了罗兰的心思。她的桌上放着一堆颜色各异的手链，看到罗兰指着那些手链，她脸上的困惑神情随即隐去。

"这些手链都是卡拉的？"罗兰问道。

"是的。"

一定是违反了着装规定，罗兰心想，极力克制住想要摇头的冲动。天哪，这个地方永远都不会改变。

"你没有听说过这些吗？"凯瑟琳院长问道。

"听说什么？"

"那个——"她深吸了一口气，继续说道："手链游戏。"

罗兰耸了耸肩。

凯瑟琳院长闭上双眼。"这是最近流行的时尚，我记得应该是叫这个词。"

"哦。"

"不同的手链……我都不知道该怎么说……不同的颜色，代表不同的性行为。比如，黑色代表的是……呃，那个，红色代表的是……"

罗兰举起一只手，说道："我大概知道什么意思了，所以女生戴这种手链是为了展示自己的，怎么说呢，级别？"

"比这还糟糕。"

罗兰等着她继续说下去。

"你来这儿不是为了听这个的吧。"

"说都说到这里了，还是说来听听吧。"

"像卡拉这样的女孩，戴着手链在男孩子面前晃来晃去的，如果有男生能扯下她们的手链，女生就必须，嗯，做出与手链颜色对应的行为。"

“不是吧。”

凯瑟琳院长眼神凝重地看了她一眼。

“卡拉多大了？”罗兰问道。

“16岁。”凯瑟琳院长指着另一些手链，好像它们是脏东西似的，“但是这些手链是我从一个八年级的学生身上取下来的。”

对此，罗兰竟无言以对。

凯瑟琳院长伸手去拿她身后的东西。“这是你要的通话记录。”

这幢楼里仍然弥漫着粉笔灰的麝香味，直到刚才为止，罗兰一直都把这些粉笔灰与年少时的纯真联系在一起。凯瑟琳院长把一小叠纸递给了她。

“我们总共十八个人，共用三部电话。”凯瑟琳院长说。

“那就是六个人用一部电话？”

凯瑟琳院长笑了笑。“没错，看看，他们还说我们不教数学了。”

罗兰望着院长身后的十字架上的耶稣基督，突然想起刚进校时听到的一个笑话。一个男生数学成绩很差，不是六七十分，就是不及格，于是父母把他送到了天主教学校。第一次期末考试后，父母拿到成绩单时，吓了一大跳，发现儿子的数学成绩突飞猛进，全是90、100，父母问他怎么回事，儿子回答说：“我一走进教堂，就看到一个家伙被钉在加号上，我就知道他们是动真格的。”

凯瑟琳院长清了清嗓子。“我可以问你一个问题吗？”

“请讲。”

“知道玛丽·罗斯修女是怎么死的吗？”

“还在调查中。”

凯瑟琳院长耐心地等着她的下文。

“目前能告诉你的就是这些了。”

“我明白了。”

这次是罗兰等着院长说下去。在凯瑟琳院长移开视线时，罗兰说道：“你隐瞒了一些东西。”

“隐瞒了什么？”

“隐瞒了玛丽·罗斯修女的情况，还有她的遭遇。”

“你们查出她的身份了吗？”

“还没有，但是迟早会查出来的。我猜，今天之内就可以知道结果。”

凯瑟琳院长挺直了腰杆，说道：“开局不错。”

“没有别的事情要告诉我吗？”

“没有，罗兰。”

罗兰等了片刻，这位老妇人在……撒谎倒不至于，更像是在逃避。“你都一一核实过这些电话了吗，院长？”

“核实过了，我也让另外五个共用电话的修女核对过了，大部分电话都是打给家人的，有些是打给兄弟姐妹和父母的，还有一些是打给朋友的，另外还有一些是打给附近商家的，她们有时候也会点些披萨，还有中餐什么的。”

“我还以为修女只能吃，呃，修道院的食物呢。”

“你想错了。”

“显然是。”罗兰回道，“有什么可疑的号码吗？”

“只有一个。”

凯瑟琳院长的眼镜用链子挂在脖子上，她拿起眼镜，架在鼻子上，伸手让罗兰把通话记录给她，罗兰把记录递给她，她仔细地看了看第一页，舔了下手指，又翻到第二页，然后拿出笔，在上面圈了圈。

“就是这个。”

她把通话记录还给罗兰，电话的区号是973，就在新泽西州，离这里不到30英里，电话是三周前打的，通话时间6分钟。

也许没什么用。

罗兰突然注意到凯瑟琳院长桌子后面的书柜上有一台电脑，女修道院院长在网上冲浪，想想都觉得奇怪，看来还真是没有几个人能够抵挡得住电脑的威力。

“我可以借你的电脑用一下吗？”罗兰问道。

“当然可以了。”

罗兰在谷歌上搜了一下那个电话号码，但是没有什么发现。

“你是在查那个号码吗？”凯瑟琳院长问道。

“是的。”

“威瑞森电信公司网页上显示，这个号码没有登记。”

罗兰回头看了看她。“你已经查过了吗？”

“我把所有的号码都查过了。”

“我明白了。”罗兰说道。

“只是不想漏掉任何有用的线索。”

“你考虑得真周到。”

凯瑟琳院长点了点头，头颅仍然高昂着。“我想你应该有办法可以查到未登记的号码。”

“的确有办法。”

“你现在要去看看玛丽·罗斯修女的房间吗？”

“可以。”

房间跟罗兰想象中的差不多，空间狭小，墙壁光秃，混凝土的白墙，一扇窗户，一张单人床，床头上方还挂着一个大十字架，标准的宿舍样式，酒店式的布置，温馨却缺乏个性。房里几乎没有任何可以彰显房间主人个性的私人物品，似乎玛丽·罗斯修女就是想要达到这种效果。

“勘察现场的技术人员大约一个小时后过来。”罗兰说道，“他们需要采集指纹，检查掉落的毛发等等。”

凯瑟琳院长缓缓地用手捂着自己的嘴巴。“你们真的认为玛丽·罗斯修女是……？”

“不要乱猜，好吗？”

罗兰的手机突然震动起来，她接起电话，是埃尔登·提克打来的。

“哎，甜心，你今天要过来吗？”他问道。

“一个小时后过来，”她说，“怎么啦，有什么事吗？”

“我找到硅胶假体生产商现在的老板了，外科公司被洛克伍德公司收购了。”

“是威尔明顿的那家大公司？”

“对，就在特拉华州。”

“你给他们打过电话了吗？”

“打了。”

“然后呢？”

“但是事情并不顺利。”

“怎么回事？”

“我跟他们说了，我们这儿有一具尸体，尸体里面的乳房假体是他们公司生产的，希望通过上面的产品编号查询死者的身份信息。”

“然后呢？”

“他们不肯透露客户的资料。”

“为什么不愿意？”

“我也不知道，他们啰哩巴嗦地说了一大堆，老是拿‘医疗隐私权’来搪塞我。”

“真他妈的——”看见凯瑟琳院长噘起了嘴，罗兰赶紧把话咽了回去，“我去法院申请调查令。”

“他们可是一家大公司哟。”

“他们会让步的，他们也只是想寻求法律保护而已。”

“这要花点时间哟。”

罗兰想了想，埃尔登说得有道理，洛克伍德公司不在本州，可能需要找联邦法院的法官开传票才行。

“还有一件事。”埃尔登说道。

“什么事？”

“刚开始的时候，他们也没说有什么问题，我给一个人打了电话，她也同意帮我查这个编号，我没有说是例行公事，但应该不是什么大问题。”

“但是？”

“但是随后就有个听起来很有来头的大律师给我打电话，直接拒绝了我的要求。”

罗兰想了想。“这里离威尔明顿有多远，两个小时的车程？”

“照你的速度，大概只要 15 分钟。”

“我在考虑要不要过去看看情况。你有那个大律师的名字吗？”

“有，你等一下，找到了，兰德尔·霍恩，是‘霍恩、巴克曼和皮尔斯事务所’的律师。”

“那你给那个霍恩先生打个电话，说我开车过去给他送传票。”

“你哪儿来的传票啊？”

“等着瞧吧。”

“哦，我懂了。”

罗兰挂断电话，又拨了另外一个号码，一位女士接起了电话。罗兰直接说道：“帮我查一个未登记的电话号码。”

“请告诉我您的姓名和警号。”

罗兰报上自己的姓名和警号，接着又把玛丽·罗斯修女打的那个没有登记的电话号码念给了她。

“请稍等。”那位女士说道。

凯瑟琳院长做出一副忙碌的样子，一会儿望望天，一会儿又看看房间的另一头，一会儿又去摆弄祈祷的念珠。罗兰听到电话里传来敲击键盘的啪嗒声，接着话筒里说道：“你有笔吗？”

罗兰从口袋里掏出一支又短又粗的铅笔，又掏出一张加油站的收据，把收据翻个面，说道：“请讲。”

“您查询的号码登记人是玛莎·亨特，新泽西州利文斯顿市达比·特勒斯街 38 号。”

- 14 -

“马特？”

他目不转睛地看着查尔斯·塔利的档案照，还是那该死的扬扬得意的笑容，和手机上看到的笑容一模一样。马特感觉自己的身体又开始往下沉，但他稳住了自己，没有显露出来。

辛格尔问道：“你认识他，对不对？”

“我想请你帮个忙。”他说。

“帮忙谈不上，这是我的工作。不要忘了，你给我付了钱的。”

“这样更好。”他抬起头看着辛格尔，“我要你把查尔斯·塔利的一切资料都给我找出来，我是说，所有的资料。”

“那我要查些什么呢？”

问得好，马特思考着该怎么回答。

“直接说吧。”辛格尔说。

马特拿出自己的手机，犹豫了一下，但是说实话，事情到了这一步，继续隐瞒下去又有什么意义呢？他打开手机，点了一下相机按键，然后一直按着后退箭头，直到找到查尔斯·塔利在酒店房间里拍的那张照片。毫无疑问，两人是同一个人，他盯着照片看了好一会儿。

“马特？”

马特语速缓慢，字斟句酌地开口说道：“昨天，我收到一条奥利维亚发来的短信，”他把手机递给她，“短信里面显示的就是这个。”

辛格尔伸手接过照相手机，眼睛看向手机屏幕，马特看着她惊讶地睁大了双眼，视线在档案照和手机照片之间来回移动着，最后，她抬起头看着马特。

“这到底是怎么回事？”

“按一下前进键。”他说道。

“右边的那个按键？”

“没错，那是一个视频，是在照片后面发过来的。”

辛格尔全神贯注地看着视频，看完后，她问道：“是不是按重播键，就可以重新播放了？”

“没错。”

辛格尔按下重播键，又把视频播看了两遍。看完后，辛格尔把手机小心翼翼地放在桌子上。“你对此有什么解释吗？”她问道。

“没有。”

辛格尔想了想。“我只见过奥利维亚一次。”

“我知道。”

“我不敢确定那究竟是不是她。”

“我觉得是她。”

“你觉得？”

“脸部有点看不清楚。”

辛格尔咬了咬下唇，把手伸到身后，拿出自己的背包，开始在里面东翻西找。

“干吗？”他问道。

“别以为只有你一个人精通高科技。”辛格尔说道。

辛格尔从包里拿出一台小巧的掌上电脑，比马特的手机大不了多少。

“这是掌上电脑？”

“是配置高端的口袋电脑。”辛格尔纠正道，接着拉出一根数据线，一端插进电话里，另一端插进口袋电脑里。“介意我把照片和视频下载下来吗？”

“你要干吗？”

“我要把它们带回办公室去，我们有各种各样的软件，可以一帧一帧地放大图像，增强图像效果，然后仔细分析看看。”

“这个只能你知我知。”

“我明白。”2分钟后，图像下载完毕，辛格尔把手机还给马特。“还有一件事。”

“你说。”

“就算全面调查这个查尔斯·塔利也有可能查不到我们想要的东西，”她身体往前靠去，“我们得捋一捋方向，找出两者之间的联系，找出塔利和……。”

“奥利维亚。”他替她把话说完。

“是的。”

“你想调查我老婆。”

她靠回椅背上，又把脚跷了起来。“如果只是一件普通的出轨倒也罢了，可能没有这个必要。我是说，或许他们刚刚认识，或是在酒吧勾搭上的，谁知道呢。但是这个塔利不仅跟踪你，还给你发了照片，当面羞辱你。”

“什么意思？”

“意思是事情没这么简单。”辛格尔说道，“问你点事儿，但是千万别生气，好吗？”

“你说。”

她在椅子上调整了一下姿势，她的每一个动作，不论是有意还是无意，都让人感觉别有深意。“你对奥利维亚到底了解多少？我是说她的背景。”

“她所有的一切我都知道，她从哪儿来，在哪儿上的学，我都知道。”

“那家庭背景呢？”

“在她还是个婴儿的时候，她妈妈就离家出走了，爸爸在她21岁时去世了。”

“兄弟姐妹呢？”

“一个都没有。”

“这么说，是她爸爸一个人把她养大的？”

“基本上是这样的，怎么了？”

辛格尔继续问道：“她是在哪里长大的？”

“弗吉尼亚的诺斯维斯。”

辛格尔把这个信息写了下来。“也是在那里上的大学，对吧？”

马特点了点头。“读的是弗吉尼亚大学。”

“还有呢？”

“还有呢？你这是什么意思？还有什么？她在‘贝塔数据公司’工作了八年，她最喜欢的颜色是蓝色，她的眼珠是绿色的，她比我认识的任何人都喜欢读书，唯一的恶趣味就是看那些土掉渣的狗血电影。而且，我也不怕恶心你，每当我醒来，看见奥利维亚躺在我的身旁，我就知道，我就是知道，我是这个星球上最幸福的男人，这些你都要记下来吗？”

办公室的门突然被人推开，两人同时转过头去，看见“中危”走了进来。“哦，对不起，我不是故意打断你们的。”

“不，没关系。”马特说道。

“中危”郑重其事地看了看手表，说道：“我真的需要和你谈谈斯特曼的案子。”

马特点了点头。“我也正准备给你打电话。”

两人都看向辛格尔，她识趣地站起身来，“中危”下意识地整理了一下领带，捋了捋头发。

“我是艾克·基尔。”他向她伸出手，自我介绍道。

“你好，”辛格尔说道，努力忍住了翻白眼的冲动，“幸会幸会。”她看向马特，“我们后面再谈。”

“谢谢你。”

辛格尔有意地又多看了他一眼，转身向门口走去。等她离开后，“中危”走了过来，在她刚刚坐过的位置上坐了下来，吹了一声口哨，问道：“到底是谁呀？”

“辛格尔·沙克尔，在 MVD 工作。”

“你是说她是个私人侦探。”

“中危”自顾自地笑了起来，看见马特没笑，只好尴尬地咳了一下，跷起二郎腿。他头发灰白，中分的发型整齐地梳向两边。白头发特别适合律师，当然必须是满头白发才行，这会让他们在陪审员面前显得特别地庄重。

马特打开抽屉，拿出斯特曼案的档案。两人就这个案子，还有预审，以及地方检察官可能提出的问题讨论了三个小时。就在讨论即将结束的时候，马特的手机又响了起来。他看了看来电显示，屏幕上写着：“未知来电。”马特把手机放在了耳边。

“喂？”

“嘿，”电话里传来一个男人的低语声，“猜一猜我正在跟你老婆做什么？”

- 15 -

对罗兰·缪斯来说，今天似乎跟旧地重游杠上了。

她把车停在了新泽西州利文斯顿市达比·特勒斯街 38 号，也就是玛莎·亨特的家外面，这里也是罗兰曾经生活过的故乡。罗兰觉得，成长从来都不是一件易事，无论你生活在哪里，青春期都是一个没有硝烟的战场。像利文斯顿这种生活舒适的小镇固然可以缓冲一二，那也是对那些有归属感的人而言，但是，罗兰的爸爸却一直与这里格格不入，最终放弃了自己的生命，抛弃了自己的女儿，自此以后，对罗兰来说，这里就只是一个居住地而已。

利文斯顿具备一切诱人的条件：一流的学校、高水平的体育赛事、名流荟萃的俱乐部、出色的家庭教师协会、精彩的高中表演会。罗兰从小就在这里长大，那个时候，成绩优异的都是那些犹太小孩，而现在却是亚洲和印度这些力争上游的新一代移民。这个小镇就是这样，大家争相来到这里，购买房子，缴纳税金，实现自己的美国梦。

但是，你知道大家是怎么说的吗？越是渴望，越要小心。

她敲了敲玛莎·亨特家的门。除了那通6分钟的电话，罗兰还没有查清楚这位单身母亲和玛丽·罗斯修女之间有什么关系。单身母亲在利文斯顿并不常见，她还是应该事先做些调查才对，至少背景调查是很有必要的，但是时间紧迫，只好仓促前来。在明媚的阳光下，她站在玛莎家前门的门廊，这时门开了。

“玛莎·亨特？”

眼前的女子质朴而迷人，她点了点头，“没错，我就是。”

罗兰举起自己的证件，说道：“我是埃塞克斯县检察官办公室的罗兰·缪斯警探，想耽误您几分钟的时间。”

玛莎·亨特眨了眨眼，满脸疑惑地问道：“有什么事吗？”

罗兰一脸无害地微笑道：“我可以进去谈吗？”

“哦，可以，当然可以了。”

玛莎往后退了一步，罗兰走进屋子里。哇哦，感觉好像又一次旧地重游，室内的装饰和她儿时的家真的是一模一样，感觉从1964年起到现在，几乎就没有任何的变化，只是电视更高级些，地毯更低调些，色彩也更柔和些，但是仍然给人一种似曾相识的感觉，仿佛回到了儿时的奇异世界。

她四处打量着墙壁，想看看上面有没有十字架或圣母像之类与天主教有关的物品，任何能够解释为什么那个冒充玛丽·罗斯修女的女人会打电话过来的物品，但是没有找到任何与宗教有关的东西。罗兰注意到，沙发边上放着叠好的床单和毯子，好像有人刚刚在那里睡过觉。

屋子里还有一个年轻女孩，20岁左右，另外还有两个不到10岁的男孩子。“保罗，伊森，”玛莎对孩子们喊道，“这是缪斯警探。”孩子们家教很好，礼貌地和罗兰握了握手，落落大方地和她对视了一眼。

年龄较小的那个，应该叫伊森的孩子问道：“你是警察叔叔吗？”

“是警察阿姨。”罗兰脱口而出，“应该差不多吧，我是县检察官办公室的警探，和警察比较类似。”

“那你有枪吗？”

“伊森。”玛莎低喝道。

罗兰本想回答，给他看看手枪的，但她知道有些妈妈比较在意这些事情，不想让自己的宝贝疙瘩过早接触暴力，这种心情罗兰倒是可以理解，只是从长远来说，完全杜绝孩子接触枪支的做法却不是明智之举。

玛莎·亨特继续介绍道：“这是凯拉，帮我照看小孩。”

叫凯拉的年轻女孩在房间另一头向她挥了挥手，继续收拾孩子们的玩具，罗兰也朝她挥了挥手。

“凯拉，你能带孩子们出去玩一会儿吗？”

“没问题。”凯拉转向孩子们，“我们去玩威浮球怎么样，孩子们？”

“我先打！”

“不行，上次就是你先打的！这次该轮到我了！”

两个小家伙一边争论，一边往外面走去。玛莎转向罗兰：“出什么事了吗？”

“不是，没什么事。”

“那你来这里干什么？”

“只是对一起案件的例行调查。”这些话完全是一堆含糊其词的废话，但是罗兰发现这一招很管用。

“什么案子？”

“亨特太太……”

“请叫我玛莎。”

“好吧，抱歉。玛莎，你是天主教徒吗？”

“什么？”

“我并不是有意窥探你的隐私，确切地说，这和宗教没有什么关系，我只是想知道你是否和东奥兰治市的圣玛格丽特教区有什么联系。”

“圣玛格丽特？”

“没错，你是那里的教徒吗？”

“不是，我是利文斯顿圣菲洛米娜教区的教徒，为什么这么问？”

“你和圣玛格丽特学校有什么关系吗？”

“没有。”她接着又说道：“你说的关系是指什么？”

罗兰不想被人打乱节奏，又继续问道：“你认识这个学校的学生吗？”

“圣玛格丽特学校吗？不，不认识。”

“你认识那里的老师吗？”

“不认识。”

“那玛丽·罗斯修女呢？”

“谁？”

“你认识圣玛格丽特学校的修女吗？”

“不认识，我在圣菲[①]倒是认识几个，但是没有一个修女叫玛丽·罗斯。”

“这么说你对玛丽·罗斯修女这个名字没有任何印象咯？”

“完全没印象，到底怎么回事？”

罗兰目不转睛地看着玛莎的脸，想从上面找出一丝一毫说谎的痕迹，却没有发现任何的异样，但是，就算这样，也说明不了什么问题。

“只有你和孩子们住在这里吗？”

“是的，呃，凯拉在车库上面有个房间，但是她是从其他州来的。”

“那她是住在这里的？”

“她在这儿租了个房间，帮忙干些事情，她现在在威廉·帕特森大学上学。”

---

① 圣菲洛米娜的缩写。

“你离婚了吗？”

“没有，我是个寡妇。”

玛莎·亨特说这话时，语气有点异样，突然让罗兰意识到自己不小心碰到了别人的伤心处。罗兰恨不得踢自己一脚，她真该提前做些背景调查才对。

玛莎双手抱在胸前。“这到底是怎么回事？”

“一位名叫玛丽·罗斯的修女最近去世了。”

“她在圣玛格丽特学校工作？”

“是的，她是学校的一名老师。”

“我还是不明白为什么——”

“我们查看她的通话记录时，发现有个电话我们无法解释。”

“打到我家的？”

“没错。”

玛莎·亨特满脸疑惑地问道：“什么时候？”

“三个星期前，确切地说应该是6月2日。”

玛莎摇了摇头。“可能是打错了。”

“但是电话打了6分钟。”

听到这话，玛莎顿了一下。“是哪天来着？”

“6月2日，晚上8点。”

“真想知道的话，我可以查一下我的日程表。”

“那就万分感谢了。”

“日程表在楼上，我马上下来。不过我很肯定，我们谁也没跟这个修女讲过电话。”

“我们？”

“你说什么？”

“你刚刚说‘我们’，你指的是？”

“没指谁，就是家里的所有人。”

罗兰对此不予置评，又接着问道：“介意我问你家保姆几个问题吗？”

玛莎·亨特犹豫了一下。“我想应该没什么问题吧。”玛莎扯了个笑容说道，“但是，要是你当着孩子们的面用‘保姆’这个词的话，他们会很生气的。”

“我明白。”

“我马上回来。”

罗兰穿过厨房，朝后门走去，她往窗外瞥了一眼，看见凯拉给伊森投了一个低手球，伊森用力一挥，没有打中。凯拉向前走了一步，身体弯得更低，又投了一次。这次，伊森终于碰到球了。

罗兰转过头去，快要走到后门时，突然有什么东西让她停下了脚步。

是冰箱。

罗兰没有结婚，没有孩子，更不是在甜蜜幸福的家庭中长大的孩子，但是要说什么东西最具美国特色，最有家庭味的话，她不知道除了冰箱门还能是什么。她朋友家里就有这样的冰箱，但是她自己却没有，现在想来真是莫大的遗憾啊。除了两只猫，罗兰依然孑然一身，虽然母亲健在，却戏精上身，自私自利。

在大多数美国家庭里，如果你想了解一个家庭的私生活，最好的地方就是冰箱门。只见玛莎家的冰箱门上贴满了孩子的美术作品，还有在学校里写的作文，全部都用星星装饰着，让平淡无奇的作文瞬间显得不平凡起来。冰箱门上还贴着预先印好的生日请柬，一张是参加在小不点健身房举行的派对，另一张是在东汉诺威保龄球馆。冰箱门上还贴着班级旅行，儿童疫苗接种，以及足球联赛的各种表格。

当然，必不可少的还有家庭照片。

罗兰是独生子女，这些家庭照片，这些用磁铁粘着的开心笑容，无论她看多少次，都会觉得不真实，就像是在看一部糟糕的电视节目，或是读一张老掉牙的贺卡一样。

一张照片引起了罗兰的注意，她朝那张照片走了过去，看到照片，罗兰瞬间豁然开朗起来。

她之前怎么就没有想到呢？

她早就应该想到的，亨特这个姓氏虽不算少，但也不是特别常见。她的眼睛来回扫视着其他的照片，最终又落回到第一张照片上。那张照片就贴在冰箱门的左边，看起来有点像是棒球比赛的照片。玛莎回来时，罗兰还在盯着那张照片看。

“你还好吧，缪斯警探？”

罗兰被她的声音吓了一跳，脑子里面还在努力地回忆，想要回想起更多的细节，却只有一点模糊的印象。“你找到日程表了吗？”

“上面什么也没写，我真的不记得那天我在哪里了。”

罗兰点了点头，转身看着冰箱。“这个人，”她指了指照片，又回头看了一眼玛莎，“是马特·亨特，对吧？”

玛莎的脸刷的一下沉了下去。

“亨特太太？”

“你到底想干什么？”

之前玛莎的脸上都还客客气气的，现在却满是寒意。

“我认识他，”罗兰说道，“很久以前就认识了。”

玛莎毫无反应。

“小学的时候，我们俩上的都是伯纳山小学。”

玛莎两手抱在胸前，完全无动于衷的样子。

“你们俩什么关系？”

“他是我小叔子，”玛莎说道，“是个大好人。”

是啊，确实是个大好人，罗兰心想，一个心性纯良的王子。她看过马特过失杀人的新闻报道，知道他曾在一个戒备森严的监狱服刑。就她所知，那里的日子真不好过。她突然想起了叠在沙发上的毯子和床单。

“马特经常来这里吗？我是说，他毕竟是孩子们的叔叔。”

“缪斯警探？”

“嗯？”

“请你现在就离开。”

“为什么？”

“马特·亨特不是罪犯，那只是一场意外，他已经付出了代价。”

罗兰没有作声，等着玛莎继续说下去，但是玛莎并没有继续。过了片刻，罗兰知道，再这样问下去也不会有什么结果，决定换一种更加温和的方式。

“我很喜欢他。”罗兰说道。

“什么？”

“我们还是孩子的时候，他是个很好的人。”

这是罗兰的真心话，马特·亨特以前真的很不错，一直非常地努力，想要融入利文斯顿的生活，也许他真不该这么努力。

“我要走了。”罗兰说道。

“谢谢你。”

“关于6月2日那通电话，要是你想起什么的话——”

“我会马上通知你的。”

“你介意我出去的时候再跟你家保姆说几句话吗？”

玛莎叹了口气，耸了耸肩。

“谢谢你。”罗兰伸手去开房门。

玛莎突然喊道："我可以问你一件事情吗？"

罗兰转身看着她。

"那个修女是被人谋杀的吗？"

"你为什么这么问？"

玛莎又耸了耸肩。"我觉得，问这个问题很自然吧，不然的话你为什么会来这里？"

"具体细节不能透露，非常抱歉。"

玛莎什么也没说，罗兰打开房门，朝院子里走去。六月的天漫长无比，太阳依然高悬在空中。孩子们尽情地跑着、玩着，成年人永远无法像孩子们那样肆意地跑跳。罗兰想起了自己的童年，像个野丫头似的，一玩起跑垒游戏，就是好几个小时，一点都不会觉得无聊。她不由得心想，玛莎·亨特是否也这样疯玩过，是否也陪儿子们一起玩过跑垒游戏。一想到这些，罗兰就无比地悲伤。

现在没有时间顾影自怜了。

玛莎一定在厨房的窗户边看着她们呢，她必须搞快点。罗兰朝那个女孩走去，朝她挥了挥手。她叫什么名字来着？凯莉？凯拉？还是凯尔西？

"嗨。"

女孩用手挡住阳光，眨了眨眼睛。她长得很漂亮，挑染的金发泛着金光，也只有年轻人才敢挑战这种颜色。"嗨。"

罗兰没有浪费时间寒暄，直接进入正题。"马特·亨特经常过来吗？"

"马特？当然啦。"

女孩不假思索就做了回答，罗兰忍俊不禁，心想，还是太年轻啊。

"他多久来一次？"

凯拉——女孩的名字肯定叫凯拉——突然意识到有点不对劲，开始警觉起来，但是她还是嫩了点，只要罗兰摆出警探的姿态，她就扛不住了，只好开口说道："记不清楚了，大概一周要来几次吧。"

"他是个好人？"

"什么？"

"马特·亨特，他是个好人吗？"

凯拉灿烂一笑。"他是个大好人。"

"和孩子们处得好吗？"

"他对孩子最好了。"

罗兰点了点头，装作一副漫不经心的样子问道："他昨晚住在这里吗？"

凯拉歪着头，没有直接回答。"这些问题你没有问亨特太太吗？"

"我只是想跟你确认一下。他昨晚住在这里，对吧？"

"是的。"

"一整晚？"

"我昨天和几个朋友进城了，不太清楚。"

"沙发上放着床单，谁在那里睡过？"

她耸了耸肩。"我猜应该是马特。"

罗兰冒险回头看了一眼，发现玛莎·亨特已从窗口边消失了，现在应该正往后门走，而且凯拉也不一定记得 6 月 2 日的事情，现在她也了解得差不多了，虽然暂时还不知道这些信息有什么用。

"你知道马特住在哪里吗？"

"好像是在欧文顿吧。"

这时，后门打开了，罗兰心想，该问的也问得差不多了，找到马特·亨特的住址应该不是什么难事。她微笑着离开玛莎家，尽量不让玛莎有所察觉，好让她打电话去提醒她的小叔子。她若无其事地一边走，一边向玛莎挥手告别，玛莎迟疑片刻后，才抬起手向她挥手告别。

罗兰走上车道，朝汽车走去，却突然看到了另一张熟悉的面孔，一张来自遥远记忆的面孔。哇哦，这个案子越来越像是罗兰·缪斯的个人回忆录了。那人站在她的车旁，斜靠在引擎盖上，嘴里叼着一支香烟。

“嘿，罗兰。”

“真没想到啊！”她说道，“会遇见兰斯·班纳警探。”

“正是在下。”他把烟屁股扔到地上，用力地踩了一脚。

罗兰指着烟头，调侃道：“我可以给你开罚单的哟。”

“我记得你是县重案组的人吧。”

“香烟也会杀人的，你难道都不看烟盒吗？”

兰斯·班纳冲她狡黠一笑，他的车就停在街对面，很明显是一辆没有任何标志的警车。“好久不见了。”

“上次见面还是在特伦顿的枪支安全大会上对吧，”罗兰说道，“有多久了，六年还是七年？”

“差不多吧。”他双手抱胸，依然靠在引擎盖上，“你是来办案的？”

“是的。”

“跟我们的老同学有关？”

“有可能。”

“要跟我说说吗？”

“先说说你为什么在这里吧？”

“我就住在附近。”

“所以呢？”

“我看到一辆县里来的车，所以想着应该可以帮上点忙。”

“怎么回事？”

“马特·亨特想搬回这里住，”兰斯说道，“他在离这儿不远的地方买了栋房子。”

罗兰没有作声。

“这对你的案子有用吗？”

“没有看出来。”

兰斯微笑着打开车门，提议道：“何不告诉我发生了什么事？说不定可以帮你参谋参谋。”

- 16 -

“嘿，猜猜看，我现在跟你老婆在做什么？”

马特拿着手机，贴在耳边。

那人低声问道：“马特？你在听吗？”

马特没有搭话。

“哎，马特，你是不是打我小报告了？我是说，你跟你老婆说了我给你发照片的事情？”

马特浑身僵硬地坐在那里。

“奥利维亚现在对自己的手机越来越谨慎了。啊，她已经离不开我了，你就不要指望了，她现在对我欲罢不能，你明白我的意思吗？”

马特闭上了双眼。

“但是她突然之间跟我说要小心一点，所以我在想，你是不是跟她说了些什么，现在就我们俩，耿直点，你是不是跟她泄密了？”

马特紧紧地握着手机，紧到他都以为会把电话给捏碎。他慢慢地调整着呼吸，深吸了几口气，但是胸部仍然一阵发紧。终于缓过劲后，他开口说道："不要让我逮着你，查尔斯·塔利，否则的话，我一定把你的脑袋拧下来当球踢。"

电话里一阵沉默。

"你还在听吗，查尔斯？"

电话里传来一阵细碎的耳语声。"我要挂了，她回来了。"

随即电话就被挂断了。

马特告诉罗兰达取消下午的所有行程。

"你下午哪里有什么行程。"她说道。

"就你聪明。"

"能告诉我出了什么事吗？"

"以后再说。"

马特驱车朝家里开去，手里仍然紧紧地握着照相手机，直到把车停在欧文顿主街附近的屋子外面。屋外的草坪焦黄一片，东海岸最近一直干旱，已经有三个星期没有下雨了，这让本来就稀稀拉拉的草坪雪上加霜。在利文斯顿这样的高档社区，草坪的养护是一件非常严肃的事情，对草坪不管不顾，听之任之，任其枯萎，只会让邻居唾弃，就好比你在后院摆了一架新买的高级烧烤架一样，同样招人嫉恨。但是在这里，在欧文顿，没人在意草坪的死活。

养护草坪是有钱人才玩的游戏。

马特和奥利维亚住在一栋双拼联排房子里，墙外装着铝制墙板，房子已经日渐破败。他们住在右边那半，左边那半住的是欧文斯一家，是个五口之家的黑人家庭。两边房子都各有两间卧室和一间半的浴室。

马特一步两阶地跨上台阶，一进屋子就按下 1 号快速键，给奥利维亚打了一个电话，电话还是无人接听，再次转到了语音信箱，马特一点也不感到惊讶，等到哔的一声，他开始留言。

“我知道你没有住在丽兹酒店，”马特说道，“我也知道戴金色假发的那人是你，我还知道这根本不是什么恶作剧，我甚至还知道那个男人叫查尔斯·塔利，所以赶紧给我回个电话，解释清楚。”

马特挂掉电话，朝窗外望去。街角有家壳牌加油站，他看着加油站，呼吸急促，喘不过气来。他努力平复着自己的呼吸，从壁橱里抓起一个手提箱，扔在床上，开始胡乱地往里面塞衣服。

马特突然停了下来，打包行李，去找奥利维亚，真是愚蠢至极，省省吧。

奥利维亚明天就回家了。

要是她明天不回家呢?

想再多也没用，她会回家的。不管怎样，再过几个小时，一切都会真相大白的。

马特以前从来不会窥探别人的隐私，但是现在他也顾不了那么多了。他打开奥利维亚的抽屉，开始一一翻找起来，也不觉得自己这么做有多么地可耻，刚才的那通电话彻底把他给激怒了。现在最有可能的情况就是：奥利维亚有事瞒着他，既然这样，倒不如自己把事情查清楚。

但是什么都没有找到。

抽屉里面没有，柜子里面也没有，就在他苦苦思索其他隐藏之处时，脑子里突然灵光一现。

电脑。

他走上楼去，按下电源开关，电脑开始启动，似乎过了很长一段时间，电脑终于打开了。马特的右脚不由自主地抖动，他把手放在膝盖上，努力让自己平静下来。

他们装了宽带，所以几秒钟就登上了网络，以前的拨号上网速度太慢，早就已经过时了。马特知道奥利维亚的密码，只是从未想过会在这种情况下使用。他登录进入奥利维亚的电子邮箱，开始浏览她的电子邮件。新邮件里面没有什么特别的东西，他开始查看旧邮件。

收件箱居然是空的。

他又查看了一下“已发送邮件”的文件夹，同样是空的，所有邮件都被删除了。他又查看了一下“已删除邮件”，里面也被清空了。他又查看了一下上网记录，想看看奥利维亚最后都浏览过哪些网页，结果历史记录也被删除了。

马特靠回椅背上，得出一个再明显不过的结论：奥利维亚一直都在掩盖自己的上网踪迹，随之而来的另一个显而易见的问题就是：为什么？

对了，还有一个地方没有查看：电脑的缓存文件。

人们经常删除自己的浏览记录或邮箱，但是电脑的缓存文件却不一样。如果奥利维亚把缓存文件都删除了的话，马特马上就会发现电脑出了问题，比如：他登录雅虎，主页就不会自动跳出来，亚马逊网站也识别不出他是谁了，一个想要掩盖行踪的人是不会这么干的。

清除缓存文件实在是太过明显了。

马特打开浏览器，找到保存网页浏览信息数据的文件夹，里面的数据多如牛毛。他点击了一下日期按钮，把这些数据按时间先后顺序排列，最近浏览的放在最前面，然后一条一条地往下看，大多数域名他都很熟悉，比如谷歌（Google）、马克斯办公用品（OfficeMax）、夏特弗莱（Shutterfly），只有两个域名非常陌生，他把域名写下来，把浏览器窗口最小化，回到了上网页面上。

马特输入第一个网址，按下回车键，发现是《内华达州太阳新闻》的网站，只有注册后才能浏览其新闻档案，报社的总部设在拉斯维加斯。他查看了一下“个人资料”，发现奥利维亚是用假名字和假电邮地址注册的。这没什么大惊小怪的，大家都这么做，既可以防止垃圾邮件，又可以保护自己的隐私。

但是奥利维亚在这个网站上究竟想查些什么？

马特无从知晓。

第一个网址已经让马特感觉非常奇怪了，第二个网址就更奇怪了。

这一次，网络花了好长一段时间才识别出他输入的内容，地址从一个地方跳到另一个地方，最后落定的地方是：Stripper-Fandom.com（脱衣舞女—粉丝 .com）。

马特不由得皱起了眉头，主页上弹出一条警告：18 岁以下禁止进入。这可不是什么好兆头。马特点了一下进入图标，不出所料，跳出来的全是些情色艳照，原来“脱衣舞女—粉丝”网站就是一个“欣赏”……

……欣赏脱衣舞女的网站？

马特摇了摇头，网站上有无数的缩略图，都是些上身赤裸的美女艳照，他随意点击了一张，网站上马上跳出了这个女孩的个人简介：

> 兔女郎的脱衣舞生涯始于大西洋城，凭借妖娆的舞步和性感的造型迅速蹿红，之后搬至拉斯维加斯继续发展。她的口号是“我爱维加斯！我爱有钱人！”，特长是戴着兔子耳朵，围着钢管跳兔子舞。

马特点了一下链接，兔女郎的邮件地址随即跳了出来，大家可以给兔女郎写电子邮件，咨询“私人访客”的价格。网页上确实是这么说的：私人访客。说得兔女郎好像是教皇一样。

这究竟是怎么回事？

马特继续在网站上搜索着，直到实在受不了了才停止搜索，最终也没有发现什么特别的地方，事情不仅没有搞明白，反倒更加扑朔迷离了。也许这个网站根本就毫无意义，大部分的脱衣舞女都来自拉斯维加斯，说不定奥利维亚是不小心点到了内华达州报纸上的广告链接才进入这个网站的，要不就是这个链接挂羊头卖狗肉，进去了才知道是脱衣舞网站。

那她为什么会出现在内华达州的报纸网站上呢？又为什么要把所有的电子邮件都清空呢？

马特找不到任何答案。

马特突然想起了查尔斯·塔利，便在谷歌上查了一下这个名字，也没有发现什么有用的东西。他关掉浏览器，回到楼下，脑海里依然回荡着手机里听到的那句耳语："嘿，猜猜看，我现在跟你老婆在干什么？"他所有的理智瞬间被击得粉碎。

不行了，必须出去透透气。呼吸呼吸新鲜空气，以便冷静下来去寻找更加有力的证据。

马特走到外面，驱车朝南奥兰治大街开去。从花园州[①]林荫大道望去，绝对不会错过那个高耸入云的巨大棕色啤酒瓶。但是，当你驱车开过林荫大道时，你会发现另一番景象，只见林荫大道从墓地中央穿插而过，周围墓碑林立，饱经风霜，绵延不绝，这景象比硕大的老旧水塔更加引人注目。但是，开车穿梭于墓地间，墓地并没有一分为二，反而像是用拉链拉拢似的，变得更加地完整。远处怪异无比的大啤酒瓶高耸入云，犹如沉默的哨兵，守卫着或是嘲笑着底下埋葬的灵魂。

啤酒厂破败不堪，其破败的方式更是令人费解。窗户玻璃扇扇残缺，就好像有人故意不厌其烦地扔石头，一扇窗户，一块石头，把12层楼的玻璃一一敲碎似的。地上满是玻璃碎片，残缺的豁口咧着大嘴，令人心生畏惧。残败与傲气交相辉映，铁骨与残牙裂眼兼收并蓄，饱受蹂躏，却又铁骨铮铮。

不久，啤酒厂就会被拆除，取而代之的是一座高档的购物中心。马特心想，这正是新泽西所需要的，又一座购物中心。

---

① 新泽西州的别名。

马特拐进一条小巷，朝一扇褪色的红门走去。酒吧外面没有名字，只在一扇窗户上面装了一个蓝带啤酒的霓虹灯标志，不过，如同啤酒厂一样，如同这座城市一样，这个霓虹标志将永不再亮起。

马特打开酒吧门，阳光立刻照进了这片黑暗笼罩之地。刺眼的阳光下，男人们犹如被手电筒照射的蝙蝠一样，不停地眨巴着眼睛，酒吧里面还有位女士，要是叫她小姐的话，准会揍得你满地找牙。酒吧里的点唱机悄无声息，一点音乐都没有，窸窸窣窣的交谈声犹如里面的光线一般微弱。

梅尔依然在吧台后面工作着，马特至少有两三年没有来过这里了，但是梅尔依然记得他的名字。这家酒吧是典型的廉价酒吧，美国各地随处可见。男人们辛苦工作了一天后，纷纷投身酒吧，寻欢作乐。但是人们来这里，不是为了寻求安慰，吹牛聊天，而是为了一醉方休。

坐牢之前，马特绝对不会去廉价酒吧这样的地方，但是现在，他却更喜欢来这种暴力充斥的危险地方，他也说不清楚为什么。这里的男人身材高大，肌肉发达，秋冬就穿一件法兰绒衬衫，春夏就穿一件紧身 T 恤，一年到头都穿着牛仔裤。虽说在这里打架斗殴不是常事，但是，除非你的拳头够硬，否则还是不要轻易来这种地方。

马特在凳子上坐了下来，梅尔朝他点了点头，问道：“啤酒？”

“伏特加。”

梅尔给他倒了一杯伏特加，马特端起杯子，打量片刻后，摇了摇头。借酒浇愁，真是有些老套啊！他脖子一仰，一口干掉了杯子里的伏特加，任由那股暖意温暖着全身。他点了点头，示意梅尔再倒一杯，无须多言，梅尔已经在倒了，马特又一口干掉了杯子里的酒。

现在马特感觉好多了，应该说，他现在没什么感觉了，眼睛开始慢慢地晕眩，感觉自己有点格格不入，他在很多地方都是这样，就像深入敌后的间谍似的，没有一个地方让他感觉自在，无论是入狱前舒适安逸的幸福生活，还是出狱后冷酷无情的艰难时光。只能在幸福与艰难之间挣扎徘徊。事实上，也只有和奥利维亚在一起时，马特才会感到舒服与自在，这听起来何其的悲哀。

该死的奥利维亚。

三杯烈酒下肚，马特的脑袋立刻有些醺醺然。

哟，瞧瞧这个狂喝滥饮的大个子。

马特的身体有些摇摇晃晃的，这正是他今晚想要的，暂时忘记一切烦恼吧，他心想，不是永远，一醉不可能解千愁，只要赖过今晚就好，明天奥利维亚就回家了，回家后，她一定会向他解释清楚为什么和一个男人待在汽车旅馆里，解释清楚她为什么要撒谎，为什么那个男人会知道他把照片的事情告诉了她。

就这些，诸如此类的小事情。

马特示意梅尔再倒一杯，梅尔没有作声，直接给他倒了一杯。梅尔这人很少与人搭讪，也不喜欢多嘴。

“你真是个大帅哥，梅尔。”

“嘿，谢谢你，马特，这种话我听得多了，但是从你嘴里说出来，还是挺让人高兴的。”

马特笑了笑，看着酒杯，心想，就这么放纵一夜吧，忘掉一切的烦恼。

一个壮汉上完厕所往回走，一不小心撞到了马特。马特吓了一跳，狠狠地瞪了他一眼，说道：“看着点。”

大汉咕哝着说了一声抱歉，化解了眼前的紧张局势，马特顿时感到有些失望。大家都以为马特学聪明了，比任何人都清楚打架斗殴的恶果，但是今晚却是个例外，说实话，他巴不得今晚能够找人大干一架。

管他的什么恶果，是吧？

马特四处张望着，寻找史蒂芬·麦克格拉斯的鬼魂，通常他都会坐在他旁边的吧凳上，但是今晚却不见他的踪影，很好。

马特不胜酒力，这一点他自己也很清楚，他根本驾驭不了伏特加，现在他不只是脑袋发昏，而是快要酩酊大醉了。当然，喝酒的关键还是在于知道何时停杯，既要喝得尽兴，又不会产生不良后果。很多人都以为自己能够把握好度，却往往翻了车。

今晚，马特根本不在乎这些。

“再来一杯。”

吐词虽然含糊，马特自己却听得非常清楚，知道自己语气很冲。伏特加让他怒从心头起，或者说，让他恶向胆边生，他现在就希望有麻烦上门，虽然他也很害怕招惹麻烦。怒火让他神志清醒，头脑清楚。他知道自己想要什么，至少他是这么认为的。他想揍人，想狠狠地干上一架，管他是揍人还是被揍，一点都不重要。

他完全不在乎。

马特回味着暴力的滋味，暗自琢磨着缘何会喜欢上暴力。也许老同学兰斯·班纳警探说得对，监狱让人面目全非，进去时一个样，出来时又一个样，就算你清清白白的，出来时也会……

马特想起了警探兰斯·班纳，那个利文斯顿的看门狗，那个愚蠢的乡巴佬。

时间慢慢地流逝，说不清楚究竟过了多长时间，马特终于示意梅尔过来结账。他跳下凳子，脑袋里突然一阵剧痛，他赶紧抓住栏杆，稳住身形，确认方向后，马特说道：“回头见，梅尔。”

“很高兴见到你，马特。”

马特跌跌撞撞地朝外面走去，警探兰斯·班纳的名字不停地在脑海里回荡。

马特还记得小学二年级时发生的一件事情，那时他和兰斯都才 7 岁，课间休息时，大家在一起玩“四方球”游戏[①]，马特觉得除了绳球，这是他玩过的最蠢的游戏了。玩球的时候，兰斯的裤裆噗的一声裂开了，更搞笑的是，兰斯那天没穿内裤，就这样，兰斯荣登童年最糗人物榜首，还因此得了个绰号：“管好你的鸟，兰斯。”直到上了中学，大家才没有再叫他这个绰号。

想到这里，马特突然放声大笑。

兰斯的声音又在耳边回荡：“我们社区是个不错的社区。”

“是吗？”马特大声嚷嚷道，“那社区的孩子们现在都穿内裤了吗，兰斯？”

马特被自个儿的笑话给逗乐了，放肆的笑声在酒吧里回荡，却没人抬头看他一眼。

马特推开大门，走了出去，夜晚已经降临，他跌跌撞撞地走在街上，还在为自己的笑话开怀大笑着。他的车就停在离家不远的地方，两个姑且算得上邻居的人正站在他的车旁，手里拿着棕色的纸袋在喝酒。

其中一个无家可归者对他喊道：“哎，马特。”无家可归者是比较官方的叫法，这些人还是更喜欢大家叫他们流浪汉。

“最近还好吗，劳伦斯？”

“很好，哥儿们。”他把纸袋递了过去，“来一口不？”

“不用了。”

“哟，”劳伦斯伸手一舞，说道，“看来已经喝过了，是吧？”

马特笑了笑，从口袋里掏出一张20美元的钞票。“拿去买点好吃的，我请客。”

劳伦斯灿烂一笑，关心地问道：“马特，你没事吧？”

---

① 四方球（Four Squares）是四名球员在分成四等分的正方形场地上进行的一种球类运动，是一款在小学很受欢迎的游戏。

"没事，没事，就是有点抽风而已。"

话音刚落，劳伦斯就放声大笑起来，就像看了查德·普莱尔[①]演的搞笑喜剧一样。马特挥了挥手，朝车子走去，边走边把手伸进口袋里，掏出车钥匙。他愣愣地看了看手里的钥匙，又看了看汽车，停下了脚步。

对了，他现在喝醉了，不能开车。

现在的马特毫无理性可言，脑子也不好使，只想狠狠揍人一顿。第一个想打的就是查尔斯·塔利，但是又不知道去哪里找他，第二个想打的是兰斯·班纳，但他还没有蠢到家，知道这种情况下是不能开车的。

劳伦斯又开口说道："哎，马特，想跟哥俩出去乐乐不？"

"以后再说吧，哥们。"

马特转身朝格罗夫街走去，在那里可以乘70路公共汽车去利文斯顿。他站在站台上等待着，身体迎风摇晃。等车的只有他一人，却有很多人从另一个方向乘车归来，他们都在郊区的富人区帮佣，辛苦劳作一天后，踏着夜色，拖着疲惫不堪的身体，步履沉重地回到自己的陋室。

欢迎来到郊区的另一边。

70路公共汽车停了下来，满身疲惫的女人们就像僵尸一样麻木地下了车，没人说话，没人微笑，更没有人来车站接她们回家。

从这里到利文斯顿，乘公交车大约有16公里的路程，不过短短的16公里路程，就把人从衰败的纽瓦克和欧文顿，突然之间带入了另一个宇宙，这转变来得实在太快。公交车一路摇晃，经过梅普尔伍德镇、米尔本镇、肖特希尔斯街区，最后到达利文斯顿镇。马特又想起了两地之间不长的距离，想起了沿途别无二致的地理风光，以及两地之间几不可察的分界线。

马特把头靠在车窗上，车子摇来晃去的，像把奇怪的按摩椅。他想起

---

① 美国喜剧演员。

了史蒂芬·麦克格拉斯，想起了马萨诸塞州阿默斯特的那个可怕的夜晚，想起了双手掐在史蒂芬脖子上的感觉，不知道自己当时掐人的力道有多大，要是倒下去的时候就松手的话，结果是否会有所不同。他甚至在想，要是自己再用力一些，又会是个什么结果。

一时间，马特思绪烦扰。

马特在10号公路上的环岛站下了车，然后朝利文斯顿最受欢迎的酒吧“地标”走去。诺斯菲尔德大道的停车场上停满了面包车，马特不由得讥笑起来，这里可没有什么分界线，这里可不是梅尔的酒吧，而是那些弱鸡常来的酒吧。他推开酒吧的大门。

兰斯·班纳应该会在这里。

当然，地标酒吧和梅尔酒吧之间有着天壤之别，这里灯火通明，音乐声震耳欲聋，正放着“流浪者”乐队的歌曲，歌词里正唱到玫瑰闻起来像坨屎，真是妥妥的贫民窟音乐。里面没有开裂的塑料桌，没有油漆斑驳的墙壁，地板上也没有散落的碎木屑。喜力啤酒的灯箱是亮着的，百威啤酒的时钟也还在走时，钟上的克莱兹代尔马也还在不停地晃动。这里不卖烈酒，只有大杯大杯的啤酒摆排在桌上。至少一半的男士身上都穿着垒球服，衣服上印着不同的赞助商，诸如友谊冰淇淋公司、百思买集团、伯瑞尔新闻剪报公司等，这些人应该是刚刚打完球，一起来酒吧庆祝比赛的胜利。酒吧里还坐着几个大学生，应该是普林斯顿或罗格斯大学放假回家的学生，天哪，很可能还有自己母校鲍登学院的学生。

马特走进酒吧，进去时，根本没人注意到他，至少一开始没人注意到他。大家兴高采烈，谈笑风生，生龙活虎地喝得红光满面，嘴里随意地冒着脏话，看起来一片祥和。

突然，他看到了哥哥伯尼。

不过，他知道那不是伯尼，伯尼已经去世了。但是，那人实在是太像了，尤其是背影。兄弟俩以前经常用假身份证混进酒吧喝酒，他们也会像这些人一样放声大笑，也会兴高采烈地谈笑风生，也会随意地说着脏话。他们会一起看着那些人，看着那些休闲联盟的垒球运动员，听他们天南地北地聊着家长里短，从厨房添置的物什，到各自的事业、小孩，再到洋基球场的包厢，再到少年棒球联合会的执教经历，最后再听听他们对性生活减少的声声哀叹和惋惜。

就在马特站在那里，回忆自己哥哥的时候，酒吧的气氛悄然发生了改变，有人认出了马特，大家开始窃窃私语，纷纷转头看着马特。马特环顾着四周，寻找着兰斯·班纳，却不见他的踪影，最后，他的目光落在了一桌警察身上，是不是警察，一眼就可以看出来。马特发现，昨天碰见的那个和兰斯一起的小警察也坐在那里。

马特现在依然醉醺醺的，他努力稳住身形，朝那群警察走去。警察们目露凶光，狠狠地瞪着他，马特没有怯步，比这更狠的他都见过。他一步步朝小警察走去，一桌子警察瞬间安静下来。

马特在小警察面前停下脚步，小伙子没有退缩，马特努力稳住身形。

"兰斯在哪儿？"马特问道。

"谁在打听他的行踪？"

"好样的。"马特点了点头，"哎，谁给你写的台词？"

"什么？"

"'谁在打听？'实在是太搞笑了，我就站在你的面前，直接对着你问话，可是你呢，就站在我对面，脑子都不动一下，就突然冒了一句：'谁在打听？'"马特又往他跟前靠了靠。"我就站在你面前，你说还有谁呢？"

马特听到椅子刮地的声音，眼睛闪都没有闪。小警察看了看同伴，又回头看了看马特，说道："你喝醉了。"

"那又怎样？"

小伙子凑到马特的面前，说道："你是想让我把你拖到市中心去做酒精测试？"

马特举起食指，淡定地说道："第一，利文斯顿警察局不在市中心，而是在中城，你是《纽约重案组》看多了吧。第二，我没有开车，笨蛋，所以不知道做酒精测试有何意义。第三，既然说到吹气，而你又刚好对着我的脸呼气，那我就做回好人吧，我口袋里有口香糖，等我慢慢伸手进去给你拿一颗，就算你要整盒都可以给你。"

另一个警察站了起来。"给我滚出去，亨特。"

马特转过头来，眯着眼睛看了好一会儿，这才认出那个尖嘴猴腮的人是谁。"天哪，是弗莱舍家的，对吧？你是道基的小弟。"

"这里没人欢迎你。"

"没人……"马特看看这个，又看看那个，"你们说的是真的？现在就要把我赶出城去？你——"马特手指一指，厉声说道，"弗莱舍的弟弟，你叫什么名字？"

那人没有答话。

"你不说也没关系，你哥哥道基可是我们班的大毒枭，全校哪里没有卖过大麻，所以大家才叫他'大麻烟'，哎呀呀！"

"你敢说我哥哥的坏话？"

"这哪是说坏话，我说的都是事实。"

"你想今晚去监狱里过夜吗？"

"用什么罪名抓我，混蛋？还是随便捏造个罪名？我可是在律师事务所工作，有胆你就试试，我不把你告得个底朝天，连你高中毕业考试没有通过的事情都给你翻出来。"

马特听到更多椅子刮地的声音，警察们一个接着一个站了起来，马特的心开始怦怦地跳个不停。有人伸出手，一把抓住他的手腕，马特猛地抽出手腕，右手握拳。

“马特？”

酒吧里响起一声温柔的呼唤声，勾起了马特尘封已久的记忆。马特抬眼望去，看见吧台后面的皮特·阿佩尔。他是马特高中时候的好友，两人以前经常一起去里克山公园玩耍，公园是由冷战时期的导弹发射基地改建而成的，里面有个破旧的混凝土发射台，这在新泽西州是独一无二的，两人经常在上面玩火箭发射游戏。

皮特冲他友好地笑了笑，马特松开紧握的拳头，警察们也都待在原地，按兵不动。

“嘿，皮特。”

“嘿，马特。”

“见到你真高兴，兄弟。”

“我也是，”皮特说道，“你看，我马上就要下班了，顺便送你回家怎么样？”

马特看了看那些警察，有好几个警察都是脸红脖子粗的，有些按捺不住了。他回头看着老友，说道：“没关系的，皮特，我自己可以回去。”

“真的吗？”

“真的。兄弟，要是给你惹了什么麻烦，我很抱歉。”

皮特点了点头。“真高兴见到你。”

“我也是。”

马特默不作声，等着警察的反应。对峙片刻后，两个警察主动让出一条道来，马特头也不回地朝外面走去，来到停车场，夜晚清冷的空气让马特精神一振，他深深地吸了一口气，抬脚朝街上走去，然后撒腿飞奔起来。

下一个目的地马特已了然于心。

- 17 -

兰斯·班纳依然面带微笑地看着罗兰，继而邀请她："来吧，上车，我们车上谈。"

罗兰又回头看了一眼玛莎家，随后坐进了副驾驶座，兰斯开车带着她围着附近的街区转了转。

"说吧，"他说，"你找马特的嫂子干吗？"

罗兰只告诉了他一个大概，但是还是要求兰斯守口如瓶。她告诉兰斯，自己正在调查玛丽·罗斯修女死亡的案件，现在还不确定是不是谋杀，玛丽·罗斯修女生前可能给玛莎·亨特的家里打过电话。至于罗斯修女隆胸的事情以及真实身份的问题，罗兰只字未提。

而兰斯则告诉罗兰，马特·亨特已经结婚了，现在在他哥哥以前的律师事务所做个"打杂的"低级律师助理，他老婆是弗吉尼亚的还是马里兰的，他有点记不清楚了。兰斯还特别热情地告诉罗兰，这个案子有什么需要帮忙的地方，他很乐意效劳。

罗兰告诉他不用这么费心，毕竟这是她的本职工作，如果他想起什么的话，请立刻通知她。兰斯点了点头，开车把罗兰送回了她停车的地方。

临下车时，罗兰问兰斯："你还记得他小时候的事情吗？"

"亨特？"兰斯皱起了眉头，"记得，当然记得啦。"

"他小时候还是一个相当正派的人。"

"很多杀人犯都是这样。"

罗兰伸手握住车门把手，摇了摇头。"你真是这么想的吗？"

兰斯没有答话。

"前几天我读到一篇文章，"罗兰说道，"具体细节有点记不清楚了，大致内容是说，一个人未来是什么样在5岁的时候就基本定型了，比如说，以后成绩怎么样，会不会犯罪，会不会爱人等等，你相信这些说法吗，兰斯？"

"我不知道，"他说，"也不是很在意。"

"你抓过很多坏人，对吧？"

"是的。"

"你调查过他们的过往吗？"

"有时候会调查。"

"在我看来，"罗兰说，"我们总能从他们的过去发现蛛丝马迹，通常情况下，你会发现，他们要么有明显的精神病史，要么就是遭受过心灵创伤。看新闻的时候，总是听到他们的邻居说：'天哪，我根本没有想到那么好的人居然会杀小孩，那人平时总是一副彬彬有礼的样子。'但是只要你查一查他的过去，走访一下他们的老师，还有儿时的伙伴，你就会发现，他们的说法截然不同，对这样的结果他们一点都不感到惊讶。"

兰斯点了点头。

"所以你怎么看？"她问道，"你觉得小时候为人正派的马特·亨特有什么地方会让他成为杀人犯吗？"

兰斯想了想，说道："如果未来的一切在 5 岁时就已经定型了的话，我们都不用工作了。"

"你这算什么回答。"

"我已经尽力了，要是可以简单地根据一个三年级学生在单杠上玩游戏的方式就来判断一个人的未来，我们就都完蛋了。"

兰斯说得也有道理，不管怎样，罗兰还是需要时刻留意，当务之急就是要找到马特・亨特。她回到车里，向南驶去，希望在天黑之前，还来得及赶到特拉华州威明顿市的洛克伍德公司。

罗兰打电话到马特工作的律师事务所，结果事务所的人说他不在。她又打电话到马特家里，也没有人接听，只好在答录机上给他留言："马特，我是罗兰・缪斯，埃塞克斯县检察官办公室的警探，我们很久以前就认识了，就在伯纳山小学读书的时候，听到留言后，麻烦你尽快给我回个电话。"

她留下了自己的手机号码和办公室号码，然后挂断了电话。

到特拉华州开车通常要花两个小时，但是罗兰一路狂飙，只花了 1 小时 20 分钟就到了。罗兰没有使用警报器，但是在开车的过程中，那盏拆卸式的蓝色小灯却一路闪烁不停。她喜欢开快车，如果既不能飙车，又不能配枪的话，当警察还有什么意义呢？

兰德尔・霍恩的办公室就在一片律师事务所办公区内，公司足足占了整个办公楼的三层，那里的办公楼方方正正的，一栋接着一栋，千篇一律，单调乏味。

"霍恩、巴克曼和皮尔斯公司"的接待员是一位精明强干、风韵犹存的中年妇女，她眼光如炬地打量着罗兰，就好像是在指认性侵犯似的。这位精明强干的接待员皱起眉头，让罗兰坐下来稍等。

兰德尔・霍恩让罗兰足足等了 20 分钟的时间，这是律师们惯用的心理战术，大家都心知肚明。罗兰百无聊赖，只好靠翻阅办公室里的精选杂志来打发时间，这些杂志多半都是各期的《第三处通讯》，也就是联邦法院的每月通讯，另外就是《美国律师协会杂志》。罗兰叹了口气，要是换成封面是明星琳赛或科林的杂志就好了。

霍恩终于现身了，径直走到罗兰的面前。他比她想象的还要年轻，光滑的皮肤让人想到了杰梅因·杰克逊①，还以为他打了肉毒杆菌呢。他的头发稍微有点长，向后梳得溜光，打着微卷垂在颈旁，西装也是无可挑剔，就是翻领有点微宽，也许现在又流行这种样式了呢。

霍恩连自我介绍都直接省了，直奔主题说道："我觉得我们没有什么可谈的，缪斯女士。"

兰德尔·霍恩站得离罗兰很近，让她无法站起身来，站不起来就算了，无所谓。居然想用身高优势来压她，罗兰本身只有一米五五，所以早就习惯了这种居高临下的说话方式。她真想一巴掌拍在他的下身，好让他往后退一些，但是最终还是忍住了，就陪他玩一会儿吧。

那位精明强干的接待员一脸玩味地看着眼前的这一幕，干裂的嘴唇涂满了口红，甚是可怖，可惜年龄有点大，不然都可以去演三级片了，监狱女舍监一角非她莫属。

罗兰说："我想知道购买了序列号为 89783348 的隆胸假体的女人的身份。"

"第一，"霍恩说道，"这些记录都是很早以前的记录，外科公司没有记录顾客的名字，只记录了手术医生的名字。"

"好吧，这些也够了。"

霍恩两手抱在胸前，问道："你有传票吗，警探？"

"已经在路上了。"

---

① 迈克尔·杰克逊的哥哥。

他得意扬扬地看着罗兰，意有所指地说道：“那好吧，那我就先回办公室了，等你拿到传票的时候再通知蒂芙尼，好吗？”

接待员得意扬扬地笑得更加欢快了，罗兰指着她的嘴巴说道：“你的口红沾在牙齿上了。”然后又把注意力转回到兰德尔·霍恩身上。“可以告诉我为什么需要传票吗？”

“现在有各种各样的病人隐私法出台，我们洛克伍德公司从来都是遵纪守法的良民。”

“但是那个女人已经死了。”

“死了也是一样。”

“这个案子根本没有什么隐私可言，我们知道她植入了假体，只是想确认一下尸体的身份而已。”

“一定还有其他办法的，警探。”

“相信我，我们都已经试过了，但是到目前为止……”罗兰耸了耸肩。

“不幸的是，就算这样也没法改变我们的立场。”

“但是你的立场，恕我直言，似乎有点不坚定，霍恩先生。”

“我不太明白你的意思。”

“等一下。”罗兰从背后的裤兜里掏出几张折叠的文件，“我在来的路上查了一下新泽西州的案子，发现贵公司过去一直都很配合警方的调查。去年 7 月份，你们公司就公布了一份医疗记录，与萨默塞特郡发现的尸体有关，这具尸体名叫汉普顿·惠勒，66 岁，凶手为了销毁证据，砍掉了死者的头和手指，但是凶手忘记死者安装了心脏起搏器，你们公司协助警方确认了死者的身份。还有一件案子——”

“缪斯……侦探，对吧？”

“警探。”

“缪斯警探，我现在很忙，你请随意。等你拿到传票的时候，随时可以通知蒂芙尼。”

“等一等。”罗兰瞥了一眼接待员，“蒂芙尼，我是说，那不是她的真名，对吧？”

“如果你不介意的话……”

“霍恩先生，你明知道我没有传票，只是在唬你而已。”

兰德尔·霍恩没有搭话。

罗兰低下头，看到摆在桌上的《第三处通讯》，她皱起眉头，目光转向霍恩，然后噌的一下站了起来。“你不是以为我在唬你，”她一字一顿地说道，“而是确确实实地知道我在唬你。”

霍恩不由得往后退了一步。

“但是事实上，”罗兰继续说道，与其说是对霍恩说的，不如说是自言自语，“我说传票就在路上完全可能是真的，只是，时机是有点不太好把握，我可以在来的路上就给联邦法官打个电话，弄张传票也费不了什么事儿，随便哪个法官都可以签字盖章，5分钟就可以搞定，任何脑子清醒的法官都不会拒绝，除非……”

兰德尔·霍恩安静地等待着，好像希望她一次性把话说完似的。

“除非有联邦政府的人出面让你闭嘴，比如联邦调查局（FBI）或联邦检察官办公室的。”

霍恩清了清嗓子，又看了看手表，说道：“我真的必须告辞了。”

“埃尔登跟我说，一开始贵公司一直都很配合我们的工作，但是突然之间你就改变了主意，为什么？除非是联邦政府的人让你这样做，不然的话你为什么突然改变主意？”她抬起头看着他，“联邦政府的人为什么会这么关心这个案子？”

“这就不是我们该关心的事情了。”霍恩说道，说完后突然用手捂住嘴巴，一副懊恼不小心说漏嘴的样子。两人目光交错，罗兰知道他已经帮了个大忙，也说得够多了，不会再多说些什么。

是联邦调查局让她吃了闭门羹。

个中缘由罗兰也许猜到了几分。

回到车里后，罗兰把案件从头到尾捋了一遍。

自己在联邦调查局有没有认识的熟人？

她在联邦调查局倒是有几个熟人，只是级别都不高，帮不上什么忙。突然找到一点线索让罗兰兴奋不已，毫无疑问，这是件大案子，连联邦调查局都在调查这个案子，出于某种原因，他们一直在寻找冒充玛丽·罗斯修女的那个女人，所以才到处撒网，甚至连隆胸假体生产商那里都不放过。

她暗自点了点头，诚然，所有的一切都只是猜测，却有一定的道理。先从受害者说起，玛丽·罗斯修女要么是个在逃犯，要么就是个目击者，反正是对联邦调查局很有用处的人。

分析得不错，继续。

很久以前，玛丽·罗斯修女（无论她的真名是什么）踏上了逃亡之路，很难确定是多久之前，但是据凯瑟琳院长的说法，罗斯修女在圣玛格丽特学校教书已有七年，所以逃亡时间至少有七年之久。

罗兰不由得停了下来，思索着背后的含义，玛丽·罗斯修女逃亡了至少七年的时间，难道联邦调查局一直都在找她吗？

说得有道理。

玛丽·罗斯修女一直隐藏很深，毋庸置疑，一定是换了身份。凯瑟琳院长提到过俄勒冈州那个保守的女修道院，也许从那个时候起，她就已经开始隐姓埋名了，没人知道她在那家修道院又待了多长的时间。

这一点不重要，重要的是，七年前，不管出于何种原因，罗斯修女选择去了东部。

罗兰搓了搓手，嗯，干得漂亮。

所以，玛丽·罗斯修女搬到了新泽西州，开始在圣玛格丽特学校教书。在众人眼里，罗斯修女是个好老师，好修女，有爱心，无私奉献，生活平静。七年过去了，也许是觉得现在安全了，所以放松了警惕，开始联系以前的朋友。

不知出于何故，以前的仇家找到了她，发现了她的真实身份，终于在月黑风高的晚上摸进修道院的小房间，丧心病狂地折磨她，最后用枕头闷死了她。

罗兰停顿了一下，就好像是在为死者恭敬地默哀似的。

罗兰暗自叹息道，好吧，现在该怎么办？

她得想办法从联邦调查局那边搞到罗斯修女的真实身份。

怎么搞？

她唯一能够想到的办法就是利益交换：拿东西去跟他们换，但是她又有什么值得交换的东西呢？

马特·亨特就是她的筹码之一。

联邦调查局的人可能比她晚至少一到两天的时间。他们已经搞到通话记录了吗？很难说。就算他们拿到了通话记录，就算他们知道了那通打给玛莎·亨特的电话，难道他们就能推断出与马特·亨特之间的联系？

不太可能。

罗兰把车开上高速公路，拿起手机，准备打电话，结果发现手机没电了，她不由得咒骂起来。世界上最大的谎言就是手机电池的续航时间，与之并列榜首的还有“支票已经寄出”和“您的来电对我们很重要”。买手机的时候，销售人员说手机待机时间长达一周，要是那该死的东西能够用上 36 小时的话，她就应该谢天谢地了。

她打开杂物箱，拿出里面的充电器，一头插进点烟器里，另一头插进手机里，手机的液晶显示屏亮了起来，屏幕上显示有三条未读信息。

第一条信息是她妈妈发来的语音留言：“嗨，甜心，”她妈妈说道，声音出奇地温柔，在外面说话的时候，她通常都会用这种很嗲的招牌声音，以防被人无意中听到，会影响到她在别人面前树立的好妈妈形象，“我想去雷纳托订一份披萨，然后再去百视达选一部电影录像，罗素·克劳的新电影DVD已经出来了，或许我们可以来一个女生之夜，就我们娘俩，你觉得怎么样？”

罗兰摇了摇头，不想让自己再心软，可惜不管她怎么逞强，泪水还是止不住地在眼里打转。她妈妈就是这样，每次当她心怀怨恨，想把爸爸的死彻底怪罪到她头上的时候，每次当她想要硬起心肠，和她一刀两断，老死不相往来的时候，她都会整这么一出，语出惊人地讨好自己，每每让她悬崖勒马。

“可以，”罗兰坐在车里，喃喃地说道，“乐意之至。”

然而，第二条和第三条留言却让这个美好的计划彻底成了泡影。两条留言都是她的上司县检察官埃德·斯坦伯格发来的，同样简明扼要。第一条留言说：“马上给我回电话。”第二条留言说：“你究竟在哪里？赶快给我回电话，什么时候都可以，有急事。”

埃德·斯坦伯格不是那种喜欢夸大其词，随时对下属进行电话追踪的领导，他的管理方式非常地老派。罗兰有他家里的电话号码，只是很不幸，今天没有带在身上，而且她以前也从未使用过这个号码。斯坦伯格不喜欢在下班时间被人打扰，他的座右铭是：工作诚可贵，生活价更高，若为生活故，一切皆可抛。他通常5点钟准时下班，在罗兰的记忆中，从未见过他6点以后还在办公室的。

现在已经六点半了，她决定先打他的办公室电话试试，说不定他的秘书西尔玛还在办公室里，西尔玛知道他家里的电话号码。电话刚响了一声，埃德·斯坦伯格就亲自接起了电话。

这可不是什么好兆头。

“你在哪里？”斯坦伯格问道。

“从特拉华回来的路上。”

“直接回办公室，我们有麻烦了。”

- 18 -

内华达州 拉斯维加斯
联邦调查局办事处
约翰·劳伦斯·贝利大厦
特工主管办公室

对亚当·耶茨来说，今天才是新的一天。

至少，耶茨是这么认为的。许久以来，耶茨每天都过得战战兢兢的，感觉前途一片暗淡，至少在过去十年里一直如此，每一天都像是赚来的一样，多过一天算一天，但是命运的审判终将来临。即使是现在，大多数理性的人都以为耶茨早已把过去的错误抛诸脑后，只有耶茨知道，恐惧时刻笼罩着他，挥之不去，让他备受折磨。

彼时，耶茨还只是一名充当卧底的年轻特工，如今，十年后的今天，他已成了分管整个内华达州的特工主管，这可是联邦调查局的一个肥缺，位高权重。他一路平步青云，扶摇直上，一直以来，都是风平浪静，丝毫没有不祥的预兆。

所以，那天早上，他一如既往地去上班，感觉同往常一样，又是新的一天开始。

尽管十年来两人从未提及那事，但是，当他的首席顾问卡尔·多林格面色凝重地走进办公室时，耶茨知道，那一天终于来临了，过去的每一天都只是为了这一天的到来做好准备。

耶茨迅速地瞥了一眼桌上的照片，那是一张全家福，有他，贝丝，还有三个孩子。两个女儿已经长成了十几岁的大姑娘，作为父亲，无论怎么做思想建设，都没法面对女儿已经长大，即将高飞的事实。耶茨静静地坐在那里，身上穿着平常的制服：卡其色的裤子，色彩鲜艳的马球衫，鞋里打着光脚。

卡尔·多林格安静地站在桌旁等待着。卡尔身材魁梧，身高两米，体重两百多斤。亚当和卡尔从小认识，在考林伍德上小学三年级的时候，两人都在科尔伯特太太的班上，那是两人第一次见面，当时两人都才8岁。有人管他俩叫莱尼和乔治，那是约翰·史坦贝克写的《人鼠之间》的两个角色。这样叫他们也有几分道理，卡尔和莱尼一样，身材魁梧，高大威猛，只是莱尼尚有几分铁汉柔情，卡尔却冷酷无情，温柔全无。他心如坚冰，身如磐石，只要稍一使劲，就可以让只兔子命丧黄泉，可他却从不在乎。

两人的关系日渐紧密，牢不可破。回首经年，两人同甘共苦，不分彼此。卡尔是很残忍，这一点毋庸置疑，但是如同很多凶残的男人一样，这个世界非黑即白。在他小小的白色世界里，有他珍爱的人：妻子，孩子，亚当，以及亚当的家人，为了他们，他可以粉身碎骨。而剩下的世界，犹如遥远漆黑的背景一般，一片荒芜。

亚当·耶茨等着卡尔开口，卡尔却比他更沉得住气。

“什么事？”亚当终于忍不住问道。

卡尔的眼睛四下扫视了一遍，害怕里面有窃听器之类的东西，完了后说道：“她死了。”

“哪一个？”

“老的那个。”

“你确定？”

“在新泽西州发现了她的尸体，我们通过隆胸假体上的编号确定了她的身份，她一直假扮修女在那里生活。”

“你在开玩笑吧。”

卡尔脸上没有丝毫的笑容，他是认真的。

“那——”耶茨甚至连克莱德的名字都不想提，“他呢？”

卡尔耸了耸肩。“还不知道。”

“录像带呢？”

卡尔摇了摇头，果然不出亚当·耶茨所料，事情不会那么轻易就结束，这事永远也不会结束。他又看了一眼妻子和孩子的照片，环顾了一下宽敞的办公室，以及墙上的奖状和桌上的铭牌，这所有的这一切，他的家庭，他的事业，还有他的整个人生，看起来是那么虚无缥缈，犹如握在手里的一缕轻烟。

“我们得去一趟新泽西。”耶茨说道。

- 19 -

索尼娅·麦克格拉斯听到钥匙开门的声音时，感到无比地惊讶。

儿子史蒂芬已经去世十多年了，但是他的照片依然原封不动地摆在边桌上，同样的相框，同样的位置，分毫未变。当然啦，边桌上还增加了很多其他的照片。去年，她的大女儿米歇尔结婚了，拍摄了很多照片，还选了几张好看的，用相框装饰起来，挂在壁炉的上方。即便如此，也没有人去动史蒂芬的照片，他们可以把他的东西打包收拾起来，也可以把他的房间重新粉刷一遍，把他的衣服捐给慈善机构，甚至卖掉了他的旧车，但是索尼娅和克拉克永远都不会去动那些照片。

举行婚礼前，和许多新娘一样，米歇尔和大家一起拍摄了集体照。新郎乔纳森是个很好的孩子，他们家是个大家庭，大家一起拍了很多生活照，索尼娅和克拉克也兴致勃勃地摆了很多姿势，不仅和女儿一起拍了照，还和女儿、女婿一起拍了照，甚至还和新娘、新郎以及对方的父母一起拍了照。但是在摄影师建议拍张“麦克格拉斯全家福”时，他们却犹豫退缩起来，虽然他们知道他说的全家福是指他们和米歇尔姐妹一起拍的照片，但是他们更知道，即使是在这样一个欢乐祥和的日子里，全家福上属于史蒂芬的那个巨大的黑洞依然清晰地留在家人的心头。

今晚，这所大房子依然寂静一片，自从妹妹科拉上了大学，家里就一直这样冷冷清清的。克拉克“又加班到深夜”，索尼娅知道，这所谓的加班到深夜，不过是跟那个小妞上床而已，不过，索尼娅根本不在乎，也不会过问他的工作时间，因为即使克拉克在家，这个家也只会更加孤独，更加寂静。

索尼娅轻轻地摇晃着杯子里的白兰地，黑暗中，她独自坐在的影音室里，准备在DVD上看一部电影。她租了一部汤姆·汉克斯主演的电影，奇怪的是，不管是什么电影，只要是汉克斯演的，都会让她安心不已。片子已经装好，只要按下播放键就可以看了。

她黯然地心想：天哪，我真的有这么可怜吗？

索尼娅一向人缘很好，真心、有趣的朋友也不少。但是，自从史蒂芬去世以后，朋友们就开始慢慢疏远她，有人会说这些朋友不地道，这事还真怪不了他们。刚开始的时候，他们也是真心实意地想要陪伴她，安慰她，但是却遭到了索尼娅的拒绝，所以一段时间后，大家就开始寻找各种托辞，渐渐地疏远起来，直至断了彼此的联系。

但是这样说对他们不公平。

这些话有一部分说的正确，大家确实彼此疏远了一些，但是责任都在索尼娅身上，是她把朋友们往外推。她不需要大家的同情和安慰，也不需要大家的陪伴或怜悯。她也不想一直沉迷于伤痛之中，但是，也许这是能够让她从伤痛中解脱出来的最简单和最好的方法。

屋子里响起前门打开的声音。

外面漆黑一片，房间里也密不透气，索尼娅打开活动躺椅旁边的小灯，影音室安装了厚重的窗帘，也不怕光线透出去。铺着大理石的门厅里响起一阵脚步声，接着锃亮的硬木地板上响起了脚步声。声音越来越近了。

她静静地等待着。

片刻过后，克拉克走进了影音室里，一言不发地站在那里看着她，索尼娅打量着自己的丈夫，他看上去苍老了很多，也许是因为她很久没有仔细看过她所嫁的这个男人了。克拉克不想顶着一头白发，那样会显得很老气。于是他去染了头发，就如同他向来严谨的做派一样，头发上色也做得一丝不苟，只是怎么看都觉得不对劲。他的皮肤苍白无色，身形愈加地消瘦。

“我正打算看部电影。”她说。

他直直地瞪着她。

“克拉克？”

“我已经知道了。”他说。

他并不是指她看电影的事情，而是另有所指，索尼娅也懒得问，因为完全没必要知道。她依然静静地坐在那里。

“我知道你去美术馆的事情了，”他继续说道，“我早就知道了。”

索尼娅思忖着该如何回答，很显然，“我也知道你的事”是最明智的反击，但是这样说难免显得过于剑拔弩张了些，而且就事论事，这事本来就和外遇没有一点关系。

克拉克站在那里，两手垂在身侧，手指微动，却并没有握紧拳头。

“你知道多久了？”她问道。

“几个月了。”

“那你为什么不早说呢？”

他耸了耸肩。

“你是怎么知道的？”

“我让人跟踪你的。”他说。

“跟踪我？你是说你雇了私家侦探？”

“是的。”

索尼娅跷起二郎腿。“为什么？”声音不由得拔高了几分，为这种莫名的背叛感到痛心，“你以为我在到处乱搞吗？”

“他杀死了史蒂芬。”

“那只是一场意外。”

“是吗？你们共进午餐时，他就是这么跟你说的？你们是不是还讨论过他是怎么不小心杀死我儿子的？”

“是我们的儿子。”索尼娅纠正道。

他看着索尼娅，那种眼光她不是没有见过，只是从未针对过她而已。“你怎么可以这样？”

“我怎么可以哪样，克拉克？”

“去跟凶手见面，还原谅他——”

“我从来没有说过原谅他的话。”

“那就是在安慰他。”

“根本不是这样的。”

“那是怎样的？”

“我也不知道。”索尼娅站起身来，“克拉克，你听我说，史蒂芬的死只是一场意外。”

克拉克发出一阵嘲讽的嗤笑声。“索尼娅，你就是这样自我安慰的吗？告诉自己这只是一场意外？”

“自我安慰？”索尼娅浑身涌起一阵无尽的寒意，“我没有见过安慰这东西，克拉克，一丝一毫都未曾见过。意外也好，他杀也罢，无论怎样，都改变不了史蒂芬已经死了的事实。”

克拉克一言不发。

“那只是个意外，克拉克。”

“他把你说服了，是吗？”

“其实恰恰相反。”

“什么意思？”

“他现在自己都搞不清楚了，他感到非常愧疚。”

“真是可怜啊，”克拉克做了个鬼脸，“你怎么会这么天真呢？”

“那我问你，”索尼娅靠近他说道，“如果他们不是那样倒下去的，或者倒下去的角度有所不同，又或者倒下去的时候，史蒂芬扭了一下身体，让马特·亨特的头撞到了路牙子上——”

“别再说了。”

“不，克拉克，你听我说，”她又朝他靠近一步，“如果事情真的是那样，如果最后死的是马特·亨特，而史蒂芬倒在他的身上——”

“索尼娅，我没有心情跟你玩假设这一套，说这些没有任何意义。”

“也许对我有意义。”

“为什么？”克拉克反驳道，“不是你说不管怎样史蒂芬都已经死了吗？”

她无言以对。

克拉克朝房间里面走去，错身而过时，还刻意保持距离，不让自己碰到她。他瘫倒在椅子上，双手抱着头，索尼娅静静地等着他开口。

“你还记得德州一个妈妈亲手溺死自己孩子的案子吗？”他问道。

“和这件事有什么关系？”

“能不能——”克拉克闭上眼睛，顿了片刻，“能不能耐心听我讲完，可以不？你还记得那个案子吗？那位母亲劳累过度，把孩子全部淹死在浴缸里，我记得应该是四个还是五个孩子，真是令人唏嘘。被告律师以精神失常为由为其辩护，她的丈夫居然也支持这种辩护。你还记得当时的新闻吗？”

“记得。”

“你怎么看？”

索尼娅没有接话。

“我来告诉你我是怎么想的。”克拉克继续说道，“我当时就想，谁在乎呢？我这样说不是因为冷血无情，而是想说，无论怎么判，又有什么区别呢？就算那个妈妈真的被证实精神失常，被关在疯人院里度过余生，或者是被判有罪，在监狱里或死囚区度过余生，这又有什么意义呢？不管怎样，她都杀了自己的亲骨肉，这辈子都将在悔恨中度过，不是吗？”

索尼娅闭上了双眼。

“对我来说，马特·亨特也是一样，他杀了我们的儿子，不论是有意还是无意，我只知道，我们的孩子死了，其他的什么都不重要，你明白吗？”

索尼娅远比他知道的还要明白。

泪水翻涌而出，索尼娅看着自己的丈夫，克拉克也同样痛苦万分，她很想对他说，去吧，找你的工作去吧，找你的情妇去吧，去吧，去吧！

“我没想伤害你。”她说。

克拉克点了点头。

“你想让我不要再去见他，是吗？”她问道。

“我让不让你去见他，又有什么关系呢？”

索尼娅没有回答。

克拉克站起身来，离开了房间。几秒钟后，索尼娅听见前门关上的声音，家里又只剩下她独自一人。

- 20 -

罗兰·缪斯一路飞车从威明顿市开回了纽瓦克，回到县法院新办公大楼的时候，三楼的办公室里就只有埃德·斯坦伯格一个人了。

“把门关上。”老板斯坦伯格对罗兰说道。

斯坦伯格看上去有点衣冠不整，领带松松垮垮地挂在脖子上，衣领的扣子解开着，衣服袖子也挽得一边高，一边低，不过他平时也基本上就是这个样子。罗兰很喜欢斯坦伯格，他脑子聪明，办事公正，虽然讨厌工作中的弯弯绕绕，却也明白这些东西必不可少，而且玩得得心应手。

斯坦伯格体毛发达，外表憨厚，却又有些狂放不羁，让罗兰觉得异常地性感撩人。只是，斯坦伯格已经结婚了，两个孩子都已经上大学了。还是老话说得好：好男人都是别人的老公。

罗兰年轻的时候，妈妈卡门总是一边喝酒，一边告诫她，要有耐性，不要年纪轻轻就结婚，罗兰不知不觉中就听了妈妈的话。但是一路走来，她才发现，自己真的是愚不可及。那些有责任心，愿意与你生儿育女的好男人，早就被人挖走了。随着年龄的增长，好男人越来越少。现在，罗兰不得不降低标准，勉为其难地接受某个朋友所说的“二手货”，这些人多半是身材发福的离异男士，要么是年少被拒，想重修旧好，要么就是婚姻受挫，恐婚拒婚；还有些人条件不错，却只喜欢啃嫩草，娇娇嫩嫩的小迷妹，谁不喜欢呢？

“你跑到特拉华州去干什么？”斯坦伯格问道。

“追查那个修女的身份。”

“你认为她来自特拉华州？”

“不是。”罗兰把有关隆胸假体上的识别码、那家公司先是配合，后又拒绝的事，以及联邦政府牵涉其中的情况迅速地解释了一遍。斯坦伯格就像抚摸小宠物似的捋着自己的胡子。等罗兰说完后，斯坦伯格说道：“当地的特工主管我认识，叫皮斯蒂洛，我明天早上给他打个电话，看看是个什么情况。”

“谢谢。”

斯坦伯格又摸了摸胡子，避开了她的视线。

“你找我就是为了问这个？”她问道，“玛丽·罗斯的案子？”

“是的。”

“然后呢？”

“法医提取了修女房间里面的指纹。”

“哦。”

“他们总共提取了八组指纹，”他说，“其中一组与玛丽·罗斯修女的指纹吻合，另外六组与圣玛格丽特学校的修女和员工的指纹吻合。为了稳妥起见，我们在指纹库里进行了比对，看看是不是留有案底的人作的案。”

说到这儿，斯坦伯格突然停了下来。

罗兰走到桌前坐了下来。“我猜，”她说，“第八组指纹上有新发现？”

“的确如此。”两人四目相对，“所以我才把你叫回来。”

罗兰两手一摊，说道：“我洗耳恭听。”

“那组指纹的主人名叫马克斯·达罗。”

罗兰等着斯坦伯格继续往下说，看到他依然沉默不语，只好开口说道：“我猜这个达罗有案底？”

埃德·斯坦伯格慢慢地摇了摇头。“不是。”

“那你是怎么匹配上的？”

“他曾经在军队服过役。”

罗兰听到远处响起一阵电话铃声，但是没人接听。斯坦伯格靠回大皮椅上，扬起下巴，向上看着。“马克斯·达罗不是这附近的人。”他说。

“哦？”

“他住在内华达州的罗利高地，就在里诺市附近。”

罗兰想了想，说道：“里诺市离新泽西州东奥兰治的天主教学校很远吧。”

“没错。”斯坦伯格依然看着上方，“他以前和我们是同行。”

“达罗当过警察？”

斯坦伯格点了点头。“现在已经退休了，马克斯·达罗在拉斯维加斯重案组当了 25 年的侦探。”

罗兰把之前玛丽·罗斯修女是个在逃犯的推测和这条信息联系起来，暗自猜测，也许罗斯修女来自维加斯或里诺地区，也许在过去某个时候和这个马克斯·达罗产生了交集。

下一步的行动非常明显：“我们需要找到马克斯·达罗。”

埃德·斯坦伯格声音轻柔地说道：“已经找到他了。”

“这么快？”

“达罗死了。”

眼神交错间，罗兰豁然开朗，突然想起了特雷弗·瓦恩往上提腰带的场景，这位牛高马大的同事当时是怎么描述被害者来着？

“一位退休的白人游客……”

斯坦伯格点了点头。“我们在纽瓦克发现了达罗的尸体，就在 14 大道墓地的附近，头部中了两枪。”

- 21 -

终于开始下雨了。

马特·亨特跌跌撞撞地离开地标酒吧，回到诺斯菲尔德大道上，确定后面没人跟踪他。天色已晚，漆黑一片，他又喝得醉醺醺的，但是没关系，对于从小长大的地方，眯着眼睛都可以找到。

走到希尔塞德大道时，他朝右边转去，10 分钟后到达了目的地。房产中介的牌子还挂在门前，上面写着“合同签订中”，再过几天，这栋房子就是他的了。马特坐在路边，直直地看着房子，豆大的雨点稀稀拉拉地打在他的身上。

淅淅沥沥的雨水让他想起了监狱里的黑暗时光，雨中的世界灰蒙一片，单调而乏味，监狱里的沥青路面泛着蒙蒙的水色。从 16 岁开始，马特就一直戴着隐形眼镜，现在仍然戴着隐形眼镜，只是在监狱里的时候，只能带普通的镜框眼镜。马特经常摘掉眼镜，这样做效果不错，监狱里瞬间变得混沌无形，灰蒙一片。

马特目不转睛地看着房子，地产广告上写的广告词叫“魅力盐盒”[①]。不久之后，他就可以和美丽的孕妻奥利维亚搬进那里，他们很快就会有孩子，之后可能还会有更多的孩子，奥利维亚想要三个孩子。

屋子前面没有尖桩篱笆，但是以前也许曾经有过。地下室还没有完工，但是马特有一双巧手，完全可以自己搞定。后面的秋千又老又旧，满是铁锈，需要拆除并重新安装。虽然还要两年才用得上新秋千，但是奥利维亚早就已经看好了牌了，是用雪松木做的，保证不会有木屑。

马特憧憬着美好的未来，想象着房子里的美好一切：房子里有三间卧室，还有一间需要翻新的厨房。厨房里面炉火熊熊，餐桌上满是欢声笑语，可爱的女儿因为做噩梦，跑到他们的床前要求抱抱，清晨一醒来，就可以看到奥利维亚美丽的脸庞。马特沉浸在美好的虚幻中，就好像狄更斯的《圣诞颂歌》中圣诞精灵展示给斯克鲁奇的幻境一样，一时间差点笑出声来。

但是，这一切只是幻象而已，马特在雨中摇了摇头。

他这是在自欺欺人。

他不知道奥利维亚究竟发生了什么，但是有一件事他无比地肯定：他们之间玩完了，美丽的童话故事也将结束。就像索尼娅·麦克格拉斯说过的那样，手机上的照片就是起床闹钟，叫他赶紧醒来，回归现实，告诉他，“这都是跟你开的玩笑！”，在马特的内心深处，他一直都清醒地知道这一点。

从前再也回不去了。

史蒂芬·麦克格拉斯也并不打算放过马特，每当马特快要解脱的时

① “盐盒”式建筑是前面两层、后面一层的框架房屋，屋顶是倾斜的，前面高而短，后面长而低。房子的前面是平的，后面的屋顶是陡峭的斜坡。

候，史蒂芬就会从后面追赶上来，拍拍他的肩膀，和他打声招呼。

“我就在这儿呢，马特，依然和你在一起……”

马特坐在雨中，漫不经心地想着现在几点钟了，其实这也无所谓了。他又想起了查尔斯·塔利那张该死的照片，那个一头黑发的神秘男子，还有电话里嘲弄的低语声。这样做有什么目的呢？这正是马特百思不得其解的地方。无论是喝醉了，还是清醒着，无论是在舒适的家里，还是在这倾盆大雨之中，马特都避无可避。干旱终于结束了……

就在这时，马特突然灵光一现。

大雨。

马特转过身，抬头望着天，期待更多的雨滴。终于下雨了，到处都是雨水，猛烈的风暴袭来，干旱终于结束了。

答案真的这么简单？

马特的思绪百转千回，现在最重要的事情是：他得赶紧回家，给辛格尔打个电话，至于现在几点钟已经无所谓了，她会理解他的。

“马特？”

马特根本没有听到汽车的声音，但是听到呼喊声，就算是在雨中，就算是喝醉了酒，马特还是认出了是谁，他忍不住笑了起来，依然呆坐在路边。“嘿，兰斯。”

兰斯·班纳从一辆面包车里走了出来，马特抬起头，看着来人。

兰斯说：“听说你在找我。”

“是啊。”

“找我干吗？”

“想和你打一架。”

这次轮到兰斯忍不住笑了。“你不会这么做的。”

“你以为我不敢？”

“我可没那么说。”

“我会把你揍得屁滚尿流的。”

“那只能证明我是对的。”

“什么对的？”

“监狱让人面目全非的话。”兰斯说，“在你进去之前，我只要动动手指头，就可以把你揍得屁滚尿流的。”

兰斯说的有点道理，马特坐在路边没动，脑袋还是晕乎乎的，醉得不轻。“你怎么老是阴魂不散的，兰斯。”

“我就是这样。”

“你还真是个热心肠啊。”马特打了个响指，“嘿，兰斯，你知道你现在像谁吗？你就像那个社区大妈似的。”

兰斯没有答话。

“你还记得霍巴特·甘普路的那个社区大妈不？”马特问道。

“斯威尼太太？”

“答对了，不管什么时候，斯威尼太太总爱把头伸出窗外，整天绷着个脸，训斥那些从她的院子里抄近路的小孩。”马特指着兰斯，说道：“兰斯，你现在就跟她一样，像个大号的社区大妈。”

“你喝酒了吗，马特？”

“喝了，有问题吗？”

“喝酒的确没什么问题。”

“那你为什么总是阴魂不散地跟着我，兰斯？”

兰斯耸了耸肩。“我只是不想让坏人混进来而已。”

“你觉得你拦得住吗？”

兰斯没有搭话。

“你真以为你那辆面包车和好学历就是无敌金刚，可以驱魔镇邪？”马特放声哈哈大笑起来。“天哪！兰斯，纯粹是一派胡言，看在上帝的分上，你看看我，我就是活生生的例子。你应该把我也放到你们的宣传片里，去警示那些青少年，就像我们高中时候那样，警察会给我们放酒驾司机出车祸的宣传片。你应该把我也当成你们的反面教材，去警示那些年轻人，这才是我该做的事情，只是不知道可以从我身上得到什么教训。”

“不要打架，这是其一。”

“我没有打架，我是去劝架的。”

兰斯强自忍住了一声叹息。“你是想在雨中重审此案吗，马特？”

“不是。”

“很好，那我送你回家怎么样？”

“不打算逮捕我了？”

“下次吧。”

马特最后看了一眼那栋房子。“你也许说得对。”

“什么说得对？”

“就是我不属于这里的那些话。”

“得了吧，马特，外面雨兮兮的，我开车送你回家吧。”

兰斯走到马特的身后，双手放在他的腋下，把他扶了起来。兰斯这家伙长得身强力壮的，马特摇摇晃晃地站了起来，感到一阵头晕目眩，肚子里也晃荡作响。兰斯扶着他上了车，坐到了副驾驶座位上。

“你要是敢在我车里吐的话，”兰斯说道，“你会后悔没让我抓你。”

“唔……太狠心了。”马特把窗户开了一条小缝，足以让微风吹进来，却又不会让雨水跑进来。他就像小狗一样把鼻子凑近那条小缝，感觉舒服多了。他闭上眼睛，把头靠在窗户上，冰冷的玻璃贴着他的面颊。

“你为什么要喝那么多的酒，马特？”

“我乐意。”

“你经常这样喝吗？喝得像个傻子一样？”

“你不仅是社区大妈，还想当一回戒酒协会的咨询师吗，兰斯？”

兰斯点了点头。“没错，是该换个话题了。”

大雨稍稍小了点，雨刮器的速度也慢了下来，兰斯两手放在方向盘上。

“你相信吗，我大女儿居然已经 13 岁了？”

“你有几个孩子，兰斯？”

“三个，两个女儿，一个儿子。”他松开一只手，去摸自己的钱包，从里面抽出三张照片，递给马特。

马特接过照片，仔细看了看，就像往常一样，在孩子的脸上寻找父母的痕迹。“儿子多大了？”

“6 岁。”

“和你 6 岁时看起来一模一样。”

兰斯笑了笑。“他叫德文，我们都管他叫德瘟，他实在是太调皮了。”

“和他老爸一样。”

“啊，大概是吧。”

两人陷入一阵沉默，兰斯伸手去开收音机，却又收手作罢。“我女儿，大的那个，我想把她送到天主教学校去。”

“她现在在赫里蒂奇上学？”赫里蒂奇中学是他们的母校。

“是啊。我也不知道该咋办，她现在有点不服管教，我听说东奥兰治的圣玛格丽特中学还不错。”

马特望着窗外，没有说话。

“你了解吗？”

“天主教学校吗？”

“没错，还有那个圣玛格丽特中学。”

“不了解。”

兰斯又把双手放回方向盘上。“哎，你知道有谁在那儿上过学吗？”

“在哪儿？”

“圣玛格丽特中学。”

“不知道。”

“你还记得罗兰·缪斯吗？”

马特当然记得了，小学同学就是这样，即使毕业后各奔东西，未曾见过，你还是能马上想起他的名字和样子。“当然记得啦，就是那个野丫头，还跟我们混了一段时间，之后就杳无音信了。她爸爸在我们很小的时候就去世了，对吧？”

“你不知道吗？”

“知道什么？”

“她老爸是自杀，就在她读八年级的时候，在自家车库里用枪爆了头，只是他们没有往外说。”

“天哪，真是太惨了。”

“是啊，但是她现在过得还不错，在纽瓦克检察官办公室上班。”

“她是律师吗？”

兰斯摇了摇头。“不是，是警探。她父亲出事之后，罗兰也曾消沉过一段时间，我猜应该是圣玛格丽特中学拉了她一把。”

马特没有答话。

“你在圣玛格丽特学校真的没有熟人吗？”

“兰斯？”

“嗯。”

“别跟我绕圈子了，没有用的，你想问什么就直说吧。”

“我就是想问你是否了解圣玛格丽特学校。”

“是想让我给你女儿写推荐信吗？”

“不是。”

“那你干吗问我这么多问题？”

“那我问玛丽·罗斯修女可以吧？她在那里教社会科学，你认识她吗？”

马特调整了一下坐姿，正视着兰斯说道：“我现在成了嫌疑犯吗？”

“怎么会呢？我们只是在闲聊而已。”

“我没有听到你否认，兰斯。”

“是你自己心里有鬼。”

“你还是在回避我的问题。”

“你不想跟我说说你是怎么认识玛丽·罗斯修女的吗？”

马特闭上眼睛，把头靠回头枕上，他们现在离欧文顿已经不远了。“再跟我说说你小孩的事吧，兰斯。”

兰斯没有说话，马特闭上双眼，静静地听着雨声，外面的雨声让他想起了兰斯·班纳出现之前他想起的事情，他得尽快给辛格尔打个电话。

因为，虽然有些奇怪，但是马特感觉，雨天应该是找出奥利维亚为何现身酒店的关键。

- 22 -

到家后，马特感谢兰斯载了他一程，然后看着他离开。

面包车一离开他的视线，马特立刻往屋里冲，一把抓起手机，开始拨打辛格尔的电话。他看了一眼时间，发现已经快十一点了，希望辛格尔还没有睡觉，但是就算她已经睡了，只要马特解释清楚，她也会理解的。

电话响了四声后，转入了辛格尔的语音信箱，只听见辛格尔简短得不能再简短的语音留言：

“是我，请你留言。”

真该死。

他只好给辛格尔留言道：“马上给我回电话，十万火急。”接着他又按了一下“其他选项”的按键，输入自己家的电话号码，希望她能看到自己的消息。

之后，他打算把手机上的照片下载到电脑硬盘上，却发现自己把 USB 数据线留在了办公室，真是蠢得出奇。他只好去书房里找一下奥利维亚的数据线，结果也没有找到。

就在这时，他注意到电话的语音留言提示灯在不停地闪烁，他拿起电话，按下播放键，里面只有一条留言，经历了一天的糟心事之后，听到这条留言，马特也不觉得有什么惊讶的了。

“马特，我是罗兰·缪斯，埃塞克斯县检察官办公室的警探。我们很早以前就认识了，就在伯纳山小学读书那会儿。你能尽快给我回个电话吗？”

她留了两个号码，一个是办公室号码，一个是手机号码。

马特把电话放回电话底座上，这么看来，兰斯是想在县里同事的前面抢先一步了，还是他们本来就是一起合作的，管他是合作还是竞争呢，他只想知道这究竟是怎么回事。兰斯之前提到过东奥兰治的圣玛格丽特中学，好像和那里的一个修女有关。

这跟他又有什么关系？

不管怎样，肯定不是什么好事。

马特不想在那里胡思乱想，也不想一头雾水就被抓了，于是走进书房，上网在谷歌上查询一番。他先搜索了一下东奥兰治的圣玛格丽特中学，结果跳出来一连串的搜索结果。他努力回忆了一下那个修女的名字，好像是叫玛丽什么的，他把玛丽也加进了搜索的关键词里：“玛丽修女”“圣玛格丽特中学”“东奥兰治”。

结果没有找到相关的结果。

马特靠回椅背，左思右想，还是想不明白。他现在还不想给罗兰回电话，可以等到明天早上再回，他可以推说出去喝酒了，忘记查看电话留言了，这一点兰斯可以做证。

马特的神志开始渐渐清醒过来，思考着下一步该怎么办。尽管家里只有他一个人，马特还是去检查了一下走廊，然后关上了房门。他打开壁橱的柜门，把手伸到最里面，拉出一个保险箱。保险箱的密码是878，这些数字与他的生活完全没有关系，是他临时胡乱编出来的。

保险箱里放着一把手枪。

马特目不转睛地看着那把手枪，那是一把半自动毛瑟 M2 手枪，是马特出狱后在街边买的，那个时候买把枪还不是什么难事。买枪的事他没有告诉过任何人，既没有告诉过伯尼，也没有告诉过奥利维亚，更没有告诉过索尼娅·麦克格拉斯，因为他也不知道该怎么向他们解释为什么要买枪。也许大家又要说，难道以往的惨痛经历还没有让他吸取教训，不知道这种行为非常危险？他觉得教训倒是学到了，只是不是正面的教训而已。现在既然奥利维亚怀孕了，是该把枪给处理掉了，但他不知道自己能否下定决心。

监狱系统有监狱系统的弊端，从某种程度上来说，很多问题都显而易见，也是必然的，把坏人和坏人关在一起，必然会产生很多问题。其中一件无可辩驳的事实就是，监狱教会了你所有负面的生存技能。要想生存，就只有冷漠孤僻、远离是非、独善其身，没人教你该如何融入群体，努力进取。恰恰相反，血的教训教会你，没有人值得信任，你唯一能够依靠的人就是你自己，而且必须时刻保持警惕，想方设法保护好自己。

这把枪让马特有种莫名的安全感。

马特知道这样做不对，他也知道枪支带来的危害可能远远超过它所带来的救赎，但是现在枪就摆在眼前。在他的世界即将分崩离析的时候，自买枪以来，马特第一次把目光转向了这把枪。

突然电话响了起来，把他吓了一跳。他飞快地关上保险箱，仿佛有人突然闯进了房间似的，马特拿起听筒。

“喂？”

“你猜你给我打电话的时候我在干什么？”

是辛格尔。

“很抱歉，”马特说道，“我知道已经很晚了。”

“没关系，没关系。来吧，猜猜看。算了，当我没说，还是直接告诉你吧，我和汉克一起在外面玩，可惜他一直没完没了的，我无聊得差点中途就闪人了。天哪，不知道你们这些男人怎么这么敏感？”

“辛格尔？”

“怎么啦？”

“你从我手机上下载的那些照片。”

“照片怎么啦？”

“你现在有那些照片吗？”

“你是说那些文件吗？我把它们放在办公室里了。”

“你把照片放大了吗？”

“技术人员把照片放大了，但是我还没有机会仔细看看。”

“我需要看一下那些照片，”马特说道，“那些放大的照片。”

“为什么？”

“我突然想到点事情。”

“哦。”

“不要哦了。你听我说，我知道现在已经很晚了，真的很晚了，但是你能不能去你的办公室和我碰下头——”

“现在吗？”

“是的。”

“我马上出发。”

“算我欠你的。”

“双倍工资哟。”辛格尔说道，“45 分钟后见。”

他一把抓起车钥匙，把手机和钱包塞进口袋里，抬脚朝门口走去，他现在已经完全清醒过来了，可以开车了。这时他才想起，那把毛瑟半自动手枪还放在桌面上，他停下脚步，思考着下一步该怎么办。

思考半晌后，他还是拿起了手枪。

有件事情人们永远也不会告诉你：拿枪的感觉实在是棒极了。在电视上，普通民众第一次拿枪的时候，总是一副反感、害怕的样子。他们会做个鬼脸，然后告诉你："我不喜欢那东西！"但是真实的情况是，当你手里拿着枪时，钢材贴着皮肤的冰冷触感，握在手里时的沉甸甸的重量，手枪特有的流畅线条，还有手指自然弯曲的形状，以及食指自然滑入，扣住扳机的感觉，不但让你感觉踏实、安全，甚至觉得无比地舒畅、自然。

但是不行，他不能带枪。

要是带枪被抓住的话，加上他有前科，他一定会有大麻烦的，马特心里非常清楚这一点。

但他还是毅然决然地把枪塞进了裤腰里。

马特刚刚打开前门，就看见有人正走上门廊，两人的目光不期而遇。

马特不由得暗自心想，要是兰斯没有提起她的名字，要是他没有听到答录机上的留言，他是否还能马上认出她来，这还真不好说。她的头发依然剪得很短，一样的男孩子气，看上去还是一副老样子。马特不由得纳闷，为什么多年以后依然可以通过小时候的样子立刻认出小学同学来？

罗兰·缪斯率先说道："嘿，马特。"

"嘿，罗兰。"

"好久不见。"

"是啊。"

罗兰勉强地笑了笑。"你有时间吗？我有几个问题想问你。"

- 23 -

马特·亨特站在前门的门廊上问道："是关于圣玛格丽特中学那个修女的事情吗？"

听见他的话，罗兰大吃一惊，亨特却举起手来，打断了她。

"不要激动，"他说，"我之所以知道修女的事情，是因为兰斯已经问过我了。"

她早该料到的。"那你想跟我说说吗？"

马特耸了耸肩，什么也没说。罗兰毫不客气地推开马特，走进门厅，环顾了一下四周。只见里面书堆得到处都是，还有些书倒在了地上，看起来就像坍塌在地的塔楼一样。桌子上还放着一些镶了相框的照片，罗兰仔细看了看，拿起其中一张照片。

"这是你太太？"

"是的。"

"很漂亮。"

"的确。"

罗兰放下照片，朝马特转过身去。要说他的过去全部写在了脸上，未免显得有些俗套，但是牢狱之苦的确改变了他的内在，也改变了他的外表。罗兰并不相信眼睛是心灵的窗户那些说法，她见过太多眼睛美丽、眼神善良的杀人犯，也遇到过很多才华横溢，却眼神空洞的天才。她也曾听到一些陪审员说过："他一走进法庭，我就知道他是无辜的，从他的眼神就可以看出来。"罗兰知道，这些纯粹是无稽之谈。

话虽如此，马特·亨特身上还是透露出些许不同，也许是他的站姿，也许是他微斜的下巴，也许是他嘴巴的线条，无一不透露出曾经受过的伤害，以及强烈的防备之心。她也不知道为什么，但那些东西确确实实地存在。如果不是知道马特曾经有过幸福的童年，又在监狱里度过了一段艰难的时光，她是否还能明确无误感觉出这种不同？

罗兰觉得答案是肯定的。

罗兰忍不住想起了马特小时候的样子，那个心地善良、性情温和却有点傻乎乎的小男孩，心中不由得涌起一阵悲凉。

"你跟兰斯说了些什么？"她问道。

"我问他是不是在怀疑我。"

"怀疑你什么？"

"什么都行。"

"他怎么说的？"

"他避而不谈。"

"你不是什么嫌疑犯，"她说，"至少目前还不是。"

"噢。"

"你这是在讽刺我吗？"

马特·亨特耸了耸肩，催促道："你能不能快点把问题问完？我得去个地方。"

“去个地方，”罗兰跟着他重复了一遍，夸张地看了看手表，“这个时间吗？”

“我是个派对狂。”马特一边说，一边走回到门廊上。

“我表示怀疑。”

罗兰跟着马特走到门廊上，然后朝附近扫了一眼，看见两个男人正用棕色纸袋喝着什么，嘴里边还唱着摩城的经典老歌。

“那是诱惑乐队的歌吗？”她问道。

“四尖乐队的歌。”马特说。

“我老是把这两个乐队搞混。”

罗兰转过身来，看着马特，马特则摊了摊手。

“你要说的不是利文斯顿，对吧？”马特问道。

“听说你要搬回去住。”

“那是个养家的好地方。”

“你真这么觉得？”

“难道你不这么认为？”

罗兰摇了摇头。“我是不会再回那里去的。”

“你是在威胁我吗？”

“不是，就是字面上的意思，我本人，罗兰·缪斯，再也不愿意回那里居住了。”

“人各有志吧。”马特叹了口气，问道：“闲聊完了吧？”

“完了。”

“那就好。说吧，那个修女出了什么事，罗兰？”

“目前还不知道。”

“又来这一套？”

“你认识她吗？”

“我连她叫什么名字都不记得，怎么会认识？兰斯之前跟我说过，叫玛丽什么的。”

“玛丽·罗斯修女。”

“她怎么啦？”

“她死了。”

“我明白了，那和我有什么关系？”

罗兰斟酌着该怎么说。“你觉得呢？”

马特叹了口气，径直从她身边走了过去。“晚安，罗兰。”

“等一等，算了，是我犯蠢了，很抱歉。”

马特转身看着罗兰。

“是她的通话记录。”

“通话记录怎么啦？”

“玛丽·罗斯修女打过一个电话，我们还没有查清楚。”

马特不露一点声色。

“你认识她吗？”

马特摇了摇头。“不认识。”

“通话记录显示，她给你在利文斯顿的嫂子家里打过一个电话。”

他皱起眉头，疑惑地说道：“她打电话给玛莎？”

“你嫂子说根本没有接到过任何从圣玛格丽特打来的电话，我还跟那个租她房子的女孩凯莉谈过。”

“凯拉。”

“什么？”

“她的名字叫凯拉，不是凯莉。”

“好吧，管她叫什么名字呢。总之，我知道你经常去你嫂子家，事实上，我知道你昨晚就住在那里。”

马特点了点头。“所以你就怀疑，那个修女是打给我的，真是应该给你来点掌声。”马特帮她把话说完。

罗兰耸了耸肩。“这么想也有道理。”

马特深深地吸了一口气。

“干吗？”

“听了这些话我难道不应该生气吗？这些话之所以听起来有道理，是因为你对坐过牢的人有偏见，就算他已经服过刑，付出了惨痛的代价，还是依然如此。”

看到他愤怒的样子，罗兰笑了起来。“怎么，不打算义愤填膺地辩护两句，就着急忙慌地直接否认了？”

“这样可以早点完事儿。”他说。

“这么说，你真的不认识玛丽·罗斯修女咯？”

“不认识。我郑重声明一下，我不认识什么玛丽·罗斯修女，我甚至连一位修女都不认识，我也不认识任何和圣玛格丽特中学有关的人，但是兰斯告诉我，你曾经在那里上过学，所以确切地说，那里的人我只认识一个，那就是你。我不知道玛丽·罗斯修女为什么要给玛莎家打电话，我甚至不知道她是否真的给玛莎家打过电话。”

罗兰决定换个方向。“你认识一个叫马克斯·达罗的男人吗？”

“他也打电话给玛莎了吗？”

“马特，直截了当地回答我的问题怎么样？你认识内华达州罗利高地的马克斯·达罗吗，认识还是不认识？”

马特目光一闪，虽然表情变化非常细微，只是眼睛微微睁大了一点，不到 1 秒钟就恢复了正常，罗兰还是捕捉到了他的异样。

“不认识。”他说。

“从来没有听说过吗？”

“从来没有，他是谁？”

“你看明天早上的报纸就知道他是谁了。介意告诉我昨天你去哪儿了吗？我是说，在你去玛莎家之前。”

“不，我很介意。”

“麻烦你告诉我吧？”

马特把目光看向别处，闭了闭眼睛，又睁开双眼，说道：“缪斯侦探，你的口气听起来越来越像是在审问嫌疑犯了。”

“是缪斯警探。”她说道。

“不管怎么说，我觉得今晚我已经回答得够多了。”

“所以你是拒绝回答咯？”

“不是，我是要走了。”现在轮到马特看手表了，“我真的得走了。”

“我猜，你也不会告诉我你去做什么对吧？”

“猜对了。”

罗兰耸了耸肩。“我可以跟踪你。”

“还是帮你省点时间吧，我要去纽瓦克的‘最有价值侦探’（MVD）办公室，至于进去之后做些什么，这就不关你的事情了，祝你度过一个愉快的夜晚。”

马特说完就走下楼梯。

“马特？”

“干吗？”

“虽然听起来有点奇怪，”罗兰说道，“但是见到你还是很高兴，我是说，要是不是在这种情况下见面就好了。”

马特扯了扯嘴角。“我也一样。”

- 24 -

内华达州，马特在心里默念着，罗兰·缪斯问他的那名男子来自内华达州。

将罗兰留在门廊上独自离开后，马特开了20分钟的车，来到了辛格尔的办公室。一路上，马特都在回想着刚刚的事情，一个词翻来覆去地在脑子里回响着：

内华达州。

马克斯·达罗，不管他是谁，来自内华达州。

而奥利维亚之前一直在查看一家名为“内华达州太阳新闻”的网站。

是巧合吗？

没错，大概是吧。

“最有价值侦探社”的办公室里一片寂静，辛格尔坐在办公桌前，身上穿着一件黑色的耐克运动服，头发向后梳着，扎成一条长长的马尾辫。她按下电源键，打开电脑。

“你听说圣玛格丽特的修女去世的消息了吗？”他问道。

辛格尔皱起了眉头。“是东奥兰治的那个教堂吗？”

“是的，那里同时也是一所学校。”

“没听说过。”

“那你听说过一个名叫马克斯·达罗的男人的事情吗？”

“听说他什么事？”

马特迅速地解释了一遍老同学兰斯·班纳和罗兰·缪斯问他的问题，辛格尔叹了口气，把他提到的东西记录下来，其间什么也没说，只是在马特提到发现了一个脱衣舞女的网站时，她才惊讶地扬了扬眉毛。“我会查查看的。”

“谢谢。”

辛格尔把电脑显示器朝马特那边转了一下，以便两个人都能看见。“好吧，你想看些什么？”

“你能把我手机里那张查尔斯·塔利的照片放大吗？”

辛格尔开始移动鼠标，点击起来。“我先快速地给你解释一下。”

“说吧。”

“这个优化处理程序，有时候很神奇，有时候却很垃圾。在拍摄数码照片时，照片的质量取决于相机的像素，这就是为什么在买相机的时候大家都想买像素尽可能大的相机。像素就是一个一个的小点，小点越多，图像就越清晰。”

“这些我都知道。”

“你的照相手机像素并不高。”

“这一点我也知道。”

“所以你也知道，图像放大得越大，画面就越不清晰。这个软件是利用某种算法，我知道很复杂，简单地说，就是软件根据获取的资料，比如着色啦，阴影啦，隆起线啦，线条啦，来大致推测应该是个什么样子，所以不是特别地准确。软件会进行多次尝试，也会出现很多的误差，但是话虽如此……”

她调出查尔斯·塔利的照片。这一次马特直接略过他的脸，略过他黑色的头发，还有扬扬自得的奸笑，也没有理会他身上的红色衬衫，以及周围的白墙，他的注意力只落在一处。

他指着那个地方，问道：“看到了吗？”

辛格尔戴上近视眼镜，眯着眼睛看着。“看到了，马特，”她面无表情地说道，“我们管它叫窗户。”

“你能把窗户再放大一些或是增强一些吗？”

“我试试看，怎么啦，你觉得窗户外面有什么东西吗？”

“也不完全是，就照我说的做吧。”

辛格尔耸了耸肩，把光标放在窗户上面，又放大了一些，现在窗户几乎占了半个屏幕。

“能把图像调得更清晰一点吗？”

辛格尔又点了一下微调工具，然后看向马特，马特冲她笑了笑。

“你没看见吗？”

“看见什么？”

“这里是灰色的，我从手机上只能看出来是灰色的，但是现在你看，窗户上有雨滴。”

“所以呢？”

“这张照片是昨天发给我的，你看到昨天下雨了吗？还是前天下雨了？”

“等一等，奥利维亚不是在波士顿吗？”

“也许是，也许不是。但是波士顿最近也一直没有下过雨，东北地区没有任何一个地方最近下过雨。”

辛格尔靠回椅背上。“所以呢，这究竟是什么意思？”

“别着急，先看看别的东西。”马特说道，“打开手机里面的那段视频，慢慢播放。”

辛格尔把查尔斯·塔利的照片最小化，接着开始点击图标。马特感到内心一阵激动，双腿又抑制不住地颤抖，神志也越发地清醒。

视频开始播放，马特努力让自己平静下来，看着那个戴着浅金色假发的女人。待会儿他应该一点一点地再看一下视频，确定里面的女人是不是奥利维亚，尽管他一直都非常肯定就是奥利维亚，但是现在的重点不是这个。

他静静地等待着，一直等到那个女人开始移动，一束光出现在屏幕里。

“暂停。”

辛格尔反应很快，按下暂停键时，那束光还清晰可见。

“你看。”他说道。

辛格尔点了点头。“嗯，真没想到啊。”

阳光穿过窗户射了进来。

“照片和视频不是在同一时间拍摄的。”她说。

“没错。”

“怎么回事儿？他们把第一张照片下载到奥利维亚的手机上？还是用手机翻拍了另外一张照片？”

“差不多吧。”

“我还是不太明白。”

“我也不太明白。不过……再看一遍视频吧，慢速播放。”

辛格尔照他说的再放了一遍。

“停下。”他看着画面，“把那家伙的左手放大。”

画面上是那人的左手手掌，辛格尔刚开始放大的时候，画面非常地模糊，她用画质增强软件处理了一下，手掌就逐渐清晰起来。

“只有皮肤。”马特说。

“所以呢？”

“手上既没有指环，也没有结婚戒指。再看一下第一张查尔斯·塔利的照片。”

照片的分辨率要高得多，看起来也容易一些。照片里查尔斯·塔利的身体要大一些，塔利正举着一只手，手掌大张，就好像交警在指挥交通，要求停车一样。

照片里戒指的背面清晰可见。

“我的上帝啊！”辛格尔说道，“这是个圈套。”

马特点了点头。

“我不知道视频里究竟发生了什么，但是很明显，他们想让你误以为这个叫查尔斯·塔利的家伙和奥利维亚有一腿，你知道为什么吗？”

“不知道。关于塔利，有什么新发现吗？”

“我查一下电子邮件，现在应该有资料发过来了。”

趁着辛格尔查看邮件时，马特拿出手机，再次按下奥利维亚的快速拨号键，他的内心渐渐开始温暖起来，脸上绽放出由衷的笑容。虽然心中的谜团依然未解，奥利维亚仍然和一位陌生男子待在酒店的房间里，但也许是伏特加的酒意未消，马特感觉有些飘飘然，心中顿时充满了希望，厄运之幕正徐徐退去。

这一次，奥利维亚的录音听起来甜美动人，他耐心地等着哔的一声响起，开口说道：“亲爱的，我知道你没有做对不起我的事情，请尽快给我打电话。”马特看了一眼辛格尔，后者假装没听到他的电话，他赶紧补了一句：“我爱你。”然后挂断了电话。

“哇哦，好甜蜜啊。”辛格尔说道。

一个男人的声音从电脑里喊道：“你有新邮件啦。”

“有消息了吗？”马特问道。

“等一下。”辛格尔开始浏览邮件，“没什么新消息，不过……好吧，还真有点新东西。塔利犯过三次故意伤人罪，曾两次被捕，但是最后案件都被撤销了。天哪，这个人可真够恐怖的，被指控殴打房东致死。塔利最后一次服刑是在一个叫洛夫洛克的州监狱里，听见监狱的名字了吗？”

“名字听起来有点耳熟，在哪里？”

“里面没有说。等一下，让我查一下。”辛格尔输入地名，按下回车键。“天哪！”

“怎么了？”

辛格尔抬起头看着马特。“就在内华达州的洛夫洛克那里。”

内华达州，听到这个名字，马特感到一阵天旋地转。这时，辛格尔的手机突然响了起来。

她拿起手机，看着手机的液晶显示屏。

“稍等片刻，好吗？”

马特整个人都是蒙的，不确定自己点没点头。

内华达州。

突然，另一个可能与内华达州有关联的疯狂念头突然涌上心头：读大一的时候，他不是和一群朋友一起去过内华达州吗？

更确切地说，是内华达州的拉斯维加斯。

就在那里，就在多年前的那次旅行中，马特邂逅了一生的挚爱……

他拼命地摇了摇头，啊，不可能，内华达州是个大州，不可能那么凑巧。

辛格尔挂断电话，继续在电脑上打字。

“怎么啦？”他问道。

她的眼睛仍然盯着屏幕。“是查尔斯·塔利。”

“他怎么了？”

“我们知道他在哪儿了。”

“在哪儿？”

辛格尔按下回车键，眯着眼睛看着屏幕。“根据地图查询的数据，他就在离我们不到 7 公里的地方。”她摘下近视眼镜，抬头看着马特，“塔利一直住在纽瓦克机场旁边的豪生酒店里。”

- 25 -

“你确定？”马特问道。

辛格尔点了点头。“塔利在那里已经住了两个晚上，515 房间。”

马特努力想把这些线索联系起来，却一无所获。“有电话号码吗？”

“豪生酒店的号码吗？我可以上网查一下。”

“查吧。”

“你想直接给他打电话？”

“没错。”

“你想说些什么？”

“还不知道，只想听听是不是同一个声音而已。”

“什么同一个声音？”

“那人曾经打过电话给我，问我知不知道他和奥利维亚在干什么，我只想知道那个人是不是查尔斯·塔利。”

“如果是呢？”

“嘿，你以为我有什么长远计划吗？”马特说道，“我只是临时起意。”

“那用我的电话打吧，来电显示被屏蔽了的。”

马特拿起电话，辛格尔给他念电话号码。电话响了三声后，接线员接起了电话。“这里是豪生酒店纽瓦克机场店。”

“请给我接 515 房间。”

“请稍等。”

第一声铃声响起时，马特的心跳就开始加速，第三声铃声还没有响完，就听到一个声音说道：“喂。”

马特一脸平静地挂断电话。

辛格尔抬头看着马特。“嗯？”

“就是他，”马特说道，“是同一个人。”

辛格尔皱起眉头，两手抱在胸前。“现在怎么办？”

“我们可以接着研究那个视频和照片。”马特说道。

“对。”

“但是我不知道看了又会怎样，假如我错了的话，如果视频和照片里的人都是塔利，那我们得当面和他谈一谈；如果不是同一个人的话……”

“我们还是得和他谈一谈。”辛格尔说道。

“是啊，别无选择，我得过去一趟。”

“是我们必须过去一趟。”

“我想一个人去。”

“我也宁愿和休·杰克曼一起来个鸳鸯浴。”辛格尔站在那里说道，一边说着，一边拿出一根发带，扎了个马尾辫。“我们一起去。”

再怎么争论下去结果也是一样，马特只好妥协道：“好吧，但是你必须待在车里。我和他开诚布公地单独谈谈，说不定能从他嘴里套出点什么来。”

“好吧，随你便。”辛格尔已经朝门口走去，“我来开车。”

开车过去只花了5分钟的时间。

豪生酒店就建在高速公路附近，一边是新泽西收费高速公路的14号收费站，而另一边则是大陆航空公司的员工停车场，周围环境脏乱不堪，要是有垃圾倾倒许可证的话，估计会更脏，说不定已经有许可证了，所以才会这么脏。沿着辅路继续往前走几百米，就到了北方州立监狱，监狱的地理位置非常便利，甚至比豪生酒店的位置还要便利，就在纽瓦克机场的旁边，简直就是迅速逃跑的绝佳位置。

辛格尔把车停在大厅入口处。

“你确定要一个人进去吗？”她问道。

“确定。”

“先把你的手机号码给我。”她说道。

“为什么？”

“我有个朋友，是纽约派克大街的金融大亨，他教了我一个方法。你把手机打开，给我打个电话，不要挂断，就让手机一直处于通话状态，然后我把手机调成静音模式，手机立刻就变成了单向对讲机，这样我能听见你的谈话和动静，如果遇到了麻烦，你就大喊一声。”

马特皱了皱眉头。“金融大亨还需要搞这些？”

“你不会有兴趣听这些的。”

辛格尔拿起马特的手机，输入自己的号码，电话接通后，又把手机还给了他。“把手机别在腰带上，要是遇到了麻烦，就大喊救命。”

“好吧。”

大厅里空无一人，现在这个时间点，没有人才是正常的。马特听到叮的一声，玻璃门朝两边滑开，值夜班的前台接待员摇摇晃晃地朝他走来，他胡子拉碴，臃肿的身体就像一个塞得鼓鼓囊囊的洗衣袋。马特毫不迟疑地向他挥了挥手，努力做出一副是这里住客的样子。接待员也向他挥了挥手，又摇摇晃晃地往回走去。

马特走到电梯前，按了下按钮，现在只有一部电梯在运行，随着一阵低沉的轰隆声，电梯开了过来，只是电梯开过来需要时间，等待的过程中，马特心绪繁杂，那段视频，还有那顶浅金色的假发，不停地在脑海里闪现，这一切究竟代表着什么，他仍然一无所知，毫无头绪。

昨天，辛格尔还把这一切比作一场无法预知结果的劝架，现在他就站在了这里，即将推开一扇门，对于门后的事情，马特无从预测。

1 分钟后，马特站在了 515 房间的门前。

手枪还在马特的身上，他纠结着要不要把枪拿出来藏在背后，最后还是放弃了，如果塔利看到手枪的话，很有可能会出现问题。马特举起手，敲了敲门，倾听着里面的动静。走廊里传来一些声响，好像是开门的声音，马特转过身去看了看。

没有人。

他又敲了一遍，这次敲得更用力了。

“塔利？”他大声喊道，“你在吗？我们需要好好谈谈。”

他静静地等在那里，里面还是没有任何动静。

“请开一下门，塔利，我只想和你谈一谈。”

接着，一个声音从门后传来，和他在电话里听到的声音一模一样：“等一下。”

515 房间的门终于打开了。

突然之间，那个长着一头黑发，满脸阴沉的查尔斯·塔利就活生生地站在了马特的面前。

塔利站在门口，正对着手机讲电话。“好的。”他对着电话那头的人说道，“好的，可以。”

塔利动了动下巴，示意马特进屋。

就这样，马特走进了 515 房间。

- 26 -

罗兰反复思量着马特眼里的那抹异样。

尽管马特竭力想要掩饰过去，但他确实对马克斯·达罗这个名字有所反应，只是，问题是，为什么？

实际上，她还是接受了马特的挑衅，对他进行了半跟踪，只是换了种方式。她在马特之前率先开车去了MVD的办公室附近，提前埋伏在那。她知道那家私家侦探公司的老板是一位前联邦探员，素以行事谨慎而闻名，也许可以从他那里了解点什么。

马特没有撒谎，果然开车过来了。他把车子开进来时，停车场里还有另外两辆车。罗兰记下了它们的车牌号码，现在已经很晚了，不可能无缘无故地还在这里逗留。

20分钟后，罗兰回到了家里。老猫奥斯卡依偎在她的身边，让她给它挠耳朵。罗兰顺从地给它挠了挠耳朵，但是猫咪很快就厌烦起来，不耐烦地喵喵叫了几声后，就朝黑暗中慢慢爬去。以前，奥斯卡都是飞奔而去，但是年龄的增长和髋部的不适终结了它的飞奔。奥斯卡慢慢老了，罗兰上次带它去体检时，兽医特意看了她一眼，意思是让她最好现在就开始做好心理准备，罗兰却不愿意接受这样的现实。在电影里面，比如《老黄狗》以及之后一些类似的电影里面，永远都是孩子们因为失去爱宠而悲痛欲绝。但是在现实生活中，孩子们往往很快就对宠物失去了兴趣，反而是孤独的大人们会对失去宠物伤心欲绝，无所适从，就像罗兰一样。

公寓里冷得要命，空调滴滴答答地滴着水，冷风吹得窗台咔嗒作响，整个房间冷得就像一个可以冻肉的冰柜似的。妈妈坐在沙发上睡着了，电视还开着，里面正在播放电视广告，卖的是一种可以练出六块腹肌的新奇装置。罗兰轻轻地关掉空调，妈妈依然纹丝不动。

罗兰站在门口，静静地听着母亲的呼噜声，吸烟导致她嗓子里有痰，呼噜声尖锐刺耳，却莫名地让罗兰觉得心安，也让她打消了开灯的念头。罗兰没有叫醒妈妈，没有帮她把枕头弄得蓬松些，或是给她拉条毯子盖在身上。她只是静静地站在那里，看着妈妈安睡，五味杂陈的感觉不知道第几次在心里翻腾着。

罗兰给自己做了个火腿三明治，直接站在厨房的水槽边上狼吞虎咽地吃了下去，又从一个罐子形状的瓶子里倒了一杯夏布利葡萄酒。她注意到垃圾也需要拿出去扔了，垃圾袋已经塞得满满的，但这并不妨碍妈妈继续往里面塞更多的垃圾。

她把盘子放到水龙头下面冲了冲，叹了口气，拿起垃圾桶。妈妈还是没有动弹，带痰的鼾声依然规律无比，没有任何的异常或变化。她拿起袋子，来到外面的垃圾桶处，外面的空气闷热无比，蟋蟀声此起彼伏，她把袋子扔到了垃圾堆上。

等罗兰回到公寓的时候，妈妈已经醒了。

“你去哪儿了？”妈妈卡门问道。

“今天必须加班。”

“你就不能给我打个电话吗？”

“抱歉。”

“我都担心死了。”

“嗯，”罗兰说道，“你都担心得睡成那样了。”

“你是什么意思？”

“没什么意思，晚安。”

“你就是这么地不体谅人，连个电话都不打？让我一直等啊等……”

罗兰摇了摇头。“妈妈，我已经受够了。”

“什么？”

“你总是不停地指责我。”

“你想把我赶出去？”

“我可没那么说。”

“但你心里面是那么想的，不是吗？想把我赶出去？”

“你说得对。”

卡门不可置信地张大了嘴，用手捂着自己的胸口。要是在以前，看到她夸张的表演，男人们或许还会心疼。罗兰还记得卡门年轻时候的照片，每一张都是那么可爱，那么忧伤，那么理所当然，觉得自己值得更多更好的东西。

“你想把自己的妈妈赶出去？”

“我没有，是你问我想不想的，我的确很想，但是我不会那么做。”

“我就那么令你讨厌吗？”

“只要……只要你离我远点，好吗？”

“我只是希望你幸福而已。”

“噢。”

“我想让你找个伴。”

“你是说找个男人？”

“那是当然了。”

男人，这就是卡门应对一切的法宝。罗兰真想说一句：“是啊，妈妈，看看男人们让你多么地幸福。”但是话到嘴边，又被她咽了下去。

“我只是不想让你孤苦伶仃的一个人。”她妈妈说道。

“就像你一样。”话一出口，罗兰就后悔了。

没等妈妈回话，罗兰赶紧走进浴室洗漱，准备上床睡觉。等她出来的时候，妈妈已经回到了沙发上，电视已经关上了，空调也再次打开了。

罗兰对着妈妈说道：“对不起。”

妈妈没有回答。

“有人给我留言吗？”罗兰问道。

“汤姆·克鲁斯打了两次电话。”

“好的，晚安。”

“怎么，你以为你男朋友打电话来了吗？”

“晚安，妈妈。”

罗兰走进卧室，打开笔记本电脑，等待开机的过程中，她还是决定看看电话的来电显示。什么都没有，她的新男友皮特，根本就没有打电话过来，他已经整整三天没有给她打电话了。事实上，除了办公室打来的电话，根本就没有任何新的电话。

天哪，真是太可悲了！

除了有点超重和容易出汗，皮特是个相当不错的男人。他在驻步购物连锁超市上班，做点社区服务的工作，罗兰一直搞不清楚他具体干些什么工作，也许是因为她对这些根本不感兴趣。两人的关系不算稳定，也不算认真，只是顺其自然而已，就像科学定律说的那样：运动中的物体会一直运动下去，只要有任何摩擦力，物体就会停止运动。

罗兰环顾了一下自己的房间：破旧的墙纸、平淡无奇的写字台，还有凯马特的组合床头柜。

这都是过的什么日子啊？

罗兰觉得自己真是老了，前途一片暗淡，考虑着要不要搬到西部去住，搬到亚利桑那州或新墨西哥州那样温暖又崭新的地方去，在气候宜人的地方重新开始。但是说实话，她不太喜欢户外活动，反而更喜欢阴雨绵绵的寒冷地带，因为这样，她就有借口窝在家里，看看剧，读读书，而不会有什么负罪感了。

电脑终于打开了，她查了一下电子邮件，发现就在一个小时之内，埃德·斯坦伯格给她发来一条信息：

罗兰：

关于马克斯·达罗的档案，我想等特雷弗·瓦恩参与之后再详谈，这事明天早上我们见面再说，你先看看初步的一些调查。好好睡一觉，明早九点见。

老板

邮件后面有一个附件，把文件下载下来后，罗兰决定还是把文件打印出来再看，在电脑上看太多东西让她的眼睛又干又痛。她拿起打印出来的几页纸，钻进了被窝里。奥斯卡龇牙咧嘴地终于跳上了床，依偎在她的身旁，罗兰非常地喜欢老猫的陪伴。

罗兰浏览了一下文件，却惊讶地发现，特雷弗·瓦恩已经对这起案件做出了合理的假设。根据瓦恩的调查记录来看，马克斯·达罗曾是拉斯维加斯警察局的侦探，生前居住在内华达州的罗利高地，被人发现时，死在纽瓦克希伯来公墓附近的一辆租来的汽车里。根据调查报告，马克斯·达罗一直住在纽瓦克机场的豪生酒店里。他在一个名叫路克斯车行的地方租了一辆汽车，是一辆福特金牛，根据里程计的显示，在达罗租赁的两天时间内，这辆汽车总共跑了 12 公里的路程。

罗兰翻到第二页，从这一页开始，事情变得有趣起来。

马克斯·达罗被发现时，坐在租赁汽车的驾驶座上，中枪而亡。没有人打电话报警，是一辆巡逻车巡逻时发现了窗户上的血迹。达罗被发现时，外裤和四角内裤都被拉到了脚踝处，钱包也不见踪影。报告还指出，达罗被发现时，身上并没有佩戴任何的首饰，这就意味着那些东西可能也被人抢走了。

调查报告说，这一切都还只是初步调查，在汽车里发现的血迹，特别是挡风玻璃和驾驶员一侧车窗上的血液轨迹，皆表明达罗是坐在汽车驾驶座上被人枪杀的。在他的外裤内侧和内裤内侧也都发现了飞溅的血迹，这也与开枪前裤子就已经脱下来，而不是开枪后才脱下来的情况相符。

瓦恩进而得出了一个显而易见的假设：马克斯·达罗决定出去来场“艳遇”，或者更准确地说，去买一场“艳遇”，只是没想到选错了妓女，那个妓女一直在等候时机，等他脱下裤子以后，把他洗劫一空。可惜当时出了点状况，现在还很难说是什么状况，也许是这个前警察当时想逞一下英雄，又或者是那个妓女因为吸毒精神恍惚。不管怎样，最后那个妓女开枪杀死了达罗，还抢走了他所有值钱的东西，包括钱包和珠宝，然后逃之夭夭。

调查小组将与纽瓦克警察局合作，对卖淫行业进行调查，也许有人会了解一点情况，双方会一起进行协商。

然后案子告破。

罗兰放下调查报告，如果她事先不知道玛丽·罗斯修女的房间里发现了达罗的指纹，瓦恩的推论就很有说服力。不过，既然罗兰知道这个推论根本站不住脚，那么她还剩下些什么呢？嗯，还有一种可能，这很可能是一个精心策划的陷阱。

从头到尾再捋一遍。

有人想杀达罗，同他一起上了车，拿枪指着他的脑袋，让他开车去镇上偏僻的地方，然后胁迫他拉下自己的裤子，任何看过法医类电视节目的人都知道，如果开枪之后才把裤子拉下去，从飞溅的血迹就可以判断出来。最后，凶手一枪爆了他的头，拿走了他的钱包和珠宝，制造出抢劫的假象。

特雷弗·瓦恩就是这么信以为真的。

如果不了解实际情况，罗兰也有可能会得出同样的结论。

那么，下一步该怎么做呢？

罗兰从床上坐了起来。

根据瓦恩的推论，马克斯·达罗是自己四处晃荡，然后找错了妓女。但是，如果事实并非如此——罗兰对此非常确定，那么凶手最初是怎么坐上达罗的车的呢？那么，更合理的假设应该是：达罗一开始开车的时候，凶手就和他在一起。

这就是说，达罗很有可能认识凶手，至少没把凶杀当成是威胁。

她又查看了一下里程数，只有 12 公里。假设他前一天用过车，那就意味着他没有开出去多远。

另外，还要考虑的一点是：在玛丽·罗斯修女的房间里还发现了另一组指纹，更确切地说，是在她的尸体上发现了另一组指纹。

好吧，罗兰心想，假设达罗不是单独行动的，而是带了同伴，那么两人应该是一起行动的，对吧？或者，至少离彼此很近。

达罗一直住在豪生酒店里。

罗兰又查看了一下档案，发现那个汽车租赁公司卢克斯车行在豪生酒店设有柜台。

所以，一切的一切都是从豪生酒店那里开始的。

大多数酒店都有监控摄像头，不知道特雷弗·瓦恩查过豪生酒店的监控摄像头了吗？

这很难说，但是绝对值得去看一看。

不管怎样，都得等到早上再去，对吧？

罗兰坐在床上，闭上眼睛，努力让自己入睡，就这样折腾了一个多小时，还是了无睡意，隔壁的房间里传来妈妈的呼噜声。案件愈加地扑朔迷离，罗兰感到一阵热血沸腾，她掀开被子，下了床，此时此刻，她根本无心睡觉，线索就摆在眼前，她根本按捺不住，况且，明天还有一大堆的问题等着她，埃德·斯坦伯格要给联邦调查局的熟人打电话，还有特雷弗·瓦恩也要加入他们的调查。

而她很可能会失去调查这个案子的机会。

罗兰穿上运动服，拿起钱包和身份证，蹑手蹑脚地走到外面，发动汽车，朝豪生酒店开去。

- 27 -

没有什么比看粗制滥造的色情片更糟糕的事情了。

电话铃响之前，查尔斯·塔利正躺在汽车旅馆的床上，窝火地想着这个问题。他在旅馆的《光谱视觉》付费频道上花12.95美元点了一部色情片，但是这部该死的色情片剪辑得特别诡异，把所有的好东西都给剪掉了，所有的特写镜头，男女隐私部位，通通都给剪掉了。

这都是些什么鬼东西啊?

更糟糕的是，为了弥补被剪掉的时间，电影翻来覆去地播放着同样的片段，先是那个女孩跪下去，然后是男人的脸开始往后仰，接着又是女孩跪下去，男人的脸往后仰，然后女孩又跪下去……

简直要把人逼疯了。

塔利正准备打电话去前台投诉，这里是他妈的美利坚合众国，男人有权在自己的酒店房间里看色情片，而不是看这种该死的软绵绵的东西。他要看的是真正的色情片，真正的动作片。这种清汤寡水的狗屁东西，应该放到迪士尼频道去播放。

就在这时，电话响了，塔利下意识地看了看手表。

也该打来了，他等这通电话已经等了好几个小时了。

塔利伸手拿起电话，放在耳边。电视上的女孩一直以同样的方式喘着气，已经喘了十几分钟了，这种破玩意儿简直无聊透顶。

“喂。”

咔嗒一声，电话里一片忙音。

电话挂断了，塔利看着电话听筒，好像听筒可以给他答案似的，可惜没有。他放下听筒，坐起身来，等着电话再次响起。5分钟过去了，电话依然没有响起，他不由得开始担心起来。

究竟是怎么回事？

没有一件事情是按照计划进行的。他从里诺飞到这里已经多久了？三天？有点记不清楚了。他昨天的任务简单又明确：就是跟踪这个叫马特·亨特的家伙，死死地跟着他。

为什么这么做？

塔利一无所知，只是被告知应该从哪里开始，要他把车停在纽瓦克某家大型律师事务所的外面，然后亨特走到哪里，他就跟到哪里。

但是那个家伙，马特·亨特，几乎立刻就发现了自己身后有尾巴。

怎么会呢？

严格来说，亨特完全就是一个外行，但是，事情就是这么怪，亨特几乎是立刻就发现了有人在跟踪他。更糟糕的是，就在几个小时之前，塔利给马特打了个电话，马特居然知道他是谁，而且还叫出了他的全名，真是活见鬼了！

这让塔利困惑不已。

塔利一向都不擅长处理这类情况，所以就打了几个电话，想问问究竟是怎么回事，但是电话都没有人接听。

这就让他更加困惑了。

塔利没什么脑子，他只知道脱衣舞女，知道该怎么对付这些女人，知道该怎么收拾她们才会让她们乖乖听话，差不多就会这些。仔细想想，还真是那么回事，看似两码事，其实就是一码事。要想把脱衣舞夜总会经营得有声有色，就得知道如何收拾人。

所以，一旦事情变得棘手起来，就像现在这种情况，塔利的应急方案永远都是诉诸暴力，伤害别人，而且会毫不留情地伤害别人。他曾因为故意伤害罪三次入狱，但是被塔利殴打或致残的人至少有 50 个，其中还有两人因此而丧命。

塔利首选的施暴方法就是使用电击枪和指节铜环。塔利把手伸进包里，从里面拿出一把崭新的电击枪。这种电击枪又被称为手机电击枪，顾名思义，就是这东西看起来像部手机，是他在网上花了 69 美元买来的，可以带到任何地方去，也可以拿出来放在耳边，就像是在打电话一样，但是，只要一按按钮，顶部的“天线”就会产生 180 000 伏特的高压电流，然后砰的一声，直接把敌人放倒。

接着塔利又从包里拉出一副指节铜环，他更喜欢现在这种加宽的新设计，不仅可以增加冲击面积，揍人的时候，还可以减少手上的反作用力。

塔利把电击枪和指节铜环一起放在床头柜上，然后继续看他的电影，仍然希望后面的部分会有所改善。每隔一段时间，塔利就会瞥一眼自己的武器。毫无疑问，这使他内心涌起一阵嗜血的兴奋。

塔利努力思考着下一步该怎么办。

20 分钟后，有人敲他酒店的房门。塔利看了看床头柜上的时间，已经快凌晨 1 点钟了，他悄无声息地从床上滑了下来。

这时，一阵更加急促的敲门声再次响起。

塔利蹑手蹑脚地走到门口。

“塔利，你在吗？我们需要好好谈谈。”

塔利从猫眼里偷偷看了一眼。真是见……

是马特·亨特！

塔利内心一阵恐慌，亨特究竟是怎么找到他的？

“请开一下门，塔利，我只是想和你谈一谈。”

塔利想都没想，直接说道：“等一下。”

接着，塔利蹑手蹑脚地回到床边，把指节铜环套在左手上，右手拿起手机电击枪，放在耳边，假装在打电话。他伸手握住门把手，扭动之前，又从猫眼里看了一眼。

马特·亨特还在那里。

塔利又计划了一下接下来的三个步骤，伟人们都是这样，走一步，想三步。

第一步，打开房门，假装正在讲电话。第二步，示意亨特往前走，一旦进入攻击范围，就用电击枪电他，直接瞄准他的胸部，胸部面积最大，是最好的攻击目标。第三步，准备好左手，直接用指节铜环对着他的肋骨来一记上勾拳。

查尔斯·塔利打开房门，接着开始讲电话，假装与另一个人在通电话。“好的，”塔利对着电击枪说道，“好的，可以。”

塔利动了动下巴，示意马特·亨特进屋。

就这样，马特·亨特走进了 515 房间。

- 28 -

马特站在门口犹豫了片刻，然后毅然走进了 515 房间。

他别无选择，不可能一直站在走廊里说话，于是开始往里走。马特还是不知道该如何开口，也不知道塔利究竟在其中扮演了什么角色，所以决定还是直截了当地开口，看看事情是个什么走向。塔利知道他被别人算计了吗？他究竟是不是视频里面的那个人呢？如果是的话，为什么又在之前拍了另一张照片？

马特走了进去。

查尔斯·塔利还在继续打电话，看到房门慢慢关上，马特开口说道：“我觉得我们可以互相行个方便。”

就在这时，查尔斯·塔利拿着手机往他的胸口一放。

马特瞬间感觉整个身体就像突然短路似的，脊柱猛地一挺，手指张开，脚趾发麻，两眼圆睁。

马特想把手机拿开，扔得远远的，身体却动弹不得。脑子疯狂地叫嚣着，身体却根本不听使唤。

枪！马特心想，快拿枪！

看到查尔斯·塔利抡起拳头，马特拼命地想要动一下，至少转身避开一点，但是电流阻断了他的大脑神经，身体根本不听使唤。

塔利一拳打在了他的肋骨下方。

那一拳犹如一把大铁锤砸在了骨头上，一阵剧痛袭遍全身，摇摇欲坠的马特仰面摔倒在地。

马特眨了眨眼睛，眼里泪光闪烁，仰视着查尔斯·塔利的笑脸。

枪……把该死的手枪拿出来……

但是，他的肌肉依然痉挛不已。

冷静下来，放轻松……

塔利居高临下地站在马特的身旁，一只手拿着手机，另一只手戴着指节铜环。

马特无奈地想起了别在腰带上的手机，辛格尔正在那头静静地倾听着这边的动静，他张开嘴想向她求救。

塔利又拿起电击枪电了他一下。

电流瞬间蹿过他的神经系统，让他全身的肌肉，包括下巴部分，无法控制地收缩、颤抖起来。

他的话，他的呼救声，通通化于无声。

查尔斯·塔利得意扬扬地冲他笑了笑，亮了亮戴着指节铜环的拳头，马特只能仰头瞪着他。

在监狱里的时候，很多狱警也会佩戴电击枪。马特了解到，这些电击枪是利用电流使人体内部的通信系统超载并被破坏。这些电流与人体自身的电流非常类似，通过干扰人体自身的电脉冲，造成人体感应失灵，肌肉运动过度，从而迅速消耗掉人的体能。

受害者往往会全身无力。

马特看着塔利收回拳头，真想拿起毛瑟枪，一枪毙了这个杂种。武器触手可及，就在自己的裤腰里，但是估计也没法使用了。

拳头再次迎面袭来。

马特想抬起胳膊，想就地一滚，想做任何事，可惜就是使不上劲。塔利的拳头直指马特的胸部，马特眼睁睁地看着拳头朝他袭来，就像是在看慢动作似的。

终于，指节铜环猛地打在了他的胸骨上。

感觉骨头像是往心脏塌陷下去一样，胸骨脆弱得就像是用泡沫塑料做的一样。马特大张着嘴，痛苦又无声地尖叫起来，胸腔一阵窒息，眼睛直往后翻。

等马特的眼睛再次聚焦的时候，指节铜环又朝他的面部袭来。

马特拼命地挣扎着，却浑身虚弱，绵软无力，全身的肌肉依然不听使唤，体内的感应系统依然没有反应，但是身体的某些原始本能依然存在，足以让他避开沉重的一击。

指节铜环砸在了马特的后脑勺处，立即让他皮开肉绽，头部传来一阵剧痛，马特痛得闭上了双眼，这一闭就再也没能睁开。这时，马特听到一声遥远而熟悉的声音大喊道："不要！"但是也有可能不是真的，在电流和肉体伤害的双重夹击之下，大脑的神经网络很有可能会产生各种奇奇怪怪的幻觉。

又是一拳袭向马特，一拳，两拳，也许还有更多拳，但马特早已意识全无，无从知晓。

- 29 -

“塔利，你在吗？我们需要好好谈谈。”

手机里传来马特的说话声，辛格尔·沙克尔精神一振，电话里的声音虽然不大，但还是能够听得见。

“请开一下门，塔利，我只是想和你谈一谈。”

对方的回答非常模糊，根本听不清楚。辛格尔摒除杂念，全神贯注地听着。她的车横着停在大门口，现在已经很晚了，根本就不会有人介意。

她现在纠结着要不要进去，显然跟着去是明智之举，马特现在在五楼，如果出了什么事情，她根本没法及时赶到。但是马特很坚持，觉得最好还是让他和这个叫塔利的家伙单独谈谈。如果她在他们谈话之前就被发现了的话，只会让事情变得更加复杂。

但是现在听到的声音非常地模糊，由此可以断定，塔利现在并不在大厅里。事实上，从她所在的位置来看，大厅里一个人都没有。

所以辛格尔还是决定进去看看。

暗中盯梢可不是辛格尔的强项，因为她长得实在是太引人注目了。很久以前，她就已经放弃朴素穿衣，低调打扮了，因为那样做没用。她也听到过那些关于她的谣言，但她既没有当过火箭女郎，也不是什么舞者。辛格尔发育很早，12 岁的时候，看上去就已经像个 18 岁的大姑娘了。男孩们喜欢她，女孩们嫉妒她，这么多年以来，这已经成了辛格尔的人生常态。

喜欢也好，嫉妒也罢，都不会对她造成太大的困扰。真正让她困扰的，尤其是在她很小的时候，是那些年长男士的眼神，这其中甚至包括自己的亲戚，还有她信任和敬爱的男士们。虽然没有发生过什么实质性的伤害，但是从那时候，辛格尔就已经了解到，欲念和渴望是如何让人心灵扭曲的，真是丑陋至极。

辛格尔刚走到大厅门口，就听到电话里传来一声奇怪的声音。

究竟是个什么鬼？

大厅的玻璃门滑开了，一个小铃铛叮地响了一声。辛格尔把电话紧紧地贴在耳朵上，什么声音都没有，既没有动静也没有说话声。

情况有点不妙。

听筒里突然传来一声撞击声，吓了辛格尔一跳，她不由得加快了脚步，朝电梯跑去。

这时，柜台后面的人摇摇晃晃地走了出来，看到辛格尔后，使劲地收了收肚皮，微笑着开口问道："有什么可以为您效劳的吗？"

辛格尔按了一下电梯按钮。

"小姐？"

电话里仍然没有说话的声音，她感到后背一阵发凉，看来必须得冒一下险了，辛格尔把电话放在嘴边。"马特？"

没人回应。

该死的，她忘记之前开了静音模式。

电话里又传来一阵奇怪的声音，有点像呻吟声，只是声音更加模糊，更加沉闷。

那该死的电梯究竟去哪儿了？

还有该死的静音键到底在哪里？

在电梯到来之前，辛格尔终于找到了静音键，就在电话的右下角，她慌乱地用拇指摁下静音键，静音图标消失了，她把电话放到嘴边。

“马特？”她大喊道，“马特，你没事吧？”

电话里又传来一声哽咽声，接着一个声音——肯定不是马特的声音——说道：“究竟是谁……”

值夜的人在她身后问道：“小姐，出什么事了吗？”

辛格尔继续焦急地按着电梯按钮。快点！快点！

然后又对着电话喊道：“马特，你还在吗？”

咔嗒一声，电话彻底没了声音。辛格尔的心怦怦直跳，简直快要蹦出来。

她该怎么办？

“小姐，我真的必须要问你——”

电梯门打开了，辛格尔急忙跳进电梯，值夜的人却伸出胳膊，挡在了门的中间，不让电梯门合上。辛格尔的枪就在腋下的枪套里，她第一次在执行任务时把枪拔了出来。

“把手拿开。”她对他说道。

那人乖乖地把手缩了回去，就像这手不是他自己的一样。

“赶紧报警，”她说，“就说五楼有紧急情况。”

电梯门合上了，辛格尔按下五楼的按钮。马特有可能会很不高兴，不愿意让警察介入此事，但是现在是她说了算。电梯嘎吱作响，开始往上爬升，速度慢得就像是爬了一尺，又往下降两尺似的。

辛格尔右手握枪，手指松开扳机，不停地按着五楼的按钮，就好像那样做会起作用，可以让电梯知道她在赶时间，会跑得更快点一样。

她左手拿着手机，迅速地重播了马特的手机。

手机没有接通，直接转到了他的语音信箱："我现在不方便接听您的电话——"

辛格尔咒骂了一句，挂断了电话，然后挪动身体，直接站在了门缝前面，等到电梯门开到一半的时候，就可以尽快冲出去。电梯每到一层就会发出一阵嗡嗡声，方便盲人辨认所到的楼层。终于，叮的一声，电梯停了下来。

辛格尔就像准备起跑的短跑运动员一样，弓着腰站在门前。电梯门刚一打开，她就用双手使劲扒门，从中间挤了出去。

现在她来到了走廊里。

突然，走廊里传来一阵脚步声，却不见任何人影，听起来好像有人正往另一边跑。

"站住！"

那人没有停下脚步，辛格尔也没有停下，顺着走廊往前跑去。

有多长时间了？她和马特失去联系有多长时间了？

砰的一声，走廊尽头传来门被重重打开的声音。她敢打赌，一定是通往楼梯井的应急门。

辛格尔一边跑，一边数着房间号。当她跑到 511 房间时，已经可以清楚地看到，前面隔着两扇门的 515 房间的房门大开着。

辛格尔犹豫了一小会究竟该怎么办，是继续追跑下楼的那个人，还是去 515 房间看一看。

辛格尔加快了步伐，转弯，手枪上膛。

只见马特平躺在地板上，双眼紧闭，一动不动，但这还不是真正让人吃惊的事情。

最让人吃惊的是和他待在一起的人。

辛格尔惊讶得差点把枪掉在了地上。

一时间，辛格尔呆呆地站在那里，难以置信地瞪着眼前的一幕。接着，她走进了房间，马特仍然一动不动地躺在那里，脑后是满地的血泊。

辛格尔目不转睛地看着房间里的另一个人。

那人正跪在马特的身旁，满脸泪痕，两眼发红。

辛格尔立刻认出了那个女人。

“奥利维亚。”

- 30 -

罗兰·缪斯从辅路出口处下了 78 号公路，来到了豪生酒店的停车场，一辆汽车正横着停在前门的入口处。

她一脚踩下刹车。

那是一辆雷克萨斯，不到一个小时前还停在“最有价值侦探社”的停车场里。

这绝对不可能是巧合。

罗兰把车开到前门处，抓起手枪别在腰带上，腰带上还别着她的警徽，手铐也挂了背上。她迅速地向汽车奔去，发现车里空无一人，但是钥匙还插在点火装置里，车门也没有锁上。

罗兰打开雷克萨斯的车门。

她的搜查合法吗？她觉得应该算吧，毕竟大家一眼就可以看到车钥匙还插在点火装置里，车门也没有上锁，她这是在为大家排忧解难，足以证明她的搜查是合法的，对吧？

罗兰把袖子往前一拉，罩在手上，充当临时手套，这样就不会留下指纹了。她打开车里的杂物箱，翻看着里面的文件，很快就发现这是一辆公司用车，属于“最有价值侦探社”。但是另一份来自麦达斯·穆菲勒汽车维修公司的文件却显示，这辆车是由一位名叫辛格尔·沙克尔的人开去维修的。

这个名字罗兰很熟悉，县办公室的人经常提起，说起她的时候那才叫激情四射，说她身材火爆得可以让电影直接从普通级升到限制级。

她和亨特又有什么关系呢？

罗兰把车钥匙拔下来随身带走，不跟沙克尔女士好好聊聊就让她给溜走的话就没有什么意思了。她朝酒店里面走去，来到服务台前，台后的男人气喘吁吁。

“你们咋又回来了？”他问道。

“回来？”

这可不是她喜欢的审讯台词，但毕竟搭上了话。

“其他警察已经离开了，呃，大概一个小时前吧？和救护车一起离开的。”

“什么其他警察？”

“你不是和他们一起的？”

罗兰朝男人走去。“你叫什么名字？”

“欧尼。”

“欧尼，能告诉我这里发生了什么事儿吗？”

“就是我跟其他警察说的那样。”

“现在再跟我说一遍。”

欧尼夸张地叹了口气。“好吧，好吧，事情是这样的。最开始的时候，一个家伙直接进了酒店。”

“什么时候？”罗兰打断他问道。

“什么？”

“那是在什么时间？”

“我不知道，大概两个小时前吧，难道这些你都不知道吗？”

“继续。”

“然后那人就进了电梯，上楼去了。几分钟后，一个大个子美女飞奔进来，朝电梯跑去。”值夜的人对着拳头咳嗽了几声，“然后，我就叫住了她，问她有什么需要。你知道的，这是我的本职工作。”

“你问过前面那人有什么需要吗？”

“啊？没有。”

“但是你却问了那个——，”罗兰用手指做了个引号状，“大个子美女？”

“等一下，那位女士并不胖，只是很高而已。我不想让你误会她很胖或什么的，给你造成一个错误的印象。她一点都不胖。恰恰相反，她的身材火爆得就像亚马逊电影里的那些漂亮小妞一样，你知道吗？”

“嗯，欧尼，我想我明白了。”听起来有点像是辛格尔·沙克尔，“所以你就问了那位亚马逊美女有什么需要吗？”

“对，没错，就是这样。但是这个高个子女孩居然拿枪指着我，真的是一把手枪！还叫我立刻报警。”

欧尼顿了一下，等着看罗兰惊得掉下巴的样子。

“所以你就照她说的做了？”

“对呀，谁让她拿枪指着我呢，你相信吗？”

“我相信，欧尼，然后呢，又发生了些什么？”

“然后她就进了电梯，一直拿枪指着我，直到电梯门关上。接着我就照她说的报了警，两个纽瓦克的警察正在隔壁吃饭，所以他们很快就过来了。我告诉他们她上了五楼，于是两个警察也上了五楼。”

“你刚刚说救护车也来了？”

“一定是他们叫的救护车。”

“他们？你是说，那些警察？”

“不是，呃，我是说，或许吧。但是我觉得应该是房间里的那位女士打的电话。”

“哪个房间？”

“你听我说，我并没有上五楼去，所以我什么也没有看到。”欧尼的眼睛眯成了一条细缝，“你现在问我的都是一些二手消息，你不是应该问我一些现场看到或听到的消息吗？”

“这里又不是法庭。”罗兰严厉地说道，“楼上究竟发生了什么事？”

“我不知道，只知道有人被打了。”

“是谁？”

“我刚刚说了，我不知道。”

“是男是女？是黑人还是白人？”

“哦，我明白你的意思了，但是我还是不明白，你为什么要问我？你为什么不能——”

“直接回答我，欧尼，我没有时间再去一一打电话。”

“不用打电话，直接用无线电问警察就可以了，就是刚刚来的那几个纽瓦克的警察——”

罗兰语气强硬地喊道：“欧尼。”

“好吧，好吧，别着急。是个男人，好吧？白种人，应该在35岁左右，他们用担架把他推出来的。”

“他怎么了？”

“应该是被人狠狠地揍了一顿。”

“都是在五楼发生的吗？”

“我想是的。”

“你还提到房间里有个女人，你说有可能是他们打电话叫的救护车。”

“对，对，我确实这么说过。”欧尼笑了笑，好像干了什么值得骄傲的事情一样，罗兰也恨不得拔枪指着他了。

“究竟有几个女人，欧尼？”

“什么？哦，两个。”

“其中一个就是那个拿枪指着你的高个子女孩吗？”

“是的。”

“那另一个呢？”

欧尼左右看了看，然后靠近她低声说道：“我猜可能是那个家伙的老婆。”

“就是那个被揍的家伙？”

“嗯，嗯。”

“你为什么这么说？”

欧尼仍然小声地回道：“因为她和他一起上了救护车。”

“我们干吗这么小声地说话呢？”

“嗯，我就是想谨慎一些。”

罗兰也配合地小声说道：“为什么，欧尼？为什么我们要谨慎一些？”

“因为另外一个女人，就是那个家伙的老婆，已经在这儿住了两天了，而她丈夫，却没有住在这里。”欧尼从服务台那边俯过身来，一股口臭朝罗兰扑面而来，“之后，那个丈夫突然间就冲了进来，然后就打了起来……”说到这儿，欧尼停了下来，扬了扬眉毛，言外之意不言而喻。

“那个亚马逊美女后来怎么样了？”

“那个拿枪指着我的女人？”

“没错，欧尼。”罗兰压着不耐烦说道，“就是那个拿枪指着你的女人。”

“警察把她给逮捕了，还给她戴上了手铐。”

“你说的那个家伙的老婆，就是在这里住了两天的那个女人，你知道她的名字吗？”

欧尼摇了摇头。“不知道，对不起，从来没有听说过。”

“她没有办理入住手续吗？”

欧尼的眼睛突然一亮。“当然啦，当然啦，登记过的，我们会留下顾客的信用卡资料。”

“太好了。”罗兰用食指和拇指捏了捏鼻梁，“真是瞎猫碰上了死耗子，欧尼，可以帮我查一下她的名字吗？”

“可以，当然可以了，我可以帮你查一下，我看看啊。”欧尼转向电脑，开始打字。“我记得她住在 522 房间……等一等，找到了。”

他把显示器转向罗兰，好让她能够看清楚。

522 房间的住客名叫奥利维亚·亨特，罗兰盯着屏幕看了好一会儿时间。

欧尼指着那些字母，说道：“上面写着奥利维亚·亨特。”

“我看到了，他们去了哪家医院？”

“贝丝·伊斯雷尔医院，我记得他们是这么说的。”

罗兰把自己的名片递给欧尼，上面有她的手机号码。“想起什么的话，记得给我打电话。”

“哦，好的。”

罗兰又匆忙地朝医院赶去。

- 31 -

马特·亨特终于醒了过来。

一睁眼就看到了奥利维亚的脸。

马特可以确定，这一切都是真的，他从未经历过那种似梦非梦的时刻。奥利维亚一脸惨白，眼睛泛红，眼里满是恐惧。现在马特唯一能够想到的，不是答案，也不是解释，他唯一能够清楚明白地想到的就是："我怎么做才能让她感觉好受一些？"

屋里的灯光很亮，奥利维亚的脸庞美丽如故，她的身后挂着类似于白色浴帘的东西。马特努力地想对她笑一笑，但后脑勺抽痛不已，就像被锤子敲到拇指一样。

奥利维亚目不转睛地看着他，眼里蓄满了泪水。"对不起。"她喃喃地低语道。

"我没事。"马特说道。

马特觉得自己故作潇洒了一点，他认为一定是吗啡之类的止痛药起效了。他的肋骨隐隐作痛，这让他想起了酒店里面的那个黑发男人塔利，也让他想起了那种摔倒在地，四肢无力、不能动弹的绝望感，还有那个指节铜环。

“我们在哪里？”他问道。

“贝丝·伊斯雷尔医院的急诊室。”

马特突然笑了起来。“你知道吗，我就是在这儿出生的。”他一定是被注射了什么东西，比如肌肉松弛剂，或是止痛药之类的东西。“塔利怎么样了？”他问道。

“他跑了。”

“你和他住在一个房间里？”

“没有，我住在走廊那头。”

马特闭了闭眼睛，还是有点不明白后面那句话的意思，她住在走廊那头？他的脑袋还是有点昏昏沉沉的。

“马特。”

他眨了几下眼睛，努力让视线清晰一点。“你住在走廊那头？”

“是的，我看见你进了他的房间，所以就跟了过来。”

“你也住在那家酒店里？”

奥利维亚还没来得及回答，帘子就被人拉开了。“啊，感觉怎么样？”医生问道，话里带了点口音，可能是巴基斯坦或者是印度口音。

“就像中了百万大奖。”马特说道。

医生朝他们笑了笑，胸前的名牌上写着帕特尔的字样。“你妻子说你被人打了，她认为行凶者可能用了电击枪。”

“我也觉得是。”

“真是不幸中的万幸啊，至少电击枪不会造成永久性的伤害，只是暂时让人丧失行动能力。”

“是啊，”马特说道，“我真是吉星高照啊。”

帕特尔咯咯咯地笑了起来，然后看了看表上的资料。“你有点脑震荡，肋骨也可能骨折了，但是要拍了 X 光片后才能确定，关系都不大，不论是严重的瘀伤，还是骨折，只能好好休息，慢慢治疗了。我已经给你开了止疼药，可能还需要再开点。”

“好吧。”

“你必须在医院待上一晚。”

“不用了。”他说道。

帕特尔惊讶地抬起头来。“不用了？”

“我想回家，我妻子会照顾我的。”

帕特尔看向奥利维亚，后者点了点头，他只好说道：“你知道我并不建议这样做对吧？”

奥利维亚答道：“我们知道。”

在电视上，对于那些“想回家”的病人，医生总是极力劝说他们留下，但是帕特尔医生却没有那样做，他只是耸了耸肩，说道：“好吧，只要办好出院手续，你们就可以回家了。”

“谢谢你，医生。”马特说道。

帕特尔又耸了耸肩，说道：“那就祝你们一切顺利。”

“你也是。”

医生抬步离去。

“警察还在吗？”马特问道。

“他们刚走，但是一会儿可能还会再来。”

“你都跟他们说了些什么？”

“没说太多，”她说道，“他们以为就是一起婚姻纠纷，你逮到我和另一个男人在一起，差不多就是这样。”

“辛格尔怎么样了？”

“警察把她抓走了。”

“什么？”

“她拔枪指着前台的工作人员。”

马特摇了摇疼痛不已的脑袋。“我们必须把她保释出来。”

“她说不用了，她会想办法出来的。”

马特想要坐起身来，后脑勺却传来一阵剧痛，就像一把滚烫的刀子插在里面似的。

“马特？”

“我没事。”

马特确实没事，他以前被打得比现在还要惨得多，这算不了什么，他还挺得住。他坐直身体，与奥利维亚的目光不期而遇，她看上去一副故作坚强，随时准备接受打击的样子。

马特问道：“这件事真的很糟糕，对吗？”

奥利维亚的胸膛一阵起伏，眼泪泫然欲滴。“我也不知道，”她说，“但是，的确如此，真的非常地糟糕。”

“要让警察介入吗？”

“不行。”泪水开始顺着她的脸颊翻涌而出，“等我把一切都告诉你之后再做决定吧。”

马特抬腿下了床。“那我们赶紧离开这里吧。”

罗兰数了数，在急诊室的柜台前，总共有6个人在排队等候。她直接插队，来到柜台最前面，排队的6个人很不乐意地嘟囔着。罗兰没有理会他们，啪的一声把警徽拍在柜台上。

“不久前有位病人被送到了这里。”

“你在开玩笑吧。”柜台后面的女士透过半月形的近视眼镜抬眼看着她，接着又环顾了一下拥挤的候诊室，“你是说一位病人？”她嚼着口香糖，又道：“哎呀，把我们吓了一跳，刚才确实有位病人被送了进来。”

排队的人哧哧地窃笑起来，罗兰被臊得一阵脸红。

“是一名被打的受害者，从豪生酒店送来的。”

“哦，他呀，他已经走了。”

“走了？”

“几分钟前已经办理出院手续离开了。”

“他去哪儿了？”

那位女士面无表情地看了她一眼。

“算了，”罗兰说，“别介意。”

这时，她的手机响了起来，罗兰接起电话，吼道：“我是缪斯。”

“啊，你好，你是之前来过这里的那位女警官吗？”

罗兰立刻认出了那人的声音。“是我，欧尼，有什么事吗？”

电话里响起一声低低的哀号声。“我想你得再回来这里一趟。”

“怎么啦，欧尼？”

“出事了，”欧尼说道，“那人……那人他死了。”

- 32 -

马特和奥利维亚办好了出院手续，但是两人都没有车，马特的车还停在“最有价值侦探社”的停车场里，奥利维亚的车则停在豪生酒店那里，他们只好叫了一辆出租车，站在医院的门口等着。

马特坐在轮椅上，奥利维亚站在他的身旁，两眼直视着前方，没有看他。天气又热又闷，奥利维亚却紧紧地抱着胳膊站在那里。她穿着无袖的上衣和卡其色的裤子，胳膊上的皮肤呈现出健康的古铜色。

出租车靠边停了下来，马特挣扎着站了起来。奥利维亚想去扶他，却被他挥手拒绝了。两人都坐进了后座，身体离得远远的，也没有牵手。

“晚上好，”司机看着后视镜说道，“去哪儿？”

马特把欧文顿的地址告诉了他。司机皮肤黝黑，非常健谈，说话带着非洲人的口音。司机告诉他们，他来自加纳，有六个孩子，其中两个和他一起住在美国，另外四个孩子跟他老婆回加纳去了。

马特勉强应付了几句，奥利维亚则盯着窗外，一言不发。后来，马特伸手去拉奥利维亚的手，她没有拒绝，任他握着，但却了无生气。

“你去看哈顿医生了吗？”马特问她。

“看了。”

“怎么样？”

“宝宝一切正常，没什么问题。”

前排的司机听见后问道：“怀孕？你们要有孩子了？”

“是啊，要有孩子了。”马特说道。

“是头胎吗？”

“没错。”

“真有福气啊，朋友。”

“谢谢你。”

他们现在已经到了欧文顿的克林顿大道上，前面的信号灯变成了红灯，司机慢慢地停了下来。

“我们在这里右转，对吧？”

马特一直看着车窗外，正准备说就是，突然有什么东西吸引了他的目光。他们的房子的确朝右拐就到了，但是引起他注意的并不是这个。

而是停在街上的一辆警车。

“等一下。”马特说道。

“怎么啦？”

马特把窗户摇了下来，耳边传来警车引擎转动的声音，他感到非常地困惑。他又看了看街角，发现酒鬼劳伦斯手里拿着常用的棕色袋子，正摇摇晃晃地唱着四顶尖合唱团的经典老歌《伯纳黛特》。

马特把头探出窗外，喊道：“嘿，劳伦斯。”

“……再也找不到曾经的爱恋——”劳伦斯刚唱到一半就被马特打断了，他抬起手挡着眼睛，眯着眼睛看了看，脸上突然绽放出灿烂的笑容。他摇摇晃晃地朝马特这边走来。“马特，天—天哪！看看你，居然坐在出租车里，真是舒服啊。”

“是啊。”

“你出去喝酒了，对吧？我还记得，你不喜欢酒后驾车，对吧？”

“是那么回事，劳伦斯。”

“哇哦！”劳伦斯指着马特头上的绷带，“出什么事儿了，脑袋裹成这样？你知道你现在看起来像谁吗？”

“劳伦斯——”

“你就像一幅画里面那个游行的家伙，是吹长笛的那个家伙还是敲军鼓的那个家伙？我老是记不住，他的头裹得就和你一样。那幅画叫什么来着？”

马特试图把他拉回到正题上来。“劳伦斯，你看到那边那辆警车了吗？”

“什么？”劳伦斯把身体又凑近了一些，“是他把你打成这样的？”

“不是，事情不是那样的，我很好，真的。”

劳伦斯所站的位置刚好挡住了马特的脸，如果警察碰巧朝这边看的话，也只会以为劳伦斯在向别人乞讨。

“他在那儿停了多久了？”马特问道。

“我不知道，大概十几分钟吧。马特，时光飞逝，年龄越大，时间流逝得越快，听劳伦斯的话没错。”

“他下过车吗？”

“谁？”

“那个警察。”

“哦，下过，还去敲了你家的门。”劳伦斯笑了笑。“哦，我明白了，你有麻烦了，对吧，马特？”

“我吗？我可是良民。”

劳伦斯喜欢良民这个词。“哦，我知道了，祝你晚安，马特。”他又把身子往车窗里探了探，“你也是，丽芙[①]。”

奥利维亚回道：“谢谢你，劳伦斯。”

劳伦斯看着她的脸，顿了一下，又看了看马特，然后直起身子，用更加温和的声音说道：“多保重。”

“谢谢你，劳伦斯。”马特朝前俯了俯身，拍了拍司机，“换个地方。”

司机忐忑地问道：“我不会惹上什么麻烦吧？”

“绝对不会，我刚刚出了场车祸，他们想问问我事情的经过，但是我们想等到明天早上再说。”

司机并不相信他说的话，但也不准备和他们争辩什么。这时，绿灯亮了，出租车没有向右转，而是径直向前开去。

“现在去哪儿？”

马特给了他“最有价值侦探社”在纽瓦克的地址，他想先去取车，然后再找个地方好好谈谈。问题是，去哪儿谈？他看了看手表，现在已经是凌晨 3 点钟了。

司机把车开进了“最有价值侦探社”的停车场。“停这儿就可以了，对吧？”

“很好，谢谢。”

他们下了车，马特向司机付了车钱，只听奥利维亚说道：“我来开车。”

“我没事。”

“没错，的确没事，只是被人暴打了一顿，吃了止疼药，脑袋晕乎乎的而已。”奥利维亚伸出手去，“把钥匙给我。”

马特乖乖地把车钥匙给了她，两人上了汽车，准备出发。

“我们现在去哪儿？”奥利维亚问道。

---

① 奥利维亚的昵称。

“我给玛莎打个电话，看看能不能在她那里借住一晚。”

“会把孩子们吵醒的。”

马特勉强笑了笑，说道：“就算往他们枕头边扔手榴弹也吵不醒他们。”

“那玛莎呢？”

“她不会介意的。”

但是马特却突然有些犹豫起来，他是真的不担心吵醒玛莎，毕竟，这几年他们经常深夜打电话，但是现在却有点担心，不知道她今晚是不是独自一人，会不会打扰到她的好事，更为怪异的是，现在他居然还有闲心担心别的事情。

要是玛莎再婚的话怎么办？

保罗和伊森现在还小，他们以后会叫那人爸爸吗？马特不确定自己能否应付得了这样的局面，更为重要的是，在以后的新生活中，在以后的新家庭中，马特叔叔又会扮演怎样的角色？当然了，现在想这些事情真的很蠢，而且为时尚早，他现在还有一摊子问题没有解决呢。但是这些想法一直在他脑子里盘旋，几乎按捺不住，喷涌而出。

马特拿出手机，按下快速拨号键的第二个号码。车子刚刚开到华盛顿大街时，马特突然注意到对向有两辆车与他们擦肩而过。他转过身去，看见车子开进了“最有价值侦探社”的停车场。这些车来自埃塞克斯县检察官办公室，车子的牌子和型号都与晚上早些时候罗兰开的车子一模一样。

情况有点不妙。

电话刚响了两声就接通了。

玛莎说道：“太好了，你终于打电话过来了。”听上去似乎一直没睡，就算睡了，她也掩饰得很好。

“你现在一个人吗？”

“什么？”

“我是说……我知道孩子们在家——”

“我是一个人，马特。”

“我不是想打探你的隐私，只是想确认一下没有打扰到你。”

“你没有打扰到我，而且永远也不会打扰到我。”

既然这样，他就放心了，马特心想。“你介意我和奥利维亚今晚在你家住一晚上吗？”

“当然不介意了。”

“说来话长，总而言之，就是今天晚上我被人打了——”

“你没事吧？”

马特的脑袋和肋骨又开始隐隐作痛。“身上有几个地方肿了，还有几处瘀伤，但是问题都不大。现在的情况是，警察想问一些问题，但是我们还没有准备好怎么说。”

“跟那个修女有关吗？”玛莎问道。

“什么修女？”

奥利维亚突然转过头看着马特。

“今天有个县里的警探来过家里，”玛莎说道，“我应该给你打个电话说一下的，但是又觉得不是什么大事。等一等，我这儿有她的名片……”

马特精疲力竭、混乱不堪的脑子现在终于想起来了。“是罗兰·缪斯。”

“对，就是这个名字。她说那个修女打过我们家的电话。”

“我知道。”他说。

“缪斯找过你了？”

“是的。”

“我猜她会去找你。我们只是随便聊了聊，之后，她在冰箱上看到了你的照片，就突然开始问我和凯拉你多久来一次这里。”

“别担心，问题已经解决了。你听我说，我们 20 分钟后就到。”

“我去准备一下客房。”

“不用麻烦了。”

“不麻烦，20分钟后见。”

玛莎挂断了电话。

奥利维亚问道：“这跟修女有什么关系？”

马特把罗兰找他的事情告诉了她，奥利维亚听了以后，脸色更加苍白。刚把事情的经过讲完，他们就到了利文斯顿。这个时候，路上空荡荡的，既没有汽车，也没有行人，附近一个人也没有。家家户户都是黑灯瞎火，唯一亮着的就是楼下那些定时开关的灯，用来震慑晚上的窃贼。

奥利维亚一声不吭地把车开进玛莎家的车道。透过楼下门厅的窗帘，马特可以看到玛莎的身影。车库上面的灯也亮着，凯拉已经醒了，正探出脑袋朝外面张望，马特摇下车窗，朝她挥了挥手，凯拉也向他挥了挥手。

奥利维亚把车熄了火，马特对着遮阳板上的镜子看了看自己的脸，看上去真是糟糕透顶。劳伦斯说得对，他头上缠着绷带，看上去确实很像威拉德画的那幅《76年精神》里面的那个吹笛子的士兵。

“奥利维亚？”

她沉默不语。

“你认识这个玛丽·罗斯修女吗？”

“也许吧。”

奥利维亚下了车，马特也跟着下了车。屋外的灯啪的一下亮了起来，这些灯的感应装置还是马特帮伯尼一起安装的。奥利维亚朝马特走去，牵起他的手，紧紧地握着。

“在我跟你解释之前，”她开始说道，“我想让你知道一件事情。”

马特静静地等着她把话说完。

“我爱你，你是我唯一爱过的男人。无论发生了什么事，你都给了我前所未有的幸福与快乐。”

“奥利维亚——”

她把手指放在他的嘴唇上，“我现在只有一个要求，我希望你能抱抱我，现在就抱抱我，就一小会儿，因为在我告诉你事情的真相之后，我不知道你是否还愿意抱我。”

- 33 -

辛格尔一到警察局，就用手机联系了她的老板，“最有价值侦探社”的董事长马尔科姆·西沃德。西沃德是联邦调查局的退休警探，十年前开了这家侦探社，赚了不少钱。

深夜接到电话，西沃德可没有什么好心情。“你拿枪指着那家伙？”

“我又不是真的要开枪打他。”

“还真是让人欣慰呀！”西沃德叹了口气，“我去打几个电话，一个小时后你就可以出来了。”

“你是最棒的，老板。”

西沃德挂断了电话。

辛格尔回到拘留室里等着，一个高个子警官打开拘留室的门，喊道：“辛格尔·沙克尔。”

“我就是。”

“请跟我来。”

“去哪儿都可以，帅哥。”

警官领着她顺着走廊走去，她以为事情会非常简单，就是开个保释听证会，然后很快就可以释放了，但是接下来的事情却完全出乎她的预料。

“请转过身去。”警官说道。

辛格尔扬了扬眉毛，“你不是应该先请我吃一顿吗？”

“请转过身去。”

辛格尔依言转过身去，警官却用手铐铐住了她的双手。

“你在干吗？”

警官没有说话，直接把她押送到外面，打开警车的后门，一把把她推了进去。

“我们要去哪里？”

“新法院大楼。”

“西市场的那家？”

“是的，女士。”

整个路程很短，不到两公里的距离，他们乘电梯上了三楼，玻璃门上印着“埃塞克斯县检察官办公室”的字样。玻璃门旁边放着一个很大的奖杯陈列柜，就像在高中看到的那种柜子一样。辛格尔暗自思忖着，不知道在检察官的办公室里放一个奖杯陈列柜究竟有何用途。这里是起诉杀人犯、强奸犯还有毒贩的地方，但是一进门就看到一堆庆祝垒球胜利的奖杯，实在是有些荒谬。

“走这边。”

警官领着她，穿过等候区，走过双扇门，在一个狭小又没有窗户的房间前面停下来，辛格尔往里瞥了一眼，惊讶地问道：“审讯室？”

他一言不发，只是扶着门看着她，辛格尔耸了耸肩，径直走了进去。

时间一分一秒地过去，事实上，是过去了很长一段时间。他们没收了她所有的东西，包括手表，所以她也不知道究竟过了多长的时间。房间里面也没有那种通常在电视上看到的单向镜，这里用的是摄像头，房间的墙角上就挂着一个。在监控室里，审讯人员可以拉近摄像头，也可以改变摄像头的角度。房间里还用胶带粘着一张纸，粘贴的角度非常地奇怪。她知道那是用来提示摆放位置用的，将释放声明书放在那里，摄像机就能拍到自己签字的画面了。

房门终于被打开了，一个女人走了进来，辛格尔猜测应该是位便衣警察。她个子娇小，大概只有一米五五高，体重最多不过100斤。她汗流浃背，看起来就像是刚从蒸汽房里走出来似的，衬衫紧紧地贴在胸前，腋下也有两块湿痕，脸上因为一层薄薄的汗珠而闪闪发亮。她的腰带上别着一把手枪，手里拿着一个牛皮纸卷宗。

“我是罗兰·缪斯警探。”那个女人说道。

哇哦，行动可真够迅速呀！辛格尔记得这个名字，缪斯就是今天晚上早些时候找马特问话的那个人。

“我是辛格尔·沙克尔。”她说道。

“嗯，我知道，我有几个问题想问你。”

“很抱歉，我拒绝回答这些问题。”

罗兰还在不停地喘着粗气。“为什么？”

“我是一名正在执行任务的私家侦探。”

“那你的委托人是谁？”

“我不用回答你的问题。”

“法律上可没有私侦-委托人保密权这回事。”

“我懂法律。”

“所以呢？”

“所以我选择拒绝回答任何问题。”

罗兰把牛皮纸卷宗扔在桌上，卷宗依然合着，没有打开。“你是在拒绝与县检察官办公室配合吗？”

“不是。”

“那么，请回答我的问题，你的委托人是谁？”

辛格尔的身体朝后靠去，伸直双腿，脚踝相叠。“你是掉进了水池里还是怎么的？”

“哦，等一等，我明白了，是因为我浑身湿透？真是个好点子。我是不是该给你拿支笔，万一又想出什么好点子来呢？”

“没必要。”辛格尔指了指摄像头，“你可以看录像回放。”

“摄像头没开。”

“没开？”

“如果要录像的话，就得让你签释放声明。”

“监控室里有人吗？”

罗兰耸了耸肩，对这个问题不予理睬。“你难道就不好奇亨特先生现在怎么样了吗？”

辛格尔没有上当。“告诉你吧，你不问，我也不会问。”

“我可不这么认为。”

“听着，警探……缪斯，对吧？”

“是的。”

“这有什么大不了的？不就是打个架吗，那家酒店一周估计会有三次。”

“但是，”罗兰说道，“却严重到让你拿枪指着别人？”

“我只是想在情况变得更加危险之前赶上楼去。”

“你怎么知道的？”

“你说什么？”

“打斗发生在五楼，而你待在外面的车里，你是怎么知道有人遇到了麻烦？”

“我们的谈话还是就此打住吧。”

“不，辛格尔，我可不这么想。”

两人目光交错，辛格尔一点都不喜欢眼下的局面。罗兰拉出一把椅子坐了下来。“我刚刚在豪生酒店的楼梯间里待了半个小时，里面没有空调，热得要命，所以我才搞成现在这副鬼样子。”

“我不知道你在说些什么。”

“这不是一起简单的打架斗殴事件，辛格尔。”

辛格尔看了一眼牛皮纸卷宗。“那是什么？”

罗兰把卷宗里面的东西全部倒了出来，里面装的全是照片。辛格尔叹了口气，拿起一张照片，突然脸色一僵。

“我想你应该认识他吧？”

辛格尔直直地盯着那两张照片，第一张照片是头部特写，毫无疑问，死者是查尔斯·塔利，满脸血肉模糊。另一张是张全身照，塔利趴在一个看起来像是金属台阶的地方。“他出了什么事？”

“脸部中了两枪。”

“天哪！”

“现在想说了吗，辛格尔？”

“我对此事一无所知。”

“他的名字叫查尔斯·塔利，你已经知道了，对吧？”

“天哪！”辛格尔又说了一遍，想把事情捋清楚。塔利死了，怎么死的？他刚才不是才打了马特吗？

罗兰把照片放回牛皮纸卷宗里面，然后两手交握，靠近辛格尔，说道：“我知道你的委托人是马特·亨特，我还知道，就在你去那家酒店之前，你们俩还在他的办公室里来了次深夜谈话，能告诉我你们都说了些什么吗？”

辛格尔摇了摇头。

“是你杀了那个人吗，沙克尔女士？”

“什么？当然不是了。”

“那亨特先生呢？是他杀的吗？”

“不是。”

“你是怎么知道的？”

“什么？”

“我甚至都没有告诉你他是什么时候被人杀害的，”罗兰歪着头说道，“你怎么就能确定他与那人的死没有关系呢？”

“我不是这个意思。”

“那你是什么意思？”

辛格尔深吸了一口气，罗兰则毫无动静。

“那说一说退休侦探马克斯·达罗怎么样？”

“谁？”辛格尔其实知道这个名字，马特曾经跟她提过，还让她去查一查这个人。

“另一位死者，是你杀的他吗？还是亨特干的？”

“我不知道你在……”辛格尔突然停了下来，两手抱胸，说道：“我要离开这里。”

“那是不可能的，辛格尔。”

“你要告我吗？”

“说实话，我们的确打算这么做，你用装满子弹的手枪威胁别人。”

辛格尔双手抱在胸前，努力让自己镇静下来。“都是老掉牙的招数了。”

“的确是，但是你看到了吗，就算如此，你还是没法顺利脱身，必须在这里待上一晚，等待明天早上的提审，我们会就此对你提出控告，幸运的话，可能只是被吊销执照，而我敢打赌，你一定会坐牢的。”

辛格尔没有说话。

“今天晚上是谁打的亨特先生？”

“你为什么不去问他呢？”

“哦，我当然会去问的。但是有趣的是，我们找到塔利先生的尸体时，发现他的身上有一把电击枪和一副指节铜环，指节铜环上还沾有新鲜的血迹。”罗兰又歪了歪头，朝她靠近了一些，“在我们做 DNA 测试的时候，你猜会是谁的血液与之相匹配？”

这时，有人敲了敲门，罗兰·缪斯继续盯着辛格尔看了好一会儿才去开门，门外站着那位从警察局押送辛格尔过来的警察，他的手里拿着一部手机。

“打给她的。”那人指着辛格尔说道，辛格尔看了看罗兰，后者的脸上依然波澜不惊。辛格尔接过电话，放在耳边。“喂？”

“开口交代吧。”

原来是她的老板马尔科姆·西沃德。

“这起案子非常敏感。”

“我现在进了你的电脑系统，”西沃德说道，“案件编号是多少？”

“还没有编号呢。”

“什么？”

“我冒昧地说一句，先生，我不喜欢和这里的当局谈话。”

她听见西沃德叹了口气。“辛格尔，猜猜看，刚才是谁给我打的电话？你知道是谁在凌晨 3 点钟打电话到我家里的？”

“西沃德先生——”

“事实上……算了，不用猜了，跟你直说了吧。现在已经是凌晨 3 点钟了，我也很累了，不想跟你打哑谜了，是埃德·斯坦伯格，埃德·斯坦伯格亲自给我打的电话，你知道他是谁吗？”

“知道。”

“埃德·斯坦伯格是埃塞克斯县的检察官。”

“我知道。”

“也是我28年的好朋友。”

“这个我也知道。”

“很好，辛格尔，那么我们算是在一个频道上了。‘最有价值侦探社’是做生意的，而且做得还比较成功，至少我是这么认为的，但是我们之所以成功，无论是你，还是我，很大程度上都是仰仗这些人的合作，所以，凌晨3点钟，埃德·斯坦伯格给我打电话，告诉我他正在调查一起涉及三条人命的谋杀案时——”

“等一等，”辛格尔打断他说道，“你是说三条人命？”

“看见了吗？你甚至连麻烦的深浅都不知道。我的老朋友埃德·斯坦伯格非常需要你的配合，也就是说，我，你的老板，非常希望你能配合他们，明白了吗？”

“我想是的。”

“你想？怎么，难道是我说得太隐晦了吗，辛格尔？”

“不是，还有别的原因。”

“斯坦伯格可不是这么说的，他说这一切都和某个前科犯有关，这是真的吗？”

“他在卡特·斯特吉斯律师事务所工作。”

“他是律师吗？”

“不是，他是一名律师助理。”

“因为过失杀人蹲过监狱？”

“是的，但是——”

“那就没什么好讨论的了，这里可没有什么特权可言，把他们想知道的都告诉他们。”

“我不能这样做。”

“不能？”西沃德的语气变得有些尖锐起来，“我不想听这些。”

“西沃德先生，事情没有那么简单。”

“嗯，那就让我帮你简化一下，辛格尔，你有两个选择：要么开口交代，要么打包走人，再见。”

西沃德挂断了电话，辛格尔看了看罗兰，罗兰则朝她笑了笑。

“你还好吧，沙克尔女士？”

“我好得很。”

“那就好，因为就在我们说话的同时，我们的技术人员正在赶往‘最有价值侦探社’的办公室，他们会仔细搜查你的硬盘，一一查验你手里的所有文件，而且斯坦伯格检察官正在给你的上司打电话，调查你最近查询过的文件，联络过的人员，去过的地方，以及正在调查的案件。”

辛格尔慢慢地站起身来，居高临下地俯视着罗兰，罗兰却半步都没有退缩。“我没有什么好说的了。”

“辛格尔？”

“干吗？”

“你给我坐下。”

“我宁愿站着。”

“很好，那就给我好好听着，我们的谈话也快结束了。你知道我和马特·亨特是同学吗？确切地说，是小学同学。我挺喜欢他的，他是个好人。如果他是无辜的，没有人会比你更急于为他正名的了，但是你却一直守口如瓶，辛格尔，这说明你一定有所隐瞒。我们手上有塔利的指节铜环，我们知道马特·亨特今晚去过凶案现场，我们还知道他在515房间，也就是塔利先生的房间，跟人发生过冲突，我们甚至知道亨特先生今天晚上去过两个酒吧喝酒，而且指节铜环上的DNA测试结果显示，上面的血迹是亨特的。当然，我们还知道亨特先生曾经犯过重罪，有斗殴致死的前科。”

辛格尔叹了口气。“说这些有什么意义吗？”

“有意义，辛格尔，问题是：你真的以为我需要你的帮助才能定他的罪吗？”

辛格尔的脚一下一下地敲着地面，思考着应对的方法。“那你找我干吗？”

“帮忙。”

“帮什么忙？”

“告诉我实情，”罗兰说道，“我就这一点要求，亨特已经被起诉了，他一旦被抓，加上他以前有过前科，那么，你知道结果会怎样。”

辛格尔的确明白，马特一定会崩溃的，要是再被关进监狱里，他一定会疯掉的，他此生最大的梦魇终将成为现实。

罗兰又向她靠近了一点。“如果你知道什么事情能够帮助到他，”她说道，“最好现在就说出来。”

辛格尔努力整理了一下思绪，她差点就相信了眼前这个娇小的警察，但是她很清楚，这不过是缪斯的计谋，红脸白脸一起唱。天哪，就连外行都能看穿的把戏，辛格尔却差一点就中招了。

注意关键词：是差一点。

但是辛格尔也很清楚，一旦他们进入她办公室的电脑系统，问题就大发了。她最后下载的文件就是马特手机里的照片和视频，是那个死者的照片，以及死者与马特·亨特的妻子在一起的视频。

这对任何有案底的人来说都是致命一击。

正如缪斯警探指出的那样，这个案子已经证据确凿，这些照片和视频正好证明了一件事情：杀人动机。

同时，辛格尔也得为自己的前途考虑。她一开始以为这是个普通案件，只是帮朋友一个小忙而已。但是，她又愿意帮到什么程度，牺牲到何种地步呢？如果马特和查尔斯·塔利的死真的没有任何关系，那么，从一开始就配合警方的调查，不是更能让一切真相大白吗？

辛格尔又坐了下来。

“你有话要说吗？”

“我要给我的律师打个电话，”辛格尔说道，“然后就把知道的一切都告诉你。”

- 34 -

“我没有以任何罪名指控你。”罗兰说道。

辛格尔双手抱臂，说道：“我们就不要玩什么文字游戏了，好吧？我要找我的律师，谈话到此结束，剧终了，El fin。[①]”

“你说行就行吧。”

“那好，请给我一部电话。”

“你有权打电话给律师。”

“我就是准备给律师打电话。”

罗兰想了想，她不想让辛格尔打电话提醒亨特，所以开口问道：“你介意让我帮你拨这个号码吗？”

“随你的便。”辛格尔说道，“不过我要看一下电话簿。”

“你都不记得自己律师家的电话号码吗？”

“抱歉，不记得。”

---

① El fin，西班牙语，意为结束了。

5分钟后，罗兰终于拨通了电话号码，并把电话递给了辛格尔，暗自心想，反正之后可以随时查看通话记录，看她是不是偷偷打了别的电话。罗兰关掉麦克风，走进了监控室。辛格尔站在摄像头前，巧妙地转身背对着镜头，以防有人能读懂唇语。

罗兰也开始打起了电话，她先给在欧文顿市亨特家附近守候的警察打了个电话，警察告诉她，马特和奥利维亚仍然没有回家。罗兰知道这可不是什么好消息，她之所以悄悄地搜查，就是不想打草惊蛇。

她还需要去搞一张传票，以便能够通过天合公司查一下马特和奥利维亚的信用卡交易记录。如果他们畏罪潜逃的话，很有可能会从自动取款机提取现金或是在汽车旅馆刷卡登记入住什么的。

从监控屏幕上，罗兰看到辛格尔已经打完了电话，正把手机举到摄像头前，示意让人开一下对讲开关，罗兰立刻打开了开关。

“什么事？”

辛格尔说道：“我的律师马上就到。”

“那就耐心等着吧。”

罗兰关掉对讲系统，身体向后靠在椅背上，顿时感到一阵疲倦朝她袭来，她靠在椅背上，打算眯上一会儿，否则的话，脑子都快成一团糨糊了，辛格尔的律师至少要半个小时才能到这儿。她双手抱在胸前，把腿跷在桌上，闭上眼睛，希望在律师到来之前能打几分钟的小盹儿。

突然，罗兰的手机响了起来，把她吓了一跳，赶紧接起电话，放在耳边。是埃德·斯坦伯格打来的。“嘿。”

“嘿。”罗兰费力地开口道。

“那个私家侦探交代了吗？”

“还没有，正在等她的律师过来。”

“那就让她等着吧，让他们俩一起等着。”

“为什么，出什么事啦？”

“是联邦调查局的人，罗兰。”

“他们怎么啦？”

“我们一个小时后要去见他们。”

“见谁？”

“琼·瑟斯顿。”

听到名字，罗兰大吃一惊，赶紧把脚放到地板上。“联邦检察官本人？”

“是她本人，同她一起的还有某位来自内华达州的高级主管特工。我们在瑟斯顿的办公室里与他们见面，讨论你那个假修女的事情。”

罗兰看了看时间。“但是现在才凌晨 4 点钟。”

“谢谢提醒，小姐。这显而易见。”

“不是，我是说，没想到你居然这么早就给联邦检察官打电话了。”

“我没必要这么早打电话，”斯坦伯格说道，“是她打给我的。”

埃德·斯坦伯格到了之后，看了看罗兰，然后摇了摇头。她的头发因为湿气卷了起来，汗水虽然已经干了，但是看上去还是一团糟。

“你看上去——”斯坦伯格说道，“就像我扔在健身房储物柜里的脏衣服一样。”

“过奖了，谢谢。”

斯坦伯格举着双手向她比了比。“你就不能——我也不知道该怎么说，把你的头发弄一弄？”

“怎么啦，又不是去单身俱乐部相亲？”

“当然不是了。”

从县检察官办公室开车到联邦检察官办公室只需要经过三个街区，之后他们就进了戒备森严的私人地下车库。在这个时段，车库里面的车很少。他们坐电梯到了 7 楼，玻璃上面写着：

联邦检察官

新泽西州

琼·瑟斯顿

联邦检察官

斯坦伯格指着最上面一行和最下面一行说道："不觉得有点多余吗？"

尽管办公室的主人位高权重，等候室却装修得像牙医诊所一样简陋。地毯破破烂烂的，家具既不时尚，也不实用。桌上除了十来本不同期的《体育画报》，别的什么东西也没有。四周的墙壁也脏兮兮的，需要好好地粉刷一下，墙上除了挂着一些前联邦检察官的照片外，到处都是光秃秃的。这些照片无时无刻不在提醒着大家：拍照留给子孙后代时，一定要注意自己的衣着打扮和姿势。

这个时候接待员还没有上班，所以他们直接上前敲了敲门，电动门打开了，他们走进内室。里面的装修要比外面好上很多，完全是另一种感觉，另一种风格，就好像他们直接穿过墙，进入了对角巷[①]一样。

两人右转后，继续朝拐角的办公室走去，一个身材壮硕的男人正站在走廊里。男人留着平头，眉头紧锁，一动不动地站在那里，看上去就像一堵壁球墙。斯坦伯格急忙走向前，向他伸出手去："嗨，我是县检察官埃德·斯坦伯格。"

---

① 对角巷（Diagon Alley）是 J.K. 罗琳著名的魔幻小说系列《哈利·波特》中英国魔法界最繁华的商业街道，多家魔法世界一线品牌商店都在这里有"旗舰店"。

壁球墙握了握他的手，只是看上去似乎并不太乐意握手。“卡尔·多林格，联邦警探，他们已经在里面等你们了。”

两人的谈话到此结束，卡尔·多林格待在原地没动。他们转过拐角，看见琼·瑟斯顿已经站在门口迎接他们了。

尽管时间还早，联邦检察官琼·瑟斯顿却穿着一套完美得犹如上帝剪裁的炭灰色西装，看上去光彩夺目。瑟斯顿 45 岁左右，留着一头赤褐色的头发，宽肩，细腰，在罗兰看来，实在是太有魅力了。她有两个十来岁的儿子，丈夫在曼哈顿的摩根斯坦利工作，一家人住在肖特山的豪宅里，在长滩岛还有一套度假别墅。

简而言之：琼·瑟斯顿就是罗兰的奋斗目标。

“早上好。”瑟斯顿对他们说道，这感觉实在有些奇怪，毕竟窗外还是漆黑一片。

她紧紧地握了握罗兰的手，直视着罗兰的眼睛，脸上的微笑让她的眼神柔和了几分。她拥抱了一下斯坦伯格，在他脸上亲了一下。“这是亚当·耶茨，联邦调查局拉斯维加斯办公室主管特工。”

亚当·耶茨穿着刚刚烫好的卡其色裤子和亮粉色的衬衫，这身打扮要是在度假胜地棕榈海滩的沃斯大道的话，应该还算比较正常，但是在纽瓦克的布罗德街却显得有些打眼了。他光脚穿着乐福鞋，双腿随意地交叠着，一头浅褐色的头发，发际线已经慢慢后移，高高的颧骨，冰蓝的眼睛，让人怀疑他是不是戴了隐形眼镜，整个人给人一种来自 17 世纪旧世界的感觉，就好像乘坐“五月花号”[①] 穿越来到新世界一样。他身上的古龙香水闻起来淡雅清新，就像新割的青草气味一样，罗兰非常地喜欢。

---

① 公元 1620 年，大约 102 个英国清教徒乘坐五月花号（The Mayflower）经过 10 周艰苦的海上航行，在马萨诸塞州的科德角附近抛锚登陆。

“请坐。”瑟斯顿说道。

这间位于角落的办公室非常宽敞，在最不显眼的那面墙上挂着几张证书和奖状，悬挂的位置很不起眼，好像是在告诉大家：“嘿，我不得不把它们挂出来，但是我真的不喜欢显摆自己。”办公室的其他地方摆放的都是一些私人物品，包括几张她孩子和丈夫的照片，令人惊讶的是，这一家子都出奇地漂亮，就连狗狗也是如此。在她身后的墙上还挂着一把白色的吉他，上面有布鲁斯·斯普林斯汀的签名。书架上摆放着各种各样的法律书籍，还有一些签了名的棒球和足球，当然都是当地球队的签名。琼·瑟斯顿没有摆放自己的照片，没有张贴自己的新闻剪报，也没有摆放亚克力奖杯。

罗兰小心翼翼地坐了下来，她以前经常蜷腿坐在自己的脚后跟上，好让自己看上去更高些，不过，她曾经读过一本自我提升的职场宝典，里面介绍了哪些行为会毁掉女性的职业生涯，其中有一条规则就说，女性绝对不能坐在自己的脚后跟上，因为这样看起来很不专业。通常情况下，罗兰都会忘记这条规则，但是一看到琼·瑟斯顿就让她想起了这条规则。

瑟斯顿走了回去，半坐半靠地倚在桌子的边沿上，胳膊交叠放在桌上，然后把注意力放在了罗兰的身上。

“告诉我你目前掌握的情况。”

罗兰瞥了一眼埃德·斯坦伯格，后者点了点头。

“我们已经发现了三名死者，第一个，呃，目前还不知道她的真实姓名，这也是我们为什么来这里的原因。”

“你指的是玛丽·罗斯修女吗？”瑟斯顿问道。

“是的。”

“你是怎么知道她的案子的？”

“什么？”

“据我所知，死者的死因最初被判定为自然死亡，”瑟斯顿说道，“是什么原因让你想深入地调查这个案子？”

斯坦伯格替她回答了这个问题。“是女修道院院长亲自请缪斯警探调查此事的。”

“为什么？”

“罗兰是圣玛格丽特中学的校友。”

“我明白了，但是为什么这位女院长……她叫什么名字来着？”

“凯瑟琳院长。”罗兰说道。

“对，凯瑟琳院长，是什么让她一开始就怀疑这是一起谋杀的呢？”

“我不知道她是不是有所怀疑，”罗兰说道，“凯瑟琳院长发现玛丽·罗斯修女的尸体时，曾试着给她做胸部按压来帮助她复苏，结果发现她曾经隆过胸，这与玛丽·罗斯修女的履历不符。”

“所以她就请你调查是怎么回事？”

“是的，差不多吧。”

瑟斯顿点了点头，又道：“那第二具尸体呢？”

“第二名死者叫马克斯·达罗，是一名退休的维加斯警察，现在住在里诺市。”

他们都看向亚当·耶茨，后者仍然静静地坐在那里。这么看来，罗兰心想，这是要和他们玩心理战术了，要是他们乖乖配合的话，联邦调查局说不定还会给他们发朵小红花。

瑟斯顿继续问道：“你怎么会把马克斯·达罗和玛丽·罗斯修女联系在一起的？”

“是指纹，”罗兰说道，“我们在罗斯修女的房间里发现了达罗的指纹。”

“还有什么？”

“达罗被发现死在自己的车里，近距离中了两枪，裤子脱到了脚踝处，我们认为凶手是故意把他弄成被妓女打劫的样子。”

“很好，我们稍后再讨论细节问题。”瑟斯顿说道，“先告诉我们，马克斯·达罗与第三名受害者之间又有什么联系。”

“第三名受害者名叫查尔斯·塔利。首先，塔利和达罗都住在里诺市。其次，两人都住在纽瓦克机场附近的豪生酒店，而且两人的房间紧靠着。”

“你就是在那里发现塔利的尸体吗？在酒店里？”

“不是我发现的，是酒店值夜班的人在楼梯间发现的，死者身上中了两枪。”

“和达罗一样？”

“是的，很类似。”

“那死亡时间呢？”

“还在确认中，但是应该是在晚上 11 点到凌晨 2 点之间，楼梯间里没有空调，没有窗户，也没有通风设备，里面的温度肯定超过了 38℃。”

“所以缪斯警探才搞成现在这个样子，”斯坦伯格一边说一边用双手比画着，好似捧着一个弄脏的奖品似的，“就像刚从桑拿房出来一样。”

罗兰瞪了他一眼，忍住了用手去捋头发的冲动。“高温让法医更难确定一个准确的时间段。”

“还有什么？”瑟斯顿问道。

罗兰犹豫了一下，她猜测瑟斯顿和耶茨可能已经掌握了这些情况，至少很容易了解到这些情况。到目前为止，这么做只是为了节约时间而已。她唯一有所保留的就是马特·亨特的事，这也许是他们唯一不知道的内容。

斯坦伯格举起一只手说道：“我可以提个建议吗？”

瑟斯顿转向他，说道：“当然可以了，埃德。”

“我不想把事情弄得这么麻烦。”

“我们也不想。”

“那我们为什么不情报共享呢？开诚布公的交流一下，我们告诉你们我们所知道的，你们告诉我们你们所知道的，没有任何的保留。”

瑟斯顿瞥了亚当·耶茨一眼，耶茨清了清嗓子说道：“我们没有问题。”

“你知道玛丽·罗斯修女的真实身份吗？”斯坦伯格问道。

耶茨点了点头。“是的，知道。”

罗兰安静地等待着，耶茨则不慌不忙地放下腿，扯了扯衬衫的前襟，就像是在透气似的。

“你说的那个修女，呃，相信我，她根本不是修女，而是一个名叫艾玛·勒梅的人。”耶茨说道。

这个名字对罗兰来说毫无意义，她又看了一眼斯坦伯格，发现他对这个名字也没有任何反应。

耶茨继续说道：“艾玛·勒梅和她的混蛋男朋友克莱德·兰格，十年前在维加斯失踪了。虽然我们进行了大规模的搜索，但是还是一无所获。前一天两个人都还在，第二天就消失得无影无踪。”

斯坦伯格问道：“你们怎么知道我们发现了勒梅的尸体？”

“洛克伍德公司有她的硅胶假体编号，国家犯罪信息中心（NCIC）把现有的所有信息都纳入了国家数据库。指纹，你是知道的，DNA以及相关描述说明这些东西也纳入数据库有段时间了。但是，现在我们正在建立一个医疗设备的国家数据库，任何种类的关节置换、外科植入物、结肠造瘘袋、心脏起搏器等都会纳入这个数据库，主要目的是帮助识别那些无名氏人员。拿到产品编号后，直接输入系统中就可以查出来了。这是一个全新的系统，正在测试运行阶段，所以我们就选了几个急需找到的人员进行试验。”

“这位艾玛·勒梅，”罗兰说道，“正好就是你们急需找到的人？”

耶茨开心地笑了。“嗯，是的。”

“为什么？”罗兰问道。

“十年前，勒梅和兰格同意检举一个名叫汤姆·‘遮秃’·布什尔的家伙，这个家伙臭名昭著，常年排行通缉要犯的前列。

“遮秃？”

“他们是这么叫他的，当然不是当着他的面叫，事实上，这个绰号跟了他很多年了。他以前刚刚秃头的时候，总喜欢把头发往秃顶的地方梳。但是，秃顶的地方越来越大，所以他就把头发围着秃顶的地方绕啊绕，看起来就像是在头上顶了个鸟窝一样。”

耶茨咯咯咯地笑了起来，其他人却静默无声。

瑟斯顿问道：“你刚刚在说勒梅和兰格。”

“哦对。总之，我们以贩卖毒品的罪名起诉了勒梅和兰格，并给他们施压，终于把他们变成了我们的内线，克莱德·兰格和‘遮秃’是堂兄弟，勒梅和兰格开始与我们合作，偷录他们之间的对话，收集证据。后来……”耶茨耸了耸肩。

“那你认为究竟发生了什么事？”

“最大的可能就是，‘遮秃’听到风声后，把他们两个都给杀了，但是我们都不相信是这样的。”

“为什么不相信？”

“因为有大量证据显示，‘遮秃’也在寻找勒梅和兰格，甚至比我们找得还积极。曾经有段时间，我们就像是在比赛一样，看谁率先找到他们。但是发现两人再也没有露面以后，我们就知道我们输了。”

“这位‘遮秃’仍然在逍遥法外吗？”

“没错。”

“那克莱德·兰格呢？”

“我们也不知道他现在在哪里。”耶茨调整了一下坐姿，“克莱德·兰格是个打手，替‘遮秃’管理着几家脱衣舞夜总会，而且喜欢时不时地参加，呃，暴力性交派对。”

“有多暴力？”

耶茨两手交握，放在膝盖上。“我们怀疑有些女孩根本没能康复。”

“你说‘没能康复’是——”

“一个得了精神病，还有一个——我们猜应该是最后一个——死了。”

罗兰做了个鬼脸，说道：“你们居然跟这样的渣滓交易？”

“什么，难道你指望我们找个更好的人吗？”耶茨厉声说道。

“我——”

“我难道还需要向你解释是怎么交易的吗，缪斯警探？”

斯坦伯格突然插话道：“完全不需要。”

“我不是有意暗示……”罗兰说到一半又把话吞了回去，满脸涨得通红，为自己表现得如此不专业而懊恼不已，“请继续。”

“还有什么没说的？我们不知道克莱德·兰格身在何处，但是我们相信，他仍能提供一些有价值的情报，能够帮助我们拿下‘遮秃’。”

“那查尔斯·塔利和马克斯·达罗侦探呢？知道他们与案件有何关系吗？”

“查尔斯·塔利就是个恶棍，有施暴前科，负责管理夜总会里的女孩们，确保她们都能乖乖听话，不会私自留太多钱，而是乖乖地把小费上交给夜总会。我们最近一次了解到的情况是，他在里诺一家名叫‘勤奋的海狸’的脱衣舞夜总会里工作。据我们估计，塔利很有可能是被人雇来杀害艾玛·勒梅的。”

“那个叫‘遮秃’的家伙雇来的？”

“是的，我们的推测是，‘遮秃’发现艾玛·勒梅假扮成了玛丽·罗斯修女，所以就派塔利去杀她。”

“那马克斯·达罗呢？”罗兰又问道，“我们都知道，他也出现在勒梅的房间里，那他又扮演了什么角色呢？”

耶茨放下跷着的二郎腿，坐直身体说道：“首先，我们认为，虽然达罗是个相当可靠的警察，但他很有可能被人收买了。”

他的声音渐渐低了下去，他清了清嗓子。

“那其次呢？”罗兰提醒道。

耶茨深吸了一口气，说道：“嗯，马克斯·达罗……”他看了一眼瑟斯顿，后者既没有点头，也没有其他的动作，但是罗兰就是觉得，就像她对斯坦伯格做的那样，耶茨是在征求瑟斯顿的同意，“这么说吧，马克斯·达罗与本案有别的关联。”

他们静静地等待着，几秒钟过去了，罗兰终于忍不住问道：“什么关联？”

耶茨突然用手搓了搓自己的脸，看上去一脸的疲惫。“我之前提到过，克莱德·兰格喜欢暴力性交。”

罗兰点了点头。

“而且我们还认为他杀害了最后一名受害者。”

“是的。”

“那名受害者是个没有什么名气的脱衣舞女，也可能是个妓女，名字叫……等一下，我记下了她的名字……”耶茨从背后的口袋里拿出一个皮革封皮的小记事本，舔了舔手指，开始一页一页地翻找，“她的名字叫坎迪斯·波特，又叫坎迪·凯恩。”他合上记事本，“她的尸体被人发现后不久，艾玛·勒梅和克莱德·兰格就跟着失踪了。”

“这和达罗有什么关系？”

“马克斯·达罗是负责这起凶杀案的警探。”

大家一片安静。

“等一下，”埃德·斯坦伯格开口说道，“也就是说，这个克莱德·兰格杀了一名脱衣舞女，而达罗负责调查这个案子。几天后，兰格和他的女友勒梅双双失踪了。而现在，十年之后，我们却在艾玛·勒梅的谋杀现场发现了达罗的指纹。”

“没错，差不多就是这样。”

大家又是一阵沉默，罗兰努力地消化着这件事情。

“重要的是，”耶茨往前倾了倾身子，继续说道，“如果艾玛·勒梅手里仍然握着与本案相关的情报，或者说，留下了克莱德·兰格下落的线索，那么，我们相信缪斯警探是找到这些线索的最佳人选。”

“我？”

耶茨转头看着罗兰，“你认识罗斯修女的同事，而勒梅和这些修女共同生活了七年，女院长显然也很信任你，我们希望你能从这个角度入手，找出勒梅手里的东西或情报。”

斯坦伯格看了看罗兰，耸了耸肩膀，琼·瑟斯顿则从桌边走了出来，打开小冰箱，问道：“有人想喝点什么吗？”

没人回应，瑟斯顿耸了耸肩，抓起一瓶饮料，开始摇晃起来。“你呢，亚当，想喝点什么？”

“来瓶水吧。”

她朝他扔了一瓶水过去。

“埃德？罗兰？”

两人都摇了摇头，琼·瑟斯顿拧开瓶盖，大大地喝了一口，又回到办公桌前。

“好了，不说废话了。”瑟斯顿说道，“你还知道些什么，罗兰？”

罗兰，已经开始叫她罗兰了。她再次看向斯坦伯格，斯坦伯格再次点了点头。

“我们发现，这一切都和一个名叫马特·亨特的前科犯有关联。”罗兰说道。

瑟斯顿不由得眯了眯眼睛。“为什么这个名字听起来这么耳熟呢？”

“他就是本地人，来自利文斯顿，他的案子几年前还上了报纸，在一次大学聚会上，他参与了一起打架斗殴事件——”

“啊，对了，我想起来了。”瑟斯顿打断她道，“我认识他哥哥伯尼，是个非常优秀的律师，可惜英年早逝，我记得在他出狱之后，伯尼给他在卡特·斯特吉斯找了份工作。”

“马特·亨特现在还在那里工作。”

“他和这事儿有关？”

“有些关联。”

“比如说？”

她把罗斯修女从圣玛格丽特学校打电话到玛莎·亨特家的事情告诉了大家，但是大家似乎不以为然。但是当罗兰把今晚获知的情况告诉他们，说马特·亨特很有可能在豪生酒店与查尔斯·塔利发生冲突时，大家都坐直了身体，耶茨更是头一次开始在他的记事本上记笔记。

等罗兰讲完以后，瑟斯顿开口问道：“你怎么看，罗兰？”

“实话吗？一点眉目都没有。”

“我们应该查一查亨特在监狱里的事情，”耶茨说道，“我们都知道，塔利也曾蹲过监狱，说不定他们在监狱里就已经认识了，或者亨特跟‘遮秃’的人有什么瓜葛。”

“没错，”瑟斯顿说道，“很有可能是亨特在为‘遮秃’收拾残局。”

罗兰沉默不语。

“你不这么认为吗，罗兰？”

“我不知道。”

“有什么问题吗？”

“我知道这么说很天真，但是我不认为马特·亨特是个杀手。没错，他是有案底，但是，那是15年前兄弟会派对上打架造成的，在那之前，他没有犯罪前科，而且出狱之后也一直都是规规矩矩的。”

罗兰没有说他们是同学的事情，也没有说她的“直觉”觉得不是，要是别的警探用这种理由的话，罗兰一定会让他们闭嘴的。

“那你怎么解释亨特为什么会牵连在里面？”瑟斯顿问道。

“我不知道，可能是因为私人原因吧。根据酒店前台的说法，他的妻子也住在那家酒店里，而且不是和他一起住的。”

“你认为这是情感纠葛吗？”

“有可能。”

瑟斯顿看起来还是不太相信。“不管怎样，我们大家都一致同意，马特·亨特和这个案子有关对吧？”

斯坦伯格说道：“肯定是。”耶茨也重重地点了点头，罗兰安静地坐在那里，没有表态。

“那么现在，”瑟斯顿继续说道，“我们有足够的证据逮捕和起诉马特。前有那通电话，后有两人的冲突，都和他难逃干系。我们很快就能拿到DNA，证明他和死者之间的关联。”

罗兰还有些犹豫不决，埃德·斯坦伯格却毫不犹豫地说道：“我们有足够的证据可以逮捕他。”

“再加上亨特有前科，我们完全可以把他关进监狱里，在里面关上一段时间，不准保释，对吧，埃德？”

“的确，我觉得可行。”斯坦伯格说。

“那就把他抓起来，”琼·瑟斯顿说道，“赶紧把亨特送进监狱里去。”

- 35 -

马特和奥利维亚单独待在玛莎家的客房里。

九年前，马特重获自由后的第一个晚上就是在这个房间里度过的。当时伯尼把他接回了家，玛莎表面上还是彬彬有礼的，但是现在回想起来，她当时肯定还是有些别的情绪。人们搬进这样的房子居住，就是为了躲避像马特这样的人。即使你知道他是无辜的，即使你觉得他是个好人，只是运气不好而已，但是你还是不想和他搅和在一起。他就是病毒，邪恶的病毒携带者，而你有孩子，你想保护他们，你愿意相信，就像兰斯·班纳那样，修剪整齐的草坪可以阻挡这些邪恶的病毒。

他想起了自己的大学老友达夫，马特曾经一度认为达夫非常地彪悍，可是现在他有了更加清醒的认识。毫不夸张地说，他现在完全可以不费吹灰之力就把达夫打得落花流水，这不是他自负。那些自以为很厉害的家伙们，那些和达夫一样的家伙们，他们根本不懂这些。

但是，尽管牢狱之灾让马特变得无比地坚强，但是在他重获自由的第一个晚上，还是忍不住在这个房间里独自哭泣，他也说不清楚为什么，他在监狱里从未流过一滴眼泪。有人会说，他是不敢在监狱那个恐怖的地方表现出丝毫的软弱，这也许是一部分原因。也许是因为过去四年“积攒”了太多的痛苦，现在他终于找到了宣泄的出口，可以为过去四年的痛苦放声哭泣。

但是马特却不这么认为。

他觉得，真正的原因是因为恐惧和难以置信，他不敢相信他真的自由了，他不敢相信自己真的离开了监狱。这感觉就像是一个残酷的骗局，温暖的床铺只是幻觉而已，很快他们又会把他拽回去，永远禁锢在监狱里。

他在书上看到过绑匪是如何与警方斗智斗勇，通过假装处决人质来逼对方就范的。马特觉得，这的确是个行之有效的方法，但是更为有效的，更容易让人心里崩溃的方法，却恰恰相反，那就是假装放他自由。先让他换好衣服，告诉他已经做好了一切释放安排，接着和他道别，给他戴上眼罩，开车带他四处转悠，停车后，又把他带回监狱里，扯掉他的眼罩，然后赫然发现：一切又回到了原点，这只是一个恶作剧而已。

这就是他当时的感受。

现在，马特坐在同一张大床上，奥利维亚低着头，背对着他站着，肩膀依然端得高高的，十分秀丽。他喜欢她的双肩，喜欢她背部的线条，喜欢她柔韧的肌肉以及柔软的肌肤。

他也想对她说：“我们把这事儿给忘了吧，我什么都不想知道了，你刚刚也说了，你爱我，我是你唯一爱过的男人，这就足够了。”

他们到达的时候，凯拉已经一脸担忧地在前院迎接他们了。马特还记得她刚刚搬进车库那天，他还打趣她说她“很像方兹[①]”，凯拉完全听不懂他在说些什么。说起来真是搞笑，在这么艰难的时刻，他居然还有心情想

① 亚瑟·赫伯特·方扎雷利（Arthur Herbert Fonzarelli）是美国情景喜剧《快乐时光》（*Happy Days*，1974—1984）中的虚构人物。其制片人兼作家鲍勃·布伦纳创造了亚瑟·方扎雷利的绰号“方兹”（Fonzie），对很多人来说，方兹是炫酷、性感的代名词。

这些。玛莎看起来也是一脸的担心，尤其是看到马特满头绷带，步履蹒跚的时候。但是玛莎了解马特，知道现在不是问问题的时候。

奥利维亚率先打破了沉默。“我能问你点事吗？”

“当然了。”

“你在电话里说有人给你发了一些照片。”

“没错。”

“我可以看看吗？”

马特拿出手机递给她，奥利维亚转过身去，接过手机，没有碰到他的手。趁她看手机的时候，马特端详着她的脸，那专注的神情，微偏的脑袋，都是那么熟悉，每当困惑不解的时候，她总是流露出这样的神情。

“我不太明白。”她说道。

“是你吗？”他问道，“带假发的那个？”

“是我，但不是你想的那样。”

“哪样？”

她目不转睛地盯着手机，按下重播键，又看了一遍，然后摇了摇头。“不管你怎么想我，我从来没有背叛过你。还有，我见的那个人，他也戴着假发，我猜他之所以这么做，是为了看上去像照片里的那个人。”

“我也发现了。”

“你怎么发现的？”

马特指了指里面的窗户和灰色的天空，还有手指上的戒指，并给她解释了一下那段时间干旱无雨的天气，以及在辛格尔的办公室里放大照片的情况。

奥利维亚挨着他坐在床上，她看上去美得不可方物。“所以你都知道了。”

“知道什么？”

“无论你看到了什么，在你的内心深处，你都知道我绝对不会背叛你。”

马特想伸手把她拥进怀里，她的胸脯微微地起伏着，他看得出来，她在努力控制自己的情绪。

马特说道："在你坦白之前，我只想问你两个问题，好吗？"

她点了点头。

"你怀孕了？"他问道。

"是的，"她答道，"我也可以直接回答你的第二个问题，'是的，孩子是你的'。"

"那么，其他的我就不在乎了。如果你不想说，就不用说了，没关系，我们可以直接跑路，我不在乎。"

奥利维亚摇了摇头。"我不觉得这一次我还可以逃得掉，马特。"她的声音听起来疲惫不已，"你也不能这么做，保罗和伊森怎么办？玛莎又怎么办？"

当然，她说得都对，他也不知道该怎么说，只好耸了耸肩，说道："我只是不希望有任何的改变而已。"

"我也不希望啊，但凡我能想出任何解决问题的办法，我都会去努力的。我真的太害怕了，马特，我这辈子从未如此害怕过。"

奥利维亚转过身去，伸手托住马特的后脑勺，倾身吻住了他。她用力地亲吻着他，他熟悉这样的亲吻，这只是序曲而已。尽管前景堪忧，马特的身体还是立刻有了反应，开始躁动起来。两人的吻变得愈加激烈起来，奥利维亚靠得更近，紧紧地贴在他的身上，他不由得沉醉其中。

两人稍稍转了一下身体，马特的肋骨处突然传来一阵剧痛，迅速蔓延至身侧，他的身体一僵，闷哼出声，眼前的旖旎顷刻间烟消云散。奥利维亚放开他，退开身体，垂下眼帘。

"我跟你说过的关于我的一切，"她说，"都是假的。"

马特没有反应，也不知道自己在期待她说些什么，但是至少不是这个，不过他没说话，静静地坐在那里，等待下文。

“我不是在弗吉尼亚的诺斯威斯长大的，我也没有上过弗吉尼亚大学，我甚至连高中都没有上过。我父亲也不是镇上的医生，我连我父亲是谁都不知道，我也从未有过叫凯西或别的什么名字的保姆，所有的一切都是我瞎编的。”

窗外，一辆汽车开了过去，车灯摇曳着照在墙上，一闪而过。马特兀自坐在那里，静若磐石。

“我的亲生母亲是个瘾君子，在我 3 岁的时候就把我送到了儿童福利中心，两年后她因为吸毒过量去世了。此后，我就辗转于不同的寄养家庭，你不会想知道他们都是些什么样的人，这种情况一直持续到我 16 岁，之后我就逃了出来，来到了拉斯维加斯附近。”

“16 岁的时候？”

“是的。”

这时，奥利维亚的声音变得异常地呆板，她目光清澈，定定地看着离他不远的地方，似乎在等待马特的反应，马特还在努力地消化着听到的一切。

“这么说那些关于约书亚 · 默里医生的故事……”

“你是说那位年幼失母、父亲慈祥，还养了几匹马的小姑娘吗？”她差点就被逗乐了，“得了吧，马特，这些都是我 8 岁时在一本书里看到的。”

马特张了张嘴，却什么也没有说，接着又张了张嘴，问道：“为什么？”

“我为什么撒谎？”

“是的。”

“与其说我撒谎，不如说以前的我——”她顿了一下，抬起头来，“已经死了。我知道这听起来很夸张，但是变成奥利维亚 · 默里不仅仅是全新的开始，更是意味着我再也不是曾经的我，那个寄人篱下的孩子已经死了，取而代之的是弗吉尼亚州诺斯威斯的奥利维亚 · 默里。”

“所以，这所有的一切……”他抬起双手，“都是假的？”

“我们俩不是，”她说道，“我对你的感情，我对你的一言一行，我们之间所有的一切都是真的，每一个亲吻，每一个拥抱，每一丝情感，都是真的，你爱过的人不是一场虚幻，你爱过的人是活生生的我。”

她说的是爱过，你爱过我，用的是过去时态。

“也就是说，我们在拉斯维加斯认识的时候，你不是在上大学？”

“不是。”她回道。

“那天晚上呢？在夜总会的时候？”

奥利维亚与他四目相对。“我那时是在工作。”

“我不太明白。”

“不，马特，你当然明白了。”

他突然想起了脱衣舞女网站的事情。

“你在那里跳舞？”

“跳舞？没错，正规的叫法是异国情调舞者，所有的女孩们都用这个名字，其实我是一名脱衣舞女，有时候，他们还逼我……”奥利维亚摇了摇头，眼睛变得湿润起来，“我们谁也逃不掉。”

“那天晚上，”马特说道，一股怒气涌上心头，“怎么，我看起来很有钱吗？”

“这一点都不好笑。”

“我没开玩笑。”

奥利维亚的声音顿时变得郑重起来。“你根本不知道那晚对我的意义，它改变了我的人生，而你永远都不会知道，马特。”

“不知道什么？”

“你的世界，”她说道，“值得我为之拼搏。”

他不确定她是什么意思，换句话说，他不确定自己是否愿意理解她的意思。“你说你以前待在领养家庭里。”

“是的。”

“然后你逃了出来？”

“最后一个领养家庭想让我去干这一行，你根本无法想象我有多么地想出去，所以他们就给我指了一条出路。我养母的妹妹经营着一家夜总会，她帮我们弄了个假身份证。”

马特摇了摇头。“我还是不明白，你为什么不告诉我真相。”

“什么时候，马特？”

“什么什么时候？”

“我应该什么时候告诉你真相？在拉斯维加斯相遇的那个晚上？还是去你办公室找你的时候？还是第二次约会的时候？还是我们订婚的时候？我应该什么时候告诉你呢？”

“我不知道。”

“事情没那么容易。”

“对我来说，告诉你我坐过牢也不容易。”

“我的情况跟你不一样，这不单单是我一个人的事情，”她说道，“我跟别人有个约定。”

“什么约定？”

“你必须明白一点，如果只有我一个人，我也许会放手一搏，但是对她，我却不能冒这个险。”

“谁？”

奥利维亚不敢看他，很长一段时间都没有说话，最后从背后的口袋里拿出一张纸，慢慢地展开，递给马特，然后又把脸转向了一边。

马特拿起那张纸，翻转过来，发现是一篇刊登在《内华达州太阳报》网站上的文章，他看着文章，没花多久就看完了。

女子被杀

内华达州，拉斯维加斯——21 岁的坎迪斯·波特被发现死于 15 号公路旁的一个拖车公园里，系被勒窒息死亡，警方对性侵犯的可能不予置评。波特女士是市郊一家名为“青春时代”夜总会的舞者，艺名是坎迪·凯恩。有关部门表示，调查仍在进行当中，他们不会放过任何有价值的线索。

马特抬起头来。“我还是不太明白。”奥利维亚的脸仍然别向一边。“你答应的人是这个坎迪斯？”

奥利维亚突然冷笑起来。“不是。”

“那是谁？”

“我刚刚不是说过了吗，说我真的没有骗你，说我已经死了。”

奥利维亚转过脸来。

“这个人是我，”她说道，“我以前就叫坎迪斯·波特。”

- 36 -

罗兰回到县检察官办公室的时候，一名去过辛格尔办公室的技术人员罗杰·卡达希正坐在她的位置上，双脚跷在办公桌上，两手枕在脑后。

“舒服吗？”罗兰问道。

卡达希开心地笑了笑。“嗯，是的。”

“我们俩像不像是谚语里那只偷吃了金丝雀的猫？”

卡达希依然面带笑容地说道：“我不知道这句谚语用在这里合不合适，但是我的回答依然是：嗯，是的。”

“什么事？”

卡达希朝笔记本电脑示意了一下，双手仍然枕在脑后。“看一看。”

“在电脑里面？”

“嗯，是的。”

罗兰动了动鼠标，黑掉的屏幕瞬间亮了起来，查尔斯·塔利的照片占满了整个屏幕，他正举起一只手，黑色的头发，一脸扬扬自得的痞笑。

“从辛格尔·沙克尔的电脑上弄来的？”

“嗯，没错，照片是从手机上下载下来的。”

“干得不错。”

“等一下”。

“干吗？”

卡达希又咧嘴一笑。“就像巴赫曼-特纳超速行驶[①]曾经唱过的那样，你还什么都没看见呢。”

“什么？”罗兰问道。

“摁一下朝右的箭头。”

罗兰按下右箭头，摇摇晃晃的视频开始播放起来，一名戴着淡金色假发的女子从浴室里走了出来，朝床的方向走去。视频结束后，卡达希问道：“有何高见？”

“只有一条。”

卡达希伸出手掌。“说吧。”

罗兰和他击了一掌。“哦耶。”

① 来自加拿大曼尼托巴省温尼伯的摇滚乐队，于1973年创立。

- 37 -

“事情发生在我认识你大概一年以后。”奥利维亚说道。

她站在房间的另一头，脸上恢复了一些血色，之前有些微驼的身形，此刻也稍稍挺直了一些，就好像坦白一切让她恢复了一些力气似的，马特认真地听着，暂时不予置评。

“我当时只有 18 岁，已经在维加斯待了两年了。我们很多女孩都住在破旧的旅行拖车里，夜总会的经理是个大混蛋，名叫克莱德 · 兰格，他在离夜总会不远的地方有十几亩的土地，那里纯粹就是一片沙漠。土地四周被他用铁链围了起来，找了三四辆最破的旅行拖车摆在那里，我们就住在那些破烂的拖车里。女孩们来来去去，那个时候，我和另外两个女孩一起住在一辆拖车里。其中一个女孩是新来的，名叫卡珊德拉 · 梅多斯，大概十六七岁的样子。另一个叫吉米 · 戴尔，那天她刚好不在家。克莱德以前经常开车载我们去小镇上表演脱衣舞，一天表演三场，这种钱对他来说赚得容易，我们也可以拿到不少的小费，但是大部分小费都被克莱德截留了。”

马特想好好地捋一捋思绪，却有些无从下手。“你开始在那里工作的时候多大了？”他问道。

“16岁。”

马特努力克制着，不让自己闭上双眼。“我不太明白夜总会是怎么操作的。”

“克莱德有自己的关系，具体的我也不清楚，但我知道他们会从爱达荷州的领养家庭里找一些生活拮据的女孩子。”

“你就是从那里来的？”

奥利维亚点了点头。“他们在其他州也有关系，比如俄克拉何马州，我记得卡珊德拉是堪萨斯州的人。那些女孩基本上都会被送到克莱德那里去，他会给他们弄一个假身份证，然后让他们在夜总会工作，操作起来并不难。我们都知道，没有人真正关心穷人，大家对小孩子至少还有同情心，但是对我们这些愤懑的青少年，却甚少有人关心。”

马特说道：“我懂了，继续。”

“克莱德有个女朋友叫艾玛·勒梅，对所有的女孩子来说，艾玛就是一个母亲般的存在。我知道这听起来非常地荒谬，但是想想我们过去的遭遇，她让我们感觉到了母亲的温暖。克莱德曾经把她打得半死，只要他从身边经过，你就会看到艾玛吓得缩起来。我当时还不懂，现在想来，也许是我们共同经历的伤害……让大家产生了共鸣，吉米和我都很喜欢艾玛。我们都说总有一天要离开这个鬼地方，我们经常谈起这个话题。我告诉了艾玛和吉米认识你的事情，告诉了她们那晚对我的意义，她们耐心地倾听着，虽然大家都知道这根本不可能，但是她们还是耐心地倾听着。”

突然，房间外面传来一声微弱的哭泣声，奥利维亚朝声音的方向转过头去。

“是伊森的哭声。”马特说。

“他经常这样吗？”

“是的。”

他们静静地倾听着，屋子里又恢复了平静。

“有一天，我感觉很不舒服，”奥利维亚继续说道，声音又变得淡漠起来，“通常我们晚上都要工作，不可能请假休息，但是我当时一直恶心，难受得几乎站不起来，要是吐在舞台上的话，对生意没有任何好处。当时克莱德和艾玛都不在，我就去问了门口的那个人，他说我可以请假离开，所以我就回‘畜栏’里去了，我们都管旅行拖车叫‘畜栏’。当时大约是下午 3 点钟，太阳依然很毒辣，我感觉皮肤都要被烤焦了。”

奥利维亚若有所思地笑了笑。“你知道让人奇怪的是什么吗？呃，我的意思是，整件事情都很奇怪，但是你知道我刚刚想到了什么吗？”

“什么？”

“我想到了度，不是温度的度，而是程度的度，事情变化的程度，一个小小的‘假如’结果变成了大大的‘假如’，这些你比任何人都清楚，假如你直接开车回了鲍登，假如达夫没有把啤酒洒了。”

“我知道。”

“我的情况也是如此，假如我没有生病，假如我那天晚上没有请假，像往常一样继续跳舞，当然了，我的情况有点例外。也许不同的人有不同的看法，但是对我来说，我的‘假如’救了我的命。”

奥利维亚站在门边，眼睛紧紧地盯着门把手，就像要开门逃出去似的。

马特问道：“你回到‘畜栏’后发生了什么事？”

“我回去的时候屋里空无一人，”奥利维亚说道，“女孩们要么去俱乐部上班了，要么就去镇上表演了。我们通常凌晨三点左右结束工作，然后一直睡到中午。‘畜栏’里面实在是太压抑了，大家都不愿意多待 1 分钟，所以当我回去的时候，‘畜栏’里面静悄悄的。但是当我打开拖车的房门时，目之所及满是鲜血。”

马特专注地看着她，奥利维亚呼吸沉重，脸上却一片平静、淡然。

“我吓得大叫了一声。现在想来，那样做真是太蠢了，我应该立刻跑出去才对，我也不知道，又是一个‘假如’，对吧？我环顾了一下四周，旅行拖车里面有两个房间，是从外向内布置的，所以最先进去的是我们三个睡觉的卧室，我睡下铺，吉米睡上铺，那个新来的女孩卡珊德拉睡在远端靠墙的那张床。吉米非常爱干净，老是抱怨我们不打扫卫生。她经常对我们说‘我们的生活乱如垃圾场，但这并不意味着我们就要生活在垃圾堆里’。”

“总之，屋子里乱七八糟的，抽屉全都被翻了出来，衣服被扔得到处都是。血迹一直延伸到了卡珊德拉的床边，就在床边的地板上，我看到了两条腿，急忙跑了过去，又突然停了下来。”

奥利维亚直视着马特的双眼。“卡珊德拉已经死了，不用摸她的脉搏我就知道。她身体侧躺着，就像个婴儿一样，两眼死死地盯着对面的那堵墙。她的脸肿胀发紫，胳膊上满是香烟的烫痕，双手用胶带绑在背后。马特，你要知道，那个时候我才 18 岁，也许我看上去要成熟些，也许我的人生阅历要丰富些，但是你想想看，我就直挺挺地站在那里，看着面前的尸体，直接被吓蒙了，完全没法动弹。就算有声音从隔壁房间传来，就算我听到了艾玛尖叫着大喊‘克莱德，不要！’，我还是无法动弹。”

奥利维亚停顿片刻，闭上双眼，长长地吐了一口气。

“我刚刚转过身去，就看见一个拳头冲我脸上挥了过来，根本来不及反应。克莱德没有收拳，指关节直接打在了我的鼻子上，还没有感觉到疼痛，耳边就响起了鼻梁骨折的声音。我的脑袋猛地往后一仰，整个人向后倒去，摔在了卡珊德拉的身上，那种感觉实在糟糕透顶，她的皮肤摸上去黏糊糊的，我想赶紧从她的身上爬起来，鲜血却顺着鼻子流进了嘴里。”

奥利维亚又停顿了片刻，大口大口地吸着空气，想要喘口气。马特从未感觉如此无能过，他一动不动，一言不发，想让奥利维亚自己慢慢地平静下来。

“克莱德冲了过来，居高临下地俯视着我，脸上带着惯常的冷笑。我曾多次目睹他殴打艾玛·勒梅的场景，我知道你会觉得非常地奇怪，你也许会问，我们为什么不反抗呢？我们为什么不做点什么呢？但是，他的殴打对我们来说简直就是家常便饭，再正常不过了，你得明白这一点，我们大家都明白这一点。”

马特点了点头，虽然这么做有点不合时宜，但他真的非常理解这种感受。监狱里也是这样，不是你做错了事，而是挨揍本来就是理所当然。

“总之，”奥利维亚继续说道，“他脸上的冷笑已经荡然无存，如果你觉得响尾蛇凶残无情，那是因为你没有见过克莱德·兰格。但是现在，他却一脸惊恐、呼吸沉重地站在我的面前，衬衫上满是血污，在他的身后，艾玛低着头站在那里，那一幕我永生难忘。我流着血，受了伤，越过那个拳头紧握的变态，看着他的另一位受害者，也许，那才是他真正的受害者。”

“录像带在哪里？”克莱德问我，而我完全不知道他在说些什么。他狠狠地踩在我的脚上，我痛得哀号连连。克莱德大吼道：“想跟我玩把戏，婊子？带子在哪里？”

“我一步一步地爬着往后退，却直接退进了墙角里。克莱德一脚踢开卡珊德拉的尸体，步步紧逼，我被堵在墙角里，无路可退，远处传来艾玛的哀求声，温顺得像只小羔羊似的：‘不要，克莱德，求求你了。’”克莱德一边死死地盯着我，一边踉跄着退到艾玛跟前，用尽全力朝她打了过去，手背直接打得艾玛的脸皮开肉绽。艾玛摇摇晃晃地后退了几步，从我的视野里消失了。但是，这已经足够了，这片刻的干扰给了我反击的机会，我猛地一脚踢了出去，正好踢在了克莱德的膝盖下面。克莱德腿脚一软，我趁机站了起来，往床上一滚，我的目的地非常地明确。吉米在房间里藏了一把枪，我很不喜欢枪。如果你觉得我的人生已经够坎坷的话，那吉米就更加艰难了，所以她的身上总是带着武器。她有两把手枪，一把 22 口径的迷你左轮手枪放在靴子里，即便是在舞台上跳舞也是如此，另一把手枪则藏在了她的床垫下面。”

奥利维亚停了下来，微笑着看着马特。

“干吗？”马特问道。

“就像你一样。”

“什么意思？”

“你以为我不知道你有枪吗？”

马特完全把这事儿给忘记了，他摸了摸自己的裤子，以为手枪在医院的时候被人拿走了，但是奥利维亚一脸平静地打开手提包，说道：“枪在这里。”

她把枪递给马特。

“我不想让警察发现，然后追查到你的身上。”

“谢谢。”马特傻傻地说道，然后看了看枪，把枪收了起来。

“你为什么买枪？”她问道。

“我也不知道。”

“我想吉米也不知道为什么，但是枪确确实实就在那里。克莱德倒下去后，我马上扑了过去。时间非常紧迫，那一脚根本没法让克莱德失去行动能力，只是为我赢得了几秒钟的时间而已。我把手伸到上铺的床垫下，慌乱地东摸西找着，耳边传来克莱德愤怒的吼叫声：‘臭婊子，我要杀了你。’毋庸置疑，克莱德是来真格的，看看地上的卡珊德拉，看看他脸上的神情就知道了。要是被抓住的话，要是没有拿到枪的话，我就死定了。”

奥利维亚别开了视线，一只手举在那里，仿佛又回到了旅行拖车里，摸索着寻找那把手枪似的。“我的手放在床垫下面，脖子上几乎能感觉到他的气息，但是就是怎么也摸不到那把手枪。克莱德一把抓住我的头发，刚开始往后扯的时候，我的手指摸到了一个金属的东西。我拼命地伸手去抓枪，在被往后拽开的时候，手枪也被带了出来，克莱德也看到了我手里的枪。其实我并没有握牢手枪，只是用拇指和食指捏着枪托而已。我拼命地想用食指扣住扳机，但是克莱德已经扑到了我的身上，一把抓住了我的手腕。我拼命地想甩开他，但他实在是太强壮了。我一直没有松手，紧紧地握着手枪，克莱德的指甲却狠狠地戳进了我的皮肤里，他的指甲又长又尖，看见了吗？”

奥利维亚把手握成拳头，往外一翻，好让他看清楚手腕里面那道月牙形的白色伤疤。马特以前就注意到了这个伤疤，那是很久以前的事了，奥利维亚解释说那是从马背上摔下来弄伤的。

“被克莱德·兰格挖的，他的指甲挖得很深，都挖出血来了，我疼痛难忍，枪从手里掉了出去，他仍然死死地抓着我的头发，一把把我甩到了床上，然后整个人骑在了我的身上，一把卡住我的脖子，使劲地掐着我。我记得他当时痛哭流涕，一边哭一边死死地掐着我，不是因为在乎我，而是因为他很害怕。他死死地掐着我的脖子，苦苦地哀求道：‘告诉我它在哪里，快点告诉我……’”

奥利维亚轻轻地把手放在脖子上。“我不停地挣扎着，又踢又打，胡乱地扭着身体，却什么用也没有，只感觉身上的力量在慢慢地流失。克莱德的拇指死死地压在我的喉咙上，我快要死了。突然，我听到了一声枪响。”

她的手突然垂到了身侧，餐厅里的古董钟开始响了起来，那是别人送给伯尼和玛莎的结婚礼物。奥利维亚静静地等着钟声敲完。

“枪声不是很大，有点像球拍击球的声音，我估计是因为手枪是22口径的原因，我也不确定。有那么一瞬间，克莱德的力道突然加重，脸上的表情与其说是痛苦不如说是惊讶。他放开了我，我开始干呕起来，不停地咳嗽。我翻身滚到一边，拼命地吸气。艾玛·勒梅站在他的身后，手里拿着枪指着他，仿佛多年的虐待与殴打终于在这一刻爆发出来。她目光坚定，毫不退缩。克莱德愤怒地转过身去，她又朝他的脸上开了一枪。”

“之后，艾玛再一次扣动扳机，结束了克莱德·兰格罪恶的一生。”

- 38 -

杀人动机。

罗兰现在找到了作案动机。如果说这段视频有何提示的话，那就是查尔斯·塔利这个人见人骂的卑鄙小人不仅睡了马特·亨特的老婆，还煞费苦心地把照片发给了马特。罗兰敢打赌，视频里面那个戴着金色假发的女人就是奥利维亚·亨特。

以此来嘲笑他。

以此来激怒他。

以此来侮辱他。

听起来合情合理，完全合乎情理。

这些推理乍一看合情合理，但仔细一想，就完全不是那么回事了，就比如马克斯·达罗，看上去一副被妓女打劫的样子，又比如查尔斯·塔利，表面上就是一起普通的亲夫谋杀情夫的情杀案。如果事实真是如此，又该如何解释艾玛·勒梅和内华达州联邦调查局之间的关联呢？还有她在琼·瑟斯顿办公室里了解到的那些东西又该做何解释呢？

这时，罗兰的手机震动起来，但是来电号码被屏蔽了。

“喂？”

“对亨特的全国通缉是怎么回事？”

是兰斯·班纳打过来的。

“你晚上都不睡觉吗？”她问道。

“夏天不睡，我更喜欢冬眠，就像熊那样。究竟怎么回事？”

“我们正在找他。”

“细节就甭说了，罗兰，我是说，不用了，真的，我一次消化不了那么多的细节。”

“说来话长，兰斯，实在是漫长的一夜。”

“那个通缉令现在主要是在纽瓦克的范围内发布的。”

“所以呢？”

“所以，有人去亨特的嫂子家查过吗？”

“应该没有。”

“我就住在那个街区，”兰斯·班纳说道，“我可以过去看看。”

- 39 -

马特和奥利维亚谁都没动，他看得出来，这个故事已经让她心力憔悴。他刚要起身朝她靠近，她却举起了一只手。

“我曾经看过一张艾玛·勒梅的老照片，”奥利维亚开始说道，“她那时漂亮极了，也很聪明。如果有谁能够想出办法摆脱这种生活，那人一定是艾玛，但是，没人敢去尝试。我当时才 18 岁，马特，我觉得我这辈子就这么玩完了。拖车里只剩下了我俩，我躺在那里不停地干呕，艾玛手里拿着枪，低头盯着克莱德看了很久，等着我慢慢地缓过气来，这一缓就缓了好几分钟。等我缓过气来，艾玛转身看着我，眼神清明地说道：‘我们得把他的尸体藏起来。’

“我记得我当时摇了摇头，跟她说我不想掺和进去。她没有生气，连声音都没有一点起伏，这实在是太奇怪了，她看起来是如此地……平静。”

马特说道：“她才杀了虐待她的人。”

“是啊，这只是部分原因。”

“但是？”

“她好像期待这一刻很久了，就好像知道这一天迟早会到来一样。我对她说我们应该打电话报警，艾玛摇了摇头，神情镇定，胸有成竹。她手里依然拿着那把枪，但她并没有用枪指着我。我告诉她：‘我们可以实话实说，告诉他们我们是自卫，可以让警察看看我脖子上的淤青，该死的，还可以让他们看看卡珊德拉的尸体。’”

马特在位置上动了动身体，见此，奥利维亚笑了。

“我知道，”她说道，“这么说非常讽刺。自卫，跟你当初辩护的一样，我想我们都曾经站在同样的三岔路口，也许你当时别无选择，毕竟众目睽睽之下，无法辩驳。但是，就算有得选，我们也身处两个不同的世界，你相信警察，以为真相会战胜一切。但是，我们比你更了解这个世界，艾玛对克莱德开了三枪，一枪打在背后，两枪打在脸上，没人会相信那是自卫。就算相信了，克莱德为他堂兄赚了那么多笔钱，他堂兄也不会轻易放过我们的。”

“那你们接下来是怎么办的？”马特问道。

“我当时茫然不知所措，但是艾玛一直不厌其烦地给我解释当前的困境，我们别无选择。其实也不尽然，就在那个时候，艾玛说出了最有说服力的理由。”

“什么理由？”

“艾玛说：‘如果一切进展顺利呢？’”

“什么一切进展顺利？”马特问道。

“要是警察相信了我们，克莱德的堂兄也不来找我们的麻烦呢？”

奥利维亚停了下来，笑了。

“我不太明白。”马特说道。

“我们会在哪里？我和艾玛，如果一切进展顺利的话，我们会在哪里？”

马特终于明白过来。“你们会继续生活在这个世界。”

“答对了，我们的机会来了，马特。克莱德在屋里藏了 10 万美元，艾玛说我们可以把钱分了，重新开始。艾玛已经想好了去处，多年来她一直都在筹谋离开，但是一直没有勇气。我也没有勇气离开，我们谁都没有勇气离开。”

“但是现在，你们别无选择。”

奥利维亚点了点头。“她说要是我们把克莱德的尸体藏起来，警察就会以为他们两个是一起逃跑的，就会追踪一男一女，或者是认为两人一起被杀害了，埋在了什么地方。但是她告诉我说需要我的帮助。我就问她：‘那我该怎么办？克莱德的朋友都知道我长什么样子，他们一定会抓住我的，而且我们该怎么解释卡珊德拉的死呢？’

“但是艾玛早就已经想好了对策，她说：‘把你的钱包给我。’我把手伸进口袋里，掏出钱包递给她，她拿出我的身份证，塞进卡珊德拉的口袋里。那个时候，内华达州还没有要求在身份证上印照片。‘吉米什么时候回来？’她又问我。我告诉她，三天后回来。她就说，时间绰绰有余。接着她对我说：‘你听我说，你和卡珊德拉都没有什么亲人，卡珊德拉的妈妈几年前就把她扫地出门了，彼此间一直都没有联系。’

“我对艾玛说：‘我还是不明白。’

“‘为了逃跑，我已经计划了很多年，’艾玛说道，‘每次当他打我的时候，每次当他把我掐晕过去的时候，每次当他向我道歉，保证下次不会再犯，说他爱我的时候，每次当他告诉我如果我离开，无论天涯海角他都会追杀我的时候，我就忍不住问自己，如果我把克莱德杀了，把尸体埋了，拿着他的钱，逃到安全的地方去，会怎么样呢？如果我尽力弥补曾经对你们造成的伤害，又会怎么样呢？你也曾这样幻想过，对吧，坎迪？你也曾经幻想过逃跑的事情。’”

马特说道：“你的确幻想过。”

奥利维亚举起食指摇了摇。“还是有所不同。我之前就说过，我以为我这辈子已经玩完了，消失在曾经读过的那些书本里。我努力让自己乐观一些，想象一些美好的事情，因为我有我的坚持。听着，对于维加斯的那个夜晚，我不想把它说得多么地美好。但是，我的确经常想起那天晚上，想起你给我的感觉，想起你所生活的世界。我记得你说过的每一句话，你的家人，你的成长环境，还有你的朋友和学校。但是你不知道，直到现在你依然不曾明白，你所描述的世界，对我来说是多么地遥不可及。”

马特无言以对。

“自从你那晚离开以后，你不知道我有多少次想去找你。”

“那你为什么不来找我呢？”

奥利维亚摇了摇头。“你应该最了解身不由己是何感受。”

他点了点头，不敢开口说话。

“现在已经无所谓了，”奥利维亚说道，“现在说这些为时已晚。就像你说的那样，即使有再多的身不由己，我们也必须行动起来。所以我们一起制订了一个计划，其实计划很简单。我们用毯子把克莱德的尸体裹起来，扔在后备箱里，然后用挂锁把‘畜栏’锁起来。艾玛知道一个抛尸的好地方，她说克莱德至少在那里抛了两具尸体，就在那片沙漠里。在荒无人烟的沙漠里，我们挖了一个浅坑，把克莱德埋了进去。接着，艾玛给夜总会打了一个电话，要求所有的女孩今晚都要加班，这样就不会有人回‘畜栏’里去了。

“之后我们回到艾玛的住处洗了个澡。站在热水底下时，我心里暗想，洗掉血水的感觉实在很诡异，就像《麦克白》[①] 里面的场景一样。”

---

①《麦克白》是英国剧作家威廉·莎士比亚于 1606 年创作的戏剧。苏格兰国王邓肯的表弟麦克白将军，在夫人的怂恿下谋杀邓肯，做了国王。为掩人耳目和防止他人夺位，他一步步害死了邓肯的侍卫，害死了班柯，害死了贵族麦克德夫的妻子和小孩。最后，在众叛亲离的情况下，落得枭首的下场。

一丝苦笑掠过她的脸庞。

“但是事情并不是那么简单对吧？”马特问道。

奥利维亚慢慢地摇了摇头。“尸体埋在沙漠里，到了晚上的时候，豺狼就会把尸体挖出来，饱餐一顿，把他的骨头也拖走，艾玛是这么跟我说的，而我根本不在乎。”

奥利维亚看着马特，就像是在挑衅似的。

“那接下来呢？”

“你猜？”

“告诉我吧。”

“我……我是说，坎迪斯·波特只是个无名小卒，年纪轻轻死于非命，却连个可以通知的亲人都没有。作为雇主和监护人，艾玛直接打电话报了警，告诉警察这里有个姑娘被人谋杀了。警察来了以后，艾玛带他们看了卡珊德拉的尸体，我的身份证已经放在了她的口袋里，所以艾玛直接指认尸体是‘坎迪·凯恩’的，并告诉警察死者没有任何的亲人。没有人提出任何的异议，有什么必要呢？谁会吃饱了撑的去编这样的故事呢？艾玛和我把钱平分了，你能想象得到吗，我得了五万多美元？夜总会里的女孩拿的都是假身份证，所以再弄张假身份证易如反掌。”

“然后你就逃跑了？”

“没错。”

“那卡珊德拉呢？”马特问道。

“她怎么啦？”

“难道没人纳闷她怎么不见了吗？”

“我们每天都有数不清的女孩来来去去的，艾玛告诉大家她被吓坏了，所以辞职不干了，另外还有两个女孩也因为害怕逃跑了。”

马特摇了摇头，想把这纷杂的一切搞清楚。“我第一次见到你的时候，你用的就是奥利维亚·默里这个名字。”

“是的。”

“你一直都用这个名字？”

“我只用过一次这个名字，就是和你在一起的那天晚上。你读过《时间的皱纹》这本书吗？”

“当然读过啦，应该是在小学五年级读的吧。”

“这是我小时候最喜欢读的一本书，主人公的名字叫梅格·默里，所以就选了这个姓氏。”

“那奥利维亚呢？”

她耸了耸肩，说道：“听起来和坎迪正好相反。”

“后来又发生了什么事？”

“艾玛和我达成了一致，发誓无论发生什么事，永远都不会泄露这个秘密，因为一旦泄露，另一个人就可能因此丧命。我只想让你知道，我的誓言是无比地严肃认真。”

马特不知道该怎么接话。“之后你就去了弗吉尼亚？”

“是的。”

“为什么？”

“因为那是奥利维亚·默里生活的地方，而且远离拉斯维加斯和爱达荷州。我编造了一个身世背景，还去弗吉尼亚大学上过课，当然，我并没有正式注册，那时的安保登记制度还没有现在这么严格。我只是在教室里听听课，去图书馆里晃一晃，然后在自助餐厅用用餐，结识了很多朋友，他们都以为我是那里的学生。几年以后，我假装大学毕业，然后找了一份工作。我从未想起过坎迪，坎迪斯·波特已经死了。”

“然后呢，我就上场了？”

“是的，差不多吧。听着，我只是个吓坏了的孩子，逃了出去，独自谋生，想要过上真正的生活。说实话，我对男人根本不感兴趣，你还记得吗，是你找上‘贝塔数据公司’的？”

马特点了点头。“的确是我。”

“那种生活我已经受够了，但是后来却遇见了你，而且……我也不知道，也许只是想重回相逢之夜，重温那个荒唐的美梦。马特，你老是对搬回这里住嗤之以鼻，但是你根本不明白，这个地方，这个小镇，对我来说，可能是最美好的世界。”

“所以你才想搬回这里住？”

“是的，和你一起，”奥利维亚说道，眼中流露出乞求的神情，“你难道还不明白吗？我从来都不相信有什么灵魂伴侣，你也知道了我的经历……但是也许，我不知道，也许是彼此的伤痛让我们情投意合，也许是彼此的苦难让我们惺惺相惜。你知道，别人认为理所当然的东西，我们都需要努力去争取。你爱我，马特，你从来不相信我会有外遇，所以才会一直都在寻找证据，无论今天我告诉了你什么，你，只有你，唯有你，真正地了解我。没错，我就是想和你搬到这里共建家庭，这就是我梦之所向。”

马特张了张嘴，却一句话也说不出来。

“没关系，”她浅浅地微笑道，“一下子是难以消化这么多东西。”

“不是那样的，我只是……”他不知道该怎么说，一时间心绪难平，他需要好好地平复一下心情。“那后来出了什么事情？”他问道，“已经过去这么多年了，他们是怎么找到你的？”

“他们没有找到我，”她说道，“是我去找的他们。”

马特正要问下一个问题，另一组车灯在墙上荡漾，好一阵子才暗下去。马特举起一只手，示意奥利维亚安静一下。两人静静地聆听着，外面隐约传来一阵引擎空转的声音，声音虽然微弱，但是确实有声音，他们绝对没有听错。

两人对视一眼，马特朝窗户走去，偷偷地往外望去。

汽车就停在街的对面，车灯已经熄灭，几秒钟后，汽车也熄了火。马特立刻认出了这辆车，事实上，几个小时之前，他还坐过那辆车。

那是兰斯·班纳的车。

- 40 -

罗兰急匆匆地回到审讯室。

辛格尔正在摆弄自己的手指甲。“律师还没来呢。”

罗兰一言不发地盯着她看了好一会儿，很想知道长成辛格尔·沙克尔这副模样，让男人神魂颠倒，把他们玩弄于股掌之间，究竟会是一种什么感觉。罗兰的妈妈已经够深谙此道了，如果她像辛格尔·沙克尔这样地闭月羞花，又会是怎样的感觉？究竟是好事呢还是坏事？会不会只想着利用自己的资本不劳而获，无心其他？罗兰觉得辛格尔应该不是这样的人，但是这只会让她更不可小觑。

“猜猜看，我们在你办公室的电脑上找到了什么？”罗兰问道。

辛格尔目光一闪，不动声色，但是这就足够了，说明她知道这件事。罗兰拿出查尔斯·塔利的照片，还有几张视频的截图，一起放在辛格尔面前的桌子上，辛格尔看都没看这些照片一眼。

“我什么都不会说的。”辛格尔说道。

“那点头会吧？”

“什么？”

“我来说，如果你愿意，可以点点头，因为我觉得现在一切都很明显了。”罗兰坐了下来，两手交叉放在桌子上。“我们技术人员说这些照片是从照相手机上下载下来的，所以我们由此得出了一些推论。查尔斯·塔利是个变态，这一点我们都知道，他有很多的暴力前科和变态记录。总之，他遇见了奥利维亚·亨特，目前我们还不知道两人是怎么认识的，没关系，也许等你的律师来了之后，你可以告诉我们。总之，不知道出于何种变态目的，塔利把照片和视频发给了我们共同的朋友马特·亨特。马特带着这些东西找到了你，让你帮忙调查清楚。而你能力出众，查出了照片里的人是查尔斯·塔利，就住在纽瓦克机场附近的豪生酒店。又或者是你查出了奥利维亚·亨特现在就住在那家酒店里，具体是哪个我也不知道。”

辛格尔说道：“不是你说的那样。”

“但是也差不了多少，具体细节我不知道，我也不关心亨特为什么要找上你，可以确定的是，他确实去找了你，也确实把照片和视频给了你，你也确实查到了查尔斯·塔利，之后你们一起开车去了酒店，找他对质。塔利和亨特起了冲突，最后亨特也确实受了伤，塔利也确实死了。”

辛格尔把目光看向了别处。

“有什么需要补充的吗？”罗兰问道。

这时，罗兰的手机又响了起来，她拿起手机说道：“你好。”

“是我，你的好邻居兰斯。”

“怎么了？”

“猜猜我在哪儿。”

“玛莎·亨特的家门前？”

“答对了，猜猜看，谁的车停在她家的车道上。”

罗兰瞬间挺直了身体。“你打电话过来请求支援吗？”

“支援的人已经在路上了。”

她啪的一声合上手机，辛格尔看着罗兰。

“跟马特有关？”

罗兰点了点头。“警察正要过去逮捕他。”

“马特一定会疯掉的。”

罗兰耸了耸肩，等待着她的下文。

辛格尔咬着自己的手指甲，说道：“你搞错了。”

“怎么回事？”

“你以为是查尔斯·塔利把那些照片发给马特的？”

“不是他发的？”

辛格尔慢慢地摇了摇头。

“那是谁干的？”

“问得好。”

罗兰坐了回去，脑子里想着查尔斯·塔利的那张照片。塔利正举着一只手，好像发现自己被拍而感到有些尴尬，说明照片不是他自己拍的。

“无所谓了，反正几分钟之后我们就能抓到马特了。”

辛格尔站起身，来回踱起步来。她两手抱胸，再次开口说道：“也许，这些照片就是一个大陷阱。”

“什么？”

“得了吧，罗兰，用你的脑子好好想想，你不觉得这一切太过简单了吗？”

“大多数的谋杀案都是如此。”

“一派胡言。”

“你发现一具男尸，就会调查他的感情生活。你发现一具女尸，就会调查她的男友或丈夫，事情通常就是这么简单。”

“但是查尔斯·塔利不是奥利维亚·亨特的男朋友。”

“你是怎么发现的？”

“不是我发现的，是马特。”

“你还没有说是怎么发现的呢。”

“因为这些照片是假的。”

罗兰张了张嘴，又闭上，决定还是等辛格尔说完。

“这就是为什么马特今晚来我办公室的原因，他想把这些照片放大，因为他发现照片并不是表面上看起来的那么回事，他也是在下雨的时候才想到这一点的。”

罗兰身体往后一靠，摊开双手说道：“你最好从头解释一遍。”

辛格尔抓起查尔斯·塔利的照片。“好吧，看看这里的窗户，有阳光照射进来……”

- 41 -

兰斯·班纳的车就停在玛莎家的街对面。

“你认识他？”奥利维亚问马特。

“认识，我以前的同学，他现在是镇上的警察。”

“他来这里是问打架的事吗？”

马特没有回答，他觉得这样说也有道理。辛格尔被逮捕了，警方可能想调查清楚，也许马特作为受害者或者目击证人，名字已经通过警方的内部无线网络传开了，估计兰斯看到了他的名字，或者纯粹就是来找他麻烦。

反正都不是什么大事。如果兰斯来敲门，马特会想办法把他打发走，这是他的权利，警察不能因为受害者没有及时去录口供就逮捕他。

“马特？”

他转身看着奥利维亚。“你刚刚说他们没有找你，而是你去找的他们。”

“没错。”

“我有点不太明白。”

“因为这才是最难以启齿的部分。”奥利维亚说道。

马特觉得，不，是希望她是在开玩笑。他努力控制着自己，让自己冷静一点，理性一点，或者直接假装没有听见。

“我撒过很多谎，”她说道，“但是这个是最糟糕的。”

马特静静地站在窗边。

“我改头换面，变成了奥利维亚·默里，这些我已经告诉过你了。坎迪斯·波特对我来说已经死了，但是……有样东西，我永远也没法真正地抛弃。”

奥利维亚停了下来。

“是什么？”马特轻声问道。

“在我 15 岁的时候，我怀孕了。”

马特闭上了眼睛。

“我害怕极了，一直瞒着这件事情，后来实在瞒不住了，我的羊水破了，养母带我去看了医生。他们让我签了一大堆的文件，还付了一笔钱给我，我不知道具体的金额，也从来没有见过这些钱。医生给我打了麻醉，我生下了孩子，当我醒来的时候……”

她的声音渐渐低了下去，然后耸了耸肩，继续说道：“我甚至连孩子是男是女都不知道。”

马特一直看着外面兰斯的汽车，内心被撕成了碎片。“那孩子的父亲呢？”

“他一听说我怀孕了就跑了，这让我伤透了心。几年后，他在一场车祸中丧了命。”

“你一直都不知道孩子的情况？”

“从来都不知道，一点消息都没有。其实从很多方面来说，我不得不接受这样的现实，即使我想介入她的生活，也没有办法，因为我自顾不暇，但是这并不代表我不在乎，或者不想知道她的情况。”

两人沉默了片刻，马特转过身来，面对自己的妻子。

“你刚刚说的是‘她’。”

“什么？”

“就在刚才，一开始你说你不知道孩子是男是女，然后你又说你不想干涉她的生活，你想知道她究竟怎么样了。”

奥利维亚默不作声。

“你什么时候知道你有一个女儿的？”

“就在几天前。”

“你是怎么知道的？”

奥利维亚又拿出一张纸。“你知道在线收养互助组吗？”

“不知道。”

“网上有一些布告栏，被领养的孩子可以在上面发布寻亲启事，寻找他们的亲生父母，父母也可以在上面寻找自己的孩子。我经常上网查看，只是出于好奇，我从没想过会在上面找到什么。坎迪斯·波特早就死了，即使她的孩子在找她，也会因为发现她去世了而放弃。再说了，我还有约定，什么都不能透露，找到我只会让孩子受到伤害。”

“那你还去看布告栏？”

“是啊。”

“多久看一次？”

“这有关系吗，马特？”

“我想也是。”

“你不知道我为什么这么做吗？”

“我知道。”他说，尽管不确定真相是否如此，“那后来怎么样了？”

奥利维亚把那张纸递给马特。“我发现了这个帖子。”

那张纸皱巴巴的，显然经常被人打开又合上，顶部的日期显示是四周前，上面写着：

> 这条消息十万火急，而且必须严格保密。18 年前的 2 月 12 日，我们在爱达荷州默里迪恩的埃里克·特奎斯塔医生的办公室领养了我们的女儿。她的生母名叫坎迪斯·波特，已经去世，没有孩子父亲的信息。
>
> 如今我们的女儿生命垂危，急需血亲捐献肾脏。我们正在寻找任何可能匹配的血亲。恳求大家，如果你是已故的坎迪斯·波特的血亲，请尽快联系我们……

马特把帖子读了一遍又一遍。

“我必须做点什么。”奥利维亚说道。

马特麻木地点了点头。

“我给她父母发了电子邮件。一开始，我假装成坎迪斯·波特的老朋友，但是他们不愿向我透露任何信息。我不知道该怎么办，所以又写了一封电子邮件，说我确实是她的血亲，接下来事情就变得诡异起来。”

“如何诡异？”

“我觉得……我也说不清楚……就是突然之间，那对父母变得谨小慎微起来，所以我们约好见面再谈，并且约好了见面的时间和地点。”

“就在纽瓦克？”

“没错，他们甚至帮我订好了房间，我只好登记入住，等待他们联系我。照他们的话做了以后，终于有个男人打电话告诉我去 508 房间。到那儿以后，那个男人说需要检查我的包，我估计手机就是在那个时候被拿走的。之后他又让我去浴室里换衣服，戴上假发，穿上裙子，我也不明白为什么要这么做，但是他说我们要去另一个地方，他不希望有人认出我们来。我当时害怕极了，只好照做。他也戴了一顶假发，一顶黑色的假发。当我出来的时候，他让我坐到床上去，然后慢慢朝我走过来，就是你看到的那样。走到床边的时候，他停了下来，说他知道我是谁。如果我想救女儿的命，就必须把钱准备好，转到他的账户上去。”

“你转了？”

“转了。”

“多少钱？”

“五万美元。”

马特点了点头，做出一副平静的样子，那是他们所有的积蓄。“那后来呢？”

“他告诉我还要更多的钱，还要五万美元。我告诉他我没有那么多钱，之后我们就吵了起来。最后我告诉他，必须见到我女儿才付另外的钱。”

马特别开了视线。

“怎么啦？”她问道。

“你难道就没有怀疑过吗？”

“怀疑什么？”

“怀疑是不是骗局。”

“当然怀疑过啦，”奥利维亚说道，“我以前读到过这方面的报道，有骗子假装可以帮忙寻找越战失踪士兵的信息，要求家属打钱给他们，作为继续搜寻的经费。这些家庭迫切希望能够找到线索，根本不会想到是骗局。”

“所以呢？”

“坎迪斯·波特已经死了，”她说道，“怎么会有人想从死人那里骗钱呢？”

“也许有人发现你还活着。”

“怎么发现的？”

“我不知道，也许艾玛·勒梅说了些什么。”

“就算如此，又怎么样呢？根本没人知道孩子的事情，马特。在维加斯，我只告诉了我朋友吉米一个人，但是就算是她，也不可能知道所有的信息，包括出生日期，爱达荷州那个镇的名字，还有医生的名字，连我自己都不记得医生的名字了，看到那篇帖子的时候我才想起他的名字。唯一知道这一切的人只有我的女儿或者她的养父母。就算这是一场骗局，那假发那些又是怎么回事呢？我必须了解清楚，我是说，这里面一定牵涉到我的女儿，你还不明白吗？”

“我明白。”马特说道，就算知道她的逻辑有问题，现在也不是讨论这些的时候。“那现在该怎么办？”

“我坚持要见我女儿，所以他不得不另外安排了一次见面。到那个时候，我就得把剩下的钱都带过去。”

“什么时候？”

“明天午夜。”

“在哪里？”

“里诺市。”

“内华达州？”

“没错。”

又是内华达州。“你认识一个名叫马克斯·达罗的人吗？”

奥利维亚没有说话。

“奥利维亚？”

“他就是那个戴黑色假发的男人，就是我去酒店见的那个人。我在维加斯的时候就认识他了，他以前经常在夜总会里厮混。”

马特不知道这究竟是怎么回事，继续问道：“在里诺的什么地方？”

“地址是中央巷路488号，我定了一张机票。达罗说我不能告诉任何人，如果我不去的话……我不知道该怎么办，马特，他们说他们会伤害她的。”

“伤害你的女儿吗？”

奥利维亚点了点头，眼里再次涌出了泪水。“我不知道这是怎么回事，我也不知道她究竟是生病了还是被绑架了，还是，她也参与了其中。但她真的还活着，我必须去找她。”

马特努力想要搞清楚眼前的这一切，但是依然一头雾水。这时，他的手机响了起来，马特不假思索地掏出手机，想要直接关掉，但是又改变了主意，这个时候可能是辛格尔打来的，她可能遇到了麻烦，需要他帮忙。马特看了看来电显示，是个私人号码，也有可能是警察局打来的。

“喂？”

“马特？”

马特皱起了眉头，声音听起来有点像“中危”。“艾克，是你吗？”

“马特，我刚刚才和辛格尔通完电话。”

“什么？”

“我现在正要去县检察官办公室。”“中危”说道，“他们要审问辛格尔。”

“她打电话叫你过去的？”

“是的，但是我觉得应该跟你有关系。”

“你说什么？”

“她想提醒你。”

“提醒我什么？”

“我记下来了，等一下。首先，你不是让她去查一个叫马克斯·达罗的人吗？他被人杀害了，警察在纽瓦克发现了他的尸体，中枪身亡。”

马特看了一眼奥利维亚，她急忙问道：“发生了什么事？”

"中危"还在继续说："更糟糕的是，查尔斯·塔利也死了，他们在豪生酒店发现了他的尸体，同时还发现了一副带血的指节铜环，警方正在对指节铜环上的血液做 DNA 鉴定，另外，一个小时之内，他们就可以拿到你手机里的那些照片。"

马特没有作声。

"你明白我说的这些吗，马特？"

马特当然听明白了，用不了多长时间，警察就可以得出这样的推论：前科犯马特在一场打斗中因过失杀人而坐牢。有人给他的手机发送了一些侮辱性的照片，暗示他的妻子和查尔斯·塔利有染。马特雇用私家侦探找到了两人幽会的地方，然后深夜冲进了酒店，接着与奸夫发生了肢体冲突。现场至少有一位目击证人，就是前台的那位工作人员，甚至还可能找到了监控录像，另外，他们还有明确的物证，死者身上到处都是他的 DNA，人证物证齐全。

当然，他们的推理也有漏洞。比如，马特可以给他们看那扇灰色的窗户，给他们解释当时干旱的天气。他也不知道塔利的确切死亡时间，如果够幸运的话，谋杀发生时，马特可能正在去往医院的救护车上，或是在医院里，他甚至可以让出租车司机给他做不在场的证明，他妻子也可以证明他当时不在现场。

如果是这样的话，他就可以为自己洗脱罪名。

"马特？"

"怎么了？"

"警察现在可能正在到处找你。"

马特朝窗外瞥了一眼，一辆警车正好在兰斯的车旁停了下来。"我想他们已经找到我了。"

"需要我给你安排自首吗？"

自首？相信警察能把案子调查清楚？做个遵纪守法的好市民？

以前倒是挺管用的，不是吗？

骗我一次，是我的错，骗我两次……

就算最后证明他是无辜的，然后呢？警察必须把一切调查清楚，包括奥利维亚的过去。马特曾经发过誓，再也不会让自己进监狱了。抛开这个不谈，奥利维亚的确犯过罪，虽然她充其量只是帮忙抛尸。更不用说同样被人谋杀的马克斯·达罗一直都在勒索她，这事别人又会怎么想？

“艾克？”

“我在。”

“如果警察知道我们通过电话，你可能会因为协助和教唆逃犯陷入麻烦。”

“不会的，马特，真的不会。我是你的律师，我只是在向你陈述事实，并且鼓励你自首而已。至于你听不听……这不是我能控制的，我只会对你的所作所为感到震惊和愤怒而已，你明白吗？”

马特的确明白。他又朝窗外看了一眼，又有一辆警车停了下来，他不由得想象了一下回到监狱里的情景，内心一阵惶恐。在窗户的玻璃上，他又看到了史蒂芬·麦克格拉斯的鬼魂，后者正向他眨了眨眼睛，马特顿时胸口一紧。

“谢谢你，艾克。”

“祝你好运，兄弟。”

“中危”挂断了电话，马特转向奥利维亚。“怎么了？”她问道。

“我们必须离开这里。”

- 42 -

兰斯·班纳朝玛莎·亨特家的前门走去。

两名穿着警服、一脸疲惫的警察跟在他的身后，两人脸上新冒了一圈短短的胡茬，标志着利文斯顿平淡无奇的夜班执勤即将结束。两人都很年轻，明显是警队的新人。他们沉默不语地跟在身后，兰斯都能听到他们沉重的呼吸声。两人最近都长胖了，新入职的警察进入警队后的第一年都会长胖，兰斯也不知道为什么会出现这种情况，但他确实很难找到新人不长胖的例子。

兰斯现在非常地矛盾，思考着昨天和马特争吵的事情。不管他过去犯了什么罪，现在又变成了什么样子，自己都不该对马特恶言相向，无端骚扰，像个烂电影里面的乡巴佬警长一样，对所谓的外来者进行恐吓，毫无疑问，这样做愚蠢至极。

兰斯一直努力想将一切邪恶因素阻挡在这个美丽的小镇之外，马特对他这种盲目乐观的想法嗤之以鼻。但是马特错了，兰斯并不天真，他知道这片富饶的郊区没有任何的保护措施，这才是问题所在。你努力工作就是为了更好地生活，和志同道合之人一起建立一个美好的社区，并且愿意为了保护它而奋斗。发现潜在的威胁时，你不愿听之任之而是主动出击，消除隐患。他对马特·亨特就是这么做的，这才是兰斯·班纳这样的人为家乡该做的事情。他们是家乡的守卫者，是战斗在最前线的士兵，是深夜执勤的守护神，在他们的守护下，其他人——包括兰斯自己的家人，才能安然入睡。

当听说有个坐过牢的杀人犯要搬进他们的社区时，兰斯的同事们开始讨论应该做点什么；兰斯的妻子温迪也因此对他表示了不满，温迪以前和马特·亨特的妹妹是同班同学，现在居然骂马特的妹妹是“婊中婊”；一位镇议员也对兰斯表达了自己最大的担忧：“兰斯，你知道这会对房价造成什么恶劣影响吗？”在大家知道这事之前，兰斯已经采取行动了。

此时此刻，他不知道自己是否后悔做了这个决定。

兰斯又想起了昨天和罗兰·缪斯的谈话，她问他是否记得马特·亨特小时候的事情，问他是不是在亨特很小的时候就发现他心理有问题？他当时非常坚决地否定了。亨特的性子一直都很软弱，兰斯还记得在一次少年棒球联赛上，马特因为丢了一个高飞球而哭鼻子，他父亲一直在那里安慰他，兰斯当时还在感叹马特真是个巨婴。但是，说不定事实与罗兰调查的这些早期现象恰恰相反，人都是会变的，罗兰说人在5岁就定性了的说法根本站不住脚。

更为关键的是，这些人总是越变越坏。

你会发现，那些年轻时候就心理变态的人，永远都不会洗心革面、奋发图强，永远都不会。但是很多品行端正的好人，最后却变成了作奸犯科的坏人。这些人以前要么品质高尚、遵纪守法、爱护邻居，要么性格温和、厌恶暴力、循规蹈矩。

谁也说不清楚个中的缘由，有时候纯粹就是运气不好，就像亨特这样。但是话又说回来，一个人的教养、基因、生活经历、条件等，哪一样不是和运气息息相关的呢？马特·亨特只是在错误的时间出现在了错误的地方，但是这一切都不重要了。马特的眼神，走路的姿势，早生的白发，眨眼的方式，微笑时的紧张神情，都印证了这一点。

厄运总是如影随形，纠缠不休。

听起来很简单，但是你就是不希望这种人出现在你的周围。

兰斯敲了敲玛莎家的门，两名身着制服的警察一左一右地站在他的身后。太阳已经冉冉升起，他们聆听着屋里的动静。

什么声音都没有。

兰斯看了看门铃，他知道玛莎有两个年幼的孩子，如果马特不在这里的话，吵醒孩子们就实在有些抱歉了，但这也没有办法，他按下门铃，一阵铃声随之响起。

还是什么动静都没有。

兰斯也管不了那么多了，直接扭了扭门把手，希望门没有上锁，可惜事与愿违。

兰斯右边的警官不耐烦地挪了挪脚。“把门踢开？”

“还不是时候，我们甚至都不知道他在不在里面。”

兰斯又按了一下门铃，手指一直按在门铃上没动，直到门铃第三次响起。

另一位警察也不耐烦地喊道：“警探？”

“再等几秒钟。”兰斯说道。

就在这个时候，门厅的灯突然亮了起来。兰斯透过卵石纹的玻璃往里看，但是画面扭曲，看不清楚，他又把脸紧贴在玻璃上，查看里面的动静。

“哪位？”

是个女人的声音，听上去有些犹豫，在这种情况下也很正常。

“我是利文斯顿警察局的兰斯·班纳警探，你能开一下门吗？”

“是谁？”

“我是利文斯顿警察局的兰斯·班纳警探，请开一下门。”

“等一下。”

他们静静地等在外面，兰斯一直透过卵石纹的玻璃往里看，一个模糊的身影从楼梯上走下来，他猜测应该是玛莎·亨特，她的脚步和声音一样犹疑不决。他听到门闩滑动的声音，随后是链条嘎嘎作响的声音，接着门被打开了。

玛莎身上裹着浴袍，腰带紧紧地系在腰间。毛巾质地的浴袍看上去很旧，有点像男士浴袍，兰斯猜测应该是她亡夫的。她的头发乱糟糟的，当然，也没有化妆。兰斯一直觉得她很漂亮，现在看来可能是化妆的缘故。

玛莎看了看兰斯，又看了看他身后的两位警官，视线又回到了兰斯身上。“这个时候来有什么事吗？”

“我们在找马特·亨特。”

玛莎的眼睛不由得一眯。“我好像认识你。”

兰斯没有接话。

“在去年的业余足球联赛上，你教过我儿子踢足球。你有一个儿子，和保罗一般大小。”

“是的，太太。”

“不要叫我‘太太’，”玛莎声音尖利地说道，“我叫玛莎·亨特。”

“好的，我知道了。”

“天哪！亏我们还是邻居呢，”玛莎看了看两位穿制服的警察，又把目光转向兰斯，“你明知道我家里只有我和两个孩子，”她说道，“你们却像突击队一样把我们叫醒。”

“我们真的需要和马特·亨特谈一谈。”

“妈妈？”

兰斯认出了那个正在下楼的男孩，玛莎恶狠狠地瞪了兰斯一眼，转向儿子说道：“回去睡觉，伊森。”

“但是，妈妈……”

“回去睡觉，妈妈马上就上来。”玛莎转向兰斯。“你居然不知道，真是让人惊讶。”

“不知道什么？”

“马特不住在这里，”她说，“他住在欧文顿。”

“但是他的车停在你家车道上。”

“所以呢？”

“所以，他现在在这儿吗？”

“发生了什么事？”

这时，另一个女人出现在楼梯上。

“你是谁？”兰斯问道。

“我叫奥利维亚·亨特。”

“奥利维亚·亨特？是亨特太太吗？”

“什么？”

玛莎回头看着她的妯娌，说道：“他问我为什么你的车会停在我家车道上。”

“在这个点儿？”奥利维亚·亨特说道，“你为什么要问这个？”

“他们在找马特。”

兰斯·班纳问道：“你知道你丈夫在哪里吗，亨特太太？”

奥利维亚·亨特不慌不忙地往楼下走来，也许正是因为这份淡定从容，反而显得异常，又或许是她的穿着露出了马脚，毕竟在这个时候，她的身上却穿着日常的牛仔裤和运动衫，而不是浴袍或睡衣。

这根本不合常理。

兰斯把目光转向玛莎·亨特，却发现她的神色有点不对劲。真是该死，他怎么会这么蠢呢？从打开灯，到走下楼梯，再到现在慢吞吞地往下走……这一番操作下来耗费了太长的时间。

他突然对那两个穿制服的警察说道："去后面看看，快点。"

"等一等。"奥利维亚大声地喊道，"你们为什么要去后院？"

两个警察分头行动起来，一个向右，一个向左。兰斯看着玛莎，玛莎也挑衅地瞪着他。

就在这时，突然传来一阵女人的尖叫声。

"怎么回事？"奥利维亚问道。

"是'中危'打来的，"马特说道，"他说查尔斯·塔利和马克斯·达罗两个人都死了。"

"哦，我的天哪！"

"如果我没弄错的话，"他指着窗外继续说道，"这些人是因为他们的死来抓我的。"

奥利维亚闭上眼睛，努力让自己坚持住。"你想怎么办？"

"我得离开这里。"

"你是说，我们必须离开这里。"

"不是。"

"我要和你一起走，马特。"

"他们想找的人不是你，这事跟你没有关系，他们最多会以为你背叛了你的丈夫，你只需要拒绝回答任何问题就可以了，他们不会把你怎么样的。"

“所以你打算就这样跑了？”

“我别无选择。”

“你要去哪里？”

“我会想办法的，但是我们不能再联系了，他们一定会监视我们家，也会监听我们的电话。”

“我们得事先计划好，马特。”

“我们在里诺碰头，”他说，“怎么样？”

“什么？”

“明天午夜时分，就在你说的那个地址，中央巷 488 号碰头。”

“你觉得我女儿还有机会……”

“这很难说，”马特说道，“但是我怀疑达罗和塔利背后有人。”

奥利维亚犹豫了一下。

“怎么啦？”

“你怎么在这么短的时间内穿越整个国家到达里诺呢？”

“我也不知道，实在不行的话，我们后面再想办法。你听我说，这个计划并不周详，但是我们没有时间制订详细计划了。”

奥利维亚忍不住向前迈了一步，马特又感到胸口一阵轻微的悸动。此时此刻，奥利维亚是如此地美丽和脆弱。“还有时间再说一次你还爱我吗？”

“我真的爱你，很爱很爱。”

“真的？”

“真的。”他说道。

“即使我……？”

“也一样很爱很爱。”

奥利维亚摇了摇头。“我配不上你。”

“当然，我可是白马王子。”

奥利维亚哽咽着笑了起来，马特伸出双手搂住了她。

“我们后面再谈，现在，我们的首要任务就是找到你的女儿。”

之前她就说过，这样的人生值得她为之奋斗，这在他心中产生了强烈的共鸣，甚至比那些惊人的真相带来的影响还要大得多，他一定会为他们的未来努力拼搏。

奥利维亚点了点头，擦干眼泪，说道：“给你，我只有20美元了。”

马特接过钱，两人冒险地往窗外瞥了一眼，兰斯·班纳身后跟着两名警察，正朝着前门走来。奥利维亚走到马特的前面，像是随时准备替他挡子弹似的。

“你从后面溜出去，”奥利维亚说道，“我去把玛莎叫醒，告诉她事情的经过，我们会设法拖住他们的。”

“我爱你。”马特说道。

奥利维亚冲他狡黠地一笑。“听到你这样说真好。”两人又迅速地热吻了一下，“一定要保重自己。”她叮嘱道。

“我会的。”

马特走下楼梯，朝后门走去，奥利维亚已经来到了玛莎的房间里，虽然她知道不该把玛莎牵扯进来，但是他们又有什么办法呢？走到厨房的时候，马特看到另一辆警车在前面停了下来。

这时，有人敲响了前门。

没有时间了，马特有个初步计划，这里离东奥兰治水域保护区不远，那里基本上就是一片森林，马特小时候经常在那片森林里玩。只要进入森林，警察就很难找到他，他可以一路走到肖特山路去，但是从那以后，他就需要外援了。

他知道该怎么做。

马特刚把手放在后门的把手上，就听到兰斯·班纳按响门铃的声音，他转动把手，一把推开了后门。

出人意料的是，有人站在外面，就在门口处，他吓得几乎魂飞魄散。

“马特？”

是凯拉。

“马特，你在——？”

他示意她不要出声，并让她进屋。

“怎么回事？”凯拉低声问道。

“你不睡觉在这里干吗？”

“我——”凯拉耸了耸肩，“我看到有警车，发生什么事了？”

“说来话长。”

“今天来的那个警探，她向我问起过你。”

“我知道。”

突然，他们听到玛莎大声说道：“等一下。”

凯拉瞪大了双眼。“你要逃跑吗？”

“说来话长。”

凯拉与他四目相对，马特不由得暗想，凯拉接下来会怎么做。他不想把她牵扯进来，如果她惊声尖叫的话，马特也可以理解，毕竟她还只是个孩子。况且她和这件事情没有任何关系，也没有理由相信他。

“快走。”凯拉低声说道。

马特没有迟疑，也没有道谢，直接朝外面走去，凯拉紧随其后，然后突然转向另一条路，朝车库上面自己的房间走去。后院里，马特看到那架他和伯尼很久以前一起安装的秋千。那天热得离谱，他们俩都脱掉了衬衫，玛莎则端着啤酒在门廊上等着。伯尼本来打算装一条滑索，但是被玛莎拒绝了，她说滑索不安全，马特觉得这话说得非常正确。

目之所及，皆是回忆。

院子里实在太空旷了，既没有树，也没有灌木丛和石头，伯尼把很多灌木丛都清理掉了。他原本准备在那里建一个游泳池，但是这个小小的梦想也随着他的离去消失在梦里。院子里有几个棒球场形状的白垒和两个小小的足球门。马特穿过院子，凯拉也回到了车库里。

这时，前院突然传来一阵骚动。

“等一等！”是奥利维亚的声音，她故意提高了嗓门，好让马特听见，“你们为什么要去后院？”

没有时间犹豫了，他现在正站在毫无遮挡的开阔地，除了拼命逃跑，别无选择。马特避开花圃，飞快地冲进邻居的院子里，都这个时候了他居然还有心情担心花圃，也真是够稀奇的了，但他还是这么做了，马特冒险地往身后瞥了一眼。

一个警察正朝后院跑过来。

真该死！

他还没有被人发现，至少目前还没有，他得寻找一个藏身之处。邻居的院子里都有一个工具棚，马特跑到工具棚后面，后背紧紧地贴在上面，就像电影里看到的那样，尽管这样做毫无意义。马特检查了一下腰带，手枪还在那里。

马特又冒险偷看了一眼。

那个警察正直勾勾地盯着他看。

至少看上去是这样的，马特迅速地往后退，警察看到他了吗？很难说。他等着那人大喊：“喂，他就在那儿，就在隔壁院子里的工具棚后面！”

但是什么事情也没有发生。

马特想偷偷地再看一眼。

但是，他不能冒这个险。

他安静地待在那里，伺机而动。

接着传来另一个人说话的声音，估计又来了一个警察：“山姆，你看到有人——”

说话声戛然而止，就像广播突然被关掉一样。

马特屏住呼吸，竖起耳朵倾听着，脚步声？他听到脚步声了吗？马特不太确定。他犹豫着要不要再偷看一眼，如果他们正朝他走来的话，看一眼又有什么害处呢？反正都会被抓住的。

院子里出奇地安静。

如果警察正在四处搜寻他的话，他们会互相喊话的。如果像现在这样安静，那就只有一个解释。

他被警察发现了，他们正悄悄地朝他靠近。

马特又仔细听了听。

有金属撞击的声音，像是警察腰带上的东西。

毫无疑问，警察过来抓他了。马特心率飙升，心脏在胸腔里怦怦作响。再一次被抓！他想象着接下来的场景：粗暴推搡，铐上手铐，推上警车后座……

回到监狱。

恐惧再次涌上心头，警察来了，他们会把他带走，再次扔回那个恐怖的地方。他们什么都不会听，只会把他关起来。马特坐过牢，又有人和他发生冲突后死了。抛开其他的不谈，光凭这一项就足以让他定罪了。

而且，要是他被抓的话，奥利维亚又该怎么办？

即便很想开口解释事情的真相，马特也没法做到，因为那样奥利维亚就会进监狱。如果还有什么事情比再度入狱更让他害怕，那就是失去奥利维亚。

马特也不知道怎么回事，只是那么一瞬间，毛瑟手枪已经握在了手里。

冷静下来，马特告诉自己，我不需要向任何人开枪。

他只是用手枪威胁一下他们，不是吗？现在只有几个警察，至少四个或是五个，但是估计还有更多的警察正在赶来的路上，他们也会拔出手枪的。然后呢？保罗和伊森会不会被吵醒？

马特偷偷地溜到工具房后面，冒险从后面偷看了一眼。

两个警察正在离他不到 2 米远的地方。

他被发现了，无路可逃，警察正朝他走来。

他逃不掉了。

马特握紧手枪，正准备不顾一切往外冲，突然玛莎的后院有什么东西吸引了他的目光。

是凯拉。

凯拉站在车库的门口，她肯定一直站在那里关注着事态的发展，两人的目光不期而遇，只见她的脸上突然扬起一丝淡淡的微笑，马特差点冲她摇头，但他还是忍住了。

凯拉惊声尖叫起来。

尖叫声划破长空，震耳欲聋，两个警察朝她的方向转过头去，视线暂时离开了马特的身体。她再次尖叫起来，警察们毫不迟疑地向她冲了过去。

“出什么事了？”一个警察朝她喊道。

马特不再迟疑，利用凯拉的掩护，朝着相反方向的树林狂奔而去。凯拉再次尖叫起来，马特头也不回地狂奔着，直到没入树林深处。

- 43 -

罗兰·缪斯坐在桌前，双脚跷在桌上，她决定给马克斯·达罗的遗孀打个电话。

现在应该是内华达州的凌晨三四点钟吧，罗兰老是记不清楚内华达州究竟比新泽西州晚两个小时还是三个小时，但她觉得，一个女人的丈夫被人杀害了，做妻子的估计也没法睡得安稳。

她拨了电话号码，电话直接转到了语音信箱。一个男人的声音在电话里响起："马克斯和格蒂现在无法接听您的电话，我们可能出去钓鱼了，有事请留言。"

这个本该安息的声音让罗兰顿了一下，退休警察马克斯·达罗也曾是个活生生的人。道理很简单，但是人们经常被繁杂的细节所迷惑，深陷谜团而不自知。逝者已逝，格蒂也需要改一改这条留言了，她和马克斯以后再也不能外出钓鱼了。听起来小事一桩，对格蒂来说却不是如此，她将在支离破碎的世界里苦苦挣扎。

罗兰留了言，留下自己的手机号码，然后挂断了电话。

“嘿，在忙什么呢？”

说话的人是维加斯的联邦调查局局长亚当·耶茨。在与琼·瑟斯顿碰面以后，两人一起开车去了县检察官办公室，罗兰抬头看着耶茨，说道：“只是在思考一些比较奇怪的进展情况。”

“比如说？”

罗兰把她和辛格尔·沙克尔的谈话告诉了他，耶茨从旁边的桌子那里拉过一把椅子，坐了下来，一直目不转睛地看着她，他是那种特别喜欢眼神交流的人。

罗兰说完后，耶茨皱起了眉头。“我实在有点不明白亨特和这个案子有什么关系。”

“他应该很快就会被拘留了，也许那时我们就能了解到一些真相。”

耶茨点了点头，眼睛依然看着罗兰的眼睛。

罗兰问道：“怎么了？”

“这个案子，”耶茨开口说道，声音柔和了许多，“对我意义非凡。”

“有什么特别的原因吗？”

“你有孩子吗？”耶茨问道。

“没有。”

“结婚了吗？”

“没有。”

“你是同性恋？”

“天哪！耶茨。”

耶茨举起一只手，说道：“我有点犯蠢了，对不起。”

“为什么问我这些问题？”

“你没有孩子，应该没法理解。”

“你是认真的吗？”

耶茨再次举起一只手，说道：“我并不是那个意思，我知道你是个好人。”

“哎呀，谢谢咯。”

“只是……当你有了孩子以后，一切都不一样了。”

“拜托，耶茨，请别跟我说孩子改变了你的人生那套废话，我已经从为数不多的几个朋友那里听得够多了。”

“不是那样的。”耶茨停顿了一下，又接着说道：“说实话，我觉得单身人士更适合当警察，可以一心一意地扑在工作上。”

“说起这个……”罗兰拿起一些文件，假装自己很忙的样子。

“我问你一件事，缪斯。”

罗兰等着他问话。

“当你醒来的时候，”耶茨继续说道，“你第一个想到的人是谁？”

“什么？”

“好吧，这么说吧，清晨的时候，你睁开双眼，从床上起来，你第一个想到的人是谁？”

“直接告诉我答案得了。”

“好吧，我不想冒犯你啊，只是你的答案肯定是你自己，对吧？你想着你自己，这没有错，也是人之常情，所有的单身人士都会这么做，醒来后的第一件事情就是想今天要干些什么。当然了，你也许还有年迈的父母需要照顾，但是，有了孩子以后，你首先想到的再也不是自己了，因为你有了比自己更加重要的人，他们改变了你的世界观，这是必然的事情。你以为你懂得什么叫保护和奉献，但是当你有了家庭……”

“说这些有什么意义吗？”

亚当·耶茨终于移开了视线。“我有个儿子，名字叫山姆，今年已经14岁了。他3岁的时候得了脑膜炎，我们都以为他会死。他躺在医院的大床上，那张床对他来说实在太大了，就好像要把他吞噬了一样。而我只能坐在他的身旁，眼睁睁地看着他的病情一步步恶化。”

耶茨痛苦地喘了一口气，用力地咽了一下口水，罗兰静静地等他平复情绪。

“几个小时后，我抱起山姆，把他搂在怀里。我不睡觉，也不松开他，我太太说我就这样抱了三天三夜，我自己什么都不知道，只知道如果我把山姆抱在怀里，如果我一直看着他，死神就不会把他从我的身边带走。”

耶茨陷入了自己的思绪里。

罗兰轻声说道：“我还是不明白你想说些什么。”

“好吧，直接告诉你吧。”耶茨回过神来，声音又恢复了正常，他眯着双眼，再一次直视着罗兰的眼睛，“他们恐吓我的家人。”

耶茨把一只手放在脸上，然后又放了下来，好像不知道该把手放在哪里似的。“在我刚开始调查这个案子的时候，”他继续说道，“他们盯上了我的妻子和孩子，这个你懂的。”

罗兰张了张嘴，最后什么也没说。

这时，桌上的电话响了，罗兰接起电话。

兰斯·班纳说道：“我们没有抓到马特。”

“什么？”

“和他们住在一起的那个女孩，叫凯拉什么的，突然尖叫起来，然后……总之，他老婆在这里，她说是她开的车，不是马特，而且她也不知道马特在哪里。”

“胡说八道。”

“我知道。”

“把她带过来。”

“她拒绝过来。”

“什么？”

“我们也拿她没有办法。”

“她是谋杀案的重要证人。”

“她有律师，还说我们要么逮捕她，要么放她走。”

就在这时，罗兰的手机响了起来，她看了看来电显示，电话是从马克斯·达罗的家里打来的。

“我回头再打给你。”罗兰挂断了办公室的电话，按下手机的接听键。“我是警探缪斯。”

“我是格蒂·达罗，你是不是给我留了言？”

罗兰听出了她的哽咽声。“对你丈夫的去世，我深表遗憾。”

“谢谢你。”

“我不是有意在这种糟糕的时刻打扰你，但是我真的有几个问题需要问你。”

“我明白。”

“谢谢你。”罗兰一边说，一边抓起一支钢笔，“你知道你丈夫为什么来纽瓦克吗，达罗太太？”

“不知道。”她痛苦万分地说道，“他告诉我，他要去佛罗里达拜访一位朋友，约好一起去钓鱼。”

“我明白了，他已经退休了，是吗？”

“没错。”

“你能告诉我他最近在调查些什么吗？”

“我不太明白，这跟他的死有什么关系？”

“这只是例行公事——”

“拜托，缪斯警探，”她突然拔高声音，打断她说道，“我丈夫也是警察，还记得吗？你这个时候打电话给我，不可能只是问一些例行公事的问题。”

罗兰只好实话实说：“我在调查作案动机。”

“作案动机？”

“是的。”

“但是……”她突然平静了下来，“另一位警官，就是之前打电话过来的那个瓦恩警探。”

“是的，他和我一个办公室。”

“他告诉我说，马克斯死在一辆车里，说他——”她的声音一阵哽咽，但她还是竭力平复下来，“说他的裤子是脱下来的。”

罗兰闭上了双眼，看来瓦恩已经把事情全部都告诉她了，她能够理解，也能料到，在当今这个信息开放的社会，就算是死者的遗孀，也没法幸免。“达罗太太？”

“什么事？”

“我觉得那只是一个圈套，也没有什么妓女，我认为你丈夫是因为其他的原因被谋杀的。我觉得这可能和他以前办过的案子有关，所以我才问你：他是不是在调查些什么？”

短暂的沉默之后，格蒂说道：“那个女孩。”

“什么？”

“我知道，我就知道是这样。”

“对不起，达罗太太，我不太明白你的意思。”

“马克斯在家从来不谈工作的事情，也不会把工作带回家里。他已经退休了，她没有理由来家里找他。”

“谁？”

“我不知道她的名字，她很年轻，大概 20 岁的样子。”

“她想要干什么？”

“我告诉过你了，我不知道。但是马克斯……在她离开之后，就像疯了一样，开始查阅以前的卷宗。”

“你知道都是些什么卷宗吗？”

“不知道。”她接着说，“你真的认为这跟马克斯的谋杀有关吗？”

“是的，太太，我觉得很有关系。你对克莱德·兰格这个名字有印象吗？”

“不好意思，没有印象。”

“那艾玛·勒梅或者是查尔斯·塔利呢？”

“没有印象。”

“那坎迪斯·波特呢？”

电话里一阵沉默。

“达罗太太？”

“我看到过这个名字。”

“在哪儿看到的？”

“在他桌上的卷宗里，大概是在一个月前，我只看到了‘波特’这个名字，之所以记得这个名字，是因为电视剧《美妙人生》里面那个大坏蛋就是叫这个名字，你还记得吗？那个波特先生？”

“你知道那份卷宗现在在哪儿吗？”

“我去柜子里面找一下，缪斯警探，如果还在柜子里的话，找到之后给你打电话。”

- 44 -

马特是在监狱里学会偷车的，至少，他是这么认为的。

离他两个房距远的牢房里，住着一个叫索尔的家伙。索尔有个很特殊的癖好，特别喜欢开着偷来的车去兜风。索尔表面看上去一副人畜无害的正派样，心中却住着一个恶魔，也因此把自己坑进了监狱。17 岁时，他因为偷车进了监狱，19 岁时又二进宫，第三次偷车出去兜风时，索尔因为车子失控撞死了人，因为已经有了两次前科，索尔被判了无期徒刑。

索尔告诉他："你在电视上看到的那些东西，全都是些胡扯，除非你的目标是辆特定品牌的车，否则的话，根本用不着去开锁，也不用任何工具，更不用短路点火，短路点火只对老式汽车管用。而且汽车都有警报器，你一用那些方法，汽车就自动把你锁死了。"

"那你是怎么做的？"马特问道。

"用车钥匙啊，正大光明地打开车门，然后开车走人。"

马特做了个鬼脸。"就这样？"

"不是，当然不只那样了。你得先去一个车多的停车场，购物中心是个不错的选择，不过你得小心附近巡逻的警察，大型超市是个绝佳的去处。先找一个不太引人注意的地方，然后一直往前走，边走边用手去摸一摸车子的前轮或保险杠，有人喜欢把车钥匙放在那些地方，也有人喜欢把车钥匙放在驾驶室挡泥板下面的磁铁里。当然不是每个人都会这么做，但是，五十个人里面至少有一人这样做。只要你有耐心，总会找到车钥匙的，就这么简单。”

马特暗自琢磨着，这些技巧是九年前在监狱里听到的，说不定早就已经过时了。他已经步行了一个多小时，先是穿过那片树林，现在又避开大路走的小道。当他走到利文斯顿大道的拐角处时，就随便上了一辆去帕拉默斯的卑尔根社区大学的巴士，在一个多小时的车程里，马特全程都在睡觉。

卑尔根社区大学是一所走读学校，里面停了无数的汽车，都是那些无忧无虑的大学生开的，停车场里几乎没有任何的安保人员。到了停车场后，马特四处搜寻起来，找了将近一个小时以后，就像索尔说的那样，他终于在一辆白色五十铃汽车那里摸到了钥匙，油箱里还有四分之一的汽油，运气还不错。车钥匙被藏在了前轮轮胎上方的一块磁铁里。马特上了车，朝 17 号公路驶去。他对卑尔根县不是很熟悉，也许向北穿过新纽约大桥才是明智之举，但他最终还是选择了走乔治·华盛顿大桥，因为那条路线他更加熟悉。

马特现在正在去往康涅狄格州韦斯特波特的路上。

车子开到乔治·华盛顿大桥的时候，他还担心收费站的工作人员会认出他来，他甚至提前把头上的绷带扯了下来，戴上在车后座找到的一顶纽约巡游者冰球队的帽子，结果一切顺利，什么事都没有发生。他打开收音机听了听新闻，先是听了 22 分钟的 1010WINS 新闻，然后又听了一会儿 CBS880[①] 的新闻。影视作品里面经常都有这样的镜头，正在播报的新闻节

---

① WINS 与 CBS 都是美国的全新闻电台。

目被打断，插播逃犯逃跑的特别新闻简报，但是这两家电台的新闻都没有提到他逃跑的事情。事实上，新闻里面什么相关信息都没有播报，既没有播报马克斯·达罗和查尔斯·塔利的死讯，也没有播报嫌疑犯逃跑的新闻。

马特现在急需现金，睡觉的地方，还有药品。之前他因为肾上腺素暂时忘记了身体的疼痛，但是随着肾上腺素的慢慢消退，疼痛再次席卷而来。在过去的 24 小时里，他只睡了大约一个小时，而前一天晚上，他也因为手机上的照片而辗转反侧。

马特数了数兜里的钱，总共只有 38 美元，根本不够，去自动取款机取钱或是使用信用卡都不行，警察马上就可以追踪到他的行踪。同样，他也没法找亲朋好友借钱，虽然他也没有多少可以真正信赖的朋友。

但是，有一个人马特倒是可以试一试，而且警察永远不会怀疑到这个人身上。

从韦斯特波特出口下了高速以后，马特放慢了车速，他从来没有来过这里，但是他知道具体的地址。刚出狱那阵子，他有好几次开车路过这条路，但是一直没有勇气开到那个街区。

现在，马特右转后再右转，慢慢地沿着这条绿树成荫的安静街道驶去。他的心又开始怦怦怦地跳个不停，马特看了一眼车道，车道上只停了一辆她的车。马特想用手机给她打个电话，但是不行，警察通过手机也能查到他的行踪。也许他应该直接上去敲门，他想了一下，最后还是决定谨慎一些，所以又开车回到了镇上，找了一个公用电话，拨通了那个号码。

电话刚响第一声，索尼娅·麦克格拉斯就接起了电话。“喂？”

“是我，”他说，“你一个人在家吗？”

“是的。”

“我需要你的帮助。”

“你在哪里？”

“离你家大约 5 分钟的车程。”

马特把车开上麦克格拉斯家的车道。

车库附近有一个生锈的篮球框，破碎的球网已经很久没有更换了。球框又破又旧，旁边的房子却豪华又新潮，显得球框与周围的环境愈加格格不入。马特停下脚步，直直地注视着球框，史蒂芬·麦克格拉斯正站在球框下，眼睛盯着球框的前沿，姿势标准地投出一记漂亮的下旋球，脸上带着愉悦的微笑。

“马特？”

马特转过身来，索尼娅·麦克格拉斯正站在前面的台阶上，她顺着马特的视线看过去，脸色瞬间阴沉下来。

“告诉我发生了什么事。”索尼娅说道。

马特把事情的经过告诉了她，随着他的述说，索尼娅脸上的痛苦并未消退。马特以前也见过她备受打击的样子，但她总能从伤痛中恢复过来，虽然每次恢复的程度不尽相同，最终都会平复。可是现在，她的脸色不见任何好转，仍然苍白得可怕，丝毫没有变化。马特看到了她脸上的痛苦神色，但他控制不住自己，依然滔滔不绝地说着，解释自己突然造访的原因。就在叙述的过程中，马特有种近乎灵魂出窍的感觉，他仿佛飘飘忽忽地飘浮在空中，清晰地听着自己的一言一语，清楚地知道这些话对她意味着什么。但他仍然说个不停，脑子里有个微弱的声音要他赶紧闭嘴，但他我行我素。他历经苦难才来到这里，一定可以挺过去的。

但最终，仔细一想，他的话听起来变成了这样：又是一场争斗，又是一条人命。

当马特终于平静下来的时候，索尼娅·麦克格拉斯只是静静地看了他几秒钟，在她愤怒的眼神中，马特感觉自己正在慢慢地枯萎消逝。

“你想让我帮你？”她说道。

马特总算听明白了索尼娅的言外之意，现在才意识到自己的请求是如此地可笑，如此地荒唐，如此地令人生厌。

马特有点不知所措。

“克拉克发现我们见面的事情了。”她说道。

马特本想说句“对不起”的，但是又觉得不太合适，只好沉默不语，静候下文。

“克拉克以为我是在寻求慰藉，或许他说得有点道理，但我却不这么认为。我觉得我只是想要一个了结而已，我想原谅你，但是我根本做不到。”

“我该走了。”他说道。

“你应该去自首，马特。如果你是无辜的，他们会——”

“他们会怎样？”马特问道，语气出乎意料地尖锐，“我已经试过一次了，还记得吗？”

“我当然记得了。”索尼娅·麦克格拉斯歪着头说道，“那你真的是无辜的吗，马特？”

马特回头看了看篮筐，史蒂芬手里拿着球，正准备投篮，闻言突然转过身来，等待着马特的答案。

“对不起，我得走了。”马特说完，转身离去。

- 45 -

罗兰·缪斯的手机响了起来，是马克斯·达罗的遗孀打过来的。

“我找到了一些东西。”她说道。

“是什么？”

“看起来像是坎迪斯·波特的尸检文件。”格蒂·达罗说道，“我是说，这是一份尸检报告，上面有法医的签名，我还记得这个法医，是个相当不错的人。”

“上面说了些什么？”

“有很多东西，身高啦，体重啦，要我全部念给你听吗？”

“那死亡原因呢？”

“上面写的是掐颈窒息致死，还有严重的殴打以及脑部重创。”

和他们调查到的资料比较吻合，那么这么多年以来，马克斯·达罗还发现了些什么呢？又是什么让他去了纽瓦克，找上伪装成玛丽·罗斯修女的艾玛·勒梅呢？“达罗太太，你有传真机吗？”

“马克斯的办公室里有一台。”

“你能把这份文件传真给我吗？”

“当然可以了。”

罗兰把传真号码给了她。

“缪斯警探？”

“什么事？”

“你结婚了吗？”

罗兰忍住了一声叹息，先是耶莰，现在是达罗太太。“没有，我没有结婚。”

“以前结过婚吗？”

“没有，为什么这么问？”

“我之前相信了另一名警探的话，是瓦恩先生，对吧？”

“没错。”

“他说马克斯和一个行为不检的女人待在车里，呃，我们以前就是这么叫那些女人的。”

“是的。”

“我只是想让你知道。”

“知道什么，达罗太太？”

“马克斯，呃，并不是一直都是一个好丈夫，你明白我的意思吗？”

“我明白。”罗兰说道。

“我想说的是，马克斯以前也做过这样的事情，在车子里乱搞，而且不止一次，所以我才立刻就相信了那个警察的话。我觉得应该让你知道这一点，万一调查进展不顺利。”

“谢谢你，达罗太太。”

“我现在就给你传真过去。”

达罗太太没有多说，直接挂断了电话，罗兰站在传真机旁等着。

亚当·耶茨拿着两瓶可乐走了回来，给了她一瓶，但她没要。“呃，我之前说的那些没有小孩的话——”

“算了吧，”罗兰说道，“我知道你的意思。”

“我那样说还是有点不妥。”

“是啊，的确有点不妥。”

“现在又是怎么回事？”

“马克斯·达罗在调查坎迪斯·波特的尸检报告。”

耶茨皱起眉头问道：“这跟案子又有什么关系？”

“还不知道，也许只是个巧合。”

电话铃响了，传真机发出一阵嗡嗡的声响。第一页纸慢慢钻了出来，幸好没有封面，罗兰讨厌浪费纸张。她一把抓起那张纸，开始寻找结论部分。事实上，在看尸检报告的时候，罗兰很少看其他部分的内容。有些人可能会对肝脏和心脏的重量感兴趣，但是罗兰只在意它们对案子的意义。

亚当·耶茨从她的身后探头看着那页纸，尸检报告看上去没有什么可疑的地方。

“你看出什么没有？”她问道。

“没有。”

“我也是。”

“可能又是白搭。”

“有可能。”

又一张纸钻了出来，两人一起看了起来。

耶茨指着右边那列的中间部分问道：“这是什么？”

在描述尸体细节的部分打了一个标记。

罗兰大声地念了出来：“没有卵巢，睾丸内隐，疑似 AIS。”

“AIS？”

“代表雄激素不敏感综合征，”罗兰说道，“我一个大学同学就是这种病。”

“这个又有什么关系？”耶茨问道。

“我也不知道，得 AIS 的女性在外表上和普通女性没什么两样，大家都把她们当成女性，她们也可以合法地结婚，收养小孩。”罗兰停了下来，努力想把事情搞清楚。

“但是？”

“但是，简而言之，意思就是坎迪斯·波特从生理上说是名男性，她有睾丸和 XY 染色体。”

耶茨做了个鬼脸。“你是说她是个变性人？”

“不是。”

“难道是男人？”

“从遗传学的角度来说，确实如此，但是其他方面可能并非如此。通常得了 AIS 的女人直到青春期没来月经之后才会发现自己跟普通女性不一样。这种病并不罕见，几年前有个‘美国妙龄小姐’就是得了这种病。还有很多人认为英国女王伊丽莎白一世，还有圣女贞德以及许多超级名模和女演员都有这个病，不过这些都是猜测而已。不管怎样，他们都可以像正常人那样生活。说实话，尽管这么说有些不通情理，但是如果坎迪斯·波特是个妓女的话，说不定对她还是一件好事呢。”

“为什么是件好事？”

罗兰抬起头看着耶茨。“得 AIS 的女性不会怀孕啊。”

- 46 -

马特开车离去，索尼娅·麦克格拉斯回到了屋里。他们的关系——如果两人算得上有关系的话，也至此结束了。这种感觉非常地微妙，就算两人彼此坦诚，相互慰藉，这种基于同病相怜产生的羁绊实属脆弱，注定会分崩离析，两人都是求而不得的可怜人而已。

马特暗自思量着索尼娅会不会打电话报警，如果报警又会怎样。

天哪！他真是蠢到家了，居然会来找索尼娅。

马特现在伤口疼得厉害，需要好好地休息，但是时间紧迫，他只能咬牙坚持下去。他看了看油表，几乎已经见底了，只好在附近的壳牌加油站停了下来，用仅有的钱加了汽油。

开车的时候，马特又想起了奥利维亚投下的那颗重磅炸弹。艰难的一天终于就要结束了，尽管有些奇怪，有些天真，他还是禁不住问自己，这一切究竟有什么改变。他仍然深爱着奥利维亚，爱她揽镜自赏时眉头微蹙的样子，爱她想到趣事时微笑的样子，爱她听到他笨嘴笨舌说俏皮话时翻白眼的无奈样子，爱她看书时盘起双腿的样子，爱她生气时嘟着嘴巴呼吸的样子，爱她做爱时眼里水光潋滟的样子，爱她大笑时让他心跳加速的样子，爱她偷偷看他被他抓包时的样子，爱她聆听收音机里最喜欢的歌曲时两眼微合沉醉其中的样子，爱她无论何时都毫不犹豫，自然随性地与他两手交握的样子，爱她肌肤相亲时那酥麻的触感，爱她晨光慵懒时把腿搭在他身上的样子，爱她睡觉时与他胸背相贴的亲密感觉，爱她晨曦微露时悄然下床，亲吻他的脸颊，为他轻掖毯子的样子。

这所有的一切，难道现在有什么不一样吗？

坦白真相并不是为了自我解脱，你的过去不会改变。他之所以告诉她他曾经坐牢的事情，并不是向她揭秘“真实的马特”或是“让他们的关系更上一层楼”，而是因为总有一天她会发现事情的真相，并没有什么特别的意义。如果他没有告诉她真相，难道他们就不会如胶似漆了吗？

还是说，这只是自欺欺人？

马特在索尼娅家附近的自动取款机前停了下来，他现在别无选择，他需要钱。如果索尼娅报警的话，警察还是会知道他来过这片区域，等他们追踪到这里的时候，他早就已经逃之夭夭了。马特不想在加油站使用信用卡，那样的话，警察就有可能查到他的车牌号码。事实上，如果他取到钱后就赶紧离开这里，警察应该抓不到他的。

自动取款机上最多可以取 1 000 美元，马特直接取了 1 000 美元。

然后，马特开始思考怎么去里诺。

罗兰正在开车，亚当·耶茨坐在副驾驶座位上。

“再给我说一下可以吗？”他说道。

“我有个线人，名字叫莱恩·弗里德曼。一年前，我们在一个妓女巷发现了两具女尸，两人都很年轻，都是黑人，双手都被砍了，这样警方就没法通过指纹确定她们的身份了。但是其中一个女孩的大腿内侧有一个奇怪的文身，是普林斯顿大学的校徽。”

“普林斯顿？”

“是的。”

耶茨摇了摇头。

“我们把相关资料登在了报纸上，希望有人能够提供线索，唯一一个到警方指认尸体的人就是莱恩·弗里德曼。他问我们死者的右脚上是否还有个玫瑰花瓣的文身，这个信息警方根本就没有公布，所以，说得婉转一些，就是我们被他勾起了兴趣。”

“你认为他就是凶手。”

“当然啦，为什么不呢？但是结果发现，两位死者都是纽瓦克一个叫‘甜心兔’的夜总会的脱衣舞女，用弗里德曼的话来说，叫艳舞女郎。弗里德曼是脱衣舞女方面的专家，他的兴趣爱好就是收集脱衣舞女的海报、个人小传、私人信息、真实姓名、文身、胎记，还有伤疤等，所有与脱衣舞女相关的一切，简直就是一个完整的数据库。而且他收集的还不只是本地的脱衣舞女，你应该去过拉斯维加斯大道对吧？”

“当然了。”

“那你应该知道他们是怎么散发脱衣舞女和妓女之类的广告卡吧。”

“嘿，不要忘了，我就住在那儿。”

罗兰点了点头。“嗯，弗里德曼就是专门收集这些广告卡片的，就像收集棒球卡一样，以此来搜集脱衣舞女的信息。他每次都会去这些地方待上几周，并根据收集的资料撰写一些这方面的学术论文。他还喜欢收集这方面的历史资料，他那里就有一个盖普西·罗丝·李的胸罩，还有一些历史悠久的老物件。”

耶茨做了个鬼脸。“那他一定很喜欢参加聚会。”

罗兰笑了笑。“你绝对想象不到。”

“什么意思？”

“待会儿你就知道了。”

两人陷入了一阵沉默。

耶茨开口说道：“我再次为之前说过的那些话诚挚地向你道歉。”

罗兰挥了挥手，表示不在意。“你到底有几个孩子？”

“三个。”

“儿子，还是女儿？”

“两个女儿，一个儿子。”

“多大了？”

“女儿一个 17 岁、一个 16 岁，儿子山姆 14 岁。”

“哎呀，十六七岁的大姑娘了。”罗兰说道。

耶茨笑着戏谑道：“你绝对想象不到。”

“有照片吗？”

“我从来都不带照片。”

“哦？”

耶茨在座位上动了动身体，罗兰用眼角的余光瞟了他一眼，看见他突然僵坐在那里。“大约六年前，”耶茨开口说道，“我的钱包被人偷了，我知道，作为联邦调查局外勤办公室的头头，钱包居然被人偷了，真是够逊的，不服气就去告我吧。总之，我当时气疯了，不是因为钱或是信用卡，而是因为钱包里的照片，我止不住地暗想，某个浑球拿走了我孩子的照片，要是只拿走现金，把钱包扔进垃圾桶里还好，但要是没扔呢，要是他把照片留下来了呢，我简直不敢想象。他可能会一脸饥渴地盯着照片‘自娱自乐’，甚至用手指抚摸她们的脸蛋。”

罗兰皱起了眉头。“还是说说喜欢参加聚会的事情吧。”

耶茨冷笑了一声。“总之，这就是我从不带照片的原因。”

两人在西奥兰治的北菲尔德大道拐了个弯，进入一个漂亮的老城镇，很多新建郊区的景观看起来都很假，就像刚刚移植的头发一样，西奥兰治的郊区却是不同，这里的草坪郁郁葱葱的，墙上爬满了常春藤，树木高大浓密。这里的房子也不像别处那样千篇一律，既有复古的都铎王朝建筑，也有热带式的海边度假小屋，还有色彩明丽的地中海风格。虽然房子有些老旧，不像新建时那般完美，但是并不影响居住。

车道上停着一辆三轮车，罗兰在三轮车后面停了下来。两人走下车，看见前院里立着一张棒球网，草坪上还放了两只棒球手套。

耶茨说道：“你的线人就住在这里？”

“就像我说的那样，你根本想象不到。”

耶茨耸了耸肩。

一位女士应声打开了房门，这位女士简直像是从《苏茜家庭主妇手册》里走出来的似的，身上系着一条格子围裙，脸上挂着一种宗教狂热分子才有的笑容。“莱恩在楼下的工作室里。”她说道。

“谢谢你。”

“想喝点咖啡吗？”

“不用了，没有关系。”

“妈妈！”

一个10岁左右的男孩跑了进来。“凯文，家里来客人了。”

凯文脸上的笑容和他妈妈的笑容一模一样。“我是凯文·弗里德曼。”男孩伸出一只手，看着罗兰的眼睛，用力地握了握罗兰的手，然后又转向一脸惊讶的耶茨，耶茨也同孩子握了握手，并做了自我介绍。

“很高兴认识你们。”凯文说道，“我和妈妈正在做香蕉面包，要来一片吗？”

“待会再吃吧，”罗兰说道，“我们，呃……”

“他就在下边。”“苏茜家庭主妇”说道。

“好的，谢谢。”

他们打开地下室的门，耶茨嘴里念念有词：“他们是怎么把小孩教成这样的？我连让我家孩子跟我好好打个招呼都没有办法，更不用说跟陌生人打招呼了。”

罗兰闷声笑了起来。“弗里德曼先生？”罗兰喊道。

弗里德曼应声走进了他们的视野，他的头发比她上次见到他时更白了。他穿着一件浅蓝色的扣领毛衣和一条卡其色的裤子。“很高兴再次见到你，缪斯警探。”

“我也是。”

“这是你朋友？”

“啊，这位是拉斯维加斯的主管特工亚当·耶茨。”

一听到这个地名，弗里德曼的眼睛就亮了起来。“拉斯维加斯！欢迎，欢迎，来吧，我们坐下来谈，看看我能帮上什么忙。”

弗里德曼用钥匙打开一扇门，屋子里面全是跟脱衣舞女有关的东西。墙上挂着脱衣舞女的照片，各式各样的文件，用镜框装裱的女士短裤和胸罩，羽毛围巾和扇子，另外还有一些旧海报，其中一张是宣传莉莉·圣·西尔和她的“泡泡舞”的海报，还有一张是被称作“脱衣舞界玛丽莲·梦露”的迪克西·埃文斯在纽瓦克的明斯基-亚当斯剧院演出的海报。一时间，罗兰和耶茨只顾着四处张望，两人看得目瞪口呆。

“你知道那是什么吗？”弗里德曼指着一把羽毛大扇子问道，扇子放在一个类似于美术馆的玻璃柜里。

“一把扇子啊。”罗兰说道。

弗里德曼哈哈大笑起来。“这可不是一把简单的扇子，称它为扇子就像是——”弗里德曼想了想，“就像是把《独立宣言》叫作一张羊皮纸一样。不，这把扇子可是伟大的莎莉·兰德1932年在派拉蒙夜总会表演时用过的扇子。”

弗里德曼等着两人的惊呼，结果两人根本不知道莎莉·兰德是谁。

“扇子舞就是莎莉·兰德发明的，实际上，她在1934年的电影《波列罗舞》中就用那把扇子表演过。你相信吗，这把扇子是用真正的鸵鸟羽毛做的？看到那边的那条鞭子了吗？那是贝蒂·佩吉用过的，她还有一个名字叫‘奴役女王’[①]。”

“她妈妈起的名字？”罗兰忍不住问道。

弗里德曼皱了皱眉，显然非常地失望，罗兰举起一只手，满脸歉意地看着他，弗里德曼叹了口气，朝电脑走去。

“我猜你们今天来和维加斯的脱衣舞女有关？”

“也许。”罗兰回道。

弗里德曼坐在电脑前，在电脑里面输入一些东西后问道：“有名字吗？”

“坎迪斯·波特。”

他停了下来，疑惑地问道：“那个谋杀案的受害者？”

“没错。”

“可她已经死了十来年了。”

“是啊，我们知道。”

“很多人都说她是被克莱德·兰格杀死的，”弗里德曼开始娓娓道来，“他和他的女朋友艾玛·勒梅独具慧眼，一起经营着好几家夜总会，虽然档次不高，但是人才济济。”

罗兰偷偷地看了一眼耶茨，耶茨正摇着头，脸上说不清楚是惊讶还是厌恶，弗里德曼也看到了他的表情。

“真的，有人还参加了纳斯卡[②]的比赛。”弗里德曼耸了耸肩说道。

---

① 此处实际上是指“性虐女王”。

② 纳斯卡（NASCAR）是美国全国运动汽车竞赛协会的简称。

“啊，真是太浪费了。”罗兰遗憾地说道，“还有什么？”

“还有很多克莱德·兰格和艾玛·勒梅的流言蜚语。”

“说他们虐待那些姑娘？”

“那是肯定的，我的意思是，他们背后有黑帮，这也没有什么稀奇的，干这一行的哪个没有点黑道背景呢？只是可惜了，他们完全拉低了整个行业的艺术水平，你懂我的意思吧？”

罗兰答道：“嗯。”

“盗亦有道，据说他们坏了行规。”

“怎么坏的？”

“你看过拉斯维加斯的新广告吗？”弗里德曼问道。

“没看过。”

“广告是这么说的：‘维加斯之事，维加斯内留’。”

“哦，等一等，”罗兰说道，“我看过这些广告。”

“嗯，绅士俱乐部把这句格言发挥到了极致：永不泄密。”

“难道兰格和勒梅泄露了什么秘密？”

弗里德曼的脸沉了下来。“比这还要糟糕，我——”

“够了。”耶茨打断他道。

罗兰转向耶茨，耸了耸肩，一脸的莫名其妙。

“听着，”耶茨看了看手表，继续说道，“这些东西很有趣，但是我们时间紧迫，你能告诉我们一些坎迪斯·波特的具体情况吗？”

“我可以问一个问题吗？”弗里德曼说道。

“问吧。”

“她已经去世很久了，这个案子有什么新进展吗？”

“也许有。”罗兰说道。

弗里德曼双手合十，等她继续说下文，罗兰趁机问道：“你知道坎迪斯·波特可能是个——”她决定用个更普遍但不太准确的词，“双性人吗？”

弗里德曼大吃一惊，惊叹地说道：“哇哦。”

“没错。”

“你确定？”

“我看过尸检报告。”

“等一等！”弗里德曼突然就像老电影里演的编辑那样大喊道，“等一下！你有真正的尸检报告？”

“是的。”

弗里德曼舔了舔嘴唇，努力克制住自己的激动之情。“我可以复印一份吗？”

“应该可以。”罗兰说道，“还有什么关于她的消息可以告诉我们吗？”

弗里德曼开始在电脑上打字。“关于坎迪斯·波特的信息并不太多，只知道她的艺名叫坎迪·凯恩，说实话，这个名字对一个脱衣舞女来说不太合适，太可爱了一点，你知道什么名字才是好名字吗？比如珍娜·詹姆森，你可能听说过她，但是你知道吗，在进入色情行业之前，珍娜是个跳舞的，她在一个爱尔兰威士忌的瓶子上看到了詹姆森这个名字。看到了吗，这才是好名字，既优雅又性感，你明白我的意思吗？”

“明白。”罗兰敷衍地说道。

“坎迪的个人表演也不是很有特色，打扮得就像医院的志愿者一样，手里拿着一根大棒棒糖。明白吗？坎迪·凯恩？我的意思是，她的名字太俗气了。”弗里德曼摇了摇头，就像老师被自己珍视的学生辜负了一样[①]。“大

---

① 坎迪·凯恩的英语 Candi Cane 和拐杖糖的英语名字 candy cane 发音一模一样。另外，美国医院的志愿者有时又被称为“糖果条纹者”，该名字来源于美国女性志愿者传统上穿的红白条纹套头衫，看起来就像拐杖糖一样。

家能够记住她，更多地还是因为她的双人舞表演，她在组合中的艺名是布丽安娜·皮科洛。”

“布丽安娜·皮科洛？”

“没错。她和搭档一起表演的双人舞，那名搭档是位身材高挑的黑人，名叫吉米·戴尔，在双人舞中化名为盖尔·塞耶斯。”

罗兰明白了其中的奥秘，耶茨也明白了其中的奥秘。

“皮科洛和塞耶斯？你在开玩笑，对吧？”

“没开玩笑，布丽安娜和盖尔把电影《布莱恩之歌》搬上了脱衣舞台。表演时，盖尔会泪流满面地说：‘我爱布丽安娜·皮科洛。’就像电影里面的比利·迪在台上说的那样，之后就是布丽安娜卧病在床，两人会互相脱衣服，当然与性爱完全不沾边，只是脱衣舞版的艺术表演。这对那些有跨种族爱恋情结的人很有吸引力，坦率地说，几乎每个人都有这种爱恋情结。我觉得这是脱衣舞界最好的政治宣言之一，也是种族敏感性的早期表现。我从未目睹过她们的表演，但是我觉得这是对社会经济的一种感人写照——”

“是啊，相当感人，我明白了。”罗兰打断他道，“还有吗？”

“有，当然有啦。你想知道什么？《塞耶斯-皮科洛》通常是《埃里森·贝丝·维斯四世伯爵夫人》的开场曲目，大家更为熟悉的名字叫《犹太皇室》，其中一句经典台词是：‘告诉妈妈，这是犹太洁食’，你可能听过这句台词。”

这时，一股香蕉面包的香味从上面飘了下来，虽然周围的环境有些倒胃口，但闻起来依然很香。罗兰设法把跑题的弗里德曼拉回正轨，“我说的是与坎迪斯·波特相关的事情，任何与她遭遇有关的事情。”

弗里德曼耸了耸肩，继续说道：“她和吉米·戴尔不仅是工作上的舞伴，还是生活中的室友。事实上，吉米·戴尔为坎迪支付了所有的安葬费用，这才让她没有最终流落到‘陶工之地’，抱歉，这个双关纯属偶然[①]。我记得坎迪被安葬在科尔代尔的圣母教堂，我还去过她的墓前祭奠她，当时感觉非常地动容。”

“的确是，你知道脱衣舞女离开这行后都做些什么吗？”

“当然知道啦。”弗里德曼惊讶地说道，就好像她在问一个牧师是否去做弥撒一样，“这部分才是最有趣的地方，你都不敢相信他们的人生是多么地丰富多彩。”

“好吧，这个吉米·戴尔后来怎么样了？”

“她还在干这一行，真是宝刀未老啊！不过现在是美人迟暮，风光不复，头牌的日子一去不复返了，但是吉米仍然还有一部分追随者，性感不够，经验来凑，不过她已经不在维加斯了。”

“她现在在哪儿？”

“听说在里诺市。”

“还有别的吗？”

“没有了。”弗里德曼说道，之后又突然打了个响指，“等一下，我有个东西要给你看，这可是我最得意的收藏。”

他们静静地等待着，屋子的角落里摆了三个高高的文件柜，伦恩·弗里德曼打开中间那个文件柜的第二个抽屉，开始挨个翻找。“皮科洛和塞耶斯的表演照，这可是一件珍品，是张拍立得相片的彩色复制品，真希望

---

① 原文 Potter's grave 中的 Potter 既有陶工的意思，也可用作人名波特，Potter's grave 既可以指波特的坟墓，也可以指陶工之地。陶工之地源自《圣经》，指的是阿克尔达玛地区（阿拉米语的意思是血的田地），在阿克尔达玛被用作墓地之前，这里曾是陶工们收集高质量、深红色黏土用于制作陶器的地方，因此被称为陶工之地，该词后来被用来指贫民的坟墓或普通的坟墓，是埋葬无名氏、无人认领的人或穷人的地方。

能够找到更多的照片。”他清了清嗓子，继续翻找着。“缪斯警探，你确定我真的可以拿到验尸报告的复印件吧？”

“我会看着办的。”

“那个对我的研究真的很有帮助。”

“研究，你说得对。”

“找到了。”弗里德曼拿出一张照片，放在他们面前的桌子上。耶茨看了看照片，点了点头，转头看向罗兰，却发现她一脸奇怪的表情。

“你怎么啦？”耶茨问道。

弗里德曼也紧跟着喊道：“缪斯警探？”

罗兰回过神来，心里暗想，绝对不能在这里说，一个字也不能说。她死死地盯着已经去世的坎迪斯·波特的照片，看着这个既叫坎迪·凯恩，又叫布丽安娜·皮科洛，又是谋杀案受害者的女人。

“这真的是坎迪斯·波特吗？”罗兰竭力稳住自己问道。

“是的。”

“你确定？”

“当然啦。”

耶茨满脸疑惑地看着罗兰，后者眨了眨眼睛，没有理会。

坎迪斯·波特。如果照片上的人真的是坎迪斯·波特，那么她就不是什么谋杀案的受害者，她不但没死，反而活得好好的，现在跟她坐过牢的丈夫马特一起住在新泽西州的欧文顿。

他们全都搞错了，马特·亨特与本案没有关系，事情终于能够说通了。

因为坎迪斯·波特现在有了新的化名。

她现在叫奥利维亚·亨特。

- 47 -

亚当·耶茨极力保持着冷静。

现在，他们回到了外面，站在弗里德曼家门前的草坪上。刚刚实在是太悬了，弗里德曼那个疯子絮絮叨叨地说什么盗亦有道，要是让他继续说下去，他所有的一切都将成为泡影，他的事业，他的婚姻，甚至是自由，就全都玩完了。

耶茨必须牢牢地控制住局面。

一直等到他和罗兰·缪斯回到车上后，耶茨才竭尽所能地平静地问道："这到底是怎么回事？"

"坎迪斯·波特还活着。"缪斯说道。

"你说什么？"

"坎迪斯活得好好的，还和马特·亨特结了婚。"

耶茨听着罗兰的解释，内心一阵颤抖，在她讲完之后，他要求看一下尸检报告，罗兰把尸检报告递给了他。

"没有受害者的照片吗？"

“这不是全部的档案，”罗兰说道，“只是马克斯·达罗感兴趣的那几页，我猜测他应该是知道了事情的真相，可能就是因为真正的受害者是一名 AIS 患者，所以才发现坎迪斯·波特这么多年以来根本没有遇害。”

“那为什么达罗现在才想起要去核查这些资料呢？我是说，事情已经过去十来年了。”

“我也不知道，看来我们需要和奥利维亚·亨特谈一谈了。”

亚当·耶茨点了点头，努力消化着听到的消息，实在无法接受奥利维亚·亨特就是当年那个叫坎迪斯的、已经去世的脱衣舞女。那天晚上她也在场，这一点毋庸置疑。

很有可能，非常有可能，那个录像带就在奥利维亚·亨特的手里。

这就意味着他必须把罗兰·缪斯从这个案子里面踢出去，立刻马上。

趁着缪斯在开车，耶茨又看了一眼验尸报告，身高、体重和头发颜色都一一吻合，真相显而易见，真正的受害者是卡珊德拉·梅多斯，死去的人一直都是卡珊德拉，他早就应该想到才是，卡珊德拉没有那么聪明，能够想到玩失踪的把戏。

莱恩·弗里德曼说的盗亦有道的行规是正确的，以前耶茨对这点也深信不疑，但事后看来，他真是愚蠢到家了。干这一行的人守口如瓶并不是为了什么道义，而是为了利益。要是嘴上没门，泄露了秘密，就会失去自己的客户群，就这么简单。但是唯一的问题就是，克莱德·兰格和艾玛·勒梅找到了一个更加来钱的方法，所以那套“盗亦有道”的废话就被他们抛到九霄云外去了。

耶茨并不经常招妓，但是这么多年以来，他的确背叛了自己的老婆贝丝。他从没觉得这有什么大不了的，这不是什么非此即彼的事情，也不是“性是一回事，做爱又是另一回事”。即使过了这么多年，和贝丝做爱依然美好如初，但是男人需要的远远不止这些，翻翻历史书就会发现答案显而易见，哪个伟人不是左拥右抱，简单如斯，复杂如斯。

事实上，这种事真没什么大不了的。难道发现丈夫偶尔看一下色情片，妻子就真的会因此而伤心难过？看一下色情片就是违法犯罪？是背叛？值得为之而离婚？

当然不是了。

所以招妓也没什么不一样，男人就喜欢来点刺激的助助兴，要么看看图片，要么看点情色小说，没什么大不了的，很多妻子都能理解，耶茨也可以向贝丝好好解释这一切。

如果情况真这么简单就好了。

兰格和勒梅就应该下地狱。

十年来，耶茨一直都在苦苦寻找兰格、勒梅和卡珊德拉，还有那盘该死的录像带。现在事情出现了转机，三个人中至少有两个已经死了，而坎迪斯·波特也突然浮出了水面。

坎迪斯究竟知道多少呢？

耶茨清了清嗓子，看着罗兰·缪斯，心里暗想：第一步，把她从这个案子里踢出去，那究竟该怎么做呢……？“你之前说你认识马特·亨特？”

“是的。”

“那就不应该让你去问他的妻子了。”

罗兰皱起了眉头。“就因为我以前认识他？”

“没错。”

“那已经是小学时候的事情了，亚当，10 岁以后我就没跟他说过话了。”

“但是你们还是有关联。”

“所以呢？”

“所以被告可以利用这一点来做文章。”

“做什么文章？”

耶茨摇了摇头。

“怎么了？”

“缪斯，你看起来是个非常优秀的警探，但是有时候你的天真让人震惊。”

罗兰握着方向盘的双手不由得一紧，耶茨知道自己的话很伤人。

“你回办公室去，”他说道，“我和卡尔会接手这部分的调查。”

“卡尔？就是今天早上琼·瑟斯顿办公室里的那个笨蛋吗？”

“他是一名非常优秀的特工。”

“肯定是。”

两人陷入了沉默，罗兰左思右想，想要摆脱眼前的困境。耶茨则耐心地等待着，他已经知道该怎么做了。

“你看，我认识路，”罗兰说道，“可以开车送你去亨特家，我就待在外面以防——”

“不用了。”

“可是我想——”

“你想？”耶茨立刻打断了她，“你以为你在跟谁说话，缪斯警探？”

罗兰一声不响地生着闷气。

“现在，案子已经变成了联邦调查局的案子，事实上，案子的大部分线索都指向了内华达州。很显然，案件已经跨越了州界，更不用说县界了，而你是县级警探，你明白吗？最下面的是县，县上面是州，州上面是联邦，如果需要，我可以用条形图给你演示一下。现在发号施令的人是我，不是你。请你先回办公室，如果情况允许，我会通知你调查的进展，你听清楚了吗？”

罗兰努力让自己的声音平稳下来。“要不是我的话，你根本不知道奥利维亚·亨特就是坎迪斯·波特。”

“哦，我明白了，这才是你的真实意图，对吗，缪斯？是自尊心作祟还是你想邀功？很好，功劳都是你的。如果你愿意，我还可以在布告栏上写上你的名字，再在旁边加一颗星星。”

“我不是这个意思。”

“在我听来就是这个意思，天真幼稚外加追名逐誉，真是前途无量啊。”

“这不公平。”

“不公平……”耶茨哈哈大笑起来，“你在和我开玩笑吗？公平？缪斯，你多大了，12岁？这是联邦调查局负责的谋杀和敲诈勒索案，你一个小小的县警探，却跟我说什么公平不公平？你马上开车送我回办公室，”打了别人一巴掌，还得给人来颗甜枣，“如果你真的想参与调查，那你现在的任务就是尽快调查清楚另一个妓女的资料，就是那个和她同屋的黑人。”

“吉米·戴尔。”

“没错，尽你所能查出她的确切位置，还有个人经历。不过，在没有请示我之前，你不能同她说话。如果你不愿意，就不要插手这个案子了，你明白了吗？”

罗兰就像嘴里含了钉子一样回答道：“明白了。”

耶茨知道罗兰不得不屈服，只要她还想继续调查此案，就必须妥协，暂时干些外围的调查工作，希望有一天能够重返核心。事实上，罗兰是个非常优秀的警探，等这一切结束之后，耶茨会想办法把她挖到自己的旗下，然后再说点好话，把功劳都记到她的头上，这样，也许她一高兴，就不会太关注细节问题了。

至少他希望如此。

因为到目前为止，那些死去的人没有一个是无辜的，谁让他们一直都想伤害他呢。但是罗兰·缪斯不同，他真的不想让她受到伤害。但是，就像老话说的那样，真有什么事，只能是死道友不死贫道了。

罗兰·缪斯把车开进停车场，然后一言不发地下了车，怒气冲冲地走了，耶茨没有管她，直接给卡尔·多林格打了一个电话，快速地解释了一下接下来要做的事情。卡尔是他唯一信任的人，根本不需要了解太多的细节。

亚当的脑子里突然闪过一段痛苦的记忆，那是山姆患脑膜炎住院的情景。他告诉罗兰这个故事的时候，有一部分没有说，那就是卡尔在这场噩梦中所扮演的角色。当时，这位老友坚决拒绝离开医院，直接拉了一把硬邦邦的金属椅子，坐在山姆的病房外，默默地守候了三天三夜，确保亚当有需要的时候，他能够随时应对。

“你要我一个人去？”卡尔问道。

“不是，我会在亨特家与你碰头。”耶茨语气温和地说道，“我们一定会拿到录像带的，然后结束这一切。”

- 48 -

奥利维亚·亨特一直努力强撑着，直到“中危”把她从兰斯·班纳警探那里解救出来。现在回到自己的家里，奥利维亚再也撑不下去了，一个人默默地坐在那里，眼泪哗啦啦地往下淌。她无力阻挡，也不知道这些眼泪是源于高兴还是宽慰，抑或是恐惧，她只知道，坐在这里流泪只是浪费时间而已。

她必须行动起来。

她的行李箱还放在豪生酒店里，于是她简单地收拾了另一个行李箱。她知道不能在家坐以待毙，警察随时都会找上门来，找她了解情况。

她现在必须尽快赶去里诺市。

奥利维亚一直泪流不止，这一点都不像她，但在这种情况下，也情有可原。奥利维亚身心俱疲，一方面是因为怀孕，另一方面也是放心不下自己的女儿。还有就是，在经历了漫长的时日之后，她终于向马特坦陈了一切。

和艾玛·勒梅的约定也到此结束了。事实上，从奥利维亚回应网上的那篇帖子开始，两人的约定就已不复存在，不仅如此，是她害死了艾玛·勒梅，这一切都是她的错。诚然，艾玛这一生的确干了很多错事，也的确伤害了很多人，但是奥利维亚知道，艾玛一直都在努力弥补自己的过错，她人生的最后几年都在努力弥补过错。她不知道老天的功德簿会如何记录艾玛，但是如果真的有人可以得到救赎，此人非艾玛·勒梅莫属。

但是真正让奥利维亚无法释怀，泪如雨下的，还是知道真相时马特脸上的神情。

那根本不是奥利维亚料想的神情。

他应该感到难过才对，也许难过还是有的，他怎么可能不难过呢？从他们第一次在拉斯维加斯遇见彼此，奥利维亚就一直深爱着马特那爱慕的眼神，就好像她是上帝创造的最瑰丽，最——实在找不到更好的词语——纯洁的宝贝。所以她才理所当然地以为，在真相揭露的那一刻，马特爱慕的眼神肯定会黯淡几许，抑或荡然无存，那双黯然的蓝眸也会变得冷漠无情。

但是，什么都没有发生。

马特爱她如初，就算知道妻子说了谎，就算知道了妻子曾经的过往，虽然这些过往会让大部分男人心生厌恶，转身离开，但是马特依然奉上了最纯粹的爱。

多年以来，奥利维亚渐渐明白，可怕的成长经历让她逐渐走上了自我毁灭的道路，就像许多与她一起工作的女孩那样。而那些和她一样辗转于不同寄养家庭，在贫穷环境下长大的男人们，通常都会以暴力报复社会，这就是遭受虐待的男人发泄愤怒的方式，以暴制暴。

而女人则不一样，她们会用更加隐晦的残忍方式，将愤怒发泄在自己的身上，就像大多数女孩的情况一样，她们没法伤害别人，只能伤害自己。吉米就是这样的人，奥利维亚，不对，是坎迪，曾经也是如此。

直到她遇见了马特。

也许是因为马特曾经坐牢的经历，也许是因为他们同样坎坷的命运，就像她之前说过的那样，两人走到了一起。马特是她见过的最好的男人，他从不钻牛角尖，活得实在，看得通透，不追求华而不实的东西，永远活在当下，这也让奥利维亚看清了过去，认清了自己。

马特不曾看到她的丑陋与不堪，现在依然如此。因为看不见，所以就不存在。

但是，就在奥利维亚打包收拾行李的时候，残酷的现实却再次浮现在眼前。这么多年以来，就算她一直自欺欺人，却依然摆脱不了那种自我毁灭的倾向，不然又该怎么解释她这一系列的行为呢？她真是愚不可及，居然在网上搜索坎迪斯·波特的信息。

看看她都造了些什么孽，首先是艾玛，其次是自己，更重要的是，她唯一深爱的男人。

她为什么要一直纠缠于过去不放手呢？

事实上，那是因为她根本无法控制自己。现在到处都充斥着支持堕胎、支持收养、反对堕胎的言论，多年以来，奥利维亚一直对这些言论深恶痛绝，但是不能否认的一个基本道理是：怀孕是人生道路的终极岔路口，无论做何选择，都会对未选之路充满遐想。虽然那时她很年轻，虽然留下那个孩子不太可能，虽然送养孩子的决定不是她自己做的，但是奥利维亚每日每夜还是忍不住思量，要是孩子没有送人该是怎样的光景。

没有哪个女人能够轻易躲过这一劫。

这时，门口传来敲门的声音。

奥利维亚等了一下，门口再次响起敲门声。门上没有窥视孔，她只好走到旁边的窗户前，撩起蕾丝窗帘，悄悄地往外看。

门口站着两个男人，其中一人打扮时髦，身材极好，就像是从时装书上走出来的模特。第二个人身材高大魁梧，没有脖子，剪着军人似的寸头，身上穿着一套不太合身的西装，不过话又说回来，就他这长相，没有哪套西装适合他。

身材高大的男人转头看向窗户，正好与奥利维亚四目相对。他用胳膊肘推了推个子较小的男人，那个男人也转身看向窗户。

“我们是联邦调查局的，”正常个子的男人说道，“想和你谈一谈。”

“我无话可说。”

那位模特先生向她走过来，说道：“亨特太太，你这样做不太明智哟。”

“有什么问题请直接找我的律师艾克·基尔。”

那人笑了笑。“那我们重来一遍。”

奥利维亚很不喜欢他说话的方式。

“我是联邦调查局拉斯维加斯办公室的主管特工亚当·耶茨，这位——”他指了指大个子男人，“是特别探员卡尔·多林格。我们想和奥利维亚·亨特谈一谈，如果愿意的话，我们也可以直接逮捕坎迪斯·波特。”

奥利维亚一听到自己以前的名字，膝盖不由得一阵发软。大个子男人冷酷的脸上露出一丝得意的笑容，显然非常享受这美妙的一刻。

“配不配合由你决定，亨特太太。”

她现在别无选择，只好让他们进来问话。

“让我看一下你们的证件。”

大个子男人朝窗户走了过来，奥利维亚极力克制住后退的欲望。他把手伸进口袋，掏出证件，啪的一声用力拍在玻璃上，把她吓了一大跳。另一个叫耶茨的男人也啪的一声把证件拍在了玻璃上。两个证件看起来都是真的，尽管她知道买个假证件简直是易如反掌。

“把工作证从门缝底下塞进来，我要打电话去你们的办公室确认一下。”

大个子男人多林格耸了耸肩，嘴角依然噙着那抹假笑。他第一次开口说道：“没问题，坎迪。”

奥利维亚不由得咽了咽口水，只见大个子男人从钱包里掏出一张卡片，从门缝下面塞了进来。根本不需要再打电话确认了，因为卡片上那个凸起的印章一看就是真的，而且卡尔·多林格的动作一点都不迟疑，根据卡片上的资料，多林格确实是拉斯维加斯办事处的一名特别探员。

奥利维亚打开房门，亚当·耶茨率先走了进来，卡尔·多林格就像进帐篷一样弯着腰跟了进来，然后两手抱胸，站在了门边。

“今天天气不错。”耶茨说道。

多林格则顺手关上了房门。

- 49 -

罗兰·缪斯怒火中烧。

她本来打算给老板埃德·斯坦伯格打个电话，抱怨一下耶茨对她的不公平待遇，但是最后想想还是算了。她可不想让人觉得自己是个乳臭未干的孩子，还需要别人照顾，一遇到事情就打电话向老板求助。

不管怎样，她现在至少还可以参与调查，这样就已经很好了，她想要的也不过如此，至少成功地迈出了第一步。她开始竭尽所能地调查那个室友吉米·戴尔的资料，这并不困难，因为吉米曾经有过卖淫的犯罪记录。虽然卖淫在克拉克县是违法的，但是在拉斯维加斯却是合法的[①]。

戴尔以前的缓刑监督官泰勒今天上班来得很早，他是罗兰的老前辈，至今依然记得戴尔。

“我还能告诉你什么呢？”泰勒说道，“吉米·戴尔来自一个问题家庭，但是干这一行的女孩哪个又不是这样的呢？你听过霍华德·斯特恩主持的

① 拉斯维加斯是美国内华达州最大的城市，也是克拉克县的县治。

广播节目吗？”

“当然了。”

“那他邀请脱衣舞女参加节目的广播你听过吗？他一般都会开玩笑一样地问脱衣舞女：‘你第一次被虐待的时候有多大？’她们的回答也是五花八门。大家坐在那里，虽然嘴里说赤身裸体上台表演的感觉很棒，自己的人生自己做主，但是欢声笑语背后却是无尽的心酸，你明白我的意思吗？”

“我明白。”

“吉米·戴尔也不例外，很小的时候就离家出走，开始跳脱衣舞的时候大概才 14 岁的样子，最多 15 岁。”

“你知道她现在在哪儿吗？”

“她搬到里诺去了，如果需要的话，我这儿有她的家庭住址。”

“那就谢谢了。”

泰勒把吉米·戴尔的家庭住址给了罗兰。“我上次听说她在一个叫‘勤奋的海狸’的地方工作，不管你信不信，这个地方可不像它的名字那样体面。”

“勤奋的海狸”？罗兰心想，那不是耶茨所说的查尔斯·塔利工作的地方吗？

泰勒接着说道：“里诺是个不错的小镇，不像拉斯维加斯，请不要误会，我还是很喜欢拉斯维加斯的，我们大家都很喜欢这个地方，虽然暴力猖獗、肉欲横流，却没人选择离开。你懂我的意思吗？”

“我是从新泽西州的纽瓦克给你打的电话，”罗兰说道，“我当然明白你的意思了。”

泰勒大笑起来。“里诺就在内华达山下面，气候宜人，确实是个安家落户的好地方。以前是美国的离婚之都，人均百万富翁比全国任何地方都多，你来过这里没有？”

“没有。”

“你可爱吗？”

“很可爱。”

“那就来维加斯吧，我给你当向导。”

“我下一班飞机就到了。”

“等一等，你不是‘厌男’女吧？”

“睡眠不足的时候是。”

“那你这次过来有什么事？”

罗兰的手机响了起来。“我晚点再告诉你，好吗？谢谢你，泰勒。”

“我们晚上就在曼德勒湾酒店住，我在那儿有个熟人，你会爱上那里的。”

“可以，待会儿见，拜拜。”

罗兰挂断电话，按下手机的接听键。

“喂？”

凯瑟琳院长开门见山地说道：“她是被谋杀的，对吧？”

罗兰本来打算跟她打哈哈，搪塞过去的，但是凯瑟琳院长的语气告诉她，这是在浪费时间。“没错。”

“我想见见你。”

“为什么？”

“见面之后再说，玛丽·罗斯修女的情况非常特殊。”

“怎么个特殊法？”

“请尽快来我的办公室，罗兰，我要给你看样东西。”

“请问你们找我干什么，耶茨探员？”奥利维亚问道。

卡尔·多林格站在门边，眼睛朝房间四处扫视了一遍。亚当·耶茨坐了下来，胳膊肘支在大腿上。“你们家的书真多啊。”耶茨说道。

“你的观察非常细致。”

“这些书是你的还是你丈夫的？”

奥利维亚双手叉在腰间。“哦，我明白你想说什么了，我来为你解解惑吧，大部分的书都是我的，可以了吗？”

耶茨笑了笑。“你真是太风趣了，”他说道，“你说是不是，卡尔？”

卡尔点了点头。“大多数脱衣舞女和妓女都很尖酸刻薄，她却不一样，非常地阳光。”

“的确很阳光。”耶茨补充道。

奥利维亚不喜欢事态的发展趋势。“你想干什么？”

“你伪造了自己的死亡，”耶茨说道，“这是违法的。”

奥利维亚没有接话。

“真正死去的那个女孩，”耶茨继续说道，“她叫什么名字来着？”

“我不知道你在说些什么。”

“她叫卡珊德拉，对吗？”耶茨把身子往前倾了倾，“是你杀了她吗？”

奥利维亚不为所动。“你们要干吗？”

“你心里有数。”

耶茨不由得握起了拳头，然后又松开。奥利维亚瞥了一眼房门，卡尔依然面色沉静，像尊雕像。

“很抱歉，”她说道，“我不知道。”

耶茨勉强扯了个笑容，问道：“录像带在哪里？”

奥利维亚浑身一僵，思绪瞬间回到了旅行拖车里见到的那一幕。她和吉米刚刚搬进拖车的时候，里面弥漫着一股难闻的气味，就像有小动物死在了墙缝里面一样。吉米特意买了一些味道特别浓郁的香料来掩盖这股怪味，但徒劳无功。现在她又想起了那股怪味，眼前又浮现出卡珊德拉扭曲的尸体，她依然记得克莱德·兰格满脸恐惧地问她：

“录像带在哪里？”

她竭力稳住自己的声音，说道：“我不知道你在说什么。”

“那你为什么要逃跑，还隐姓埋名？”

“我想重新开始。”

“只是这样吗？”

“当然不是了，”奥利维亚说道，“事情当然不是一句‘就这样’这么简单。”奥利维亚站起身来，“在我的律师到达之前，我拒绝回答任何问题。”

耶茨抬起头看着她。“你给我坐下。”

“请你们两个赶快离开。”

“我让你坐下。”

奥利维亚又瞥了一眼卡尔·多林格，后者还在那里扮雕像，双眼空洞无神。奥利维亚只好顺着耶茨的话坐了下来。

“我本来还想说：‘你在这里过得还不错，一定不想让我把这一切都给毁了吧。’”耶茨开口说道，“但是我现在不确定这么说是否奏效，看看你现在的生活，社区环境堪忧，房子破破烂烂，丈夫还是一个杀人犯，而且还牵涉到三起谋杀案中，全国通缉。”耶茨朝她笑了笑，“坎迪，大家都以为你开始了新生活，过得很幸福，没想到结果恰恰相反。”

耶茨故意想要激怒她，但是奥利维亚没有上当。“请你们马上离开。”

“你不想知道是谁泄露了你的秘密吗？”

“请你们离开。”

“我可以直接逮捕你。”

就是现在！奥利维亚决定放手一搏，只见她伸出双手，做出一副等他们给自己戴手铐的样子，耶茨却没有任何举动。没错，他的确可以逮捕她，虽然不太了解相关的法律或诉讼时效，但她确确实实妨碍了一桩谋杀案的调查，更确切地说，她把自己伪装成了受害者，光这一点就足够把她抓起来了。

但是这并不是耶茨想要的。

克莱德祈求的声音又在她的耳边回荡："录像带在哪里？"

耶茨肯定另有所图，那是卡珊德拉为之丧命的东西，也是克莱德·兰格为之杀人的东西。她细细地打量着耶茨的脸，虽然眼里平静无波，但他的双手却不停地握紧又松开。

奥利维亚的手腕依然并拢伸在面前，她又默默地等了片刻，这才收回双手，垂在身侧。"我对录像带一无所知。"她说道。

现在轮到耶茨打量她了，他不慌不忙地打量着她，然后说道："我相信你。"

不知何故，耶茨说话时的神情突然让奥利维亚毛骨悚然。

"请跟我们走一趟吧。"耶茨说道。

"去哪里？"

"我们要逮捕你。"

"以什么罪名？"

"你想让我一一罗列出来？"

"我要给我的律师打电话。"

"到警局后再给他打吧。"

奥利维亚不知道该如何应对眼前的局面，卡尔·多林格朝她迈了一步，她不由自主地往后退了一步，只听大块头说道："你想让我把你铐起来拖出去吗？"

奥利维亚停了下来，说道："没这个必要。"

他们朝屋外走去，耶茨领头，多林格和奥利维亚并排走在后面。奥利维亚看了看周围的街道，巨大的棕色啤酒瓶依然高耸在空中，奥利维亚莫名地感受到些许安慰。耶茨走在前面，打开车门，坐进车里，发动汽车，然后回头看着奥利维亚，就在回头的瞬间，奥利维亚突然明白过来。

她知道他是谁了。

对奥利维亚来说，人的名字总是容易忘记，但是面容却铭刻于心。在她跳舞的时候，研究台下客人的面孔就成了她麻痹自己的最好方式。她细细地研究那些面孔，并且牢记于心，按照无聊程度和愉悦程度分门别类，记住他们来夜总会的次数，既能锻炼自己的脑子，又能分散自己的注意力。

亚当·耶茨以前肯定去过克莱德的夜总会。

也许是因为她犹豫不决，也许是因为卡尔·多林格分外警觉，奥利维亚刚抬起脚准备逃跑，多林格就紧紧地抓住了她的胳膊，捏住肘部上方的位置，力道不大不小，刚好可以提醒她注意。她努力想要挣脱他的钳制，但是手臂就像凝固在混凝土里一样，纹丝不动。

她根本没法动弹。

马上就要走到车子那里了，卡尔加快了步伐，奥利维亚的目光迅速地掠过街道，最后停在了劳伦斯的身上。劳伦斯正和另一个她不认识的男人站在街角处，两人手里都拿着棕色的纸袋子，喝得东倒西歪的。劳伦斯也看到了奥利维亚，举起手正要跟她挥手打招呼。

奥利维亚用口型无声地对他喊道："救救我。"

但是劳伦斯脸上的神情分毫未变，没有任何的反应。另一个人好似说了什么笑话，劳伦斯乐得直拍大腿，笑了好久。

劳伦斯根本没有看到她的求救。

他们离车越来越近，奥利维亚拼命地转动脑筋，她不想和他们上车，故意放慢了脚步，但是多林格再次迅速又用力地捏了一下她的胳膊，疼得她一哆嗦。

“继续走。”大个子命令道。

他们终于走到了车子的后门处，多林格打开车门，奥利维亚使劲地定在原地不动，但他抓得实在太紧了，他一把把她推到了后座上。

“哎，有一块钱吗？”

大个子迅速地瞥了一眼，说话的人是劳伦斯。多林格正打算转身上车，直接无视这个乞丐，劳伦斯却一把抓住了他的肩膀。

“嘿，兄弟，我饿了，有一块钱吗？”

“滚开。”

劳伦斯抬起双手，放在了大个子的胸口上。“兄弟，我只要一块钱。”

“把你的脏手拿开。”

“就一块钱，是不是要得太多——”

就在这个时候，多林格松开了她的手臂。

奥利维亚犹豫了一下，但是就那么一小下，就在多林格伸出双手，抓起劳伦斯的衬衫前襟时，她已经蓄势待发，一跃而起，撒腿就跑。

“快跑，丽芙！”

根本不用劳伦斯提醒第二遍。

多林格放开劳伦斯，迅速转过身来，劳伦斯当机立断，一下跳到了大个子的背上。多林格肩膀一扭，就像甩头皮屑一样轻松地把他甩到了地上。但是，接下来劳伦斯却干了一件蠢事，惹怒了多林格，只见他一把操起手里的棕色袋子，狠狠地打在多林格的身上，只听见哐啷一声，袋子里面传来啤酒瓶撞击的声音，多林格愤怒地转过身去，一拳打在了劳伦斯的胸口上，劳伦斯重重地摔倒在地。

多林格朝奥利维亚大喊道：“站住，我是联邦调查局的！”

我可没那么傻，大个子。

身后传来车子开动的声音，随着耶茨的突然加速，轮胎发出一阵刺耳的摩擦声音，奥利维亚回头望了一眼。

不好！多林格快要追上来了，而且他手里还拿着枪。

她只领先多林格大概 15 米的距离，她拼命地往前跑，这里是自己生活的地方，她比他更有优势，对吧？奥利维亚抄近路，朝一条偏僻的小巷跑去，巷子里面空空如也，一个人也没有，多林格紧追不舍，步步紧逼。她冒险回头看了一眼，发现多林格离她越来越近，而且脸不红，气不喘。

奥利维亚迅速回头，使劲地舞着胳膊，不顾一切地往前冲。

一颗子弹嗖的一声从她身旁呼啸而过，另一颗子弹紧随其后。

啊，天哪！他居然真的开枪了。

现在必须马上离开这条小巷，找个人多的地方，他不可能在大庭广众之下开枪杀她。

万一会呢？

奥利维亚突然转向，回到了大街上，耶茨的车就在街上，一看到她的身影就加速朝她开了过来。她用力一跃，直接从一辆停在路边的车上滚到了人行道上，人行道旁边就是蓝带啤酒的旧厂房，这些旧厂房很快就会消失，取而代之的将是又一座毫无特点的购物中心。现在，这些破旧的厂房就是她的避难所。

等一等，那家老酒馆哪里去了？

奥利维亚突然向左拐去，她记得那家老酒馆就在第二条巷子里。奥利维亚不敢往后看，但是她已经能够听到后面的脚步声了，多林格离她越来越近了。

“站住！”

奥利维亚焦急地在心里嘶喊着：见鬼的，酒馆！酒馆！究竟在哪里？

她朝右边拐去。

天哪！终于找到了！

酒馆的大门就在右边，离她不远，她拼命地朝酒馆跑去，刚刚握住门把手，多林格就转弯跑了过来，她一把拉开房门，跌进了门内。

“救命啊！”

酒馆里面只有一个人，正在吧台后面清洗酒杯，听见呼救声，他惊讶地抬起头来，奥利维亚站起身来，迅速地闩上门闩。

“嘿，”那个酒保喊道，“怎么回事？”

“有人要杀我。”

突然，房门一阵晃动，一个声音在门外响起：“我是联邦调查局的，开门！”

奥利维亚朝他哀求地摇了摇头，酒保犹豫了一下，然后用头指了指后面的房间，奥利维亚赶紧朝后面跑去，酒保刚刚拿起猎枪，多林格就把门给踹开了。

看着面前高大壮硕的体形，酒保吓了一跳。“天哪！”

“我是联邦调查局的，把枪放下。”

“不要急，老兄……”

多林格对准酒保开了两枪。

酒保应声倒下，身后的墙上溅起一片血迹。

天哪！天哪！天哪！

奥利维亚想放声尖叫。

不行，没时间了，快跑！

她想起了肚子里的孩子，瞬间迸发出无尽的力量，迅速地朝酒保示意的房间冲了进去。

身后的墙上一阵扫射，奥利维亚猛地朝地上趴去。

奥利维亚迅速地向后门爬去，后门是厚实的金属门，锁眼上还插着一把钥匙，她一把拉开房门，同时把钥匙用力一拧，只是用力过猛，钥匙直接断在了锁孔里，她就地一滚，回到了明媚的阳光下，身后的房门随即自动锁上。

奥利维亚听见有人在转动门把手，发现不起作用后，便开始咚咚咚地砸门。只是这一次，门就没那么容易打开了。奥利维亚避开主干道，拼命地奔跑起来，一边跑一边留意着耶茨的车子和多林格的身影。

车子和人都不见踪影，是时候离开这个鬼地方了。

奥利维亚断断续续地又跑了 3 公里，看见一辆公共汽车经过时，她不管三七二十一地跳上了公共汽车，最后在伊丽莎白中心下了车，站台的旁边停满了排队候客的出租车。

“去哪里？”出租车司机问道。

奥利维亚努力地缓了口气。“纽瓦克机场。”

- 50 -

马特开着那辆白色的五十铃汽车进入了宾夕法尼亚州，一路上连他自己都很惊讶居然还记得那么多监狱里面学到的技能，他一直以为这些都是一些无用的东西。事实上，监狱并不像很多人认为的那样，可以让所有的罪犯都改过自新，不要忘了，他们全都是被抓进去的犯罪分子。所以，这里任何所谓的专业知识都或多或少被蒙上了一层阴影。

况且，他以前对那些犯罪活动也不感兴趣，从来没有认真听过，九年以来，只要和违法乱纪哪怕沾一点边的事情，他都会敬而远之。

现在情况发生了改变。

现在，不仅索尔的偷车技术帮了大忙，马特还想起了很多其他的反侦察技能。他在 80 号公路旁的大西部铁路公司的停车场停了下来，不出所料，停车场里没有保安。他可不想再偷一辆车，只想偷个 P 开头的车牌而已[1]。幸运的是，员工停车场里正好有一辆车牌是 P 开头的车，员工的车牌

---

① 宾夕法尼亚州的首字母为 P。

号码应该更好用。现在是上午 11 点钟，很多地方应该都是上早班到中班的时段，员工至少还要在里面工作几个小时。

马特在一家“家得宝”[①]外面停了车，进去买了一卷黑色的薄胶带，就是修理电话线用的那种绝缘胶带。确定四下无人之后，他撕下一条胶带，贴在字母 P 上面，把字母 P 变成了字母 B。这样，只要不细看，根本看不出来，完全可以撑到目的地去。

宾夕法尼亚州哈里斯堡市。

马特现在别无选择，他必须赶到里诺去，这就意味着只能坐飞机。他知道坐飞机风险很大，毕竟监狱里学到的那些反侦察技巧，就算以前很管用，也都是 9 · 11 事件之前的事情了，9 · 11 之后，机场的安保措施更加严格了，但是即便如此，还是有别的方法，不过他必须计划周详，行动迅速，而且还要老天眷顾。

先用老办法故布疑阵，混淆视听。在新泽西州边境的时候，他用付费电话预订了一张从纽瓦克到多伦多的机票，警察也许会顺藤摸瓜，展开追踪，从而以为他就是个外行而已，他们也有可能根本不会追踪。挂了电话后，他又用另一个公用电话，另外预订了一张机票。马特记下预订号码，挂断电话，摇了摇头。

实际操作起来并不容易。

马特把车停在哈里斯堡机场的停车场里，那把 M2 毛瑟手枪还在他的口袋里，不过现在根本没有办法再把手枪带在身上了，他只好把手枪塞在副驾驶的座位下面，如果事情进展不顺，他很有可能还会回来。这辆五十铃汽车给他帮了大忙，他很想给车主留张纸条，解释一下事情的前因后果。如果幸运的话，将来应该有机会解释清楚的。

---

① Home Depot，美国家居连锁店。

现在的关键就得看他的计划是否奏效了……

不过，在此之前，马特极度需要补充睡眠。他在纪念品商店买了一顶棒球帽，然后在航班进港区找了一个空位置，两手抱胸，闭上眼睛，再把帽檐拉低，遮住自己的脸。他觉得大家都在机场睡觉，应该不会有人来打扰他。

一个小时后，马特醒了过来，感觉身体糟糕透顶，他起身朝楼上的出发层走去，买了一些强效的泰勒诺和布洛芬止痛药，然后各吃了三片，接着在厕所里洗了个漱。

售票柜台处排着长龙，如果时机把握到位的话，人多对他最为有利，他就是想工作人员忙得应接不暇。等轮到马特的时候，柜台后面的女士果然心不在焉地对他微笑了一下。

“去芝加哥，188 次航班。”他说道。

“还有 20 分钟飞机就要起飞了。”工作人员说道。

“我知道，但是路上堵车，所以……”

“请出示一下带照片的证件。”

马特把自己的驾照递给她，她在电脑里输入“亨特，M”的字样，这才是最关键的时刻，马特紧张得一动不动地站在那里。工作人员皱起眉头，又在电脑里面输入几个词，还是什么都没有。“不好意思，亨特先生，电脑里面没有您的资料。”

“这就奇怪了。”

“您有预订机票的预订号吗？”

“肯定有的。”

他把电话预订机票时记下来的那张纸条递给了她，她又在电脑里面输入了几个字母：YTIQZ2，马特不由得屏住了呼吸。

工作人员叹了口气，说道：“我知道问题出在哪儿了。”

"嗯？"

只见她摇了摇头，说道："您的名字在预订的时候拼写错了，电脑里面写的名字是迈克，而不是马特，姓也写成了亨特曼，而不是亨特。"

"估计是不小心弄错了。"马特说道。

"这种情况太常见了。"

"见怪不怪。"他说。

这个世界笨手笨脚的人多得是，两人心照不宣地笑了起来。工作人员把机票打印出来，收了票钱，马特则满脸微笑地向她道了谢，然后向飞机走去。

从哈里斯堡到里诺没有直达航班，这恰恰对他更有利。他不知道航空公司的计算机系统是如何与联邦政府配合的，但是两次短途飞行应该比一次长途飞行更加有利。计算机系统会立刻识别出他的名字吗？对此，马特表示怀疑，或者说他希望不会如此。按理说，从收集信息、整理信息，再把信息传递给相关人员，整个过程需要花费一段时间，至少要几个小时。

两个半小时以后，他已经到芝加哥了。

理论上听起来还不错。

当飞机在芝加哥的奥黑尔机场安全着陆时，马特的心脏再次狂跳起来。他走下飞机，一边努力让自己镇定下来，尽量不引人注目，一边筹谋着自己的逃跑路线，以防在登机口有一群堵他的警察。但是当他走下飞机时，却连一个警察都没有看到，马特长长地舒了一口气，这么看来，他们还没有发现他的行踪，至少到目前为止还没有。但是接下来的事情才是最棘手的，飞往里诺的航程要比之前的航程长得多，如果警方在第一时间搞清楚了他的意图，他们就有充分的时间来逮捕他。

所以，这次他决定换一种方法。

航空公司的售票柜台前又排起了长龙，这正是马特期待的情况。他耐心地等待着，一边顺着天鹅绒的隔离绳蜿蜒前行，一边细细地观察着，看看哪位员工看起来最疲惫或是自视甚高。目标找到了，就是最右边的那位女士。她看上去一脸倦容，虽然不停地忙着查验身份证，但眼里了无生趣，不停地唉声叹气，左顾右盼，明显心不在焉。马特猜想，估计是因为私人原因，不是和丈夫大吵了一架，就是和青春期的女儿大吵了一架，谁知道呢？

马特心想，还有一种可能，那就是她其实很精明，只是长着一张看起来疲惫的脸而已。

但是，马特还有什么别的选择吗？轮到马特的时候，那位工作人员正好在忙，他只好假装在找东西，让排在后面的那家人先去办理。他又如法炮制了一遍后，终于轮到那位工作人员喊道："下一位。"

马特若无其事地朝前走去。"我叫马修·亨特勒。"他把一张写有机票预订号码的纸条递给了她。她拿起纸条，开始往电脑里打字。

"从芝加哥到里诺 / 塔霍，亨特勒先生？"

"是的。"

"请出示一下您的身份证。"

这才是最艰难的部分，他已经尽可能地把事情安排得妥当一些。几个小时之前，马特用马修·亨特勒的名字注册成了他们常飞顾客俱乐部的会员。细节方面，计算机绝对不会犯错，但是人类偶尔会。

马特把钱包递给她，她起初并没有看钱包，还在不停地往电脑里面打字，说不定他这次运气好，她根本不会检查他的身份证。

"有行李要托运吗？"

"没有，今天没有。"

工作人员点了点头，还在继续打字，然后转头朝身份证看去，马特顿时觉得胃里一阵翻腾。他突然想起几年前伯尼给他发的一封电子邮件，邮件里写道：

这是一道趣味测试，请读一遍下面的句子：

FINISHED FILES ARE THE RESULT OF YEARS OF SCIENTIFIC STUDY COMBINED WITH THE EXPERIENCE OF YEARS.

现在数一数这句话里共有几个F。

马特曾经数了数，最后发现了四个F，但是正确答案却是六个。大家一般都不可能一个字母一个字母地挨着去看，人类天生就对细微差别不太敏感，他就指望这个蒙混过关呢。亨特和亨特勒，谁会那么仔细注意到其中的区别呢？

只听那位女士接下来问道："靠过道还是靠窗户？"

"靠过道。"

他成功了！接下来的安全检查就更容易了，毕竟，他已经在柜台那里验过了身份，对吧？安检人员看了看他的照片，又看了看他的脸，但他根本不会注意到身份证上写的是亨特，而登机牌上写的却是亨特勒。毕竟，打错字母的事情时有发生，而且安检人员每天都要看成百上千张的登机牌，根本不会注意到这么微小的细节。

马特再一次在登机门即将关闭的时候顺利地登上了飞机。他在靠过道的座位上坐了下来，然后闭上了眼睛，直到飞行员宣布即将在里诺降落时才醒了过来。

凯瑟琳院长办公室的门是关着的。

这一次，罗兰根本没有心思追忆往事，她用力地敲了敲门，然后把手放在了门把手上，一听到凯瑟琳院长说"进来"，她就一把推开了房门。

凯瑟琳院长背对着房门，听到罗兰进来的声音也没有转身，只是淡淡地问道："你确定玛丽·罗斯修女是被人谋杀的吗？"

"确定。"

"你知道凶手是谁吗？"

"目前还不知道。"

凯瑟琳院长慢慢地点了点头。"查到她的真实身份了吗？"

"查到了，"罗兰回道，"但如果你当初直接告诉我的话，就不会这么麻烦了。"

她以为凯瑟琳院长会反驳她，结果她却没有这样做。"我不能说。"

"为什么？"

"很不幸，这不是我分内之事。"

"她自己告诉你的？"

"不是，不完全是，但该知道的我都知道。"

"你是怎么知道的？"

这位老修女耸了耸肩。"她对自己过去的一些说法，"她说道，"根本说不通。"

"你当面与她对质了？"

"没有，从来没有，她也从来没有告诉过我她的真实身份，她说知道了的话只会给别人带来危险，但是我知道她的身份一定很不光彩。玛丽·罗斯修女想忘掉过去，她想弥补自己的过错。她说到做到，她为学校，为孩子们做出了很大的贡献。"

"是工作上的，还是经济上的？"

"二者都有。"

"她给你钱了？"

"是给教区的，"凯瑟琳院长纠正道，"没错，她给了不少的钱。"

“听起来像是赎罪金。”

凯瑟琳院长笑了笑。“还能是什么钱？”

“所以关于胸部按压的说辞……”

“我早就知道她隆胸的事情了，是她自己告诉我的。她还告诉我说，如果有人知道了她的真实身份，他们会杀了她的。”

“但是你没想到她是被杀死的。”

“表面上看像是自然死亡的，所以我觉得最好不要多管闲事。”

“又是什么让你改变了主意？”

“那些流言蜚语。”她说。

“什么意思？”

“有个修女向我透露说，她看见玛丽·罗斯修女的房间里有一个男人。当然了，我本来就有些怀疑，但是又没有什么证据，而且我还得维护学校的声誉，所以只能悄悄地调查这件事，这样也不算辜负玛丽·罗斯修女对我的信任。”

“所以你才找到了我。”

“是的。”

“既然现在你知道她是被谋杀的……”

“她留下了一封信。”

“给谁的？”

凯瑟琳院长把信封给罗兰看了一下。“一个名叫奥利维亚·亨特的女人。”

亚当·耶茨陷入一片恐慌之中。

他把车停在离老啤酒厂有段距离的地方，等待卡尔迅速地完成后续的清理工作，所有的痕迹都会被清理干净。卡尔的武器无法被追踪，他们使用的车牌也查不出任何的结果。某个疯子可能会指认一个彪形大汉在追一个女人，但没有确切的证据可以把他们和死去的酒保联系在一起。

也许……

不，没有也许，他曾经遇到过更大的麻烦。酒保用猎枪指着卡尔，枪上肯定有他的指纹，那把无法追踪的手枪也会留在那里，几个小时后，他们就可以离开新泽西州了。

他们会安然无恙的。

当卡尔坐到副驾驶座位上时，亚当对他说道："你把事情搞砸了。"

卡尔点了点头。"的确搞砸了。"

"你不应该朝她开枪的。"

卡尔又点了点头。"的确是个错误。"卡尔同意道，"但是我们绝不能让她跑掉，一旦她的身份背景曝光——"

"迟早都会曝光的，罗兰·缪斯也知道这些。"

"没错，但是要是没有奥利维亚·亨特的话，他们就什么也发现不了。如果她被抓住的话，她就会想办法进行自救，这就意味着多年前发生的事情瞒不住了。"

耶茨觉得心如刀绞。"我不想伤害任何人。"

"亚当？"

耶茨看着眼前的大个子。

"现在说这些已经太晚了。"多林格说道，"不是我们死，就是他们亡，你还记得吗？"

耶茨慢慢地点了点头。

"我们必须找到奥利维亚，"多林格说道，"我是说我们俩，要是其他特工抓到她的话……"

耶茨接着他的话说道："她很有可能会坦白一切。"

“正是。”

“所以我们可以把她作为重要证人传唤过来，”耶茨说道，“告诉他们盯着附近的机场和火车站，发现她后立即通知我们，不要打草惊蛇。”

卡尔点了点头。“已经吩咐下去了。”

亚当·耶茨仔细思考了一下当前的局势。“我们先回县办公室去一趟，也许罗兰会找到一些关于吉米·戴尔的线索。”

车子开了大约 5 分钟后，卡尔的手机响了起来。卡尔接起后大声说道：“我是特工多林格。”

卡尔倾听着来电。

“那就让她坐吧，让泰德跟着她。不要接近她，再重复一遍，不要接近她。我马上坐下一班飞机过去。”

卡尔挂掉电话。

“什么事？”

“是奥利维亚·亨特，”他说，“她已经上了去里诺的飞机。”

“又是里诺。”耶茨说道。

“死者查尔斯·塔利和马克斯·达罗的家也在那里。”

“也许录像带也在那里。”耶茨在前面向右转去。“所有的线索都指向了西边，卡尔，我想我们最好也去一趟里诺。”

- 51 -

出租车隶属于一家名叫里诺运业的公司，司机停好车，挂上停车挡，转过身来，上上下下地打量着奥利维亚。“你确定真的是这里吗，女士？”

奥利维亚一言不发地瞪大了双眼。

“女士？”

出租车的后视镜上挂着一个华丽的十字架，杂物箱外面则贴着祈祷用的卡片。

“这里是中央巷 488 号吗？”她问道。

“是的。”

“那就是这里了。”奥利维亚把手伸进包里，拿出车费递给司机，而司机却把一本小册子递给了奥利维亚。

“你没必要这么做的。”司机说道。

小册子是传教用的，封面上印的是约翰福音 3:16，奥利维亚勉强笑了笑。

“耶稣爱你。”司机说道。

“谢谢你。”

“我可以免费载你去其他任何地方。”

“没关系的。”奥利维亚说。

她走下出租车，司机凄凉地看了她一眼，她挥了挥手，看着他开车离去。奥利维亚用手挡住自己的眼睛，只见破旧的霓虹灯上写着：

勤奋的海狸——裸体舞蹈。

她的身体不由自主地颤抖起来，应该是残存的本能反应。她从来没有来过这个地方，但她熟悉这样的地方，熟悉外面那些脏兮兮、乱七八糟地停放在停车场里的小卡车，熟悉那些没头没脑、步履沉重的男人们，还有昏暗的灯光和黏糊糊的钢管。她抬脚朝门口走去，知道里面会是什么样的光景。

马特害怕再次回到监狱里去，而眼前这个地方，正是她的“监狱”。

这一天，坎迪·凯恩又活了过来。

多年以前，奥利维亚·亨特曾经试图彻底遗忘坎迪斯·“坎迪·凯恩”·波特，但是现在，曾经的那个女孩再次一身狼狈地回来了。忘掉专家说的那些真的可以抹掉过去的鬼话吧。奥利维亚对此深有体会，她以为她可以把坎迪塞进密室，锁上房门，然后毁掉钥匙，她差点儿就要成功了，她本来可以牢牢地锁上房门，但是有样东西，无论她怎么用力推门，总是挡在那里，不让门关上。

那就是她的女儿。

突然，她的脊背寒意阵阵。哦，天哪！她在心里暗想，她的女儿不会在这里工作吧？

千万不要！

现在是下午 4 点钟，离夜场的脱衣舞会还有好些时间，她可以先去别的地方，随便找家星巴克或是汽车旅馆，抓紧时间补点睡眠。她只在飞机上眯了一小会儿，确实需要好好地睡上一觉。

飞机刚刚着陆的时候，奥利维亚就给联邦调查局总部打了一个电话，要求与亚当·耶茨通话。当她被转接到主管特工的办公室时，她直接挂断了电话。

这么看来，耶茨真的是联邦调查局的特工，多林格应该也是。

这就意味着有两名联邦调查局的特工想要杀她。

他们根本不打算活捉她，因为她知道得太多了。

耳边再次响起克莱德对她说的最后一句话："告诉我东西在哪里……"

现在一切都可以说得通了，之前一直有传言说克莱德录制了录像带，用来勒索客人，原来是真的。但是估计是勒索错了人，要么是耶茨，要么是他们身边的人，不知怎么回事，事情扯到了可怜的卡珊德拉身上。她手上真的有录像带吗？还是录像带里面有她？

奥利维亚站在外面，看着"勤奋的海狸"4.99美元的自助餐告示，暗自点了点头。

就这样吧，就这么做。她开始朝前门走去。

还是该再等一等，然后再回来。

不行。

她好奇地往门里瞅了一眼，女性一般不会单独来这种地方的，偶尔也会有男士带自己的女朋友一起来，但是那些女朋友多半是想表现自己很前卫，或是有同性恋的倾向。无论是什么原因，女性很少单独来这种地方。

奥利维亚刚一进门，很多人就转过头来看着她，只是也没有想象中的那么多，毕竟在这种地方，大家的反应总是要慢半拍。里面的空气浑浊而慵懒，灯光暗淡，大家的神态都非常地放松，可能很多顾客都以为她要么是刚从这里下班、正在休息的脱衣舞女，要么就是一个女同性恋，正在等待情人下班。

音响里面正在播放人类联盟的《你不想要我吗》，在奥利维亚还在跳舞的时候，这首歌就已经算是一首经典老歌了，她猜测现在应该又流行起来了，她一直都非常喜欢这首歌。在夜总会这种地方，播放的曲子歌词都应该非常地性感、撩人，但是如果仔细听的话，主唱菲尔·奥基会让你体会到心碎的痛苦和震惊。歌名表达的不是无尽的欲望，而是痛苦不堪的无尽猜疑。

奥利维亚选了个后面的座位坐了下来，舞台上已经有三名舞女在表演了，其中两人两眼放空，目光呆滞，另一个人正在与一名男顾客调情，故作激情地邀请他把美元塞到她的丁字裤里，男人也顺势把钱塞了进去。奥利维亚看着那些观众，深深地意识到从她踏入这个行业，十年以来一切如故。来这里的男人依然还是那一类男人，有些人面无表情，有些人笑容呆滞，有些人满脸自大，摆出一副趾高气昂、目空一切的姿态。另一些人则一脸挑衅地喝着啤酒，咄咄逼人地盯着那些女孩，就像是在为一个亘古不变的谜题寻求答案："就只有这些吗？"

台上的女孩都非常年轻，而且她们都吸毒。她一眼就可以看出来，她以前的室友吉米有两个兄弟就是吸毒过量致死的。吉米痛恨吸毒，所以奥利维亚，不，坎迪就转而开始酗酒，但是自打有一次在台上表演得跌跌撞撞，克莱德·兰格就禁止她喝酒了。克莱德摇身一变，成了戒酒康复顾问，实在是太诡异了，但是事实确实如此。

油腻的气味从难以下咽的自助午餐里飘散到空气中，与其说是一种气味，不如说像一层附着在皮肤上的油膜。看着眼前的这些食物：可以追溯到卡特政府时期的布法罗鸡翅，还有放在水里，煮得完全看不出形状的热狗，外加油腻不堪、毫无食欲的炸薯条，奥利维亚不禁暗想，究竟是什么人会吃这种食物？身材肥胖的男人们围坐在餐食周围，吃过的盘子堆得老高，看得人头晕目眩。透过昏暗的灯光，奥利维亚仿佛看到了他们的动脉正在慢慢地硬化。

有些脱衣舞夜总会自诩为“绅士俱乐部”，里面的商人们西装革履，一副举止优雅的做派，可是在“勤奋的海狸”这里可不兴这种装腔作势。这里的文身多如牛毛，打架斗殴更是家常便饭。保镖的胆量可比肌肉壮硕，肌肉只是摆在那里吓人，而这些人是真的会揍得你屁滚尿流。

奥利维亚既不惊慌，也不恐惧，但她不知道自己究竟坐在这里干吗。女孩开始轮流上台，一号位置的舞女走下舞台，另一个活泼可爱的年轻女孩站在了三号位置上，她绝对是个未成年人，长得又高又瘦，双腿修长，像匹小马驹一样踩着高跟鞋走来走去。她的笑容看上去还算真诚，估计她的生命力还没有被完全夺去。

“你想来点什么吗？”

女服务员目光警惕地打量着古怪的奥利维亚。

“请给我来杯可口可乐。”

服务员抬脚离去，奥利维亚目不转睛地看着那个活泼的年轻女孩，她身上的某种特质让她想起了可怜的卡珊德拉，也许是因为她们同样稚嫩的年龄，卡珊德拉可比她漂亮多了。然而，就在她看着台上的三个女孩表演的时候，一个不容忽视的问题突然袭上心头：

这些女孩中有她的女儿吗？

她仔细地打量着她们的脸，寻找着相似之处，却一无所获，当然，她知道，这说明不了什么问题。女服务员给她送来了可乐，奥利维亚碰都没碰，她可不敢喝这些杯子里的水。

10 分钟后，姑娘们又开始下一轮轮换，又一个女孩走上了台，估计她们是五人轮流上场，三人上，两人下，固定轮换，也有可能是六人轮换。她突然想起了马特，不知道他能不能及时赶到这里。他看上去信心十足，还是说那只是为了让她安心故意逞强的？

二号位置上的舞女正在勾搭一个戴假发的家伙，那假发实在太假了，就像上面有条拉链似的。奥利维亚猜测，那女孩估计又在整那老一套，给他讲自己如何辛苦挣钱完成学业的心酸故事。奥利维亚一直百思不得其解，为什么女孩们一说自己是学生，男人们就感到兴奋不已呢？难道是因为这一丁点的纯洁可以净化他们自身的肮脏与污秽吗？

这时，那个在奥利维亚进来时站在一号位置的女孩从后面走了出来，朝一个嘴里叼着鸡翅的男人走了过去。那人一把扔下鸡翅，在牛仔裤上胡乱地擦了擦手，女孩牵起男人的手消失在角落里。奥利维亚很想跟上前去，紧紧地拽着这些女孩，把她们拉回到灿烂的阳光下。

真是够了。

奥利维亚示意女服务员买单，女服务员正和一群当地人谈笑风生，她停下说笑，走了过来。“3.5 美元。”她说道。

奥利维亚站起身来，从皮包里掏出一张 5 美元的钞票。她正要把钱递给服务员，离开这个黑暗的糟糕地方时，舞女们又开始了下一轮的轮换，又一个女孩从后面走上了舞台。

奥利维亚突然僵在那里，一声轻微却又痛苦无比的呻吟声从她嘴里溢了出来。

服务员开口问道：“小姐，你还好吧？”

那人走上舞台，站在三号舞女的位置上。

是吉米。

“小姐？”

奥利维亚的双腿几乎站立不住，跌回到座位上。“再给我来一杯可乐。”

上一杯可乐她碰都没碰，就算女服务员不满意，她也掩饰得很好。奥利维亚直直地盯着吉米看了好几秒钟，内心一阵汹涌澎湃。当然有遗憾，但更多的是难过，难过这么多年以来，吉米还在台上跳舞；其次就是内疚，内疚自己被迫不告而别；最后就是欣喜若狂，高兴自己还能与老友重逢。奥利维亚最近几周都在上网查看吉米是否还在跳舞，但是什么信息都没有查到。那时，她还在暗自欢喜，也许查不到信息就意味着吉米已经不干这行了。现在她终于明白过来，查不到信息是因为吉米档次太低，根本不值一提。

奥利维亚动弹不得。

不管别人怎么想，在那种生活中建立友谊并不是难事，大多数女孩都是真心喜欢彼此。她们就像军队里的战友一样，在艰难求生的奋斗中建立了深厚的友谊，但是没有一个人像吉米·戴尔那样，吉米是她最亲密的朋友，也是她唯一想念至今，关心备至，渴望与之谈天说地的挚友。是吉米让她开心快乐，远离毒品，也是吉米把枪藏在旅行拖车里，拯救了自己的性命。

黑暗中，奥利维亚满脸笑容地看着吉米·戴尔，那个有洁癖的女孩，她的舞伴，她的红颜知己。

内疚和悲伤再次席卷而来。

这些年，时光不曾善待吉米，但是话又说回来，时光从来就没有善待过吉米·戴尔。她的皮肤开始松弛，嘴角和眼周满是皱纹，大腿上也分布着大大小小的瘀青，妆容也比以前浓了许多，他们此生最大的梦魇，就是变成年老色衰的“寄生虫”，不知未来该何去何从，吉米现在就和这样的“寄生虫”没什么两样。

吉米的舞台表演没什么改变，还是那几个舞步，只是动作慢了稍许，脸上也不再神采飞扬。她依然偏爱黑色高筒靴，曾经颠倒众生的迷人微笑却再也不复存在。奥利维亚没有现身。

吉米以为她早就已经死了。

奥利维亚不禁暗想，要是吉米看到她这个……鬼魂，究竟会做何反应？她思忖着究竟该怎么办，是该主动现身呢，还是继续隐在阴暗处，等上 30 分钟，确定吉米看不到她的时候再偷溜出去？

奥利维亚静静地坐在那里，看着自己的老友，考虑着下一步该怎么办。很明显，现在一切都再清楚不过了，艾玛已经死了，两人的约定也不复存在，耶茨和多林格也知道了她的真实身份，她没有理由再隐藏下去，需要保护的人已经不在了，不过，也许还有一人她可以拯救。

就在吉米即将跳完这一轮的时候，奥利维亚朝服务员挥了挥手。

“右边的那个舞女。”奥利维亚说道。

“那个黑人？”

“是的。”

“我们叫她‘黑魔女’。”

“哦，很好，我想和她单独谈谈。”

女服务员扬了扬眉毛。“你是说去后面？”

“是的，要间包房。”

“额外加收 50 美元。”

“没问题。”奥利维亚说道。她在伊丽莎白的自动取款机上取了一些现金，所以又额外给了服务员 10 美元的小费，补偿自己给她增添的麻烦。

女服务员把钞票塞进自己的乳沟，然后耸了耸肩，说道：“朝后面走，然后右拐，第二个门，上面有个 B 字，‘黑魔女’5 分钟后过来。”

等待的时间有些漫长，房间里面有张沙发，还有一张床。奥利维亚没有坐下，就站在那里静静地等着，浑身颤抖不已。她听见门外来来往往的脚步声，音响里正放着“惊惧之泪”[①]的歌曲，歌词里面唱着每个人都想统治世界，这真不是开玩笑。

---

①“惊惧之泪”是 80 年代红遍全球的英国乐团。

响起了敲门的声音。

“有人吗？”

是她的声音，来人是谁毋庸置疑，奥利维亚擦了擦眼睛。

“请进。”

门打开了，吉米走了进来。“好吧，我先说一下价格——”

吉米猛地停了下来。

一时间，两人一动不动地站在那里，任由泪水翻滚而下，吉米难以置信地摇了摇头。

“不可能是……”

坎迪，而非奥利维亚，终于点了点头。“是我。”

“但是……”

吉米掩面而泣，几乎昏倒过去，坎迪张开双臂，紧紧地抱住吉米。

“没关系。”奥利维亚轻轻地说道。

“不可能是……”

“没关系。”奥利维亚抚摸着朋友的头发，又说了一遍，“我就在这里，我回来了。”

- 52 -

罗兰乘飞机经停休斯敦飞往里诺。

她自掏腰包购买了机票，不过这次风险实在太大，她很可能会被调离现在的工作岗位，被流放到新墨西哥州或亚利桑那州那样的地方去，但事实就摆在眼前，她不可能置之不理，斯坦伯格必须照章办事，这点她非常理解，也表示赞同。

但事已至此，她别无他法。

耶茨这个大权在握的联邦探员，背后一定有什么企图。

从伦恩·弗里德曼家离开之后，耶茨突然就翻脸不认人了，从那时起，罗兰就已经开始怀疑他了。他突然做出一副不可理喻的混蛋模样，对顶级联邦探员来说，这都是稀松平常的事情，但是罗兰就是觉得不对劲，这实在有些做作。耶茨表面上云淡风轻，但是罗兰却感觉到了一丝恐慌，他掩饰不住。

很明显，耶茨不想让她和奥利维亚·亨特见面。

为什么？

罗兰开始回忆当时的情景，究竟是什么原因让他突然大动肝火呢？她回想起发生在弗里德曼家地下室里的一件事情，一件在当时看来微不足道却又十分重要的事情。当时弗里德曼正在说兰格和勒梅干的事情比泄密“更加糟糕”，耶茨却想方设法地把话题给岔开了，当时罗兰还因为耶茨的打岔有些恼怒。再加上他威胁她要把她从案子里踢出的事情，从而可以……

哎，好吧，还是一无所知。

在与凯瑟琳院长碰面之后，罗兰拨打了耶茨的手机，但是无人接听。她又给奥利维亚·亨特的家里打了一个电话，还是无人接听。接着就听到广播里报道说在欧文顿发生了一起谋杀案，就发生在离亨特家不远的一家酒馆里，报道里面的细节不多，但是有传言说看见一个大块头男人在大街上追赶一名女子。

大块头男人，一定是卡尔·多林格，耶茨说和他一起去审问奥利维亚·亨特的人就是一个大块头。

这件事本身说明不了什么问题。

但是，和她知道的东西一合计，事情就不一样了。

随后，她给老板斯坦伯格打电话问道：“你知道耶茨在哪里吗？”

“不知道。”

“我知道，”她说，“我跟机场的线人核实过了，”毕竟纽瓦克机场就在埃塞克斯县，办公室在那里还是有几个熟人的，“他和那个巨人正在飞往里诺–塔霍机场的飞机上。”

“我为什么要关心这些事情？”

“我想跟着他们。”她说。

“又来这一套？”

“耶茨一定有所企图。”

罗兰把知道的一切都告诉了斯坦伯格，她几乎可以想象得到，斯坦伯格一定正紧锁着眉头。

“好吧，我把事情挑明了说吧。”她的老板说道，“你认为，亚当·耶茨，一个功勋卓著的FBI特工，不，等一等，这个不算，一个敬业负责的特工主管，内华达州的最高级探员，和这所有的一切有关？而你判断的依据是：第一，他的心情。第二，一个可能在附近出现过的大块头男人，而这个人甚至可能连欧文顿的谋杀现场都没有去过。第三，他正要坐飞机回自己的家乡。这就够了吗？”

“老大，你真该听一听他唱的那一出红脸与白脸的好戏。”

“嗯。”

“他想把我踢出这个案子，不准我靠近奥利维亚·亨特。老大，我告诉你，耶茨不是个好东西，我就是知道。”

“那你知道我要说些什么，对吧？”

罗兰的确知道。“收集证据。”

“明白就好。”

“帮我个忙，老大。”

“什么忙？”

“调查一下耶茨所说的关于让兰格和勒梅去当证人的事情。”

“又怎么了？”

“看看是不是真的。”

“干吗，你认为那是他瞎编的？”

“只是核实一下而已。”

斯坦伯格犹豫了一下。“我觉得这么做没有什么好处，我只是个县级检察官而已，那可是反诈骗腐败组织集团犯罪法（RICO）该管的事情，他们不会告诉我的。”

“那就去问问琼·瑟斯顿吧。”

“她一定以为我疯了。”

“她不是早就这么认为了吗？”

“嗯，是啊，说得有理。”斯坦伯格清了清嗓子，又道：“还有一件事情。”

“说吧，老大。”

“你是又想干傻事吗？”

“谁，我吗？”

“作为老板，你知道我不会授权你任何事情，但是如果是在下班之后的事，那我就一无所知了……”

“我懂了。”

罗兰挂断了电话，她知道答案就在里诺。查尔斯·塔利在里诺的“勤奋的海狸”工作，吉米·戴尔也在那里工作，现在耶茨和多林格也在去往那里的路上。所以，下班时间一到，罗兰就赶紧订了一张机票，匆忙往机场赶去。登机前，她又给伦恩·弗里德曼打了一个电话，他还在地下室的办公室里。

“嘿，”弗里德曼说道，“已经搞到坎迪·凯恩的尸检报告了吗？”

“如果你再回答我几个问题，尸检报告就是你的了。你之前说过一句话，‘维加斯之事，维加斯内留’。”

“没错。”

“我当时问你是不是指克莱德·兰格和艾玛·勒梅泄露顾客的秘密，你说情况‘更加糟糕’。”

电话里面一阵沉默。

“你这句话是什么意思，弗里德曼先生？”

“我只是听到了一些谣言。”他说。

“什么谣言？”

“说兰格正在搞事儿。”

“你是说像敲诈勒索之类的？”

“对，差不多吧。”

弗里德曼再次沉默下来。

“怎么个敲诈勒索法？”她问道。

“他偷拍了录像带。”

“偷拍的什么？”

“就是你想的那样。”

“偷拍顾客与女人做爱的录像？”

电话里面又是一阵短暂的沉默。

“弗里德曼先生？”

“是的，”他说道，“但是……”

“但是什么？”

“但是，”他的声音轻柔了许多，“我不确定是否能称她们为女人。”

罗兰皱起眉头，问道：“难道是男人？”

“不，不是那个意思。”弗里德曼说道，“你听我说，我甚至都不知道这些谣言是不是真的，大家总是喜欢捕风捉影。”

“你认为这件事也是如此？”

“我不知道，我真的不知道。”

“但是你听到了那些谣言？”

“是的。”

“什么谣言？”罗兰问道，“兰格偷拍的内容究竟是什么？”

- 53 -

马特下了飞机，匆忙地离开了机场，其间没有一个人拦他，他内心一阵激动，他成功了，他成功地赶到了里诺，甚至还提前了几个小时。

马特上了一辆出租车，直接报上地址：“中央巷路 488 号。”

一路上两人都没有说话，车子终于抵达目的地时，马特直直地盯着窗外的“勤奋的海狸”夜总会。他付了钱，下了车，径直朝里面走去。

马特心想，果然不出所料。

虽然他没有想到中央巷路 488 号会是一家脱衣舞夜总会，但是也没感觉有多惊讶。在整件事情里，奥利维亚忽略了某些细节，这一点马特表示理解，也知道为什么，她太想找到自己的女儿了，所以才被蒙蔽了双眼，连这么明显的事实都看不见：这不仅仅关乎收养问题，甚至也不只是勒索钱财这么简单的事情。

所有的一切都要追溯到他手机上收到的那些照片。

如果家里真的有女儿卧病在床，就不会有兴致去挑拨别人的丈夫。如果真的是卑鄙无耻的骗子，在狠狠地大赚一笔之后，不会还有心思去破坏别人的婚姻。

事情肯定远不止这些，虽然马特不知道究竟是什么，但他知道绝非好事，不管幕后黑手是谁，其最终目的一定是想把他们拖回到这个肮脏无比的地方。

马特走了进去，在角落里找了一张桌子坐下来。他环顾了一下四周，希望能够看到奥利维亚，却一无所获。三个女孩在舞台上缓慢地摇摆着身体，他想象了一下自己美丽的妻子，那个让每个有幸遇见她的人都感到无比幸福的人站在台上舞动身体的画面。让人奇怪的是，这样的画面并不让他感觉难过。奥利维亚令人震惊的自白并没有让他感到迷惑，反而让他豁然开朗，他现在终于明白，她为什么会热衷于那些在别人看来无比稀松平常的事情，为什么会如此渴望拥有一栋房子，建立家庭，搬到郊区去生活，渴望普通人的幸福生活与梦想，现在这一切对马特来说更加地意义非凡。

那种生活，那种他们共同努力创造的生活，她说得对，值得他们拼搏。

一位女服务员走了过来，马特要了一杯咖啡，他需要咖啡因来清醒一下头脑。咖啡送了过来，味道出人意料地好。他轻轻地呷了一口，看着台上的姑娘们，努力地想把事情捋清楚，可惜什么也想不出来。

马特站起身来，询问这里是否有公用电话。保安是个满脸麻子的胖男人，他用拇指指了指方向。马特有一张预付话费的电话卡，他一直带在身上，这大概又是一个他在监狱里学到的生存技能。其实，电话卡是可以追踪的，包括它的来源，还有买家，最终都可以追踪到。其中，最好的例子就是俄克拉荷马的爆炸案，检察官通过追踪一个用电话卡拨打的电话最终破了案，但是电话追踪需要时间。这些都可以用来作为呈堂证供，但是马特已经无所谓了。

马特的手机早就已经关机了，如果开着的话，有无数种办法可以查到他的行踪，即使你不打电话，也一样能够追踪到你。他输入一串以 800 开头的数字，然后输入密码，最后拨通了“中危”的办公室私人专线。

“我是艾克·基尔。”

“是我。”

“不要说任何你不想让别人听到的话。”

“那你来说，艾克。”

“奥利维亚一切安好。”

“她被抓了吗？”

“没有，她……呃……不见了。”

这倒是一个好消息。“还有呢？”

“等一等。”他把电话递给了另一个人。

“嘿，马特，”是辛格尔，“我跟你那个警探朋友都招了，希望你不要介意，他们把我逼得实在够呛。”

“没关系。”

“但是，我没有说任何对你不利的话。”

“不用担心。”他说道。

不经意间，马特把目光转向了夜总会入口的方向，电话里，辛格尔正在告诉他一些关于达罗和塔利的事情，突然，他的耳朵里一阵轰鸣。

马特看到走进“勤奋的海狸”的那个人，惊得差点把电话掉在了地上。

走进来的人是罗兰·缪斯。

罗兰·缪斯对着门口的胖子亮了一下自己的警徽。

“我想找一个舞女，名字叫吉米·戴尔。”

那个胖子一言不发地看着她。

“你听见我说的话了吗？”

“听见了。”

“那你怎么不说话？”

“你证件上写的是新泽西州。”

“但我仍然是一名执法人员。”

胖子摇了摇头。“这里不是你的辖区。”

“你是干什么的，律师吗？”

胖子指着她说道：“那又怎样，再见。”

“我说了我要找吉米·戴尔。”

“我也说了，你在这里没有管辖权。”

“你想让我带一个当地有管辖权的人过来是吗？”

他耸了耸肩，说：“如果那样可以让你离开的话，亲爱的，随你的便。”

“我会让你好看的。”

“看看这儿，”胖男人一脸笑容地指着自己的脸，“我好怕怕呀！”

这时，罗兰的手机响了起来，她往右边站了站，里面的音乐声实在太刺耳了，她把电话贴在右耳上，用一根手指堵住自己的左耳，眼睛眯了起来，好像这样做就能听得更清楚一些似的。

“喂？”

“我想和你做笔交易。”

是马特·亨特。

“你说吧。”

“我向你自首，但是只能是你一个人，我们找个地方，在那里待到半夜1点钟。”

“为什么是半夜1点钟？”

“你认为是我杀了达罗或是塔利吗？”

“你现在确实因为需要审讯调查被通缉。”

“我没有问你这个，我问的是你是不是认为是我杀了他们。”

罗兰皱起了眉头。“不，马特，我认为你和这事没有任何关系，但是你妻子却脱不了干系。我知道她的真实姓名，我也知道她隐姓埋名躲了很长一段时间。我猜测，马克斯·达罗不知道怎么发现了她还活着的事实，他们要找的人是奥利维亚，但是不知怎么的，却把你给牵扯了进去。”

“奥利维亚是无辜的。”

“这一点，”罗兰说道，“我不太确定。”

“我的提议依然有效，我向你自首，我们去别的地方谈，直到凌晨1点钟。”

“别的地方？你甚至都不知道我现在在哪里吧。”

“不，”马特说道，“我知道你在哪里。”

“你怎么知道的？”

电话里响起咔嗒一声，可恶，马特居然把电话挂了。她刚要打电话找人查一下电话来源地，突然感到有人拍了拍她的肩膀，罗兰转过身去，看见马特就站在她的身后，就好像是凭空出现的一样。

马特说道：“不知道相信你是不是一个明智之举？”

- 54 -

飞机降落后，卡尔·多林格就接手了后续的事情，对此耶茨早就习以为常。多数人都以为多林格是劳力之人，而耶茨则是劳心之人，但事实上，一直以来，他们的关系更像是政治上的合作伙伴，亚当·耶茨充当身家清白的候选人，而卡尔·多林格则屈居幕后，充当恶人。

"好了，"多林格说，"现在可以打电话了。"

耶茨开始给泰德·斯蒂文斯打电话，那是他们专门派去跟踪奥利维亚·亨特的特工。

"嘿，泰德，人还盯着的吧？"耶茨问道。

"还盯着呢。"

"她现在在哪儿？"

"说了你都不会相信，亨特女士下了飞机后，就直奔一家名叫'勤奋的海狸'的脱衣舞夜总会去了。"

"她还在那里吗？"

"没有，和一个黑人脱衣舞女离开了，我跟着他们到了小镇西面的一个地方。”史蒂文斯把地址告诉了耶茨，耶茨又给多林格重复了一遍。

“奥利维亚·亨特还在那个脱衣舞女的旅行拖车里吗？”耶茨问道。

“是的。”

“还有其他人吗？”

“没有，就他们两个人。”

耶茨看了多林格一眼，他们之前已经讨论过该如何应对这样的局面，如何让斯蒂文斯离开这个案子，也为即将发生的事情做好了准备。“很好，谢谢你，泰德。你现在可以不用管了，10分钟后到里诺的办公室来见我。”

“会有其他的人来逮捕他们吗？”史蒂文斯问道。

“没有必要。”耶茨说道。

“怎么回事？”

“奥利维亚·亨特以前就在‘遮秃’的夜总会工作，我们昨天把她给策反了。”

“她知道很多内幕？”

“她知道的够多了。”耶茨说。

“那她和那个黑人小妞在一起干吗？”

“呃，她向我们保证，可以帮忙去策反一个名叫吉米·戴尔的黑妞，她是‘勤奋的海狸’的一个脱衣舞女。亨特告诉我们说戴尔也知道很多的内幕，所以我们就给了她这个机会，试探一下她是否信守承诺。”

“看起来她确实很守信。”

“对啊。”

“所以我们现在的局势一片大好。”

耶茨又看了一眼多林格。“只要没让‘遮秃’发现，情况对我们就非常有利。泰德，10分钟后办公室见面详谈。”

耶茨按下结束按钮，他们现在来到了机场大厅，正朝出口走去。他和多林格并肩走着，从小学开始两人就一直如此。他们都住在拉斯维加斯城外的亨德森县，同一个街区，两人的妻子曾是大学室友，至今仍然形影不离。多林格的大儿子和耶茨的女儿安妮是最好的朋友，每天早上都会开车送她去上学。

“肯定还有别的办法。”耶茨说道。

“没有别的办法了。”

“我们越界了，卡尔。”

“我们以前也越过界。”

“但是这次不一样。”

“是啊，这次不一样，”卡尔附和道，“我们现在都成家了。”

“我知道。”

“你自己算算看，等式的一边只有一个人，那就是坎迪斯·波特，况且她之前还是个脱衣舞女，很有可能还是个吸毒的妓女，跟克莱德·兰格和艾玛·勒梅这些卑贱的人搅和在一起，对吧？”

耶茨点了点头，知道后面他会说些什么。

“而另一边则是两个家庭，两个丈夫，两个妻子，还有你的三个孩子和我的两个孩子。你和我可能罪有应得，但是其他人都是无辜的，所以我们要么结束这个前妓女的一条贱命，如果实在没法支开吉米·戴尔的话，就是两条贱命。要么我们就眼睁睁地看着七条宝贵的生命被毁掉。”

耶茨低下了头。

“要么是我们，要么是他们。”多林格说道，“就目前的情况来看，甚至都算不上危险。”

“那我和你一起去。”

“不行，你得回办公室和泰德待在一起，回去布局暗杀的事情。一旦亨特的尸体被人发现，大家会自然而然地以为她是被黑帮杀人灭口的。”

他们朝外面走去，夜幕开始慢慢地降临。

“我真的很抱歉。”耶茨说道。

“亚当，你也多次救我于危难之中。”

“一定还有别的办法，”耶茨再次说道，“告诉我，一定还有别的办法。”

“回办公室去吧，”多林格说道，“搞定之后我给你打电话。”

- 55 -

吉米的旅行拖车里弥漫着百花香。

在过去的十年间，每当奥利维亚闻到这种香气，就会不由自主地想起拉斯维加斯城外的旅行拖车。吉米的新住处依然还是那种百花香，奥利维亚感觉自己仿佛又回到了过去。

拖车附近可以看到火车的铁轨，这个社区就在铁轨的后边。旅行拖车破旧不堪，脱落的窗户用胶合板遮挡着，四周的墙板就像棚屋似的，吉米那辆锈迹斑斑的汽车就像一条流浪狗似的蜷缩在屋外，车道上全是油渍斑斑的沙子。屋子外观虽然破旧，但是里面却非常干净，再配上前面提到的百花香，犹如杂志上看到的那般典雅、清新，只是里面没什么贵重物品，也没有什么饰品，只有几个漂亮的抱枕和小摆件。

总之，有家的温馨。

吉米拿出两个杯子和一瓶葡萄酒，两人一起坐在了蒲团沙发上。吉米把酒倒上，屋里的空调嗡嗡作响。她把自己的酒杯放在一旁，伸出双手轻轻地放在奥利维亚的脸颊上。

“真不敢相信你就在这里。”吉米轻声地说道。

奥利维亚把事情的经过全部告诉了她。

把事情讲完花了不少的时间，她从自己生病开始讲起，讲到提前从夜总会回到旅行拖车里，讲到卡珊德拉的尸体，再讲到克莱德袭击她的情景。吉米认真地倾听着，一句话也没有说，时而落泪，浑身不停地颤抖着，却并没有插话。

当奥利维亚提到在网上看到有关女儿的帖子时，她看到吉米僵了一下。

“怎么了？”

“我见过她。”吉米说道。

奥利维亚紧张起来。“我女儿吗？”

“她来过这里，”吉米说道，“来过我住的地方。”

“什么时候？”

“两个月前。”

“我不太明白，她来过这里吗？为什么？”

“她告诉我说她在寻找自己的亲生母亲，你知道的，孩子们就是好奇。我尽量委婉地告诉她你已经死了，但是她说她早就已经知道了，还说要找到克莱德，为你报仇之类的话。”

“她怎么会知道克莱德的事情呢？”

“她说——让我想想——她说她先去找了负责调查你谋杀案的那个警察。”

“马克斯·达罗？”

“对，我记得就是这个名字。她找到了达罗，结果达罗告诉她，是克莱德杀死了你，但是没人知道克莱德究竟在哪儿。”吉米摇了摇头。“这么多年了，那个狗娘养的居然死了这么多年了？”

“没错。”奥利维亚说道。

“这感觉就像听到撒旦死了一样，你知道吗？”

奥利维亚也这么觉得。“我女儿叫什么名字？”

“她没有告诉我。”

“她看上去像生病了吗？”

“生病？哦，等一等，我明白了，是因为网上的那个帖子对吧。没有，她看上去很健康。”吉米笑了笑，“她长得很漂亮，一点都不俗气，而且她很勇敢，就和你一样。我还给她看了一张你的照片，你知道的，就是我们一起表演塞耶斯-匹克照的那张照片，你还记得吗？”

“对，对，我记得。”

吉米只是摇了摇头。“我简直不敢相信你就在我的面前，就跟做梦一样，真害怕等我醒来的时候，你又会消失不见，留下我一个人活在这该死的地狱里。”

“我就在这里。”奥利维亚说道。

“而且你还结了婚，怀了孕。”吉米再次摇了摇头，露出灿烂无比的笑容，“我真的不敢相信。”

“吉米，你认识一个叫查尔斯·塔利的人吗？”

“你是说查利那个疯子吧？他就在我们夜总会工作。”

“你最后一次见到他是在什么时候？”

“嗯，我也不知道，至少有一周没有看到他了吧。”吉米皱起眉头，“怎么啦？那个混蛋跟这件事有什么关系？”

奥利维亚沉默不语。

“怎么了，坎迪？”

“他们死了。”

“谁？”

“查尔斯·塔利和马克斯·达罗，我也不知道他们为何会牵涉到这件事里去。他们知道了我女儿的事情，他们很有可能就是为了找到我才写的那篇帖子。”奥利维亚皱起眉头，总感觉哪里有些不对劲，只是现在无暇理会。“达罗问我要钱，我给了他五万，查尔斯·塔利也参与到了其中。”

“有点说不通啊。”

“我今晚约好了要和一个人见面，”奥利维亚说道，“他们会把我女儿带过来，只是现在达罗和查利两个人都死了，会是谁呢？而且还有人在找我要录像带。”

吉米的脸又沉了下来。“录像带？”

“克莱德打我的时候，一直不停地问我录像带在哪里，然后今天——”

“等一下。”吉米举起一只手打断她道，“克莱德问你要录像带？”

“没错。”

“所以他才杀了卡珊德拉？就是为了找到录像带？”

“我觉得应该是吧，他疯了一样到处找那盘录像带。”

吉米啃起自己的指甲来。

“吉米？”

她的老朋友站了起来，朝角落里的橱柜走去。

“你怎么啦？”奥利维亚问道。

“我知道克莱德为什么想要那盘录像带了，”吉米说道，声音突然平静下来，她一把拉开柜门，“我知道录像带在哪里。”

– 56 –

马特领着罗兰来到“勤奋的海狸”后面昏暗的包厢里，两人坐下的时候，音响里面正在播放 ABC 乐队的《爱的模样》。包厢里面漆黑一片，瞬间感觉与脱衣舞女们拉开了距离。

“你没有带枪，对吧？”马特问道。

“没时间去申请带枪许可证。”

“你也是独自一人来这的。”

“那又怎样？”

马特耸了耸肩。“只要我愿意，我可以直接把你放倒，然后逃跑。”

“我可不像表面上看起来那么柔弱。”

“这一点毋庸置疑，你小时候就很厉害。”

“但你小时候可不是这样的。”

马特点了点头。“你对我老婆了解多少？”

“何不你先说呢，马特？”

“因为我已经拿出了十足的诚意，”他回答道，“但是你没有。”

“说得有道理。”

“所以呢？”

罗兰思考了片刻，发现自己没有理由不相信他，她真的相信马特是无辜的，就算错了，证据也会证明这一切。他根本没有办法狡辩，有前科的人可没有这种奢侈待遇。

“我知道你老婆的真名是坎迪斯·波特。”

罗兰开始袒露了解到的情况。马特也开始告知他知道的一切，只是间或打断她一下，问一些问题或是后续的调查情况。当罗兰讲到坎迪斯·波特的尸检报告，讲到死者患有 AIS 的时候，马特突然睁大双眼，坐直了身体。

“你再说一遍。”

“马克斯·达罗在调查受害者患有 AIS 的事情。”

“你说的那个是不是类似雌雄同体？”

“是的，差不多吧。”

马特点了点头。“原来达罗是这样发现的。”

“发现什么？”

“发现坎迪斯·波特还活着。我老婆 15 岁的时候生了一个女儿，孩子刚生下来就被人领养了。”

罗兰点了点头。“所以达罗不知怎么的就发现了这件事情。”

“没错。”

“然后他就想起了尸检报告上的 AIS，如果坎迪斯·波特曾经怀过孕的话——”

“那么被杀的那个人就不可能是坎迪斯·波特。”马特接着她的话说道。

“你老婆今天晚上要和她女儿在这里见面吗？”

“正确，午夜的时候。”

罗兰点了点头。“这就是你为什么想和我做交易的原因，就为了凌晨1点的时候，你老婆可以和她的女儿顺利见面。”

“没错。”马特说道。

“你真是太好了，做出这么大的牺牲。”

“是啊，我真是个白马王子，只除了……”马特突然停了下来，“天哪！还记得我们之前说过的话吗，这就是一个圈套，绝对是一个圈套。”

“我没明白你的意思。”

“好吧，假设你是马克斯·达罗，你发现坎迪斯·波特还活着，而且逃亡在外，那么这么多年过去了，你该怎么找到她？”

“我不知道。”

“你会引蛇出洞，对吧？”

“应该是吧。”

“怎么引？当然是逼她自己现身了。你可能会发布一些消息，说她失散已久的女儿现在病重，生命垂危。而你呢，如果你是警察的话，应该轻易就可以查到关于她出生的医院、小镇，还有接生医生等信息，你甚至有可能直接从她女儿那里获知这一切，谁知道呢。”

“但是这样做很冒险。”罗兰说。

“怎么说？”

“他怎么知道她一定会查自己以前的名字呢？”

马特想了想，说道：“我也不确定，当然了，你肯定不会在一棵树上吊死，肯定还会追查以前留下来的其他线索，一步一步地梳理这个案子。但是如果她还活着，如果她和自由世界里的其他人一样拥有一台电脑，说不定会好奇地用谷歌查询她以前的名字，这是早晚的事，对吧？”

罗兰皱起了眉头，马特也是一样，百思不得其解。

“还有我手机上的那些照片。”马特说道。

“照片怎么啦？”

他正在考虑该怎么说的时候，女服务员突然出现在他们的包厢里。“再来一杯？”

马特拿出皮夹，掏出一张 20 美元的钞票在她面前晃了一下。“你认识吉米·戴尔吗？”

服务员犹豫了一下。

“我只想知道认识还是不认识，”马特说道，“这 20 美元就归你了。”

“认识。”

马特递给她 20 美元，又拿出另一张钞票。

“她在这里吗？”

“还是只需要回答在或不在？”

“正确。”

“不在。”

马特把钞票递给她，又拿出三张钞票。“如果你告诉我她在哪里的话，这些钱就通通归你了。”

女服务员有些纠结，马特则一直把钱举在她的眼前。

“吉米可能回家去了，不过，有点奇怪，她应该 11 点钟下班才对，但是一个小时之前，她和一位女士一起提前下班了。”

罗兰转过头看着马特，但马特一脸平静，连眼睛都没有眨一下。他又拿出一张 20 美元的钞票，然后拿出奥利维亚的照片，问道：“吉米是和这位女士一起离开的吗？”

女服务员突然一脸的惊恐，没有搭话，也没有回答的必要了，罗兰已经起身向门口走去。马特扔下钱，赶紧跟了上去。

“怎么啦？”马特问道。

“快点，”罗兰喊道，“我知道吉米·戴尔家的地址。”

吉米把录像带放进播放器里。“我早该知道的。”她说。

奥利维亚坐在蒲团上等着。

“你还记得厨房里的那个壁橱吗？”吉米问道。

“记得。”

“在你‘被杀’后的第三周还是第四周，我买了一大桶的色拉油，我爬上梯子，准备把油放在顶层的柜子里，结果在柜门顶部的后面，发现了这个——”她用下巴指了指屏幕，“被人用胶带粘在那里。”

“你看过录像带了吗？”

“看过，”吉米轻声说道，“我也不知道怎么回事，我应该早点把它给处理掉，或是把它交给警方的。”

“那你为什么没有那么做呢？”

吉米只是耸了耸肩。

“里面录了些什么？”

吉米正准备解释，结果却指了指屏幕，说道：“你自己看吧。”

奥利维亚坐直身体，吉米则绞着双手来回踱步，没有看屏幕。有好几秒钟的时间，屏幕里面一片空白。接下来，画面突然切换到两人都很熟悉的场景。

一间卧室。

录像带是黑白的，角落里印着拍摄日期和时间。一个男人坐在床边，奥利维亚没有认出来是谁。

只听一个男人低声说道：“这位是亚历山大先生。”

亚历山大先生——如果这是他的真名的话——开始脱身上的衣服，从屏幕的右侧出现了一位女士，开始帮他脱衣服。

“是卡珊德拉。”奥利维亚说道。

吉米点了点头。

奥利维亚皱起了眉头。“克莱德在偷拍客人？”

“是的，”吉米说道，“只是目的不纯。”

“怎么个不纯法？”

屏幕上的两位主角都已经一丝不挂了，卡珊德拉压在男人的身上，弓着身体，张着嘴，故意大声地叫着床，就算是卡通片里的配音，都没有她的声音假。

“我想我已经看够了。”奥利维亚说道。

“不，”吉米说道，“还没有到该看的地方。”

吉米按下快进键，屏幕上的活动也开始加快，两人快速地交换体位，变换姿势，没过多长时间，男人就完事并穿好了衣服。在他离开房间时，吉米松开快进键，录像带又慢了下来，恢复到正常的速度。

卡珊德拉走近镜头，对着镜头微笑，奥利维亚感觉呼吸愈加沉重。“吉米，你看看她，她还那么年轻。”

吉米停下脚步，把一根手指放在嘴唇上，指了指屏幕。

只听一个男人说道：“这是给亚历山大先生的纪念品。”

奥利维亚做了个鬼脸，听起来像是克莱德·兰格的声音，只是故意变了点声。

“玩得开心吗，卡珊德拉？”

“玩得很开心，”卡珊德拉语调平平地说道，“亚历山大先生实在是太棒了。”

短暂的停顿后，卡珊德拉舔了舔嘴唇，朝镜头外面的人瞥了一眼，就像是在等待提示一样，很快提示来了。

“你多大了，卡珊德拉？”

“15 岁。”

“你确定？”

卡珊德拉点了点头，镜头外有人递给她一张纸。“我上周刚满15岁，这是我的出生证明。”她把文件贴近镜头，画面出现了短暂的模糊，接着有人调整了一下焦距。卡珊德拉把出生证明举了将近30秒钟，上面写着：出生在爱达荷州南帕市默西医疗中心，父母的名字分别是玛丽和西尔维斯特，出生日期清晰可见。

“亚历山大先生说他想找个14岁的姑娘，”卡珊德拉说道，仿佛生平第一次读这些台词似的，“但是后来他又说我也可以。”

画面再次静止不动。

奥利维亚沉默地坐在那里，吉米亦然。过了好一会儿时间，奥利维亚才反应过来克莱德·兰格究竟想干什么。

“我的天哪！”她惊呼道。

吉米点了点头。

“克莱德不仅偷拍客人招妓的录像来敲诈他们，”奥利维亚说道，“还用未成年少女给他们下套，不仅有出生证明为证，甚至还假装是嫖客自己要找未成年人的。无论是哪种情况，就算嫖客辩解说以为女孩已满18岁了，那也是重罪。这个家伙，这位亚历山大先生，不仅面临事情公之于众后丢人的尴尬局面，甚至整个人生都有可能被毁掉，最后锒铛入狱。”

吉米又点了点头。

屏幕上的画面又动了起来，另一个人出现在屏幕上。

“这位是道格拉斯先生。”一个声音低声说道。

奥利维亚感觉浑身的血液都凝固了似的。“天哪！”

“坎迪？”

奥利维亚朝屏幕靠近了一些，毫无疑问，那个坐在床上的男人，那位道格拉斯先生，就是亚当·耶茨。奥利维亚直直地看着屏幕，呆若木鸡。卡珊德拉再次走进房间，开始帮他脱衣服。原来如此，这就是克莱德为何如此绝望的原因，他偷拍了一位重要的联邦官员，也许他一开始根本不知道这人是谁，毕竟克莱德·兰格还没有蠢到如此地步，直到他敲诈勒索对方的时候，才发现自己犯了个致命的错误。

“你认识他？”吉米问道。

“认识，”奥利维亚说道，“不久前才见过面。”

这时，前门突然被人撞开了，奥利维亚和吉米同时朝声音的方向转过身去。

吉米大声喝道：“究竟怎么……”

卡尔·多林格关上房门，拔出手枪，瞄准目标。

– 57 –

罗兰租了一辆汽车。

马特问道："那你觉得是怎么回事？是达罗搞的鬼吗？"

"这种解释最合理，"她表示同意道，"达罗不知怎么的发现你老婆有个女儿，然后想起了尸检报告的内容，所以就开始调查事情的原委，他知道里面还牵扯到钱的事情，所以雇了个打手来帮忙。"

"是查尔斯·塔利？"

"对，是塔利。"

"所以，你认为他是看到了奥利维亚在那条帖子里的回复才发现了她的行踪的？"

"没错，但是……"罗兰停了下来。

"咋啦？"

"他们最先找到的是艾玛·勒梅。"

"那个玛丽·罗斯修女？"

"是的。"

“怎么找到的？”

“我也不知道，也许是因为她想弥补自己的过错。我是说，我从院长那里知道了她所有的情况，自从换了一个身份以后，玛丽·罗斯修女就一直过着虔诚为善的生活，我猜测，也许她也看到了那个帖子。”

“所以想要尽点善心？”

“是的，这也许就可以解释为什么会有那通从圣玛格丽特学校打到你嫂子家的为时 6 分钟的电话了。”

“她想警告奥利维亚吗？”

“也许吧，我也不知道。但是，他们可能最先找到了艾玛·勒梅，法医说他们对勒梅进行了非人的折磨，也许是想要钱，也许是想逼迫她说出你老婆的名字，不论怎样，艾玛·勒梅都难逃一死。而且，在我调查她的真实身份时，就已经打草惊蛇了。”

“还有那个联邦调查局的家伙耶茨，他也听到了风声吗？”

“是的。说不定他早就认识勒梅了，正好以此为借口插手此事，我也不太确定。”

“你认为耶茨想掩盖些什么？”

“有个线人告诉我，兰格他们利用未成年少女的录像敲诈勒索那些嫖客，他不确定是不是真的。但是，如果是真的话，我觉得耶茨一定和这一切脱不了干系，我觉得他之所以把我踢出这个案子，就是因为我了解得太多了，而且他现在也在里诺。”

马特看向前方，问道：“还有多久？”

“下一个街区就到了。”

汽车刚刚转弯，罗兰就在一辆旅行拖车附近发现了卡尔·多林格。他正弯着腰，透过窗户往里偷看。罗兰猛地踩下刹车，骂了一句：“真该死！”

“怎么啦？”

“我们需要武器。”

“为什么？有什么问题吗？”

“那是耶茨的手下，就是窗边的那个人。”

多林格站起身来，他们看见他把手伸进夹克里，掏出一把手枪，然后以与他身材极不相称的速度快速走到门口，撞开门，消失在他们的视野里。

马特没有犹豫。

“等一下，你要去哪里？”

马特没有回头，也没有停下脚步，而是飞奔着朝拖车冲了过去，透过窗户，可以看到拖车里面的情景。

奥利维亚就在里面。

她突然站起身来，举起双手，另一个女人——估计应该是吉米·戴尔——也在里面。吉米张开嘴，高声尖叫着，多林格正拿枪指着她们。

多林格开枪了。

哦，不要……

吉米倒在了地上，奥利维亚也从视线中消失了。马特没有减速，多林格就站在窗户的不远处。马特知道已经错过了最佳时机，只好拼尽全力，收紧下巴，胳膊挡在身前，朝窗户玻璃撞了上去。

出人意料的是，玻璃很容易就被撞碎了。

马特双腿率先着地，安全着陆，多林格手里仍然拿着枪，惊讶地张大了嘴，马特不想错失良机，毫不犹豫地朝他扑了过去。

感觉就像撞在混凝土上一样，多林格纹丝不动。

“快跑！”马特大喊道。

多林格终于反应过来，把枪对准了马特。马特双手抱住多林格的手腕，使劲地往外拉，多林格也使劲地往回掰。即使马特用双手来对抗多林格的一只手，他还是在这场力量的较量中败下阵来。多林格用空着的那只手一记上勾拳，打在了马特的肋骨上。马特感觉肚子一陷，胸口一窒，痛得他只想倒在地上打滚。

但他不能。

奥利维亚还在这里。

马特拼尽全力，抱着多林格的手腕。

多林格又是一拳，狠狠地打在他的胸腔上，马特疼得眼泪直滚，两眼发黑，手也松了开去，慢慢地失去了知觉。

突然一个声音尖叫道："不许动！警察！放下武器！"

是罗兰·缪斯的声音。

多林格放开马特，马特倒在了地板上，片刻过后，马特抬起头，看着多林格，多林格表情怪异地扫视了一下房间。

却不见罗兰·缪斯的踪影。

马特知道接下来会发生什么，多林格一定会纳闷罗兰为什么不露面，进而想起她刚从纽瓦克飞过来，而且只是一名小小的县级警探，领导根本不会允许她带枪出行。

他一定会发现罗兰根本没有带枪，只是在虚张声势而已。

奥利维亚朝吉米·戴尔爬去，马特看了她一眼，两人目光交错。"快走！"他用口型无声地喊道，又回头看了看多林格。

多林格现在已经明白过来。

他再次把枪瞄准了奥利维亚。

"不要！"马特大喊道。

马特腿一曲，脚一蹬，双腿就像活塞似的，猛地扑了过去。他懂打架，知道个小的打不过个大的，但他不在乎能不能赢，他只想救自己的妻子，只要他能坚持住，奥利维亚就能逃出去。

马特还知道一个道理。

即使再强大的人也有他的阿喀琉斯之踵。

马特举起手掌，摆好姿势，然后一跃而起，猛地向多林格的下体拍去。大个子发出一声惨叫，痛得弯下腰去，趁着马特落地的瞬间一把抓住了他。马特挣扎着想要站直身体，可惜多林格实在是太高大了。

死穴，马特心想，攻击他的死穴。

马特猛地把头一仰，撞在了多林格的鼻子上，多林格一声哀号，站直了身体，马特趁机看向自己的妻子。

真是见……

马特简直不敢相信自己的眼睛，奥利维亚居然没有趁机逃跑，仍然待在吉米的身旁，慌乱地在她朋友的腿上忙活着，大概是想帮她止血吧。

“快出去！”他大喊道。

多林格很快就恢复了过来，举枪瞄准了马特。

在拖车的另一端，罗兰大叫一声，猛地扑到多林格的背上，伸手去抓他的脸，大块头往后一缩，鼻子和嘴巴满是血污，接着像尥蹶子的野马一样，把罗兰甩了出去，重重地砸在墙壁上。马特一跃而起。

攻击他的死穴……

他本来想戳多林格的眼睛，但是没戳到，手顺势往下一滑，落在了大个子的喉咙上。

就如之前的一样。

就如多年以前，在马萨诸塞州一所大学校园里，和一个名叫史蒂芬·麦克格拉斯的男孩打架时的情形一模一样。

但是，马特毫不在意。

他使劲地掐了上去，拇指放在喉咙的凹陷处，更加用力地掐着他的脖子。

多林格的眼睛开始往外凸，但是拿枪的那只手现在却自由了，他举枪对着马特的脑袋。马特松开一只手，想把多林格的手枪打偏，结果，多林格还是开枪了，滚烫的子弹打进了马特的臀部肌肉里。

马特的腿突然一软，手从多林格的脖子上掉了下来。

多林格再次瞄准目标。他看着马特的眼睛，准备扣动扳机。

一声枪响。

多林格的眼睛更加外凸，子弹击中了他的太阳穴，大个子男人轰然倒地。马特转过头去，看着自己的妻子。

奥利维亚的手里正拿着一支小手枪，马特爬到她的身边，两人低头看着吉米·戴尔，发现她的腿根本没有受伤，只有肘部上方一小块地方在流血。

“你还记得。”吉米说道。

奥利维亚笑了笑。

马特问道：“记得什么？”

“我之前跟你说过，”奥利维亚说道，“吉米总会在靴子里面放一把手枪，我只花了几秒钟的时间就把枪给掏了出来。”

- 58 -

罗兰·缪斯坐在哈里斯·格莱姆斯的对面，他是联邦调查局洛杉矶分局的副局长，是这个地区级别最高的联邦调查局官员之一，他现在正一脸的不高兴。

“你知道亚当·耶茨是我朋友对吧。”格莱姆斯问道。

“你已经说了三遍了。”罗兰说道。

他们现在正在里诺市瓦肖医疗中心二楼的一个房间里，格莱姆斯眯着眼睛，咬着下唇。“你想违抗我的命令吗，缪斯？”

“我也已经说了三遍了。”

“那你现在再说一遍。”

罗兰又从头到尾说了一遍，要说的东西实在太多，花了好几个小时才讲完。但是，这个案子还没有完结，仍然有很多的疑点。耶茨失踪了，没人知道他的下落，多林格也已经死了，而且罗兰发现，他们两人都很受同事的欢迎。

格莱姆斯站起身来，摸了摸下巴，房间里还有另外三名特工，手里都拿着笔记本，低着头不停地记着东西。真相就摆在他们的面前，虽然没人愿意相信，但耶茨和卡珊德拉的录像带让他们无法辩驳，再怎么不愿意相信，也只能接受罗兰的说法。

“你知道耶茨会去哪里吗？”格莱姆斯问她。

“不知道。”

“他最后一次被人看见是在我们位于基茨克巷的里诺办公室，就在戴尔女士住所事件发生前15分钟。他和一个名叫泰德·斯蒂文斯的特工在办公室里碰了面。奥利维亚·亨特到达机场的时候，这名特工被他派去跟踪奥利维亚。”

“对，你已经说过了，我现在可以走了吗？”

格莱姆斯转过身去，挥了挥手。“滚吧，滚吧。”

罗兰站起身来，朝楼下走去，来到一楼的急诊室，奥利维亚·亨特正坐在急诊室的接待员旁边。

“嘿。”罗兰招呼道。

“嗨。”奥利维亚勉强扯了个笑容。“我下来看看吉米。”

奥利维亚并没有受伤，吉米·戴尔在走廊的另一端处理伤口，也快要结束了。她的胳膊用一根悬带吊着，子弹没有打中骨头，但是肌肉和软组织损伤严重，会非常地痛，要好几个小时才能稍微好点。不幸的是，这是一个医疗资源紧缺的时代，就算是前总统比尔·克林顿，在做了开胸手术仅仅六天之后，就已经出院在自家后院看书了。所以警方了解完情况以后，就直接让吉米回家休息了，只是必须“待在城里”。

“马特在哪里？”罗兰问道。

“刚刚做完手术。”奥利维亚说。

“一切都还顺利吧？”

“医生说没事。”

子弹从马特的股骨颈擦过，就在髋关节的下方，医生需要给他打几颗骨钉，他们说只是个小手术，两天后就可以出院了。

“你应该去休息一下。”奥利维亚劝说道。

“没法休息，”罗兰说道，“情绪有点激动。”

“是啊，我也是。要不你到马特那里去坐坐，万一他已经醒过来了呢？我去把吉米安顿好，马上就过来。”

罗兰乘电梯来到三楼，坐在马特的床边，脑子里思考着案情，猜测亚当·耶茨究竟去了哪里，后续会采取什么行动。

几分钟后，马特眨巴着眼睛苏醒过来，抬头看着罗兰。

“嘿，大英雄。”罗兰打趣道。

马特勉强笑了笑，把头转向右边。

“奥利维亚呢？”

“她和吉米在楼下。”

“吉米她……”

“她很好，奥利维亚正在帮她安顿下来。”

马特闭上眼睛，说道：“我有件事想要拜托你。”

“你先休息一下再说吧？”

马特摇了摇头，声音异常地虚弱。“我想让你帮我查一下通话记录。”

“现在吗？”

“那部照相手机，”他说，“还有里面的照片和视频，现在仍然说不通。为什么耶茨和多林格要拍那些东西？”

“不是他们拍的，是达罗。”

“为什么……”马特又虚弱地闭上眼睛，“他为什么要这么做？”

罗兰也在心里纳闷，马特突然睁开眼睛，问道：“几点钟了？”

罗兰看了看表。“十一点半。”

“晚上吗？”

“当然是晚上了。”

话音刚落，罗兰就想起了在“勤奋的海狸”夜总会见面的事情。她迅速地抓起手机，给楼下的急诊室接待员打了一个电话。

“我是警探缪斯，不久前我和一位名叫奥利维亚·亨特的女士才在你那里待过，她在等一位叫吉米·戴尔的病人。”

“没错，”接待员说道，“我看到过你们。”

“他们还在那里吗？”

“谁，戴尔小姐和亨特小姐吗？”

“是的。”

“不在，你离开之后，两人就匆忙离开了。”

“匆忙离开？”

“坐出租车走的。”

罗兰挂断电话。“她们走了。”

马特仍然平躺在床上，对罗兰说道：“把手机给我。”罗兰把手机放在他的耳边，马特报上奥利维亚的手机号码，电话响了三声之后，奥利维亚才接起电话。

“是我。”他说。

“你没事吧？”奥利维亚问道。

“你在哪里？”

“你知道我在哪里。”

“你还是认为……”

“她打电话过来了，马特。”

“什么？”

“有人把电话打到了吉米的手机上，说我们的见面继续，但是不能报警，也不能带老公，只能我一个人，我们现在正往那边赶过去。”

“奥利维亚，这肯定是个陷阱，你知道的。”

“我会没事的。”

“罗兰马上过去。”

“不行，求你了，马特。我知道我在做什么，求求你了。”

接着奥利维亚挂断了电话。

- 59 -

下午 11 点 59 分
内华达州 里诺市
“勤奋的海狸”夜总会

奥利维亚和吉米到达夜总会时，门口的那个胖男人指着吉米说道：“你今天早退了，要补几个小时的班。”

吉米给他看了看自己吊着的胳膊。“我受伤了。”

“咋的，吊着胳膊就没法脱衣服了吗？”

“你说真的吗？”

“看到没有，”他指着自己的脸，“再真实不过了，有些男人看到这些东西就兴奋。”

“打了石膏的手臂？”

“没错，就跟那些从残肢断臂者身上得到快感的人一样。”

“我不是残肢断臂。”

“嘿，吹股大风都有可能让男人兴奋，你知道我的意思吧？”胖子猥琐地搓了搓手，“我以前认识一个家伙，一看到脚垢就兴奋，脚垢啊。”

“很好。”

“这位朋友是谁？”

“谁也不是。”

胖子耸了耸肩，说道：“有个新泽西的警察问起过你。”

“我知道，现在已经没事了。”

“我要你继续上台，就吊着那个绷带。”

吉米看了看奥利维亚。“我在上面也许还能看得更清楚些，你知道的，不会有人注意到我。”

奥利维亚点了点头，说道：“随你的便。”

吉米消失在后面的房间里，奥利维亚坐在桌旁，毫不在意周围的人群，也不去看台上舞女的脸，寻找女儿的影子。她脑子里一团乱麻，悲伤压得她喘不过气来。

取消见面吧，她心想，立刻离开这里。

她怀孕了，丈夫还在住院，这才是她该过的生活。那些已经是过去的事情了，过去的就让它过去吧。

但是她没有那样做。

奥利维亚又想起了受虐者们总会走上自我毁灭的道路，不管后果如何严重，不管前路如何危险，他们根本无力阻止。又或者恰恰相反，就像她一样，无论命运如何多舛，都不会放弃任何希望。

难道今晚她不是仍有机会与失散多年的女儿重逢吗？

女服务员走到桌旁，问道：“你是坎迪斯·波特吗？”

奥利维亚毫不犹豫地回答道：“是的，我是。”

“有人让我给你带个信。”

她递给奥利维亚一张纸条后就离开了。上面的消息简短又明了：

马上去后面的B号房间，等我10分钟。

奥利维亚就像踩着高跷似的跌跌撞撞朝后面走去，脑袋一阵晕眩，胃里翻江倒海，一不小心撞到了一个男人身上，她赶紧说了一声“抱歉”，男人则回了一句“嘿，宝贝，荣幸之至”，逗得同行的男人们哈哈大笑起来。奥利维亚继续往前，走到后面的那片区域，找到门上写着B的房间，正是她几个小时前才刚刚来过的房间。

她打开房门，走了进去。这时，她的手机响了起来，她接起电话，说了一声你好。

“别挂电话。”

是马特。

“你在夜总会吗？”

“是的。”

“赶快离开那里，我知道是怎么回事了——”

“嘘。”

“怎么啦？”

奥利维亚失声痛哭起来。“我爱你，马特。”

“奥利维亚，不管你在想什么，求你了，只要——”

“我爱你胜过世上的一切。”

“听我说，离开——”

奥利维亚挂断电话，关机，面向房门。5分钟过去了，她静静地站在那里，不动，不晃，也不四处张望。这时，响起了敲门的声音。

“请进。”奥利维亚说道。

门开了。

- 60 -

无论马特怎么努力，就是没法从床上下来。

“快去！”他催促罗兰道。

罗兰急忙用无线电联系了里诺市警察局，然后朝自己的车跑去。就在离“勤奋的海狸”夜总会大约 3 公里远的时候，罗兰的手机响了起来。

罗兰拿起手机，吼道：“我是缪斯。”

“你还在里诺吗？”

是亚当·耶茨打来的，声音听起来有点模糊。

“是的。”

“大家都在为你的聪明睿智鼓掌庆贺对吧？”

“恰恰相反。”

耶茨轻声一笑。“唉，我倒是人见人爱啊。”

他肯定是喝醉了。“告诉我你在哪里，亚当。”

“我说的都是实话，你知道的，对吧？”

“当然了，亚当，我知道。”

“我是说他们威胁我家人的事情，我不是说人身安全方面的威胁，而是说我可能会因此而失去妻子和孩子，甚至还有我的工作。那盒录像带就像一门大炮一样，时刻瞄准着我们，你明白我的意思吗？”

“我明白。”罗兰说。

“我当时正在做卧底，假装是个富有的房地产商人，所以克莱德·兰格以为我是头肥羊，我根本不知道那个女孩还未成年，你一定要相信我。”

“你在哪儿，亚当？”

耶茨没有理会她的问题。“当时，有人给我打了一个电话，让我拿钱去交换录像带，所以卡尔和我就去见了兰格，然后把他狠狠地收拾了一顿，啊，我在骗谁呢？是卡尔把他狠狠地收拾了一顿。卡尔是个好人，但他有暴力倾向，有一次直接把一名嫌疑犯给打死了，是我出面摆平了此事，他给我擦屁股，我给他擦屁股，朋友就是这样的。卡尔已经死了，对不对？”

“是的。”

“真该死！”耶茨开始哭了起来，“卡尔当时打伤了艾玛·勒梅，对着她的肚子就是一顿猛揍，以此来警告他们。我们进去的时候，我以为会坐下来好好谈谈，结果，他一进去就开始动手，像打拳击沙袋一样对着勒梅左右开弓。兰格却根本不管勒梅的死活，他自己都经常打那个女人，她挨揍总比自己挨揍要好，你知道吗？”

罗兰快要开到停车场了。

“兰格被吓得屁滚尿流的，是真的尿裤子了。他吓得要死，赶紧跑到柜子那里去拿录像带，但是录像带却不翼而飞。他说一定是那个女孩偷走了，就是录像带里的那个女孩，名字叫卡珊德拉。他说自己一定会把录像带找回来的。我和卡尔都觉得他已经得到了教训，一定会照我们说的做。但是我们没有想到，兰格、勒梅，还有那个叫卡珊德拉的女孩，居然全都失踪了。这么多年过去了，我一直如鲠在喉，每天都在想这个事情。后来，我们接到国家情报中心的电话，说勒梅的尸体找到了。噩梦再次席卷而来，我一直都知道，这一天迟早会来。”

“亚当，现在还为时未晚。”

“不，已经太迟了。”

罗兰把车开进停车场。“你还有很多朋友。”

“我知道，我给他们打过电话了，所以我才打电话给你。”

“什么？”

“格莱姆斯会把录像带毁掉的。”

“你在说什么？”

“如果录像带曝光的话，不仅会毁掉我的家庭，也会毁掉录像带里面的那些人。你知道，他们不过是普通的嫖客而已。”

“你们不能这么做。”

“没人再需要那盘带子了，格莱姆斯和他的手下会帮我安排好一切的，只是需要你的配合。”

这时，罗兰才突然意识到他想干什么，内心一阵恐慌。

“等一等，亚当，你听我说。”

“卡尔和我都将因公殉职。”

“亚当，不要，你必须听我说。”

“格莱姆斯会为我们安排好的。”

“想想你的孩子——”

“我就是在为他们考虑，我们两家都会得到全额的抚恤金。”

“亚当，我爸爸——”罗兰已经泪流满面，“就是自杀的，求求你了，你根本不知道这会给他们带来什么——”

但是耶茨根本听不进去。“你只需要保守秘密就可以了，好吗？你是个好警探，最好的警探之一。求你了，看在我孩子的分上。”

“该死的，亚当，你听我说！”

“再见，罗兰。”

说完，耶茨就挂断了电话。

罗兰·缪斯把车停在停车场，走到车外，对着天空放声大哭，尖叫起来，此时，远处传来一阵隆隆的枪响声。

- 61 -

后面 B 号房的房门打开了，奥利维亚正在里面等待着。

当吉米走进房间时，两个女人眼里都含着泪水，定定地看着对方，就和几小时之前一样。

但是，这一次情况明显不同。

“你知道了。”吉米说道。

奥利维亚摇了摇头。“我猜的。”

“怎么猜到的？”

“你装出一副完全不记得马克斯·达罗的样子，但是他以前可是你的常客，最重要的是，大家都以为是达罗把帖子发到网上去的，但他根本不可能知道这样做可以把我引出来。只有我的好友，只有我最好的朋友，才知道我一直都在寻找孩子的下落。”

吉米走进房间，说道：“是你抛弃了我，坎迪。”

“我知道。”

“我们说好要一起离开的，我告诉过你我的梦想，你告诉过我你的梦想，一直以来我们都是守望相助，还记得吗？”

奥利维亚点了点头。

“你答应过我的。”

“我知道。”

吉米摇了摇头。“这么多年以来，我一直以为你已经死了，是我安葬的你，是我给你付的安葬费，是我一直在为你哀悼，你知道吗？我为此痛哭了好几个月，甚至给马克斯打白工，他要什么就给什么，就是为了让他能够尽心尽力地查找凶手。”

“你得理解我，我不能说，艾玛和我——”

“你什么你？”吉米大喊道，高亢的声音在寂静的房间里回荡，“你答应过她不说的？”

奥利维亚无言以对。

“在你死去的时候，我也跟着死了，你知道吗？那些梦想，那些摆脱这种生活的希望，都随着你的离开而消逝了，这么多年以来，我失去了所有的一切。”

“你是怎么……？”

“……怎么发现你还活着的吗？”

奥利维亚点了点头。

“那个女孩来找我之后的第三天，马克斯也来找我了。他说那个女孩是他找来的，根本不是你的女儿，他只是想找个人来试探我而已。”

奥利维亚有些困惑。“试探你？”

“是啊。他知道我们俩一直很要好，觉得我肯定知道你在哪儿，所以设了个圈套，找了个女孩过来找我，假装是你失散多年的女儿，之后就一直监视我，看我会不会给你打电话，结果我什么也没做，只是跑到你的墓前痛哭而已。”

"我真的很抱歉，吉米。"

"你能想象得到吗，啊？想象一下当马克斯来到我家里，给我看尸检报告时的情景。他说死者的身体状况有点特殊，根本不可能怀孕。他说你根本没死，你知道我是什么反应吗？我只是不停地摇头，根本不相信他说的话。我是说，我怎么可能相信呢？我告诉他，坎迪绝对不会那样对我的，她不会就这样丢下我不管的，马克斯只好给我看死者的照片，照片上的人是卡珊德拉，直到这时，我才开始明白过来，开始把所有的信息联系起来。"

"所以你想报复我。"奥利维亚说道。

"没错。我的意思是……我之前的确是这么计划的，"吉米摇了摇头，"但是后来，事情变得越发不可收拾起来。"

"是你帮达罗找到我的，是你想出在领养网站上发帖子的点子的，你知道我一定会上钩的。"

"是的。"

"也是你安排在汽车旅馆碰面的。"

"不光是我一个人，如果只有我的话……"吉米顿了一下，直直地看着奥利维亚，"我真的很受打击，你知道吗？"

奥利维亚点了点头，没有说话。

"没错，我就是想报复你，也想狠狠地赚上一笔，这次轮到我开始新生活了，终于轮到我了。但是随着马克斯和查利飞到新泽西——"吉米闭上眼睛，摇了摇头，仿佛想把什么东西甩出脑外似的，"情况就完全失控了。"

"你想伤害我。"奥利维亚问道。

吉米点了点头。

"所以，你就给我丈夫打了一个电话，想要破坏我的婚姻。"

"事实上，是马克斯想出来的。他本来打算用自己的照相手机，但是转念一想，要是用你的手机打，效果不是更好吗。看见了吗，如果出了问题，视频里的查利就成了背锅侠。但是，开始的时候还需要查利帮忙。”

“去对付艾玛·勒梅？”

“没错，查利四肢发达，头脑简单。他和马克斯飞过去后，想逼迫艾玛开口，但是无论怎么严刑拷打，艾玛都不愿意出卖你，所以他们就不停地下狠手，结果一不小心，就闹出了人命。”

奥利维亚闭上双眼。“所以现在——”她用手扫了一下房间，“相约此处，就是你的压轴好戏，对吧，吉米？你拿走了我的钱，却告诉我根本没有什么女儿，没有孩子，让我伤心欲绝，接下来还有什么？”

吉米沉默了几秒钟。“我也不知道。”

“不，吉米，你知道。”

她毫无意识地摇了摇头。

“达罗和查利不可能让我活着。”奥利维亚说道。

“达罗？”吉米轻柔地说道，“他再也没法指手画脚了。”

“因为你杀了他？”

“是的。”她笑了笑，“你知道那狗娘养的在车里搞了我多少次吗？”

“所以你就杀了他？”

“不是。”

“那是为什么？”

“我必须先下手为强，”吉米说道，“制止事态的进一步发展。”

“你觉得他想杀你？”

“为了钱，马克斯·达罗连他亲妈都可以杀。是啊，当我发现他想杀我的时候，我很受伤，不，应该说我太震惊了，我以为他和我是一伙的，结果发现他另有私心，所以我必须制止这一切。”

“你这话是什么意思？”

“就是……”她整个人弥漫着一股疲惫的气息，“算了。”吉米说道，“重要的是，马克斯不喜欢留下人证，我就是一个靠不住的妓女，你觉得他会冒这个险吗？”

“那查尔斯·塔利呢？”

“你丈夫查到了他的行踪，两人打了起来，之后他就逃跑了，查利给我打了一个电话。你知道吗，我就住在你的楼下。查利惊慌失措，担心警察会来抓他，他正在假释期间，如果再犯一次罪，就得蹲一辈子的大牢，为了不蹲大牢，让他干什么都可以，所以我就叫他在楼梯间等着。”

“然后你就把一切布置成马特杀了他的样子？”

“马克斯是这么计划的，陷害查利和你丈夫。”吉米耸了耸肩，“所以我就寻思着，还是将计就计吧。”

奥利维亚看着自己的老友，朝她靠近了一些。“你知道的，”她说，“我一直都在想你。”

“我知道，”吉米说道，“但是还不够。”

“我当时害怕极了，艾玛说如果被他们发现的话，我们两个都会没命的，他们会问我们要那盘录像带，而我们手里根本没有，他们会杀了我们的。”

“看着我。”吉米说道。

“我看着呢。”

吉米掏出一把手枪。“看看我变成了什么样子。”

“吉米？”

“干吗？”

“我没想到会变成这样，”奥利维亚说道，“我以为我必死无疑。”

“我现在知道了。”

“而且我怀孕了。”

吉米点了点头。“这个我也知道。”她握着枪的手开始颤抖。

奥利维亚又朝她靠近了一步。“你不会杀孩子的。”

吉米的脸沉了下来，声音微弱得几不可闻。“是那盘录像带。”

“录像带怎么了，吉米？”然后，奥利维亚明白了过来，“噢，噢，不……”

“都是那盘该死的录像带，”吉米说道，眼泪止不住地往下流，“害得卡珊德拉丢了性命，一切的悲剧都是从那盘录像带开始的。”

“哦，天哪！”奥利维亚咽了咽口水，“偷克莱德录像带的人不是卡珊德拉，”她说道，“是你。”

“这都是为了我们俩，坎迪，你还不明白吗？”吉米乞求道，“那盘录像带就是我们的通行证，我们可以得到一大笔的钱，然后我们就可以远走高飞了，就你和我，就像我们曾经说过的那样，轮到我们了，你懂吗？结果，等我回到家里，却发现你被人杀害了……”

“这些年以来，你一直……”奥利维亚再次感到心碎不已，“你一直在为我的死而自责。”

吉米勉强点了点头。

“我真的很抱歉，吉米。”

“当我发现你还活着的时候，我真是伤透了心，你明白吗？我是那么爱你。”

奥利维亚明白那种感受，吉米之所以伤心，不仅是为死去的好友，也是为她自己，为曾经逝去的生活，你以为你最好的朋友，那个可以梦想与共的人……是因你而死，你为此愧疚了十年，结果有一天，却发现这一切皆是谎言……

“我们还有机会。”奥利维亚说道。

吉米挺直身体，说道：“看着我。”

“我想帮你。”

这时，突然传来一声重重的拍门声。“开门，警察！”

“我杀了两个人，”吉米对奥利维亚说道，脸上绽放出一抹幸福的微笑，把奥利维亚带回到了从前的时光，“看看我的人生，现在轮到我了，还记得吗？该我逃出升天了。”

“求你了，吉米……”

吉米却对着地板开了一枪，一阵恐慌之后，门突然被人撞开了，吉米转过身去，对着门，举起了手枪，奥利维亚惊声尖叫道：“不要！”

枪声响起，吉米的身体就像牵线木偶一般，旋转了一圈，随后瘫倒在地上。奥利维亚跪在地上，捧着好友的脑袋，嘴唇凑到吉米的耳边。

“不要……”奥利维亚哀求道。

现在，终于轮到吉米了。

- 62 -

两天后，罗兰·缪斯在自己的花园公寓里做着火腿芝士三明治，她抓起两片面包放在盘子里。妈妈正坐在隔壁房间的沙发上看《今晚娱乐》，耳边响起节目熟悉的主题曲。她挖了一坨蛋黄酱涂抹在面包上，突然忍不住哭了起来。

罗兰默默地流着泪，等到情绪慢慢地平复下来，可以说话了才开口喊道：

“妈妈。”

“我在看电视。”

罗兰走到妈妈的身后，她正拿着一袋菲乐多玉米片大口地嚼着，肿胀的双脚用枕头垫着，放在咖啡桌上。罗兰闻着刺鼻的香烟味，听着母亲粗嘎的呼吸声。

亚当·耶茨自杀了，格莱姆斯根本没法把这事给挡下来，而亚当的两个女儿艾拉和安妮，还有他的儿子山姆，就是当初亚当在医院里死死抱着，不让死神带走的那个男孩，他们迟早都会知道事情的真相。这些真相与录像带无关，尽管亚当·耶茨心存恐惧，但是真正让孩子们夜不能寐的并不是录像带里的那些画面。

“我一直都在责怪你。”罗兰说道。

妈妈没有搭话，耳边只有电视的声音。

“妈妈？”

“我听到了。”

“我刚认识不久的一个男人自杀了，留下了三个孩子。”

妈妈终于转过身来。

“你知道吗，我责怪你的原因是——”罗兰停了下来，喘了口气。

“我知道。”妈妈轻柔地说道。

“为什么……”罗兰说道，声音一阵哽咽，泪水翻滚而出，满脸的忧伤，“为什么爸爸不能再爱我一点，努力活下去呢？”

“哦，亲爱的。”

“你是他的妻子，他可以弃你不顾，可我是他的女儿啊！”

“他非常地爱你。”

“但却不足以让他活下去。”

“不是那样的，”妈妈说道，“他太痛苦了，没人能够救他，你是他生命中最美好的东西。”

“可是你——”罗兰用袖子擦了擦脸，“却任由我责怪你。”

妈妈什么也没说。

“你只是想保护我。”

“你需要发泄出来。”妈妈说道。

“所以这么多年……你就一直任由我责怪你。”

罗兰想起了亚当·耶茨，想起他有多爱他的孩子，就算深爱如斯，却依然无法阻止他自杀的事实。她擦了擦眼睛。

“我应该给他们打个电话。”罗兰说道。

“给谁？”

“他的孩子们。”

妈妈点了点头，摊开双手，说道：“明天再打，好吗？现在过来我这里，和我一起在沙发上坐会儿。”

罗兰坐到沙发上，妈妈往旁边挪了挪位置。

“没关系的。”妈妈说道。

她把一条编织毛毯扔到罗兰的身上，电视里开始插播一条广告。罗兰靠在妈妈的肩膀上，她闻到了一股残留的烟味，但这气味令她心安。卡门轻抚着女儿的头发，罗兰闭上了双眼。几秒钟后，妈妈又开始按电视遥控器。

“没有什么好看的。”妈妈说道。

罗兰仍然闭着双眼，微笑着与妈妈贴得更近了。

马特和奥利维亚在同一天也乘飞机回了家。马特拄着一根拐杖，一瘸一拐的，但是用不了多久就可以痊愈。走下飞机的时候，马特说道：“我觉得我应该一个人去。”

“不行，”奥利维亚说道，“我们一起去。”

他没有和她争辩。

两人还是在韦斯特波特机场下的飞机，然后开车来到了同一条街道上。今天早上，车道上停着两辆车。马特看了看篮球框，没有看到史蒂芬·麦克格拉斯的身影，至少今天没有看到。

他们一起朝门口走去，奥利维亚握着他的手，马特按了按门铃，1分钟后，克拉克·麦克格拉斯打开了门。

“你们来这里干什么？”

他的身后传来索尼娅·麦克格拉斯的声音：“克拉克，是谁？”

当她看到是谁的时候，索尼娅突然停了下来。“马特？”

“当时是我抓得太用力了。”马特说道。

庭院一片寂静，没有风，没有汽车驶过，也没有行人，只有四个人静静地站在门口，也许还有一个鬼魂。

“我本来可以放手的，但是我太害怕了，我以为史蒂芬跟他们是一伙的。我们倒地的时候，我脑子里一片空白。我本来可以做得更好的，我掐得太久了，现在我知道了，但是说什么都无法表达我的歉意。”

克拉克·麦克格拉斯满脸涨得通红，咬牙切齿地责问道：“你以为这样就没事了吗？”

“不是的，”马特说道，“我知道不可能。我妻子现在怀孕了，我更加能够理解到你们的感受，所以今天必须在这里做个了断。”

索尼娅问道：“你在说什么呀，马特？”

马特举起一张纸。

“那是什么？”索尼娅问道。

“通话记录。”

马特在医院里刚刚醒来的时候，就让罗兰帮忙拿到这份通话记录，他当时也只是有那么一丁点的怀疑，也没有多想，但是吉米的复仇计划单靠她一个人根本不可能完成，而且这个计划目的性太强，也太急于求成，不仅想毁掉奥利维亚……

……还想毁掉马特。

“这是马克斯·达罗的通话记录，他住在内华达州的里诺市，”马特说道，“在过去一周的时间里，他总共给你丈夫打了八次电话。”

“我不太明白你的意思，”索尼娅说道，转身看着自己的丈夫，“克拉克？”

克拉克却闭上了双眼。

“马克斯·达罗是一名警察，”马特说道，“当他发现奥利维亚的真实身份后，就开始着手调查她的一切，发现她丈夫是个臭名昭著的杀人犯，所以他就找上了你。我不知道你给了他多少钱，麦克格拉斯先生，但是这样一来，一切都说得通了，你想一石二鸟。就像达罗的同伙告诉我妻子的那样，你们两人联手，在背后玩另一套把戏。”

索尼娅又喊了一声：“克拉克？”

“他就该去蹲监狱，”克拉克愤怒地对她吼道，“而不是和你一起吃午饭。”

“你究竟干了些什么，克拉克？”

马特往前更近了一步。“现在一切都结束了，麦克格拉斯先生。我为发生过的事情再一次道歉，我知道你不会接受，我也能理解。史蒂芬的事情我很遗憾，但有件事我想让你明白。”

马特又往前走了一步，两个人的鼻子几乎都要碰在一起了。

“如果你再敢靠近我的家人，”马特警告道，“我就杀了你。”

马特转身离去，奥利维亚又站了一小会儿，看了看克拉克·麦克格拉斯，又看了看索尼娅，仿佛是在确认他们究竟听进去没有，然后转过身去，拉起丈夫的手，头也不回地离开了。

- 63 -

马特开车离开了麦克格拉斯的家。很长一段时间，二人沉默不语。汽车音响里正在播放戴米恩·赖斯的专辑《O》[①]。奥利维亚倾身向前，关掉了音响。

“这感觉好奇怪。”奥利维亚说道。

“我知道。”

“我们就当什么都没发生过一样？”

马特摇了摇头。“我可不这么想。”

“那我们重新开始？”

马特又摇了摇头。“我可不这么想。”

“那好吧，只要把事情说清楚就行。”

马特笑了笑。“你知道吗？”

---

①《O》是戴米恩·赖斯的首张专辑，最早于 2002 年 2 月 1 日在爱尔兰及英国发行，曾进入爱尔兰的前 20 名排行榜。

“什么？”

“我们会好起来的。”

“光是好起来可不行。”

“我也这么觉得。”

“我们的未来，”奥利维亚说，“一片光明。”

抵达玛莎家的时候，玛莎从家里跑出来迎接他们，张开双臂拥抱着两人。保罗和伊森跟在妈妈的后面，凯拉则抱着双臂站在门边。

“天哪！”玛莎惊呼道，“你们俩究竟怎么啦？”

“说来话长。”

“你的腿……”

马特挥了挥手，说道：“没事。”

“你的拐杖好酷啊，马特叔叔！”保罗赞叹道。

“是啊，太酷了。”伊森附和道。

他们走近凯拉站着的门边，马特还记得她是如何帮他从后院逃出来的。“嘿，谢谢你的尖叫。”

凯拉脸颊一红，说道：“不用谢。”

凯拉很自觉地把孩子们带到院子里去玩，马特和奥利维亚开始向玛莎解释事情的经过，玛莎听得很仔细，两人毫无保留，原原本本地把一切都告诉了她，玛莎看起来感激不已。事情讲完后，玛莎对他们说道：“我去给你们俩准备午餐。”

“你不必——”

“坐着吧。”

夫妻俩依然坐在那里，奥利维亚看向了别处，马特知道她心中仍有遗憾。

“我已经给辛格尔打过电话了。”他说道。

“谢谢你。”

“我们会找到你的孩子的。”

奥利维亚点了点头，但是她不再抱任何希望了。“我想去艾玛的坟上祭拜一下，向她表达最后的敬意。”

“我明白。”

“我真不敢相信她居然离我们这么近。”

“你这是什么意思？”

“这是我们约定的一部分。当然了，我们知道彼此的新身份，但是我们从来没有联系过，我以为她还在俄勒冈州的教堂呢。”

马特突然感到后背一凉，立刻坐起身来。

奥利维亚问道：“怎么啦？”

“你不知道她在圣玛格丽特学校吗？”

“不知道啊。”

“但是她给你打过电话呀。”

“什么？”

“以玛丽·罗斯修女的身份打给你的，通话记录里面有她给你打电话的记录。”

奥利维亚耸了耸肩。“我猜她可能发现我在哪里了，”她说道，“她知道我的名字，估计是想打电话警告我。”

马特摇了摇头。“整整6分钟的时间。”

“什么？”

“电话打了6分钟的时间，而且没有打到我们家里，而是打到了这里。”

“我不太明白。”

另一个声音突然插话道：“她打给我的。”

两人不约而同地转过身去，凯拉走进房间，玛莎则站在她的身后。

凯拉说道："我一直在想要怎么告诉你们。"

马特和奥利维亚呆若木鸡。

"背叛约定的不是你，奥利维亚，"凯拉说道，"是玛丽·罗斯修女。"

"我不明白你的意思。"奥利维亚说道。

"你知道吗，我一直都知道自己是被领养的。"凯拉说道。

奥利维亚用手捂住自己的嘴巴。"噢，我的天哪……"

"在开始调查我的身世不久，我就发现自己的生母被人杀害了。"

奥利维亚发出一声惊呼声，马特仍然呆若木鸡地坐在那里。

马特暗自思量着，奥利维亚来自爱达荷州，而凯拉……住在中西部一个"爱"什么的州……

"但是我想了解更多的信息，所以就找到了当时负责调查这起案子的警察。"

"马克斯·达罗。"马特说道。

凯拉点了点头。"我告诉了他我是谁，他看起来一副很想帮忙的样子，记下了所有的资料，包括我的出生地，接生的医生，等等，他还给了我吉米·戴尔的地址，所以我就去拜访了她。"

"等一等，"马特打断她道，"我记得吉米说——"

凯拉看着马特，马特却没有接着往下说，答案已经很明显了，达罗又一次耍了心眼，把吉米蒙在了鼓里。为什么要让她知道坎迪真的有个女儿呢？吉米本来就很感情用事，要是再让她知道那个探望她的女孩真的是坎迪的亲生骨肉，说不定她会改变主意的。

"很抱歉，"马特说，"继续。"

凯拉慢慢转向奥利维亚。"所以我就去了吉米的旅行拖车，她人很好，跟她聊完后，我就更想知道你的事情。我想……我知道这听起来很傻，但是我想找到杀人凶手，所以我就不停地调查，四处打听，之后就接到了玛丽·罗斯修女的电话。”

“怎么……？”

“我觉得，她是想帮助以前的那些姑娘，以此来赎罪。她听说我在找你，就给我打了电话。”

“她告诉你我还活着？”

“是的，我是说，这实在是太令人震惊了，我以为你被人杀害了。然后玛丽·罗斯修女告诉我，如果我照她说的话去做，也许就能够找到你，但是她也说，我们必须谨慎行事。我不想害你，我只是想……我只是想找个机会认识你而已。”

马特看着玛莎，问道：“你也知道？”

“我是昨天才知道的，凯拉告诉我的。”

“你怎么会碰巧住在这里的？”

“这完全是运气，”凯拉说道，“我想找个机会接近你，本来玛丽·罗斯修女是想让我去‘贝塔数据公司’工作的，但是后来我们听说玛莎需要一个住家帮佣，所以玛丽·罗斯修女就给圣菲洛米娜教堂的人打了一个电话，把我的名字告诉了他们。”

马特这才想起玛莎是通过教堂的介绍认识凯拉的，这点能力修女还是有的，谁没事会去怀疑修女的推荐呢？

“我想告诉你的是，”凯拉说道，眼睛直视着奥利维亚，“我一直都在寻找合适的机会，但是后来玛丽·罗斯修女打来一个电话，就像你说的那样，三个星期之前打来的，她说现在告诉你还为时过早，在她联系我之前，我最好什么都别说。我非常害怕，但是我相信她，所以就听话地什么也没说，我甚至都不知道她被人杀害了。还有那天晚上，你们俩很晚才到这里来，我本来打算告诉你的，所以才从车库里出来，但是正好遇上马特要逃跑。”

奥利维亚站在那里，欲言又止。“所以你……你是我的……？”

“是的，你的女儿。”

奥利维亚试探着朝凯拉迈了一步，伸出一只手来，然后又想了想，把手垂在了身侧。

“你还好吗，凯拉？”奥利维亚问道。

凯拉笑了笑，脸上的笑容与她妈妈的笑容如此地相像，马特不知道自己以前怎么就没有发现这一点。“我很好。”凯拉说道。

“你快乐吗？”

“是的，我很快乐。”

奥利维亚什么也没说，凯拉又往前走了一步。

“我很好，真的。”

接着，奥利维亚哭了起来。

马特看向了别处，这是独属于她们母女的时刻。他听到两人呜咽的啜泣声，以及相互安慰的嘘嘘声，这让他想起了曾经走过的那些路，受过的那些苦，想起了监狱里的那些艰难时刻，遭受的那些非人折磨，还有那些逝去的经年岁月，想起了奥利维亚说过的那种生活，那种简单却又值得为之奋斗的生活。

后　记

你叫马特·亨特。

一年过去了。

兰斯·班纳向你道了歉，起初的几个月，兰斯一直小心翼翼地，但是有一天，在社区的一次烧烤聚会上，他突然邀请你做他篮球队的助理教练。兰斯拍了拍你的后背，提醒你说，你的侄子保罗也在篮球队里，你还能说什么呢？

当然说好啦。

你最终还是在利文斯顿买了房子，现在在家里办公，为卡特·斯特吉斯事务所做法律顾问。艾克·基尔是你最大的客户，他给的报酬很是丰厚。

对辛格尔·沙克尔的所有指控也都被撤销了，辛格尔自己开了一家名为“辛格尔服务”的私人侦探社，艾克·基尔和卡特·斯特吉斯把所有的调查业务都交给她来做，她现在已经有三名员工了。

你的嫂子玛莎正和一个名叫艾德·埃西的男人认真交往中。艾德在制造业工作，其实你真的搞不懂他是做什么工作的。他们很快就要结婚了，这个叫艾德的家伙看起来还不错，你曾试着去喜欢他，但是就是做不到。不过他爱玛莎，会好好照顾她的。他可能会是保罗和伊森唯一记得的父亲，毕竟他们还太小，根本不记得自己的生父伯尼。也许事情本该如此，但这依然让你心碎。你一直努力参与到他们的生活中去，但是最终也只能是他们的叔叔而已，保罗和伊森会率先跑向艾德，而不是你。

上次去他们家的时候，你在冰箱上寻找伯尼的照片，照片还在那里，只是被淹没在了一堆近期的照片、成绩单和美术作品中。

你再也没有听到索尼娅和克拉克·麦克格拉斯的消息。

他们的儿子史蒂芬，还是会时不时地来看你，只是不如以前那样频繁，有时候你还挺高兴能够见到他。

在搬到新家之后的某一天，罗兰·缪斯过来找你，你们拿着科罗娜啤酒一起坐在后院。

“你们终于搬回利文斯顿了。”她说。

“是啊。”

“你快乐吗？”

“让人快乐的不是某个小镇，罗兰。”

罗兰点了点头。

你的心里还有一件事情放心不下。“奥利维亚会怎么样？”你问道。

罗兰把手伸进衣服口袋里，拿出一个信封。“什么事都不会有。”

“那是什么？”

“玛丽·罗斯修女，本名艾玛·勒梅，留下的信，凯瑟琳院长给我的。”

你坐直身体，罗兰把信递给你，你开始读了起来。

“艾玛·勒梅揽下了所有的罪行，”罗兰告诉你道，“说她独自一人杀死了克莱德·兰格，并把尸体藏了起来，还向警方谎报了被害者的身份，她声明坎迪斯·波特对此毫不知情。信里还提到了其他的事情，但是要点就是这些。”

“你觉得这样能行吗？”

罗兰耸了耸肩。“谁能说不是呢？”

“谢谢你。”你感激地说道。

罗兰点了点头，放下手里的啤酒，坐起身来。“现在，可以跟我说说通话记录的事情了吗，马特？”

“不行。”

“你以为我不知道达罗在康涅狄格的韦斯特波特跟谁说过话吗？”

“无所谓，你又证明不了什么。”

“你根本不了解，麦克格拉斯可能给他汇过钱，总会留下蛛丝马迹的。”

“算了吧，罗兰。”

“想要报复可不是正当防卫。”

“算了吧。”

罗兰又拿起啤酒。“我并不需要你的认同。”

“那倒是。”

罗兰看向了别处。“如果凯拉一开始就把真相告诉奥利维亚——”

“他们两人可能早就没命了。”

“你为什么这么说？”

“因为艾玛·勒梅的那通电话，她告诉凯拉不要开口，我觉得她肯定有这么做的理由。”

“那是什么理由？”

“我认为艾玛，或者说玛丽·罗斯修女，知道他们快要找上门了。”

“你是说勒梅独自承受了这一切？”

你耸了耸肩，思量着他们是怎么找到勒梅的，而且只找到了勒梅一个人。你不由得猜想，如果勒梅有所怀疑的话，她为什么没有逃跑。你不知道她是怎么忍受那些非人的折磨，至死都不肯透露奥利维亚的行踪。也许勒梅认为，只要牺牲她一个人就能结束这一切了。她根本不知道他们还在网上发布了寻亲启示。她可能以为自己就是唯一的线索，如果这条线索被暴力中断的话，对方就再也没有办法找到奥利维亚了。

但是，这些永远只能是你的猜测。

罗兰又把目光投向了别处。“终于回到利文斯顿了。”她说。

你们俩不约而同地摇了摇头，然后又一同呷了一口啤酒。

在这一年中，罗兰时不时地会过来看看。如果天公作美的话，你们俩就会在外面坐坐。

一年后的某一天，阳光灿烂。你和罗兰瘫坐在户外的躺椅上，手里各拿着一瓶索尔啤酒，罗兰说索尔啤酒比科罗纳啤酒好喝。

你喝了一口，表示同意。

跟往常一样，罗兰环顾了一下四周，摇了摇头，还是那句老话：“终于回到利文斯顿了。”

你坐在自家的后院里，你的妻子奥利维亚，正在那里捣鼓着花圃。你的儿子本杰明就躺在她旁边的垫子上。本[1]已经四个月大了，嘴里正开心地发着咕咕声，隔着院子都能够听到。凯拉也在花园里，帮着妈妈整理花园。她和你们已经一起生活了一年，打算毕业后就搬出去住。

而你，马特·亨特，则静静地看着他们，看着他们仨。奥利维亚感受到了你的目光，抬起头对着你微笑，凯拉也一样，你的儿子又开心地发出一阵咕咕声。

你轻松惬意。

“是啊，”你对罗兰说道，脸上带着傻笑，“终于回到利文斯顿了。”

---

① 本杰明的昵称。

图书在版编目（CIP）数据

第二声铃响 / (美) 哈兰·科本 (Harlan Coben) 著 ; 余书华译. -- 南京 : 译林出版社, 2025. 7. -- ISBN 978-7-5753-0718-5

I. I712.45

中国国家版本馆CIP数据核字第2025GH4095号

著作权合同登记号　图字：10-2021-414 号

第二声铃响　[美国] 哈兰·科本／著　余书华／译

责任编辑　齐　天
装帧设计　陆　莹
校　　对　王　敏
责任印制　闻媛媛

原文出版　Dutton
出版发行　译林出版社
地　　址　南京市湖南路 1 号 A 楼
邮　　箱　yilin@yilin.com
网　　址　www.yilin.com
市场热线　025-86633278
排　　版　南京展望文化发展有限公司
印　　刷　徐州绪权印刷有限公司
开　　本　880毫米 × 1240毫米　1/32
印　　张　14.625
插　　页　2
版　　次　2025 年 7 月第 1 版
印　　次　2025 年 7 月第 1 次印刷
书　　号　ISBN 978-7-5753-0718-5
定　　价　65.00 元